공포의 제국

I

STATE OF FEAR
공포의 제국

마이클 크라이튼 | 김진준 옮김

I

김영사

공포의 제국 I

저자_ 마이클 크라이튼
역자_ 김진준

1판 1쇄 발행_ 2008. 4. 2.
1판 5쇄 발행_ 2014. 12. 27.

발행처_ 김영사
발행인_ 김강유

등록번호_ 제406-2003-036호
등록일자_ 1979. 5. 17.

경기도 파주시 문발로 197(문발동) 우편번호 413-120
마케팅부 031)955-3100, 편집부 031)955-3250, 팩시밀리 031)955-3111

이 책의 한국어판 저작권은 Imprima Korea Agency를 통해
Michael Crichton c/o Janklow & Nesbit Associates와의 독점계약으로 김영사에
있습니다.

값은 뒤표지에 있습니다.
ISBN 978-89-349-2908-6-03840
      978-89-349-2910-9-03840(세트)

독자의견 전화_ 031) 955-3200
홈페이지_ http://www.gimmyoung.com
이메일_ bestbook@gimmyoung.com

좋은 독자가 좋은 책을 만듭니다.
김영사는 독자 여러분의 의견에 항상 귀 기울이고 있습니다.

과학은 참 매력적인 학문이다.
소량의 사실을 뻥튀기하여 실로 막대한 양의 억측을
만들어내기 때문이다.

– 마크 트웨인

모든 중요한 쟁점 속에는
아무도 거론하고 싶어하지 않는 부분이
반드시 존재하기 마련이다.

– 조지 오웰

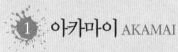 아카마이 AKAMAI

2 테러 TERROR

3 앤젤 ANGEL

　2003년 말 요하네스버그에서 열린 '지속가능한 발전을 위한 세계정
상회담'에서 태평양의 섬나라 바누투는 미국 환경보호청을 상대로 지
구 온난화에 대한 소송을 준비 중이라고 발표했다. 바누투는 평균 고도
가 해발 몇 피트에 불과한데, 지구 온난화로 해수면이 상승하면서 8천
명의 국민이 나라를 떠나야 할 위기에 처했기 때문이다. 그리고 세계
최대의 경제 규모를 가진 미국은 이산화탄소 배출량에 있어서도 세계
최대이며, 따라서 지구 온난화에 가장 큰 책임이 있었다.

　미국의 행동주의 단체 '전국환경자원기금(National Environmental
Resource Fund : NERF)'은 2004년 여름에 제기될 예정인 이 소송에서
바누투 측에 협력하겠다고 밝혔다. 환경 운동을 자주 후원했던 부유한
자선가 조지 모턴이 사재를 들여 8백만 달러를 초과할 것으로 예상되
는 소송 비용을 전담한다는 소문도 나돌았다. 궁극적으로 이 소송은
그들에게 호의적인 샌프란시스코의 제9재판구에서 진행될 것이므로
많은 이들이 관심을 갖고 재판이 시작되기를 기다리고 있었다.

　그러나 소송은 끝내 제기되지 않았다.

　소송을 포기한 이유에 대해서는 바누투와 NERF 중 어느 쪽도 공식
적인 성명을 발표한 바 없었다. 그러나 언론사들은 납득하기 어려울

정도로 무관심했고, 따라서 조지 모턴이 갑자기 사라져버린 뒤에도 이 소송의 전말은 밝혀지지 않았다. 그러다가 2004년 연말을 즈음하여 NERF의 몇몇 전직 간부들이 조직내에서 일어났던 일들을 공개하기 시작했다. 그리고 모턴의 측근들과 로스앤젤레스의 법률회사 '해슬 앤 드 블랙(Hassle and Black)'의 전직 직원들이 몇 가지 사실을 폭로함으로써 전후 사정이 좀더 드러났다.

그리하여 지금은 2004년 5월부터 10월 사이에 바누투 소송이 어떤 경로를 밟았는지, 그리고 그 결과로 세계 각지에서 그토록 많은 사람들이 죽어간 이유는 또 무엇인지 확연히 밝혀졌다.

2004년 로스앤젤레스에서
MC

AASBC(기밀사항)가 국가안전보장회의(National Security Council: NSC)에 제출한 내부 보고서에서 발췌. 삭제된 부분은 AASBC측에서 수정한 것임. FOIA(Freedom of Information Act: 정보 공개법)에 의거하여 2003.04.04 입수.

돌이켜보면 ████████ 음모 사건은 처음부터 지극히 치밀하게 계획된 일이었다. 실제 사건들이 일어나기 이전에 준비 기간만 1년 이상이었다. 2003년 3월 ██일에 이미 예비 ████████ 있었고, 이는 영국 ████████와 독일 ████████에도 보고된 바 있다. 최초의 사건은 2004년 5월 파리에서 발생했다.

그것은 ████████관계 당국이 ████████████. 그러나 지금은 파리 ████████에서 발생한 이 사건과 그에 따른 중대한 결과에 대해 일말의 의혹도 남아 있지 않다.

"싸운다구요? 싸우긴 누가 싸운다는 겁니까? 알 만한 사람들이라면 그럴 리가 없죠. 지구 온난화를 의심하는 과학자는 전 세계에 한 명도 없다구요."

"그 말은 틀렸어요. 피고 측은 MIT, 하버드, 컬럼비아, 듀크, 버지니아, 콜로라도, UC 버클리 등등 쟁쟁한 대학의 정교수들을 불러들일 거예요. 국립 과학원의 전직 원장까지 불러들일 거라구요. 그리고 영국에서도, 독일의 막스 플랑크 연구소에서도, 스웨덴의 스톡홀름 대학에서도 교수들을 데려오겠죠. 그 교수들은 이렇게 주장할 거예요. 지구 온난화라는 것은 아무리 좋게 말해도 사실무근이고, 나쁘게 말하자면 터무니없는 공상에 지나지 않는다구요."

1

아카마이
AKAMAI

STATE OF FEAR

파리노르

어둠 속에서 그가 그녀의 팔을 건드리며 말했다.

"여기서 기다려요."

그녀는 움직이지 않고 조용히 기다렸다. 소금물 냄새가 진동했다. 물이 흐르는 소리가 희미하게 들려왔다.

이윽고 불이 켜졌고, 덮개가 없는 거대한 수조(水槽) 속의 수면이 불빛에 반짝거렸다. 길이가 약 50미터, 폭이 20미터 정도였다. 곳곳에 설치된 전자 장비만 아니었다면 실내 수영장으로 오해할 만한 규모였다.

수조의 반대쪽 끝에는 아주 이상한 장치가 붙어 있었다.

조녀선 마셜이 백치처럼 벙실벙실 웃으며 그녀 곁으로 돌아왔다.

"케스 케 튀 팡세(Qu'estce que tu penses)?"

자신의 발음이 형편없다는 것을 알면서도 그는 프랑스어로 그렇게 물었다. '감상이 어때요?'

그러자 여자가 대답했다.

"굉장하네요."

그녀의 영어 억양은 사뭇 이국적이었다. 아니, 그녀의 모든 것이 이국적이라고 조녀선은 생각했다. 가무잡잡한 피부, 볼록한 광대뼈, 까

17

만 머리카락. 패션모델 같은 외모였다. 아닌 게 아니라 짧은 스커트에 스파이크힐을 신은 그녀의 걸음걸이도 패션모델처럼 활기가 넘쳤다. 그녀는 베트남계 혼혈이었고 이름은 마리사였다. 그녀가 주위를 둘러보며 물었다.

"그런데 딴 사람들은 없어요?"

"네, 그래요. 일요일이잖아요. 아무도 안 와요."

조녀선 마셜은 스물네 살, 물리학을 공부하고 있는 런던 출신 대학원생이었다. 그는 여름 동안 파리 바로 북쪽의 비시에 있는 프랑스 해양대학의 초현대식 건물 라보라투아르 옹딜라투아르(Laboratoire Ondulatoire)—파동역학 연구소—에서 일하는 중이었다. 이 교외 지역에는 젊은 부부와 그 가족들이 주로 살고 있어 마셜에게는 자못 쓸쓸한 여름이 아닐 수 없었다. 따라서 이 여자를 처음 만났을 때 그는 자신의 행운을 믿을 수 없었다. 이렇게 아름답고 섹시한 여자를 만나다니.

마리사가 말했다.

"이걸로, 이 기계로 뭘 하는지 보여주세요. 당신이 하는 일을 보여줘요."

그녀의 눈동자가 초롱초롱 빛나고 있었다.

"기꺼이 보여드리죠."

마셜은 커다란 제어판 앞으로 가서 각종 펌프와 센서들을 작동시키기 시작했다. 수조의 반대쪽 끝에 달린 파도 발생기에서 서른 개의 판자가 차례로 찰칵찰칵 소리를 냈다.

그가 그녀를 돌아보았고, 그녀는 그에게 미소를 던졌다.

"굉장히 복잡하네요."

그러더니 제어판 앞에 서 있는 마셜 곁으로 다가왔다.

"연구 과정은 카메라로 기록하겠죠?"

"네, 천장에도 카메라가 있고, 수조 벽면에도 있어요. 여기서 발생된 파도를 녹화하는 거죠. 그리고 수조 속에는 압력 센서들이 있어서 지나가는 파도의 압력 변화를 기록해요."

"지금도 카메라가 작동 중인가요?"

"아뇨, 아뇨. 지금은 필요 없죠. 우린 실험을 하려는 게 아니잖아요."

"어쩌면 해볼 수도 있죠."

그러면서 그녀는 마셜의 어깨에 손을 얹었다. 손가락이 길고 섬세했다. 참 아름다운 손이었다.

그녀는 잠시 지켜보다가 이렇게 말했다.

"이 방에 있는 건 전부 값비싼 것들이네요. 보안이 아주 철저하겠죠?"

"별로 그렇지도 않아요. 카드만 있으면 들어올 수 있거든요. 보안 카메라도 하나뿐이고."

그는 손짓으로 어깨 너머를 가리켰다.

"저 구석에 있는 카메라예요."

그녀가 그쪽을 돌아보았다.

"저 카메라는 작동 중인가요?"

"아, 물론이죠. 그건 항상 켜놓거든요."

그러자 그녀는 손바닥으로 마셜의 목을 슬쩍 쓰다듬었다.

"그럼 지금도 누가 우릴 지켜보고 있는 거예요?"

"아마 그렇겠죠."

"그럼 점잖게 굴어야겠네요."

"그래야겠죠. 그건 그렇고, 애인은 어떻게 할 거예요?"

그러자 그녀가 코웃음을 쳤다.

"그 인간, 이젠 지긋지긋해요."

그날도 마셜은 평소처럼 학술지 한 권을 읽을거리로 챙겨들고 자신의 작은 아파트를 떠나서 아침마다 즐겨 찾는 몽테뉴 가의 카페로 갔다. 그런데 그 여자가 애인과 함께 옆 테이블에 와서 앉았다. 두 남녀는 곧 말다툼을 벌이기 시작했다.

사실 마셜은 마리사와 그 애인이 서로 잘 어울리지 않는다고 생각했다. 그 남자는 불그레한 얼굴의 미국인이었는데, 체격은 미식축구 선수처럼 퉁퉁했고, 머리는 긴 편이었으며, 투실투실한 얼굴에 어울리지도 않는 금속 테 안경을 끼고 있었다. 그 모습이 영락없이 학자처럼 보이고 싶어하는 돼지를 연상하게 했다.

남자의 이름은 지미였는데, 간밤에 마리사가 혼자 외출해서 화가 난 모양이었다. 그는 똑같은 말을 몇 번이나 되풀이하고 있었다.

"도대체 어디 갔었는지 왜 말을 못해?"

"자기가 상관할 일이 아니니까."

"나랑 같이 저녁 먹기로 했잖아?"

"지미, 난 그런 말 한 적 없다니까."

"아냐, 분명히 그러자고 했어. 그래서 호텔에서 기다렸단 말이야. 밤새도록."

"그래서 어쨌다는 거야? 누가 시킨 일도 아니고, 혼자 나가서 실컷 놀 수도 있었잖아."

"널 기다리고 있었다니까."

"지미, 난 소유물이 아니야."

그녀는 짜증이 나는지 한숨을 푹 내쉬고 두 손을 번쩍 들었다가 맨무릎을 탁 내리쳤다. 다리를 꼬고 있어서 바싹 당겨진 미니스커트가 아슬아슬해 보였다.

"뭘 하든 내 맘이라구."

"그건 확실하네."

"그래."

그렇게 대꾸하고 나서 그녀는 곧바로 마셜을 돌아보며 말을 걸었다.

"뭘 읽고 있어요? 굉장히 어려워 보이네요."

마셜은 처음엔 걱정이 앞섰다. 그녀가 애인을 약 올리려고 공연히 말을 붙이고 있는 것이 분명했기 때문이다. 두 남녀의 말다툼에 말려들긴 싫었다.

"물리학입니다."

그는 짤막하게 대답하고 조금 돌아앉았다. 그러고는 그녀의 아름다움을 무시하려고 노력했다.

그러나 그녀는 단념하지 않았다.

"어떤 물리학이죠?"

"파동역학입니다. 바다의 파도 같은 거 말예요."

"그럼 대학생이세요?"

"대학원생이죠."

"아하. 그럼 머리가 좋으시겠네요. 영국인이죠? 프랑스엔 어떻게 오셨어요?"

그리하여 그는 어느새 그녀와 대화를 나누고 있었고, 그녀는 자기 애인을 소개해주었고, 그 남자는 마셜에게 억지웃음과 맥 빠진 악수를 건넸다. 여전히 몹시 거북스러운 상황이었지만 여자는 아랑곳하지 않았다.

"그래서 이 근방에서 일한다구요? 어떤 일인데요? 기계가 달린 물탱크? 도대체 무슨 소린지 전혀 모르겠네. 직접 보여줄래요?"

그래서 두 사람은 결국 이렇게 파동역학 연구소에 들어오게 되었던 것이다. 한편 그녀의 애인 지미는 바깥 주차장에서 시무룩한 표정으로 담배를 뻑뻑 피우고 있었다.

마셜이 제어판을 작동할 때 옆에 있던 그녀가 물었다.

"그런데 지미를 어떻게 해야 하죠?"

"여긴 금연이에요."

"담배는 못 피우게 할게요. 그래도 더 이상 화나게 하긴 싫거든요. 그냥 들어오라고 해도 될까요?"

마셜은 실망감을 가눌 수 없었다.

"그래요. 괜찮겠죠 뭐."

그러자 그녀가 그의 어깨를 꼬옥 쥐었다.

"걱정 마세요. 지미는 나중에 볼일이 있어서 바쁠 거예요."

그녀가 연구실 뒤쪽으로 가서 문을 열어주자 지미가 들어왔다. 마셜이 돌아보았더니 지미는 두 손을 호주머니에 찔러넣은 채 뭉그적거리고 있었다. 마리사가 제어판 앞의 마셜 곁으로 돌아왔다.

"지미는 됐어요. 자, 이제 보여주세요."

수조 반대편의 전기 모터가 윙윙거리더니 파도 발생판에서 최초의 파도가 만들어졌다. 이 작은 파도는 수조의 저쪽 끝에서 스르르 밀려와 이쪽 끝에 있는 경사판에 부딪쳐 물보라를 일으켰다.

그녀가 물었다.

"해일인가요?"

마셜은 키보드를 두드리며 대답했다.

"쓰나미(tsunami, 해저 지진이나 화산 분화, 산사태, 핵실험 등 기상 이외의 요인에 의해 해저가 융기하거나 침강하여 해수면이 변화하면서 발생하는 파도. '지진 해일')의 시뮬레이션이죠, 맞아요."

제어판은 온도와 압력을 표시하면서 파도의 적외선 사진들을 보여주고 있었다.

"시뮬레이션이라. 무슨 뜻이죠?"

"이 물탱크는 1미터 높이까지 파도를 일으킬 수 있어요. 그렇지만 진짜 쓰나미는 높이가 4미터, 8미터, 아니면 10미터나 되죠. 가끔은 그 이상일 때도 있구요."

그러자 그녀의 눈이 휘둥그레졌다.

"바다에서 10미터나 되는 파도가 친다구요? 정말이에요?"

그녀는 그 장면을 상상해보려는 듯이 천장을 올려다보았다.

마셜은 고개를 끄덕였다. 10미터라면 30피트 이상, 그러니까 3층 건물과 맞먹는 높이였다. 게다가 그런 파도가 시속 800킬로미터의 속도로 이동하여 해안을 강타하는 것이다.

"파도가 해안에 도달하면 어떻게 되죠? 이쪽 끝에 있는 저 경사면이 바로 그거죠? 표면이 자갈밭처럼 되어 있네요. 저게 해안이죠?"

"맞아요. 파도가 해안에 올라오는 높이는 경사면의 각도에 따라 달라지죠. 경사면의 각도는 마음대로 조절할 수 있어요."

마리사의 애인이 수조 근처로 다가왔지만 여전히 머뭇거리고 있었다. 그는 한마디도 하지 않았다.

마리사는 들떠 있었다.

"조절할 수 있다구요? 어떻게요?"

"자동으로 움직여요."

"각도를 마음대로 조절한다 이거죠?"

그녀는 킥킥 웃었다.

"그럼 27도로 해봐요."

"갑니다."

마셜은 키보드를 두드렸다. 삐걱거리는 작은 소리와 함께 해안이 점점 더 기울었다.

마리사의 미국인 애인이 그 움직임에 이끌려 수조에 더 가까이 접근해서 들여다보았다. '역시 흥미진진한 광경이지' 하고 마셜은 생각했다. 누구라도 관심을 가질 수밖에 없을 터였다. 그러나 남자는 아무 말도 하지 않았다. 우뚝 선 채로 조약돌이 깔린 경사면이 점점 기울어지는 것을 지켜볼 뿐이었다. 이윽고 움직임이 멈추었다.

"이게 그 각도인가요?"

"그래요. 사실 해안의 각도가 27도라면 상당히 가파른 편이죠. 현실에서는 전 세계 해안선의 평균 경사도보다 높은 거예요. 그러니까 각도를 줄여서……"

그러자 그녀의 가무잡잡한 손이 마셜의 손을 붙잡았다.

"아뇨, 아뇨."

그녀의 살결은 부드러웠다.

"그냥 두세요. 파도를 보여줘요. 파도를 보고 싶어요."

30초 간격으로 작은 파도가 일어나고 있었다. 파도는 쏴아 하고 작은 소리를 내면서 밀려왔다.

"우선 해안선의 형태를 알아야 해요. 지금은 저렇게 밋밋한 해변이지만 만약 안쪽이 움푹 파여 있다면……"

"해변을 움푹하게 만들 수도 있어요?"

"물론이죠."

"정말? 보여줘요."

"어떤 형태를 원해요? 항구, 강어귀, 만(灣)……"

그녀는 어깨를 으쓱했다.

"아, 만으로 해요."

마셜은 미소를 지었다.

"좋아요. 얼마나 큰 거죠?"

전동기들이 위잉 소리를 내더니 해안선이 점점 휘어져 경사면이 그릇처럼 우묵해지기 시작했다.

"굉장해요. 빨리, 조녀선, 파도를 보여줘요."

"좀 기다려요. 만의 크기는요?"

"아……"

그녀는 허공에 대고 손짓을 했다.

"1마일. 길이 1마일쯤 되는 만. 이제 좀 보여줄래요?"

그녀는 마셜 쪽으로 몸을 기울였다.

"기다리는 건 딱 질색이란 말예요. 기억해둬요."

그는 그녀의 향수 냄새를 맡았다. 그러고는 재빨리 타이핑을 했다.

"자, 이제 나옵니다. 길이 1마일, 경사도 27도의 만에 밀어닥치는 큰 파도예요."

수조의 반대쪽 끝에서 쏴아 하고 아까보다 더 큰 소리를 내며 새로운 파도가 만들어져 두 사람이 있는 쪽으로 스르르 밀려왔다. 6인치 높이로 솟아오른 물의 벽이었다.

마리사가 샐쭉거렸다.

"에이, 큰 파도를 보여준다고 했잖아요."

"기다려봐요."

"그럼 점점 커지나요?"

그녀는 킥킥 웃으며 마셜의 어깨에 다시 손을 얹었다. 그때 미국인이 고개를 돌리더니 성난 얼굴로 그녀를 노려보았다. 마리사는 도전적으로 턱을 치켜들었다. 그러나 그가 다시 수조 쪽으로 눈길을 돌리자 곧 손을 내렸다.

마셜은 또 풀이 죽고 말았다. 역시 그녀는 마셜을 이용하고 있을 뿐이었다. 그는 두 사람의 사랑싸움에 말려든 제물에 불과했다.

"더 커진다는 거죠?"

"그래요. 해안에 접근하면서 커져요. 쓰나미는 깊은 물에서는 규모가 작지만 얕은 물에 닿으면 팽창되거든요. 그리고 이렇게 우묵한 해안에서는 해일의 힘이 집중되어 더 높이 솟아오르는 거죠."

이윽고 파도가 불쑥 솟구치더니 이쪽 끝의 휘어진 해안선에 거세게 부딪쳤다. 그러고는 하얀 물거품을 일으키며 해안의 경사면을 타고 출렁출렁 올라왔다. 마셜은 눈대중으로 5피트쯤 올라온 것 같다고 생각했다.

"꽤 높이 올라오네요. 현실 세계에서는요?"

"40에서 50피트쯤 됩니다. 15미터죠."

그러자 그녀는 입술을 오므리며 감탄했다.

"울랄라! 그럼 사람들이 저걸 피해 도망칠 수도 없겠네요."

"아, 물론이죠. 아무도 해일을 앞지를 수 없어요. 1957년 하와이의 힐로에서도 파도가 시내 한복판까지 들이닥쳤는데, 그 집채만한 파도를 피하려고 사람들이 허둥지둥 도망쳤지만……"

그때 미국인이 말했다.

"이게 다요? 이 기계로 한다는 일이 겨우 이거요?"

목이 잠긴 듯 그르렁대는 목소리였다. 마리사가 조용히 말했다.

"신경 쓰지 마세요."

마셜은 이렇게 대답했다.

"그래요, 우리가 하는 일이 바로 그겁니다. 파도를 발생시켜……"

그러자 미국인이 말했다.

"지랄 염병. 그런 거라면 나도 생후 6개월 때 욕조 속에서 다 해봤수다."

마셜은 제어판과 데이터가 표시된 모니터들을 가리키며 말했다.

"우린 방대한 양의 데이터베이스를 구축해서 전 세계 연구자들에게……"

"그래요, 그래. 알았수다. 우라지게 따분하구만. 난 이만 가보겠수. 마리사, 갈 거야, 말 거야?"

마셜은 그녀가 숨을 들이마시는 소리를 들을 수 있었다.

"싫어. 안 갈래."

그러자 미국인은 돌아서서 밖으로 나가더니 요란하게 문을 쾅 닫아버렸다.

그녀의 아파트는 강을 사이에 두고 노트르담 대성당과 마주보고 있었다. 침실 발코니에서 마셜은 야간 조명을 환하게 켜놓은 대성당의 아름다운 경관을 내다보았다. 벌써 10시였지만 하늘엔 아직도 짙푸른 색조가 남아 있었다. 마셜은 발아래 펼쳐진 길거리, 카페들의 불빛, 그리고 거리에 돌아다니는 사람들을 내려다보았다. 분주하고 매혹적인 풍경이었다.

등 뒤에서 마리사가 말했다.

"걱정 마세요. 혹시 지미를 찾는 거라면, 그 인간은 여기 안 와요."

사실 그녀가 그 말을 하기 전에는 그런 생각이 떠오르지도 않았다.

"그래요?"

"그래요. 아마 딴 데로 갈 거예요. 지미는 여자가 많거든요."

그녀는 적포도주 한 모금을 마시고 술잔을 침대 옆의 테이블에 내려 놓았다. 그러더니 느닷없이 윗옷을 머리 위로 벗어던지고 스커트를 아래로 떨어뜨렸다. 그 속에는 아무것도 입지 않고 있었다.

그녀는 하이힐만 신은 채 마셜에게로 걸어왔다. 그가 놀란 표정을 하고 있었는지, 그녀가 이렇게 말했다.

"아까도 말했잖아요. 기다리는 건 질색이라구요."

그러면서 다짜고짜 그를 끌어안더니 마치 성난 듯 뜨겁고 격렬하게 입을 맞추었다. 그 다음에는 입맞춤을 계속하면서 그의 옷을 난폭하게 벗기느라 잠시 갈팡질팡했다. 마리사는 헐떡거리다시피 거칠게 숨을 몰아쉬고 있었다. 그녀는 아무 말도 하지 않았다. 열정적이다 못해 사나워 보일 정도였다. 그녀의 아름다움, 그 가무잡잡하고 완벽한 몸매 때문에 마셜은 다소 주눅이 들었지만 그리 오래가지는 않았다.

나중에 그녀가 그에게 몸을 붙인 채 누웠을 때, 그녀의 피부는 부드러웠지만 그 부드러움은 표면에서 그쳤고 그 속은 여전히 팽팽하게 긴장된 상태였다. 침실 천장이 강 건너 대성당의 불빛을 받아 은은히 빛나고 있었다. 마셜은 나른하게 늘어져 있었지만 마리사는 정사를 나눈 뒤에 오히려 힘이 더 샘솟는 듯 안정을 찾지 못했다. 그녀의 신음 소리와 막바지의 외마디 소리에도 불구하고 마셜은 그녀가 정말 절정을 느꼈는지 확신할 수 없었다. 그때 그녀가 갑자기 벌떡 일어났다.

"왜 그래요?"

그녀는 포도주를 한 모금 마셨다.

"화장실 가요."

그러고는 돌아서서 문을 나섰다. 술잔은 가져가지 않았다. 마셜도 일어나 앉아서 술잔 가장자리에 묻은 립스틱 자국의 섬세한 무늬를 들여다보며 한 모금 마셨다.

침대 위를 살펴보니 그녀의 하이힐 때문에 시트 곳곳에 시커먼 줄무늬가 그려져 있었다. 정사가 한창 무르익을 때까지 구두를 벗지 않았던 것이다. 그러다가 나중에 벗어던진 하이힐이 지금 창문 아래 떨어져 있었다. 열정의 흔적이었다. 지금 이 순간까지도 그는 여전히 꿈을 꾸는 듯한 기분이었다. 이런 여자는 난생처음이었다. 이렇게 아름다운 여자, 이런 집에서 사는 여자. 문득 이 아파트의 가격이 궁금해졌다. 나무 판벽널, 더할 나위 없는 입지 조건······

그는 포도주를 한 모금 더 마셨다. 이런 생활에도 얼마든지 익숙해질 수 있을 것 같았다.

화장실에서 물 쏟아지는 소리가 들렸다. 그리고 가락이 불분명한 콧노래 소리.

콰당! 문을 박차고 세 명의 사내가 침실로 뛰어들었다. 모두 검은 레인코트에 모자를 쓰고 있었다. 놀란 마셜은 허둥지둥 술잔을 테이블에 내려놓고—곧 떨어져버렸지만—알몸을 가리기 위해 침대 옆의 옷을 향해 몸을 던졌다. 그러나 순식간에 사내들이 덤벼들어 장갑 낀 손으로 마셜을 꽉 붙잡았다. 그들은 놀람과 공포로 고함을 지르는 마셜을 침대 위로 집어던지고 얼굴이 아래로 가도록 찍어눌렀다. 그러고는 계속 소리치는 그의 얼굴을 베개 속에 파묻어버렸다. 그는 그들이 자기를 질식시키려 한다고 생각했지만 그게 아니었다. 한 사내가 위협적으로 속삭였다.

"조용히 해. 조용히만 있으면 아무 일도 없을 테니까."

마셜은 그 말을 믿을 수 없었고, 그래서 몸부림치며 다시 소리쳤다. 마리사는 어디 있을까? 뭘 하고 있을까? 사태의 진행이 너무 빨랐다. 한 사내가 그의 등에 올라타고 두 무릎으로 척추를 짓눌렀다. 마셜의 벌거벗은 엉덩이에 사내의 차디찬 신발이 와 닿았다. 사내의 손이 마셜의 목덜미를 움켜쥐고 침대에 밀어붙였다.

사내가 다시 속삭였다.

"조용히 하라니까!"

다른 사내들은 마셜의 손목을 하나씩 잡아당겨 침대 위에 납작 엎드리게 했다. '나한테 무슨 짓을 하려고 준비하고 있구나.' 더럭 겁이 났지만 속수무책이었다. 그가 신음 소리를 흘리자 누가 뒤통수를 후려갈겼다.

"조용히!"

모든 일이 정신없이 빠르게 일어나면서 강렬한 인상을 남겼다. 마리사는 어디 있을까? 아마 화장실 안에 숨어 있겠지. 그렇다고 그녀를 탓할 수도 없었다. 마셜은 출렁거리는 소리를 들었고, 곧 비닐봉지 하나를 보았다. 그 속에는 골프공처럼 생긴 하얀 물체가 들어 있었다. 그들은 그 봉지를 그의 겨드랑이로 가져가 팔 아래쪽의 살이 많은 부분에 밀착시켰다.

'도대체 무슨 짓을 하려는 거지?' 그는 싸늘하게 와 닿는 물의 감촉을 느끼고 버둥거렸지만 그들이 꽉 붙잡고 있어 꼼짝도 할 수 없었다. 이윽고 물속에서 뭔가 부드러운 것이 팔을 건드렸다. 껌처럼 끈적끈적한 느낌, 피부에 찰싹 달라붙어 당기는 듯한 느낌이 전해지더니 곧이어 콕 찌르는 듯한 느낌이 전해졌다. 대수롭지 않게 순간적으로 따끔해서 간신히 알아차릴 정도에 불과했다.

사내들은 신속하게 움직이고 있었다. 곧 비닐봉지가 치워졌는데, 바로 그 순간 놀랍도록 요란스러운 두 발의 총성이 울리더니 마리사가 프랑스어로 빠르게 소리쳤고—"나쁜 놈들! 개자식들! 더러운 새끼들!"—마셜의 등에 올라탔던 사내가 몸을 굴려 방바닥으로 나뒹굴었다가 허둥지둥 일어났으며, 마리사는 계속 고함을 질러댔고, 다시 몇

발의 총성이 울렸으며, 마셜은 화약 냄새를 맡았고, 사내들은 부리나케 도망쳤다. 그러고는 문이 쾅 닫히더니 마리사가 돌아왔다. 그녀는 실오라기 하나 걸치지 않은 채 프랑스어로 재잘거리고 있었지만 마셜은 전혀 알아들을 수 없었고, 다만 '바슈리(vacherie, 외양간, 또는 상스러운 말이나 행동)'가 어쨌다는 말도 나왔는데, 마셜은 소를 뜻하는 단어라고 생각했지만 지금으로서는 생각을 정리하기가 쉽지 않았다. 그는 침대 위에서 와들와들 떨기 시작했다.

마리사가 다가와 그를 부둥켜안았다. 그 바람에 뜨거운 총신이 맨살에 닿았고, 그가 외마디 소리를 지르자 그녀는 얼른 총을 치워주었다.

"아, 조너선, 미안해요, 정말 미안해요."

그녀는 그의 머리를 자신의 어깨에 얹었다.

"내가 잘못했어요, 이젠 괜찮아요, 정말이에요."

이윽고 떨림이 차츰 가라앉자 그녀가 그의 얼굴을 들여다보며 물었다.

"어디 다치진 않았어요?"

그는 고개를 가로저었다.

"다행이에요. 괜찮을 거라고 생각하긴 했어요. 그 얼간이들! 지미의 친구들인데, 장난이랍시고 당신을 겁주려 했나봐요. 물론 나도 포함해서 말예요. 그런데 정말 안 다친 거죠?"

그는 다시 고개를 저었다. 그러고는 콜록콜록 기침을 하고 간신히 목소리를 되찾았다.

"난 이제, 난 이제 가보는 게 좋겠어요."

"아, 그건 안 돼요. 아니 아니, 나한테 이러지 말아요."

"아무래도 기분이 좀……"

"절대로 안 돼요."

그녀는 그에게 더 바싹 달라붙었다.

"한동안은 여기 있어야 해요."

"경찰에 연락해야 하지 않을까요?"

"천만에요. 경찰은 아무것도 안 해줄 거예요. 애정 싸움이라면서 말예요. 경찰을 부르다니, 프랑스에선 아무도 그러지 않아요."

"그래도 무단 침입인데⋯⋯"

"이젠 나갔잖아요."

그녀는 그의 귀에 대고 속삭였다. 그녀의 입김이 느껴졌다.

"지금은 우리만 남았어요. 우리 둘뿐이에요, 조너선."

그녀의 가무잡잡한 육체가 마셜의 가슴을 타고 스르르 미끄러져 내려갔다.

결국 그가 옷을 챙겨입고 창문 앞에 서서 노트르담 대성당을 내다보았을 때는 벌써 자정이 지난 뒤였다. 길거리는 여전히 북적거렸다.

그녀가 귀엽게 입을 삐죽거리며 말했다.

"도대체 왜 가려는 거예요? 그냥 있어주면 좋겠는데, 나를 기쁘게 해주기 싫어요?"

"미안하지만 가야겠어요. 아무래도 몸이 별로 안 좋아서요."

"내가 다 낫게 해줄게요."

그러나 그는 고개를 저었다. 몸이 안 좋다는 말은 사실이었다. 자꾸 어지럼증이 몰려왔고, 다리도 이상하게 힘이 빠진 느낌이었다. 난간을 붙잡은 두 손도 부들부들 떨렸다.

그는 다시 말했다.

"미안하지만 가야겠어요."

"좋아요, 그럼 내가 태워다줄게요."

그는 그녀의 차가 센 강 건너편에 있다는 것을 알고 있었다. 걸어가기엔 너무 먼 거리로 느껴졌다. 그러나 그는 멍하니 고개를 끄덕이며 말했다.

"좋아요."

그녀는 조금도 서두르지 않았다. 두 사람은 연인처럼 팔짱을 끼고 강둑을 따라 천천히 걸었다. 강변에서 불을 환하게 밝혀놓고 아직도 손님 접대로 분주한 수상 식당들을 지나쳤다. 강 건너에는 높이 치솟은 노트르담 대성당이 찬란하게 빛나고 있었다. 그녀는 그의 어깨에 머리를 기대고 다정히 속삭였다. 그렇게 천천히 걷고 있자니 한동안은 몸이 좀 나아지는 듯싶기도 했다.

그러나 그는 곧 온몸의 기운이 새어나가는 것을 느끼며 비틀거리기 시작했다. 입 안이 바싹바싹 말랐다. 턱도 뻣뻣해진 느낌이었다. 말을 하기가 힘들었다.

그런데도 그녀는 알아차리지 못하는 것 같았다. 이윽고 밝은 불빛을 벗어나 어느 다리 밑에 이르렀을 때 그가 다시 비틀거렸다. 이번에는 석축 제방 위에 쓰러지고 말았다.

"자기!"

그녀는 걱정스럽고 간절한 목소리로 부르며 그를 일으켜 세웠다.

"난…… 난 아무래도……"

"자기, 괜찮아요?"

그녀는 그를 부축하여 강변에서 떨어진 벤치로 데려갔다.

"자, 여기 잠깐 앉아 있어요. 금방 나아질 테니까."

그러나 조금도 나아지지 않았다. 뭐라고 항변하려 했지만 말할 수가 없었다. 고개를 저을 수조차 없음을 깨닫게 되자 더럭 겁이 났다. '뭔가 크게 잘못된 거야.' 무서운 속도로 온몸에서 힘이 빠져나갔다. 벤치를 짚고 일어나려 했지만 팔다리를 움직일 수 없었고 머리를 움직일 수도 없었다. 그는 옆에 앉아 있는 그녀를 바라보았다.

"조너선, 왜 그래요? 병원에 가야겠어요?"

'그래, 병원에 가야겠어.'

"조너선, 이거 심상치 않은데……"

가슴이 답답했다. 숨을 쉬기가 힘들었다. 그는 눈을 돌려 정면을 바라보았다. 그리고 두려움에 사로잡혔다. '온몸이 마비됐어.'

"조너선?"

그는 그녀를 보려고 했다. 그러나 이젠 눈조차 움직일 수 없었다. 똑바로 앞만 바라볼 수 있을 뿐이었다. 호흡도 가늘어졌다.

"조너선?"

'병원에 가야 한다니까.'

"조너선, 날 쳐다볼 수 있겠어요? 나 좀 볼래요? 안 돼요? 고개를 돌릴 수 없어요?"

왠지 걱정스러운 목소리가 아니었다. 냉정하고 침착한 목소리였다. 청각에까지 이상이 생긴 탓일 수도 있었다. 귓속에서 쏴아 하는 소리가 들렸다. 숨을 쉬기가 점점 더 힘들어졌다.

"좋아요, 조너선, 이제 다른 곳으로 데려갈게요."

그녀는 그의 겨드랑이에 고개를 들이밀고 놀라운 힘으로 그를 일으켜 세웠다. 그의 몸은 그녀에게 매달린 채 힘없이 축 늘어졌다. 그는 자기 눈에 보이는 것을 자기 뜻대로 선택할 수 없었다. 바로 그때 어디선가 발소리가 뚜벅뚜벅 다가왔다. '아, 이젠 살았다.' 한 남자가 프랑스어로 말했다.

"마드무아젤, 도와드릴까요?"

"고맙지만 괜찮아요. 그냥 좀 과음해서 그래요."

"정말 괜찮겠어요?"

"이 사람은 항상 이러는걸요."

"그래요?"

"저 혼자서도 충분해요."

"아. 그럼 안녕히 가세요."

"안녕."

그녀는 조녀선을 부축한 채 다시 걸음을 옮겼다. 그 남자의 발소리가 점점 멀어져갔다. 그러자 그녀는 멈춰 서서 사방을 두리번거렸다. 그러더니…… '나를 강물 쪽으로 데려가고 있어.'

"당신, 생각보다 좀 무섭네요."

대화라도 나누는 듯 담담한 목소리였다.

그는 극심한 공포를 느꼈다. 이미 전신이 마비된 상태였다. 아무것도 할 수 없었다. 그의 발은 돌바닥에 질질 끌려가고 있었다.

'강물 쪽으로.'

"미안해요."

그렇게 말하면서 그녀는 그를 강물 속으로 던져버렸다.

추락은 잠깐이었고 이내 무시무시한 냉기가 느껴졌다. 그는 물거품에 휩싸여 수면 아래로 가라앉았다. 주위는 녹색이었다가 곧 캄캄해졌다. 물속에서도 몸을 움직일 수가 없었다. 자신에게 이런 일이 벌어지고 있다는 것이 믿어지지 않았다. 이런 식으로 죽다니 정말 어처구니없었다.

그때 서서히 몸이 떠오르는 것이 느껴졌다. 다시 녹색의 물이 나타나더니 어느새 수면이었다. 그의 몸은 물 위에 똑바로 누워 천천히 돌고 있었다.

다리가 보였고, 검은 하늘이 보였고, 제방 위에 서 있는 마리사가 보였다. 그녀는 담배를 피워 물고 그를 말똥말똥 내려다보고 있었다. 한 손을 허리춤에 얹고 한 발을 앞으로 내디딘 자세, 마치 패션모델 같은 자세로. 그녀가 숨을 내쉬자 담배 연기가 밤하늘로 흩어져갔다.

그리고 그는 다시 냉기와 어둠이 밀려오는 것을 느끼며 수면 아래로 가라앉았다.

새벽 3시경, 비시 소재 프랑스 해양대학의 파동역학 연구소에 불이 켜졌다. 제어판도 눈을 떴다. 그리고 파도 발생기가 만들어내는 파도가 차례차례 수조 내부를 통과하여 모형 해안에 부서지기 시작했다. 제어 스크린들도 깜박거리며 3차원 영상을 보여주거나 데이터 내용을 줄줄이 올려 보내기 시작했다. 그 데이터는 프랑스에 있는 어느 미지의 장소로 전송되고 있었다.

4시가 되자 제어판도 꺼지고 조명도 꺼졌다. 그리고 방금 끝난 작업의 기록이 컴퓨터에서 깨끗이 지워졌다.

파항

5월 11일 화요일
11:55 AM

울창한 말레이시아 열대우림의 그늘 속으로 구불구불 이어진 정글 도로였다. 이 포장길은 몹시 좁았지만 랜드크루저(도요타 사의 SUV 차량)는 곡선 구간을 지날 때마다 차체가 기우뚱거리고 타이어가 비명을 지를 만큼 빠른 속도로 달리고 있었다. 턱수염을 기른 마흔 살쯤 된 남자가 조수석에 앉아 손목시계를 보았다.

"얼마나 더 가야 하는 거요?"

속도를 줄이지 않은 채 운전자가 대답했다.

"몇 분만 더 가면 됩니다. 거의 다 왔어요."

운전자는 중국인이었지만 영국식 억양의 영어를 사용했다. 이름은 찰스 링이었고, 간밤에 홍콩을 떠나 콸라룸푸르로 날아온 사람이었다. 그는 그날 아침 공항에서 이 동승인을 만났고, 그때부터 지금까지 무서운 속도로 질주하고 있었다.

동승인이 링에게 준 명함에는 '앨런 피터슨, 사이즈믹 서비스 (Seismic Services), 캘거리'라고 적혀 있었다. 그러나 링은 믿지 않았다. 그는 앨버타에도 똑같은 장비를 판매하는 'ELS 엔지니어링'이라는 회사가 있다는 사실을 알고 있었다. 그것을 보겠다고 굳이 말레이시아에까지 올 필요는 없었다.

그뿐만이 아니었다. 도착하는 비행기의 승객 명단을 확인해보았지만 앨런 피터슨이라는 이름은 없었다. 그렇다면 이 사람이 다른 이름으로 입국했다는 뜻이다.

더군다나 그는 자기가 현장 지질학자라고 말했다. 캐나다에서 에너지 관련사들의 사외 고문으로 활동하며 주로 석유 탐사지를 평가하는 일을 맡고 있다는 것이었다. 그러나 링은 그 말도 믿지 않았다. 석유 기술자들은 1마일 밖에서부터 냄새를 물씬 풍겼다. 이 남자는 그런 사람이 아니었다.

결국 링은 그의 정체를 모르고 있었다. 그렇다고 걱정하지는 않았다. 피터슨 씨의 신용은 나무랄 데 없었다. 나머지는 링이 상관할 문제가 아니었다. 오늘 그의 관심사는 오직 한 가지, 바로 공동(空洞) 발생기[cavitation machine, 압축 공기 등을 이용하여 물질 속에 진공 상태를 만드는 기계. '캐비테이터(cavitator)']를 팔아치우는 것이었다. 그리고 이번 일은 큰 거래가 될 것 같았다. 피터슨은 세 대를 사야 한다고 말했는데, 그렇다면 총액이 백만 달러도 넘었다.

그는 급작스럽게 도로를 벗어나 바퀴 자국이 난 진창길로 접어들었다. 그들은 거목들이 줄지어 서 있는 밀림 속을 덜컹덜컹 달리다가 갑자기 밀림을 벗어나 햇빛이 쏟아지는 넓은 공터에 들어섰다. 그곳은 땅이 거대한 반원형으로 움푹 꺼져 잿빛 흙으로 된 낭떠러지가 드러나 있었다. 그 아래는 녹색의 호수였다.

피터슨이 몸을 움츠리며 물었다.

"여긴 뭐요?"

"노천 광산이었는데 지금은 폐광이죠. 고령토예요."

"그게 무슨……?"

링은 속으로 생각했다. '역시 지질학자는 아니었어.' 그는 고령토가 진흙 속에 포함된 광물이라는 것을 설명해주었다.

"종이와 도자기를 만들 때 이용합니다. 요즘은 공업용 세라믹도 많죠. 세라믹 칼도 만드는데, 그거 겁나게 예리해요. 머지않아 자동차 엔진도 세라믹으로 만들 겁니다. 그런데 여기서 나오는 건 질이 너무 낮아요. 그래서 4년 전에 폐기됐죠."

피터슨이 고개를 끄덕였다.

"공동 발생기는 어디 있소?"

링은 낭떠러지 가장자리에 서 있는 대형 트럭을 가리켰다.

"저깁니다."

그는 그쪽으로 차를 몰았다.

"러시아에서 만든 거요?"

"차량이나 카본매트릭스 프레임은 러시아제예요. 전자공학 부품은 대만에서 가져옵니다. 조립은 콸라룸푸르에서 우리가 직접 하구요."

"그런데 이게 제일 큰 모델이오?"

"아뇨, 중형입니다. 대형은 지금 보여드릴 물건이 없네요."

링은 차를 트럭 옆에 나란히 세웠다. 트럭은 대형 불도저만한 크기였다. 거대한 타이어만 보더라도 랜드크루저의 지붕 높이에 조금 못 미칠 정도였다. 차체의 중간쯤에는 직사각형의 커다란 공동 발생기가 지면을 향해 장착되어 있었는데, 특대형 디젤 발전기처럼 각종 파이프와 전선들이 뒤엉킨 상자 모양의 물체였다. 그 밑에는 곡면으로 된 공동 발생판이 지면으로부터 몇 피트 위에 매달려 있었다.

그들이 차에서 내리자 푹푹 찌는 무더위가 엄습해왔다. 링의 안경이 금방 뿌옇게 흐려졌다. 그는 안경을 셔츠에 문질러 닦았다. 피터슨이 트럭 주위를 돌았다.

"트럭은 빼고 제품만 구입할 수도 있소?"

"네, 운송용 제품도 만듭니다. 해상 컨테이너를 이용하죠. 하지만 대부분의 고객들은 최종적으로 차량에 장착해주길 바라시더군요."

"난 제품만 필요하오. 시범을 보여주시겠소?"

"당장 보여드리죠."

링은 운전석에 높이 올라앉은 운전자에게 신호를 보냈다.

"우린 좀 뒤로 물러서는 게 좋겠습니다."

그러자 피터슨이 갑자기 불안해하며 말했다.

"잠깐. 우리 둘만 있는 줄 알았는데 저건 누구요?"

"제 동생입니다. 아주 믿을 만한 녀석이죠."

"글쎄……"

"뒤로 갑시다. 멀찌감치 떨어져야 더 잘 보이죠."

공동 발생기가 가동되어 요란하게 칙칙거리기 시작했다. 그리고 이내 그 소리에 섞여 다른 소리도 들리기 시작했다. 웅웅거리는 낮은 소리였는데, 링은 언제나 가슴속에서, 아주 뼛속 깊은 곳에서 그 소리의 진동을 느끼곤 했다.

피터슨이 얼른 물러서는 것으로 보아 그 역시 그런 느낌을 받은 것이 분명했다.

링은 이렇게 설명했다.

"공동 발생기는 극초음파로 방사상 대칭형 공동장(空洞場)을 만듭니다. 광학 렌즈처럼 초점을 조절할 수 있는데, 소리를 이용한다는 점이 다를 뿐이죠. 다시 말해서 음파를 한 곳에 집중시켜 원하는 곳에 공동을 만들어낼 수 있다는 겁니다."

그가 신호를 보내자 운전자가 고개를 끄덕였다. 공동 발생판이 하강하여 지면 바로 위까지 접근했다. 소리가 달라져 더욱더 낮아지고 훨씬 조용해졌다. 두 사람이 서 있는 곳에서도 땅이 조금씩 진동하는 것을 느낄 수 있었다.

"맙소사."

피터슨이 뒷걸음질을 쳤다.

"걱정 마세요. 이건 미약한 반향음일 뿐입니다. 에너지의 주력은 직각으로 곧장 아래쪽을 향하고 있으니까요."

트럭으로부터 40피트쯤 밑에 위치한 절벽이 갑자기 흐릿해져 잘 보이지 않게 되었다. 그리고 작은 구름 같은 잿빛 연기가 피어올라 잠시 절벽 표면이 가려지더니 문득 절벽의 한 부분이 통째로 무너져 그 밑의 호수로 와르르 쏟아져 내렸다. 마치 산사태가 난 것 같았다. 그 부근이 온통 연기와 흙먼지에 휩싸였다.

이윽고 공기가 맑아지기 시작할 때 링이 말했다.

"이제 음파를 어떻게 이동시키는지 보여드리죠."

다시 우르릉거리는 소리가 시작되었고, 이번에는 훨씬 더 아래쪽, 그러니까 아까보다 200피트 남짓 더 내려간 부분의 절벽면이 흐릿해졌다. 그러고는 다시 잿빛 흙더미가 무너졌는데, 이번에는 아까보다 사뭇 조용하게 호수로 흘러내리는 것이었다.

피터슨이 물었다.

"수평 방향으로도 초점을 맞출 수 있소?"

링은 그렇다고 대답했다. 트럭으로부터 100야드 가량 북쪽의 절벽이 흔들리다가 떨어져 나와 다시 와르르 붕괴되었다.

"방향도 거리도 마음대로 조절할 수 있습니다."

"거리까지 마음대로?"

"대형 모델은 1천 미터까지 초점을 맞출 수 있죠. 그렇게 먼 거리가 필요하다는 고객은 아무도 없지만 말입니다."

"아니 아니, 우리도 그 정도까지는 필요 없소. 우리가 원하는 건 그냥 강력한 음파요."

피터슨은 두 손을 바지에 문질렀다.

"이젠 볼 만큼 봤소."

"정말입니까? 보여드릴 기술이 아직 많이 남았는데……"

"난 이제 가봐야겠소."

피터슨의 눈은 선글라스에 가려 잘 보이지 않았다.

"알겠습니다. 이 정도로 됐다면……"

"됐소."

차를 몰고 돌아가는 길에 피터슨이 물었다.

"선적지는 콸라룸푸르요, 홍콩이오?"

"콸라룸푸르죠."

"제한 규정엔 어떤 것들이 있소?"

"무슨 말씀이신지?"

"미국에서는 극초음파 공동 발생기 기술이 기밀 사항이오. 허가증이 없으면 반출할 수 없지."

"말씀드렸다시피 우린 대만제 전자공학 부품을 사용합니다."

"미제만큼 안정적인 제품이오?"

"거의 똑같죠."

만약 피터슨이 이 분야에 대해 잘 알고 있었다면 미국이 그런 최첨단 칩셋을 만들 수 있는 능력을 벌써 오래전에 잃어버렸다는 사실도 알았을 것이다. 미국의 공동 발생기 칩셋은 대만에서 제조되고 있었다.

"그런데 왜 물으십니까? 혹시 미국으로 들여갈 계획이신가요?"

"그건 아니오."

"그렇다면 문제없습니다."

"준비 기간은 얼마면 되겠소?"

"7개월쯤 필요한데요."

"난 5개월 정도로 생각했는데."

"그것도 가능합니다. 그 대신 할증금이 붙습니다. 몇 대나 필요하신 거죠?"

"석 대."

링은 도대체 왜 공동 발생기가 석 대나 필요하다는 것인지 의아스러웠다. 전 세계의 지질조사 전문회사 중 한 대 이상을 보유한 곳은 한 군데도 없었다.

"주문대로 해드릴 수 있습니다. 계약금이 들어오는 대로 시작하죠."

"계약금은 내일 송금할 거요."

"그런데 물건은 어디로 보냅니까? 캐나다?"

"목적지에 대해서는 따로 지시가 있을 거요. 5개월 이내에."

구로카와 기쇼(일본 건축가)가 구불구불한 곡선 형태로 설계한 초현대식 공항 건물이 정면에 나타났다. 피터슨은 아까부터 입을 다물고 있었다. 경사로를 올라가면서 링이 말했다.

"탑승 시간에 늦지나 않으셨는지 모르겠네요."

"뭐요? 아, 그렇소. 시간은 충분하지."

"곧장 캐나다로 돌아가십니까?"

"그렇소."

링은 국제공항에 차를 세우고 차에서 내려 피터슨과 악수를 나누었다. 피터슨이 작은 가방을 어깨에 멨다. 짐이라고는 그게 전부였다. 피터슨이 말했다.

"자, 난 이만 가보겠소."

"안녕히 가십시오."

"고맙소. 당신도 잘 가시오. 이제 홍콩으로 돌아가는 거요?"

"아닙니다. 공장에 가서 일을 시작하라고 해야죠."

"이 근처에 있소?"

"네, 푸두라야에 있습니다. 몇 킬로미터만 가면 되죠."

"알겠소, 그럼."

피터슨은 마지막으로 손을 흔들어 보이고 터미널 안으로 사라졌다. 링은 차로 돌아와 공항을 떠났다. 그런데 막 경사로를 내려갈 때 문득 피터슨이 좌석에 떨어뜨린 휴대폰이 눈에 띄었다. 그는 차를 길가에 대고 어깨 너머로 뒤를 돌아보았다. 그러나 피터슨은 보이지 않았다. 링이 들고 있는 휴대폰은 싸구려 플라스틱으로 만든 가벼운 제품이었다. 선불제 일회용 카드폰이었던 것이다. 피터슨이 주로 사용하는 휴대폰일 리가 없었다.

링은 문득 한 친구를 떠올렸다. 그 친구라면 이 전화기와 내부의 카드를 추적하여 구입자에 대해 알아낼 수도 있을 터였다. 링은 그 사람에 대해 더 알고 싶었다. 그래서 전화기를 호주머니에 넣고 다시 공장이 있는 북쪽으로 차를 몰았다.

섀드템스

5월 21일 금요일
11:04 AM

리처드 맬러리는 책상에서 고개를 들었다.

"네에?"

문간에 서 있는 남자는 창백한 얼굴에 호리호리한 체격이었는데, 금발을 상고머리로 짧게 깎아 미국인처럼 보였다. 거동은 격식에 얽매이지 않는 듯했고, 옷차림에도 별다른 특색이 없었다. 때 묻은 아디다스 러닝슈즈와 물 빠진 감색 운동복이 전부였다. 마치 조깅을 하려고 나선 길에 잠시 이 사무실에 들른 사람 같았다.

이곳은 런던의 타워브리지 남쪽에 새로 단장한 창고 지역 버틀러스 휘프의 잘 나가는 디자인회사 '디자인 퀘스트'였고, 따라서 사무실 직원들은 대부분 캐주얼 차림이었다. 다만 맬러리는 예외였다. 사장인 그는 슬랙스에 화이트셔츠를 입었다. 그리고 발이 아픈 정장 구두를 신었다. 그래도 최신 유행 제품이었다.

맬러리가 말했다.

"뭘 도와드릴까요?"

미국인이 대답했다.

"물건을 가지러 왔소."

"죄송하지만 무슨 물건이죠? 택배회사에서 오신 거라면 비서한테 가보세요."

그러자 미국인은 불쾌한 표정을 지었다.

"농담이 좀 지나친 거 아니오? 젠장, 물건이나 빨리 주시오."

"좋아요, 알았어요."

맬러리는 책상 뒤에서 몸을 일으켰다.

자기가 너무 심했다고 생각했는지 미국인은 맬러리의 등 뒤에 있는 벽 쪽을 가리키며 좀더 부드러운 어조로 말했다.

"선생이 하신 거요?"

"우리가 한 거죠. 우리 회사에서."

그 벽에는 두 장의 포스터가 나란히 붙어 있었다. 둘 다 새까만 우주 공간에 지구가 떠 있는 사진이었는데, 다른 점이라고는 표어뿐이었다. 한 장은 '지구를 살립시다', 그리고 그 밑에 '우리의 유일한 고향입니다'라고 적혀 있었다. 다른 한 장은 '지구를 살립시다', 그 밑에는 '달리 갈 곳도 없습니다'였다.

그리고 한쪽 옆에는 틀에 넣은 금발 모델의 사진이 걸려 있었는데, 모델의 티셔츠에는 '지구를 살립시다'와 함께 '누가 봐도 멋진 일이죠'라는 말이 찍혀 있었다.

"우리가 작업했던 '지구를 살립시다' 캠페인이죠. 그런데 고객이 채택하질 않았어요."

"누가 말이오?"

"국제자연보호기금(International Conservation Fund)."

맬러리는 미국인 곁을 지나서 뒤에 있는 계단을 통해 차고 쪽으로 내려가기 시작했다. 미국인도 따라왔다.

"채택하지 않은 이유가 뭐요? 마음에 안 들어서?"

"아니, 마음에 들어하긴 했죠. 그런데 리오를 모델로 쓰게 돼서 그쪽으로 돌아선 거예요. 홍보 캠페인을 텔레비전 광고로 하게 된 거죠."

계단 아래에 이르러 맬러리가 카드를 그어대자 찰칵 소리와 함께 문이 열렸다. 그들은 건물 지하의 작은 주차장에 들어섰다. 거리로 나가는 경사로에서 비쳐드는 눈부신 햇빛을 제외하면 주차장 안은 어두운 편이었다. 맬러리는 승합차 한 대가 경사로를 반쯤 가로막고 서 있는 것을 보고 불쾌감을 느꼈다. 평소에도 그 자리에 세워놓은 배달차 때문에 말썽이 잦았기 때문이다.

맬러리는 미국인을 돌아보았다.

"차를 가져오셨나요?"

"그렇소. 승합차요."

그는 그쪽을 가리켰다.

"아, 다행이네요. 그게 댁의 차였군요. 도와줄 사람도 데려오셨나요?"

"아니, 나 혼자요. 왜 그러시오?"

"그게 무식하게 무겁거든요. 가느다란 전선이지만 길이가 장장 50만 피트나 되니까요. 무게도 700파운드나 나간다구요."

"문제없소."

맬러리는 자신의 로버가 서 있는 곳으로 가서 트렁크를 열었다. 미국인이 휘파람을 불자 승합차가 덜컹거리며 경사로를 내려왔다. 운전자는 삐죽삐죽 세운 머리에 시꺼먼 화장을 하고 좀 거칠어 보이는 여자였다.

맬러리가 말했다.

"혼자 오신 줄 알았는데요."

그러자 미국인이 대답했다.

"저 여자는 아무것도 모르니까 그냥 무시하시오. 승합차는 저 여자가 가져온 거요. 운전만 하는 거지."

맬러리는 열어놓은 트렁크 쪽으로 돌아섰다. 트렁크 안에는 하얀 상자들이 잔뜩 쌓여 있었다. 상자마다 '이더넷[Ethernet, 미국의 DEC, 인텔(Intel), 제록스(Xerox) 3사가 공동 개발한 구내 정보 통신망(LAN)의 모델] 케이블 (피복 없음)'이라는 품명과 함께 제품 정보가 인쇄되어 있었다.

미국인이 말했다.

"어디 한 개만 열어봅시다."

맬러리는 상자 하나를 개봉했다. 그 속에는 아주 가느다란 전선을 주먹만한 크기로 감고 각각 수축 플라스틱으로 포장해놓은 코일들이 뒤죽박죽 담겨 있었다.

"보시다시피 유도선(誘導線)이에요. 대전차(對戰車) 미사일용이죠."

"그렇소?"

"그쪽에서 그렇게 말하더군요. 그래서 이런 식으로 포장한 거죠. 미사일 하나마다 전선 코일 하나씩이니까요."

그러자 미국인이 말했다.

"난 모르는 일이오. 그냥 배달만 해주는 거니까."

그는 승합차로 다가가 뒷문을 열었다. 그러고는 상자를 하나씩 옮겨 싣기 시작했다. 맬러리도 거들었다.

미국인이 물었다.

"그 사람이 다른 얘기도 했소?"

"하긴 했죠. 누가 바르샤바 조약군에서 흘러나온 잉여품 로켓 500개를 사들였다고 하더군요. 핫파이어인지 핫와이어인지 하던데요. 탄두 같은 건 없고 로켓 본체만 있었는데, 듣자니 처음 살 때부터 유도선이 불량이었다나 봐요."

"처음 듣는 얘기요."

"어쨌든 그 사람은 그렇게 말했어요. 로켓은 스웨덴에 가서 구입했대요. 아마 예테보리였을 거예요. 거기서 선적한 거죠."

"왠지 걱정스러운 목소리군."

"걱정하는 건 아니에요."

"엉뚱한 일에 말려들었나 싶어 걱정하시는 것 같은데."

"그렇지 않아요."

"정말이오?"

"네, 물론 정말이죠."

어느덧 대부분의 상자들이 승합차로 옮겨졌다. 맬러리는 땀을 흘리기 시작했다. 미국인이 자꾸 힐끔거리며 그를 곁눈질하는 것 같았다. 노골적으로 의심하는 표정이었다. 미국인이 말했다.

"그런데, 어디 말해보시오. 어떻게 생긴 사람이었소?"

맬러리도 그 질문에 순순히 대답할 만큼 어리석지는 않았다. 그는 어깨를 으쓱해 보였다.

"그냥 남자였어요."

"미국인?"

"모르겠어요."

"미국인인지 아닌지도 모르시오?"

"말투만 가지고는 잘 모르겠던데요."

"그건 왜?"

"캐나다인이었는지도 몰라요."

"혼자였소?"

"네."

"왜냐하면 내가 어느 매력적인 여자에 대한 소문을 들었기 때문이
오. 하이힐에 타이트스커트를 입은 섹시한 여자."

"그런 여자였다면 제가 잊어버렸을 리가 없죠."

"혹시…… 그 여자 얘기를 일부러 빼먹은 건 아니오? 혼자 어떻게
해보려고?"

또 그 의심쩍은 시선. 맬러리는 미국인의 허리춤이 불룩 튀어나온
것을 보았다. 혹시 권총? 그럴지도 모른다.

"아뇨. 그 남자는 혼자였어요."

"남자의 정체는 알 수 없었고?"

"그래요."

"나 같으면 애당초 50만 피트나 되는 대전차 미사일 유도선이 왜 필
요한 건지 궁금해했을 거요. 도대체 어디다 쓰려는 걸까?"

"그 사람은 말해주지 않았어요."

"그런데도 당신은 아무것도 묻지 않았다는 거요? '좋아, 친구, 유도
선 50만 피트, 나한테 맡겨' 하고?"

"선생이야말로 질문이 많으시군요."

맬러리는 계속 땀을 흘리고 있었다.

"나로서는 그럴 만한 이유가 있지."

미국인의 말투가 싸늘해졌다.

"당신한테 이 말은 꼭 해줘야겠소. 들려오는 소문이 마음에 안 들더
라는 거."

마지막 상자가 승합차로 옮겨졌다. 맬러리는 뒤로 물러섰다. 미국인
이 뒷문 한 짝을 닫고 곧이어 다른 한 짝도 마저 닫았다. 그런데 두 번
째 문짝이 닫히는 순간 맬러리는 그 자리에 서 있는 운전자를 보게 되
었다. 아까 그 여자였다. 문짝 뒤에 서 있었던 것이다.

그녀가 말했다.

"나도 그게 마음에 안 들어요."

그녀는 육군 잉여품으로 흘러나온 전투복 차림이었다. 헐렁한 바지와 목이 긴 군화. 불룩한 녹색 재킷. 묵직한 장갑. 검정색 선글라스.

그때 미국인이 말했다.

"아니, 잠깐 기다려봐."

"당신 휴대폰을 이리 줘요."

여자가 손을 내밀었다. 다른 손은 등 뒤에 감추고 있었다. 마치 권총을 들고 있는 것처럼.

"왜?"

"어서 달라니까."

"왜?"

"그냥 한 번 보고 싶어서요."

"별로 특별한 것도 없는데……"

"어서 줘요."

미국인은 호주머니에서 휴대폰을 꺼내 그녀에게 내밀었다. 그러나 여자는 그것을 받는 대신 남자의 손목을 낚아채 자기 쪽으로 홱 잡아당겼다. 휴대폰이 바닥에 나뒹굴었다. 여자는 등 뒤에 숨겼던 손을 꺼내면서 그 장갑 낀 손으로 남자의 목 옆 부분을 붙잡았다. 그러더니 마치 남자를 교살하려는 듯 양손으로 그의 목을 움켜쥐었다.

남자는 순간적으로 놀라 어리벙벙해졌다가 이내 버둥거리기 시작했다.

"이게 무슨 짓이야? 도대체 무슨…… 아야!"

그는 마치 불엔 덴 것처럼 여자의 두 손을 떨쳐내고 펄쩍 뛰어 뒤로 물러났다.

"그게 뭐였지? 무슨 짓을 한 거야?"

그는 자신의 목을 만져보았다. 피가 조금 흐르고 있었다. 몇 방울에 불과해서 손끝만 붉게 물들었을 뿐이었다. 무시해도 될 만한 정도였다.

"무슨 짓을 한 거지?"

"아무것도 아니에요."

그녀는 장갑을 벗고 있었다. 맬러리는 그녀의 동작이 매우 조심스럽다는 것을 알아차렸다. 마치 장갑 속에 뭔가가 쥐어 있는 것처럼, 그것을 만지지 않으려는 것처럼.

"아무것도 아니라구? 아무것도 아니야? 빌어먹을!"

미국인은 갑자기 홱 돌아서서 바깥의 길거리를 향해 경사로를 뛰어오르기 시작했다.

여자는 그의 뒷모습을 침착하게 지켜보았다. 그러더니 허리를 굽히고 휴대폰을 집어 호주머니에 넣었다. 그러고는 맬러리를 돌아보았다.

"가서 일보세요."

맬러리는 잠시 머뭇거렸다.

"당신은 이번 일을 잘해줬어요. 난 당신을 못 본 거예요. 당신도 나를 못 봤고. 이제 가봐요."

맬러리는 돌아서서 뒷계단으로 통하는 문 쪽으로 걸어갔다. 등 뒤에서 여자가 승합차의 문을 닫는 소리가 들렸고, 고개를 돌려보니 그 차가 경사로를 질주하여 길거리의 눈부신 햇살 속으로 뛰어들고 있었다. 승합차는 곧 우회전을 하더니 사라져버렸다.

그가 사무실로 돌아왔을 때 비서 엘리자베스가 도시바에서 만든 신제품 초경량 컴퓨터의 광고 레이아웃을 가지고 들어왔다. 촬영은 내일이었다. 마지막으로 점검해야 할 부분들이 있었다. 그는 그 판지들을 대충 훑어보았다. 주의를 집중하기가 어려웠다.

엘리자베스가 물었다.

"마음에 안 드세요?"

"아니 아니, 이건 괜찮아."

"좀 창백해 보이시네요."

"그냥 좀…… 속이 안 좋아서."

"생강차. 그게 최고예요. 끓여드릴까요?"

맬러리는 그녀를 빨리 내보내려고 고개를 끄덕였다. 그러고는 창밖을 내다보았다. 맬러리의 사무실에서는 템스 강의 멋진 경관이 한눈에 내려다보였고 왼쪽에는 타워브리지가 있었다. 이 다리는 연파랑과 하양으로 새로 칠했지만 (전통에 따른 배색일까, 아니면 그냥 잘못된 판단이었을까?) 맬러리는 그것을 볼 때마다 기분이 좋아졌다. 어쩐지 든든한 느낌이었다.

맬러리는 창가에 다가서서 다리를 바라보았다. 그는 얼마 전에 절친한 친구가 어느 과격파 환경운동 단체를 도와달라고 부탁했을 때 재미있겠다고 생각했던 기억을 떠올리고 있었다. 약간의 비밀, 약간의 모험. 폭력과는 전혀 무관한 일이라는 확언도 들은 터였다. 설마 겁먹을 일이 생길 줄은 상상도 못했다.

그런데 그는 지금 두려워하고 있었다. 손이 부들부들 떨렸다. 그는 두 손을 호주머니에 찔러넣고 창밖을 내다보며 생각했다. '로켓 500개? 로켓 500개라니. 내가 무슨 일에 말려든 거지?' 그러다가 서서히 깨달았다. 언제부턴가 사이렌 소리가 들려오고 다리 난간에서 붉은 불빛들이 번쩍거리고 있었다.

다리 위에서 사고가 발생한 것이었다. 경찰과 구조대의 차량 숫자로 미루어 심각한 사고가 분명했다.

아마 사람이 죽었을 것이다.

맬러리는 가만히 있을 수가 없었다. 공포감을 느끼면서도 사무실을 빠져나갔다. 그러고는 부둣가로 나가서 두근거리는 가슴을 안고 서둘러 타워브리지로 향했다.

빨간 이층버스의 위층에서 놀란 관광객들이 입을 가린 채 내려다보고 있었다. 맬러리는 버스 앞쪽에 가까이 모여든 구경꾼들 속으로 비집고 들어갔다. 웬만큼 접근하자 경찰과 구급대원 등 대여섯 명이 도로 위에 쓰러진 시체 하나를 둘러싸고 쭈그려 앉아 있었다. 그리고 우람한 버스 운전수가 우두커니 서서 눈물을 흘리며 그들을 내려다보고 있었다. 운전수는 그 남자가 마지막 순간에 버스 앞으로 뛰어들어 도저히 피할 수 없었다고 말했다. 비틀거리고 있었으니 틀림없이 술에 취했을 거라고 했다. 마치 발을 헛디뎌 인도에서 떨어지는 것처럼 보였다는 것이다.

경찰관들이 가로막고 있어서 맬러리는 시체를 볼 수 없었다. 구경꾼들은 거의 아무 소리도 내지 않고 지켜보기만 할 뿐이었다. 그때 한 경찰관이 붉은색 여권을 두 손으로 들고 일어섰다. 독일 여권이었다. '아, 다행이다!' 맬러리는 비로소 안도감을 느꼈다. 그러나 다음 순간, 구급대원 한 명이 물러서면서 희생자의 한쪽 다리가 나타났다. 물 빠진 감색 운동복과 아디다스 러닝슈즈가 피에 흠뻑 젖어 있었다.

그는 메스꺼움을 느끼고 황급히 돌아서서 구경꾼들을 밀쳐내며 빠져나왔다. 사람들은 덤덤하거나 성가시다는 표정을 지을 뿐, 아무도 맬러리를 거들떠보지 않았다. 모두 그 시체만 뚫어져라 응시했다.

그러나 예외도 한 명 있었다. 회사 중역처럼 검은 정장에 넥타이를 맨 남자였다. 그는 맬러리를 똑바로 바라보고 있었다. 맬러리도 그의 눈을 마주보았다. 남자가 살짝 고개를 끄덕였다. 맬러리는 아무런 반응도 보이지 않았다. 그는 가장 바깥쪽에 있는 구경꾼들을 밀쳐내고 그곳을 벗어나 황급히 달아났다. 그러고는 사무실로 올라가는 계단을 밟다가 문득 자신도 알 수 없는 어떤 면에서 자신의 삶이 영원히 달라졌음을 깨달았다.

도쿄

6월 1일 화요일
10:01 AM

IDEC, 즉 세계데이터환경컨소시엄(International Data Environmental Consortium)은 게이오 대학의 미타 캠퍼스에 인접한 작은 벽돌 건물을 쓰고 있었다. 모르는 사람들에게 IDEC는 게이오 대학의 부속 기관처럼 보였고 교표〔'칼라무스 글라디오 포르티오르(Calamus Gladio Fortior)'〕까지 내세우고 있었지만 실제로는 독자적인 단체였다. 이 건물의 중심부에는 작은 회의실이 하나 있었고, 그 방의 앞쪽에 걸린 스크린을 향해 다섯 개씩 두 줄의 의자와 강연대 하나가 놓여 있었다.

아침 10시, 아키라 히토미 IDEC 회장은 강연대 뒤에 서서 한 미국인이 들어와 의자에 앉는 것을 지켜보고 있었다. 미국인은 몸집이 큰 남자였다. 키는 별로 안 컸지만 운동선수처럼 어깨와 가슴팍이 두툼했다. 그렇게 몸집이 큰데도 움직임은 유연하고 조용했다. 그리고 네팔인 장교가 곧바로 뒤따라 들어왔는데, 피부는 가무잡잡했고 태도는 신중했다. 그는 미국인의 뒷줄에서 한쪽으로 비켜난 자리에 앉았다. 히토미는 강연대 뒤에서 그들을 향해 말없이 고개를 끄덕였다.

이윽고 판벽널로 장식된 실내가 서서히 어두워졌고, 사람들의 눈은 곧 어둠에 적응했다. 사방의 벽에서 판벽널이 미끄러지듯 소리 없이 사라지고 커다란 평판 스크린들이 나타났다. 몇몇 스크린은 벽 속에서 조용히 밀려나오기도 했다.

마침내 문이 닫히더니 딸깍 소리와 함께 잠겼다. 히토미는 그제야 말문을 열었다.

"안녕하십니까, 케너 상."

정면 스크린에는 '히토미 아키라' 라는 이름이 영어와 일본어로 적혀 있었다.

"안녕하십니까, 타파 상."

히토미는 아주 작고 아주 얇은 은색 노트북 컴퓨터를 열어젖혔다.

"오늘은 지난 21일 동안 수집한 자료를 보여드리겠습니다. 지금으로부터 20분 전까지의 기록이죠. 이건 우리의 합동 프로젝트 '아카마이(지혜를 의미하는 하와이어) 트리(Akamai Tree)'를 통해 조사한 결과입니다."

두 손님이 고개를 끄덕였다. 케너가 기대감에 부풀어 미소를 머금었다. 히토미는 당연한 반응이라고 생각했다. 이 정도 수준의 프레젠테이션은 전 세계 어디서도 접할 수 없는 것이기 때문이다. 히토미가 소속된 기관은 전자 데이터의 축적 및 조정 분야에서 세계를 선도하고 있었다. 이제 각각의 스크린이 밝아지면서 하나둘씩 영상이 떠올라 빛을 발하기 시작했다. 그 영상들은 어떤 단체의 로고처럼 보였다. 흰색 바탕에 녹색의 나무 한 그루, 그리고 '아카마이 트리 디지털 네트워크 솔루션(AKAMAI TREE DIGITAL NETWORK SOLUTIONS)'이라는 문구가 있었다.

이런 명칭과 도안을 채택한 이유도 진짜 인터넷 회사들의 이름이나 로고와 비슷하기 때문이었다. 지난 2년 동안 아카마이 트리의 서버 네트워크는 사실상 면밀히 설계된 함정과 같았다. 그들은 상계와 학계라는 두 분야에서 다단계 쿼드(quad, 네 개의 숫자로 이루어진 인터넷 주소, 즉 IP 주소) 검사 허니넷(honeynet, 사이버 공격을 유도하여 해커 등의 활동 양상과 수법을 연구하기 위한 가상 네트워크)들을 구축했다. 이렇게 해서 서버로부터 인터넷 유저를 역추적하는 방법은 성공률 87퍼센트였다. 그들은 작년부터 인터넷에 미끼를 던지기 시작했는데, 처음에는 평범한 자료를 제공하다가 점점 더 매력적인 먹이를 내놓았다.

히토미가 말했다.

"우리는 지질학, 응용물리학, 생태학, 토목공학, 생물지리학 등 여러 분야의 인기 사이트를 그대로 옮겨놓은 미러사이트들을 만들었습니다. 심층 탐구자들을 유인하기 위해 마련한 자료는 지진 기록 중 폭발물 사용에 대한 정보나 각종 구조물이 진동이나 지진 피해를 견뎌내는 안정성에 대한 검사 따위가 대표적입니다. 그리고 해양학 사이트에는 태풍, 변종파도(rogue wave), 쓰나미 등에 대한 자료가 있습니다. 이건 두 분도 잘 아시는 내용이죠."

케너는 고개를 끄덕였다.

히토미가 말을 이었다.

"우리는 우리의 적이 널리 분산되어 있으며 매우 교활하다는 사실을 알고 있습니다. 유저들은 흔히 음란물 차단용 방화벽을 설치해놓고 활동하거나 청소년 등급의 AOL〔미국에서 가장 많은 사용자를 확보하고 있는 PC 통신망의 하나. '아메리카 온라인(America Online)'〕계정을 사용하여 자기들이 장난꾸러기 청소년이나 어린애라는 인상을 심어주려고 하죠. 그러나 실제로는 전혀 그렇지 않습니다. 그들은 대단히 조직적이고 끈질기며 무자비합니다. 최근 몇 주 사이에 우리는 좀더 많은 사실을 알게 됐습니다."

화면이 바뀌면서 목록이 나타났다.

"우리의 시스템 프로그램은 다양한 웹사이트와 토론 그룹 중에서 특히 이와 같은 몇몇 주제 항목에 심층 탐구자들이 몰려 있다는 것을 알아냈습니다."

오르후스, 덴마크

아르곤/산소 추진방식

오스트레일리아 전쟁사

케이슨 방파제

공동 발생기(고체용)

이동통신 암호화

발파해체공법

홍수 통제

고전압 절연물

힐로, 하와이

미드오션 릴레이 네트워크(MORN)

태평양 선교 일지

전국지진정보센터(NEIC)

전국환경자원기금(NERF)

네트워크 데이터 암호화

수산화칼륨

프레스콧, 애리조나

열대우림질병재단(RFDF)

지진의 지질학적 징후

성형(成形) 폭약(시한장치)

신카이(Shinkai) 2000

로켓 추진용 고체연료

독소와 신경독

유도선 로켓

히토미가 말했다.

"인상적인 목록이지만 좀 알쏭달쏭하죠. 그렇지만 우리에겐 온갖 어중이떠중이 속에서 열성분자들만 가려내는 필터가 있습니다. 방화벽을 공격하고 트로이 목마(해킹 프로그램의 일종)나 와일드 스파이더 따위를 심어놓는 자들이죠. 그중엔 신용카드 기록이나 찾아다니는 놈들도 많지만 전부가 그러는 건 아닙니다."

그가 작은 컴퓨터를 두드리자 곧 화면이 바뀌었다.

"우리는 각각의 주제 항목을 허니넷에 추가했는데, 조금씩 더 흥미로운 내용을 보여주다가 마지막엔 새로운 연구 자료가 곧 나온다는 걸 넌지시 암시했습니다. 오스트레일리아, 독일, 캐나다, 러시아 등지의 과학자들이 주고받은 이메일이라면서 몇몇 자료를 내놓은 거죠. 그렇게 사람들을 유인하고 트래픽(traffic, 통신의 흐름)을 관찰했습니다. 그 결과로 토론토, 시카고, 앤아버, 몬트리올 등 북미 쪽의 트래픽이 많다는 걸 확인했는데, 특히 북미 동서 해안과 영국, 프랑스, 독일 등이 중심지였습니다. 이건 심각한 알파 극단주의 집단입니다. 어쩌면 벌써 파리에서 연구원 한 명을 살해한 놈들이 바로 그자들인지도 모릅니다. 지금 그 자료를 기다리는 중이지만 프랑스 당국은 좀…… 늑장을 부릴 때가 있거든요."

그러자 케너가 처음으로 입을 열었다.

"델타 통신 쪽은 현재 어떻습니까?"

"이동통신 트래픽도 증가 추세입니다. 이메일은 극도로 암호화되었고 데이터 전송 양도 늘어났죠. 어떤 계획을 진행 중인 게 분명합니다. 규모는 전 세계, 게다가 대단히 복잡하고 거액이 드는 계획일 겁니다."

"그런데 무슨 계획인지는 모르는군요."

"아직은 그렇습니다."

"그렇다면 돈의 행방을 추적해봐야겠네요."

"벌써 추적하고 있습니다. 다방면에서 말이죠."

히토미는 굳은 의지가 엿보이는 미소를 지었다.

"이제 물고기 한 마리가 낚싯바늘을 삼키는 건 시간문제입니다."

밴쿠버

6월 8일 화요일
4:55 PM

냇 데이먼은 서류에 서명을 멋지게 휘갈겨 썼다.

"비밀유지 합의서에 서명해보긴 처음이네요."

그러자 반짝거리는 양복을 입은 남자가 서류를 건네받으며 말했다.

"뜻밖이군요. 이건 일반적인 절차일 텐데 말입니다. 비밀 정보가 새어나가면 곤란하니까요."

그는 의뢰인을 따라온 변호사였는데, 그의 의뢰인은 청바지와 투박한 워크셔츠 차림에 안경을 쓰고 턱수염을 기른 사내였다. 이 사내는 자기가 석유 지질학자라고 말했고 데이먼도 그 말을 믿었다. 아닌 게 아니라 그가 상대했던 석유 지질학자들과 별로 다를 바 없는 모습이었기 때문이다.

데이먼의 회사는 '캐나다 머린 RS 테크놀러지(Canada Marine RS Technologies)'였다. 그는 밴쿠버 외곽의 작고 답답한 사무실에서 세계 각지의 고객들에게 탐사용 잠수함이나 무선조종 잠수정을 임대하는 일을 했다. 그러나 이 잠수함들의 소유자는 데이먼이 아니었고, 그는 다만 그것들을 빌려주는 일을 할 뿐이었다. 잠수함들은 요코하마, 두바이, 멜버른, 샌디에이고 등 전 세계에 흩어져 있었다. 그중에는 6

명의 승조원이 배치되어 당장에라도 세계일주가 가능한 50피트급 잠수함도 있었고, 1인용 소형 다이빙머신, 그리고 수면에 떠 있는 모선(母船) 위에서 무선으로 조종하는 더 작은 로봇 잠수정도 있었다.

데이먼의 고객들은 해저를 탐사하거나 근해 굴착 장비와 유정탑 따위의 상태를 점검할 때 잠수함을 사용하는 에너지 관련사와 광산회사들이었다. 업무 분야가 그렇게 특수한 까닭에, 선박 수리창 안쪽에 깊숙이 숨어 있는 그의 작은 사무실까지 찾아오는 손님은 그리 많지 않았다.

그러나 그 두 사람은 영업시간이 끝나기 직전에 사무실 문에 들어섰다. 대화는 변호사가 도맡아했다. 고객 쪽은 데이먼에게 '사이즈믹 서비스'라고 적힌 명함을 건넸을 뿐이었다. 주소지는 캘거리였는데, 충분히 납득할 만한 일이었다. 캘거리는 석유회사들에게 매우 중요한 도시였다. 페트로캐나다(Petro-Canada), 셸(Shell), 선코어(Suncor) 등이 모두 그곳에 있었고, 다른 회사들도 많았다. 그리고 시굴 및 탐사를 위한 소규모 컨설팅 회사도 수십 개나 생겼다.

데이먼은 등 뒤의 선반에서 작은 모형 한 개를 집어들었다. 앞이 뭉툭하고 돔형 조종실이 붙어 있는 조그맣고 하얀 잠수함이었다. 그는 그것을 두 사람 앞의 탁자 위에 내려놓았다.

"말씀하신 용도엔 이걸 추천합니다. RS 스콜피온인데, 영국에서 겨우 4년 전에 만든 거죠. 탑승인원 2명, 디젤유와 전기를 사용하는 폐회로 아르곤 추진방식입니다. 수중에서는 산소 20퍼센트와 아르곤 80퍼센트로 가동합니다. 이미 성능이 검증된 확실한 방식이죠. 공기정화는 수산화칼륨, 전압은 200볼트, 유효수심 2천 피트, 잠수시간 3.8시간. 아시는지 모르겠지만 일본의 신카이 2000이나 전 세계에 네 척밖에 없는 다운스타(DownStar) 80과 동급입니다. 그런데 그것들은 모두 장기

임대 중이죠. 스콜피온도 아주 우수한 잠수함입니다."

두 사람은 고개를 끄덕이며 서로 마주보았다. 턱수염을 기른 사내가 물었다.

"그런데 외부 로봇 팔은 어떤 종류가 있죠?"

"그건 수심에 따라 다릅니다. 비교적 얕은 곳에선……"

"한 2천 피트쯤 된다고 칩시다. 어떤 로봇 팔을 써야 합니까?"

"수심 2천 피트에서 샘플을 채취하신다구요?"

"사실은 해저에 감지 장치를 설치하려는 겁니다."

"그러셨군요. 가령 무선 통신기 같은 것 말씀이죠? 수상으로 자료를 전송하는?"

"대충 비슷해요."

"그 장치가 얼마나 크죠?"

턱수염을 기른 사내는 두 손을 2피트 간격으로 벌렸다.

"이 정도요."

"그럼 무게는요?"

"아, 정확히는 잘 모르겠어요. 아마 200파운드쯤 될 겁니다."

데이먼은 놀란 기색을 애써 감추었다. 대부분의 석유 지질학자는 자기가 설치하려는 물건에 대해 정확히 파악하고 있었다. 정밀한 치수, 정밀한 중량, 정밀한 비중 등. 그런데 이 사내의 대답은 어림수에 불과했다. 그러나 쓸데없는 걱정일 수도 있었다. 데이먼은 다시 말을 이었다.

"그 감지기들을 지질학적 연구에 쓰실 건가요?"

"궁극적으론 그렇죠. 다만 처음엔 해류, 유속, 해저 온도 따위에 대한 정보가 필요해요."

데이먼은 속으로 생각했다. '그걸로 뭘 하려고?' 어째서 해류에 대해 알아내야 하는 걸까? 물론 유정탑을 내려 보내려는 계획일 수도 있겠지만 수심 2천 피트에서 그런 짓을 할 사람은 아무도 없었다.

도대체 이 작자들의 목적이 뭘까?

"글쎄요, 외부 장치를 사용하려면 우선 잠수하기 전에 선체 외벽에다 고정시켜야 합니다."

그는 모형을 가리키며 말을 이었다.

"여기 양쪽에 달린 측면 선반의 용도가 바로 그겁니다. 목표 수심에 도달하면 두 개의 로봇 팔 중 하나로 감지 장치를 설치하면 되죠. 그 장치는 몇 개나 설치하실 건가요?"

"꽤 많아요."

"여덟 개 이상입니까?"

"아마 그럴 거예요."

"그렇다면 잠수를 여러 번 하셔야겠습니다. 한 번 잠수할 때 가져갈 수 있는 외부 장치는 여덟 개, 기껏해야 열 개까지만 가능하니까요."

데이먼은 한동안 이야기를 계속하면서 두 사람의 얼굴을 유심히 살폈다. 그 덤덤한 표정 속에 감춰진 비밀을 알아내기 위해서였다. 그들은 올해 8월부터 4개월 동안 잠수함을 빌리고 싶어했다. 그리고 그 잠수함과 모선을 뉴기니의 포트모르즈비로 가져다줄 것을 요구했다. 그곳에서 인수하겠다는 것이었다.

"가시려는 목적지에 따라 해운 면허가 필요할 수도 있는데……"

그러자 변호사가 말했다.

"그건 나중에 우리가 걱정할 일입니다."

"그리고 승조원도……"

"그것도 나중에 우리가 걱정할 일이죠."

"이건 계약의 일부분인데요."

"그럼 대충 써넣으세요. 평소 하시던 대로."

"임대 기간이 끝나면 포트모르즈비에서 모선을 반환하실 겁니까?"

"그래요."

데이먼은 데스크톱 컴퓨터 앞에 앉아 견적서를 작성하기 시작했다. 서류에 기입해야 하는 항목은 (보험 관계를 제외하더라도) 모두 43개에 달했다. 이윽고 합계가 나왔다.

"583,000달러입니다."

두 사람은 눈도 깜작하지 않고 고개만 끄덕였다.

"절반은 선불입니다."

그들이 다시 고개를 끄덕였다.

"나머지 절반은 포트모르즈비에서 물건을 인수하시기 전에 에스크로 계정(무역거래에서, 은행 등 제3자에게 개설하여 결제 대금을 예치하는 계정)에 기탁하셔야 합니다."

일반적인 고객들에게는 좀처럼 요구하지 않는 조건이었다. 그러나 이들 두 사람은 왠지 꺼림칙했다.

"잘 알겠습니다."

"그리고 만일의 사고에 대비해서 임시비 20퍼센트를 선불로 주셔야 겠습니다."

이거야말로 불필요한 요구였다. 두 사람을 쫓아낼 속셈이었던 것이다. 그러나 헛일이었다.

"알겠습니다."

"됐습니다. 자, 서명하시기 전에 혹시 본사 측과 의논하셔야 한다면……"

"아닙니다. 당장 진행해도 됩니다."

그러더니 둘 중의 한 명이 봉투 하나를 꺼내 데이먼에게 건네주었다.

"이 정도면 되겠는지 말씀해주시죠."

사이즈믹 서비스가 캐나다 머린 앞으로 발행한 25만 달러짜리 수표였다. 데이먼은 고개를 끄덕이며 충분하다고 대답했다. 그는 책상 위의 잠수함 모형 옆에 수표와 봉투를 내려놓았다.

그때 둘 중의 한 사람이 말했다.

"여기다 메모 좀 해도 괜찮겠죠?"

그러면서 봉투를 집어들고 메모를 휘갈겼다. 이윽고 두 사람이 떠난 뒤, 데이먼은 비로소 그들이 그에게 수표만 넘겨주고 봉투는 도로 가져갔다는 사실을 깨달았다. 이젠 어디에도 지문이 남아 있지 않게 된 것이다.

아니, 이건 지나친 걱정일까? 이튿날 아침에는 데이먼도 그쪽으로 생각이 기울고 있었다. 수표를 바꾸려고 스코샤뱅크에 갔을 때 그는 지점장 존 킴을 만나서 사이즈믹 서비스의 계좌에서 그 수표에 적힌 금액을 지급할 수 있는지 확인해달라고 부탁했다.

존 킴은 당장 알아보겠다고 했다.

스탕펠리스

8월 23일 월요일
3:02 AM

'젠장, 겁나게 춥구먼.' 조지 모턴은 랜드크루저에서 내리며 그런 생각을 했다. 이 백만장자 자선가는 몸을 덥히려고 발을 동동 구르면서 장갑을 끼었다. 새벽 3시였다. 하늘은 붉게 빛났고, 여전히 사라지지 않은 태양이 그 하늘에 노란 줄무늬를 만들고 있었다. 아이슬란드 내륙의 검고 울퉁불퉁한 평원 스프렝이산두르를 가로질러 매서운 바람이 불어왔다. 까마득히 펼쳐진 용암층 위에 납작납작한 잿빛 구름들이 떠 있었다. 아이슬란드인들은 이곳을 사랑했다. 그러나 모턴은 그 이유를 알 수 없었다.

어쨌든 이곳이 그들의 목적지였다. 정면에는 흙먼지에 뒤덮인 눈과 바위로 이루어진 거대하고 쭈글쭈글한 절벽이 그 너머의 산맥을 향해 길게 뻗어 있었다. 그것이 바로 유럽 최대의 만년빙 바트나요쿨 빙하의 긴 혓바닥 중 하나인 스노라요쿨이었다.

운전을 맡았던 대학원생이 차에서 내리더니 즐거워하며 손뼉을 마주쳤다.

"이것 참 좋군요! 아주 따뜻해요! 다들 운이 좋으신 겁니다. 8월의 쾌적한 밤이에요."

그는 티셔츠 한 장에 등산용 반바지와 얇은 조끼 하나만 걸치고 있었다. 반면에 모턴은 오리털 조끼에 두툼한 방한복과 두꺼운 바지 차림이었다. 그런데도 여전히 추웠다.

뒤쪽을 돌아보니 뒷좌석에 앉았던 사람들이 차에서 내리고 있었다. 홀쭉하고 찌푸린 얼굴의 니콜라스 드레이크가 방한복 안에 와이셔츠와 넥타이와 트위드 스포츠코트를 받쳐 입고도 찬 바람에 얻어맞는 순간 몸을 움츠렸다. 숱이 적은 머리, 금속테 안경, 그리고 까다롭고 불만스러워 보이는 태도 때문에 무슨 학자 같은 인상을 풍겼지만 드레이크의 그런 분위기는 의도적인 것이었다. 남들에게 자신의 참모습을 보여주기 싫어했기 때문이다. 그는 소송전문 변호사로 크게 성공한 후 은퇴하여 미국의 유력한 행동주의 단체 전국환경자원기금(NERF)의 이사장이 되었고, 벌써 10년째 그곳에 재직 중이었다.

그 다음에는 젊은 피터 에번스가 홀쩍 뛰어내렸다. 에번스는 모턴의 변호사들 중에서 제일 젊었고, 또한 모턴이 제일 좋아하는 변호사이기도 했다. 나이는 28세였고 로스앤젤레스의 법률회사 해슬 앤드 블랙의 주니어 어소시에이트(junior associate, 신참 변호사)였다. 지금처럼 늦은 밤에도 그는 여전히 명랑하고 의욕적이었다. 그는 양털 재킷을 입고 두 손을 호주머니에 넣었지만 그 밖에는 날씨에 전혀 영향을 받지 않는 것처럼 보였다.

모턴은 자신의 전용기인 걸프스트림 G5 제트기에 그들을 태우고 로스앤젤레스를 출발하여 어제 아침 9시 케플라비크 공항에 도착했다. 아무도 잠을 못 잤지만 아무도 피곤해하지 않았다. 65세인 모턴도 마찬가지였다. 그 역시 조금도 피로감을 느낄 수 없었다.

다만 지독하게 추울 뿐이었다.

모턴은 재킷의 지퍼를 올리고 대학원생을 따라서 차 옆을 떠나 바위

언덕을 내려갔다. 청년이 말했다.

"밤에도 저 빛이 사람들에게 활력을 줍니다. 에이나르손 박사님도 여름엔 하룻밤에 네 시간 이상 안 주무시죠. 다들 그렇지만요."

모턴이 물었다.

"에이나르손 박사님은 어디 계신가?"

"저 아래요."

청년이 왼쪽을 가리켰다.

처음엔 아무것도 보이지 않았다. 그러다가 빨간 점 하나가 눈에 띄었고, 모턴은 그것이 자동차라는 사실을 깨달았다. 그제야 비로소 빙하의 어마어마한 크기를 실감할 수 있었다.

언덕을 내려갈 때 드레이크가 모턴을 따라잡았다.

"조지, 에번스를 데리고 현장 구경이나 하고 계십시오. 제가 페르 에이나르손과 단둘이 얘기해보겠습니다."

"그건 왜?"

"여러 사람이 몰려가면 에이나르손이 불편해할 것 같아서요."

"하지만 그 사람이 하는 연구에 자금을 대는 건 나잖아?"

"물론 그렇긴 하지만 그 사실을 너무 내세우지 않는 게 좋을 것 같습니다. 페르가 현실과 타협했다는 느낌을 갖지 않도록 말입니다."

"그건 피할 수 없는 일인 것 같은데."

"저는 자금 문제에 대해서만 얘기할 겁니다. 상황을 더 넓게 볼 수 있게 해주려구요."

"솔직히 이번 협상은 나도 직접 들어보고 싶었다구."

"그건 저도 알지만 워낙 민감한 문제라서요."

빙하에 가까워질수록 모턴은 바람이 점점 더 차가워지는 것을 확실히 느낄 수 있었다. 기온이 몇 도나 뚝 떨어졌다. 이제 빨간 랜드크루저 부근에 설치된 네 개의 황갈색 대형 텐트가 보이기 시작했다. 멀리 있을 때는 평원에 묻혀 눈에 띄지 않던 것들이었다.

그중 한 텐트에서 키가 큰 금발 남자가 나타났다. 페르 에이나르손이 두 손을 번쩍 들며 소리쳤다.

"니콜라스!"

"페르!"

드레이크가 앞으로 달려나갔다.

언덕을 마저 내려가면서 모턴은 드레이크에게 따돌림당한 것을 몹시 못마땅하게 생각했다. 에번스가 다가와 모턴과 어깨를 나란히 했다.

"젠장, 난 구경이나 하고 있긴 싫은데 말야."

그러자 에번스가 앞쪽을 바라보며 말했다.

"아, 글쎄요. 생각보다 재미있을지도 모르죠."

다른 한 텐트에서 카키색 옷을 입은 세 명의 젊은 여자가 빠져나오고 있었다. 모두 금발이었고 모두 아름다웠다. 그들이 새로 온 사람들에게 손을 흔들었다.

모턴이 말했다.

"자네 말이 맞을 수도 있겠는데."

피터 에번스는 자신의 의뢰인 조지 모턴이 모든 환경 문제에 깊은 관심을 가졌지만 예쁜 여자들에게는 더욱더 관심이 많다는 사실을 알고 있었다. 아니나 다를까, 에이나르손과 짤막한 인사를 나눈 후 모턴은 에바 욘스도티르의 안내를 받으며 기꺼이 그 자리를 떠났다. 에바는 백발에 가까운 금발을 짧게 잘랐고, 늘씬하고 단단한 몸매와 눈부신 미소가 돋보이는 아가씨였다. 에번스는 역시 모턴이 좋아하는 스타일이라고 생각했다. 에바는 모턴의 아름다운 비서 사라 존스와 닮은

데가 많았던 것이다. 모턴의 목소리가 들려왔다.

"지질학을 좋아하는 여자들이 이렇게 많을 줄은 미처 몰랐소."

그러면서 모턴과 에바는 빙하 쪽으로 멀어져갔다.

에번스는 자기도 모턴과 동행해야 한다는 것을 알고 있었다. 그러나 지금 당장은 모턴이 에바와 단둘이 돌아다니고 싶어할 수도 있었다. 그리고 더 중요한 것은 에번스의 회사가 니콜라스 드레이크의 일도 거들고 있다는 사실이었다. 에번스는 드레이크가 무슨 일을 꾸미고 있는지 걱정스러웠다. 물론 딱히 불법적이거나 비윤리적인 일은 아닐지도 몰랐다. 그러나 드레이크는 종종 오만해질 때가 있었고, 그가 하려는 일이 나중에 골칫거리가 될 수도 있었다. 그래서 에번스는 잠시 그 자리에 서서 어느 쪽으로 가야 할지, 누구를 따라가야 할지 망설였다.

그 고민을 해결해준 사람은 드레이크였다. 그는 에이나르손과 함께 제일 큰 텐트로 들어가면서 에번스에게 그만 물러가라는 듯 가벼운 손짓을 보냈다. 에번스는 그 신호를 알아차리고 모턴과 여자가 있는 쪽으로 천천히 걸어갔다. 에바는 아이슬란드의 12퍼센트가 빙하로 덮여 있으며 일부 빙하에는 얼음 층을 뚫고 솟아오른 활화산도 있다고 재잘거리는 중이었다.

그녀는 높은 곳을 가리키면서, 저 빙하는 '급전빙하(急轉氷河, surge glacier)' 유형에 속한다고 말했다. 급격한 전진과 후퇴를 되풀이하기 때문이라는 설명이었다. 지금 이 순간에도 그 빙하는 하루 100미터의 속도로 밀려오는 중이었다. 24시간마다 축구 경기장의 길이만큼 팽창하는 셈이었다. 가끔 바람이 잠잠해지면 빙하가 으지직으지직 다가오는 소리를 실제로 들을 수 있었다. 이 빙하는 지난 몇 년 사이에 벌써 10킬로미터 이상 팽창했다.

잠시 후 아스디스 스베인스도티르가 그들과 합류했다. 에바의 친동

생으로 오해할 만큼 닮은꼴이었는데, 그녀는 에번스에게 이리로 오는 여정이 어땠느냐, 아이슬란드를 어떻게 생각하느냐, 그리고 얼마 동안 머무를 예정이냐 등등 각별한 관심을 보여 그의 마음을 들뜨게 했다. 그러다가 자기는 원래 레이캬비크에서 일하는데 오늘만 이곳으로 오게 된 거라고 말했다. 그제야 에번스는 그녀가 지금 임무 수행 중이라는 사실을 깨달았다. 오늘은 후원자들이 찾아오는 날이었고, 그래서 에이나르손이 그들에게 잊지 못할 추억을 남겨주려고 미리 손을 쓴 것이었다.

에바는 급전형 빙하가 아주 흔한 것인데도—알래스카에만도 수백 개나 있다고 했다—그 이동 메커니즘에 대해서는 아무도 모른다고 설명했다. 그리고 빙하마다 팽창과 수축의 주기가 각기 다른데, 그 같은 차이를 낳는 메커니즘도 모르기는 마찬가지였다. 그녀는 모턴에게 미소를 던지며 이렇게 말했다.

"아직도 연구하고 밝혀내야 할 것들이 너무 많아요."

바로 그때 제일 큰 텐트 쪽에서 적잖은 욕설이 섞인 고함소리가 들려왔다. 에번스는 얼른 양해를 구하고 그 텐트 쪽으로 발길을 돌렸다. 모턴도 다소 아쉬운 표정으로 에번스를 뒤따랐다.

페르 에이나르손은 분에 못 이겨 부들부들 떨고 있었다. 그러다가 두 주먹을 들어올리더니 고함을 지르며 탁자를 쾅 내리쳤다.

"안 된다면 안 되는 줄 알아!"

맞은편에 서 있는 드레이크는 새빨간 얼굴로 이를 악물고 있었다.

"페르, 난 현실을 감안해달라고 부탁하는 걸세."

그러자 에이나르손은 다시 탁자를 내리쳤다.

"그게 아니야! 자네가 원하는 건 현실을 발표하지 말라는 거라구!"

"아니, 페르……"

"'현실'은 아이슬란드가 20세기 후반보다 전반에 더 따뜻했고 그린 란드도 마찬가지였다는 거야.* '현실'은 1930년 이후 아이슬란드의 여름 기온이 섭씨 0.6도 상승하면서 대부분의 빙하가 축소되긴 했지만 나중에는 기후가 다시 차가워졌다는 거야. '현실'은 1970년 이후 그 빙하들이 꾸준히 팽창했다는 거라구. 예전에 잃어버렸던 부분을 벌써 절반이나 되찾았단 말이야. 지금 이 순간에도 열한 개가 팽창하고 있어. 바로 그게 '현실'이야, 니콜라스! 거짓말을 할 수는 없어."

그러자 드레이크는 방금 들어온 사람들을 힐끔거리며 음성을 낮추었다.

"거짓말을 하라는 게 아닐세, 페르. 자네 논문의 표현 방식에 대해 얘기하고 싶을 뿐이지."

그러자 에이나르손이 종이 한 장을 치켜들었다.

"그래, 자네는 이런 식으로 표현하라는 건데……"

"그건 그냥 제안일 뿐이고……"

"이건 진실을 왜곡하는 거야!"

"페르, 미안하지만 과장이 너무 심한 것 같은데……"

"내가?"

에이나르손은 다른 사람들을 돌아보며 종이의 글을 읽기 시작했다.

"이 친구는 이런 식으로 발표하라는 겁니다. '지구 온난화의 위협으로 전 세계의 빙하가 녹아내리는 중이다. 아이슬란드에서도 예외가 아니다. 비록 일부는 오히려 팽창하기도 했으나 수많은 빙하가 급격히

---

* P. Chylek, et al. 2004, "Global warming and the Greenland ice sheet," *Climatic Change* 63, 201~21. "1940년 이후의 자료는 현저한 냉각 추세를 보여준다. (……) 그린란드의 빙상(氷床, 극지 등의 두꺼운 얼음 층)과 해안 지역은 오늘날의 지구 온난화 추세에 부합되지 않는다."

축소되고 있다. 이 모든 사례는 최근의 급격한 기후 변화가 그 원인으로 보이는데…… 어쩌고저쩌고…… 오그 스보 프람베기스(og svo framvegis).'"

그는 종이를 팽개쳤다.

"이건 사실이 아니란 말입니다."

"그건 첫 문단일 뿐이야. 나머지 논문에서 부연 설명을 하면 되잖나."

"첫 문단부터 사실이 아니라구."

"아니긴 왜 아니야. '급격한 기후 변화'라고 했어. 그렇게 애매한 표현에 이의를 제기할 사람은 아무도 없어."

"최근의 변화라고 했지? 그런데 아이슬란드에서 이런 현상은 최근에 일어난 게 아니야."

"그럼 '최근'이라는 말은 빼버려."

"그건 옳지 않아. 왜냐하면 이 문단은 우리가 온실 가스 때문에 발생한 지구 온난화의 영향을 확인했다는 뜻이 되니까. 그런데 실제로 우리가 확인한 것은 아이슬란드 특유의 국지적 기후 패턴일 뿐이고, 이걸 지구 전체의 추세와 연관시키긴 어렵단 말이야."

"그럼 결론에서 그렇게 말하면 되잖아."

"그렇지만 이 첫 문단은 극지 연구자들 사이에서 큰 놀림감이 될 거야. 모토야마나 시구로손이 이 문단의 속내를 알아차리지 못할 것 같아? 힉스가? 와타나베가? 이삭손이? 다들 내가 썩었다고 비웃을 거야. 연구비를 따내기 위해서 그런 말을 썼다고 할 거란 말이야."

그러자 드레이크가 달래는 어조로 말했다.

"다른 문제들도 생각해봐야지. 우리가 명심해야 할 일은 산업계, 특히 석유업계나 자동차업계의 자금을 등에 업고 허위정보를 퍼뜨리는 무리가 있다는 사실이야. 일부 빙하가 성장하고 있다는 보고서를 보면 그자들이 얼씨구나 하면서 지구 온난화에 대한 반론으로 써먹을 거라구. 그자들이 늘 하는 짓이 그거잖아. 사람들을 속이기 위해서라면 수단과 방법을 가리지 않는단 말이야."

"내 정보가 어떻게 이용되는지는 내가 상관할 일이 아니야. 내 관심사는 진실을 최대한 정확하게 알려주는 거라고."

"멋있는 말이지만 너무 비현실적이야."

"그렇군. 그래서 내가 현실을 간과하는 일이 없도록 나한테 자금원을 직접 보여주려고 모턴 회장님을 여기까지 모셔온 거란 말이지?"

그러자 드레이크가 황급히 말했다.

"아냐, 아냐, 페르. 제발 오해하지 말고……"

"오히려 너무 잘 이해해서 탈이지. 이분은 왜 오신 거야?"

에이나르손은 노발대발했다.

"모턴 회장님? 드레이크 씨가 저한테 부탁한 일에 회장님도 찬성하십니까?"

바로 그 순간 모턴의 휴대폰이 울렸고, 모턴은 안도감을 제대로 감추지도 못하고 허둥지둥 휴대폰을 열었다.

"모턴이오. 웅? 그래, 존. 지금 어디 있나? 밴쿠버? 거긴 지금 몇 시지?"

그는 송화구를 손으로 막았다.

"밴쿠버에 있는 존 킴이야. 스코샤뱅크."

에번스는 그게 누군지도 모르면서 고개를 끄덕였다. 모턴의 금융 활동은 매우 복잡했다. 그는 전 세계의 은행가들을 많이 알고 있었다. 모턴이 돌아서더니 텐트 안에서 반대쪽 구석으로 걸어갔다.

기다리는 동안 나머지 사람들 사이에 어색한 침묵이 흘렀다. 에이나르손은 땅바닥만 내려다보면서 여전히 분을 못 이겨 씩씩거리고 있었다. 금발 여자들은 대단한 집중력을 가지고 서류들을 뒤적거리며 열심히 일하는 척했다. 드레이크는 두 손을 호주머니에 넣고 텐트 천장을 올려다보았다.

한편 모턴은 낄낄거리며 웃고 있었다.

"그게 정말이야? 난 처음 듣는 얘긴데."

그러면서 다른 사람들을 돌아보고 다시 고개를 돌렸다.

드레이크가 말했다.

"이보게, 페르, 우리 사이에 오해가 좀 있는 것 같네."

그러자 에이나르손이 냉랭하게 대꾸했다.

"천만에. 우린 서로 너무 잘 이해하고 있는 거야. 자네가 연구비 지원을 취소하겠다면 취소하는 거지."

"지원을 취소한다는 말은 아무도 안 했고……"

"시간이 말해주겠지."

그때 모턴이 말했다.

"뭐야? 그자들이 뭘 어쨌다고? 어디에 기탁해? 지금 그 금액이 얼마……? 맙소사, 존. 정말 어처구니가 없군!"

그러더니 계속 대화를 나누면서 텐트 밖으로 나가버렸다.

에번스도 황급히 따라갔다.

지금은 바깥이 한결 밝아졌다. 아까보다 높이 뜬 해가 낮은 구름을 뚫고 나오려는 참이었다. 모턴은 여전히 휴대폰에 대고 지껄이며 비탈길을 오르고 있었다. 그가 버럭 고함을 질렀지만 뒤따르는 에번스는 바람 소리 때문에 무슨 말인지 알아들을 수 없었다.

이윽고 그들은 랜드크루저가 있는 곳에 도착했다. 모턴이 차를 바람

막이로 삼으려고 허리를 구부렸다.

"젠장, 존, 혹시 그것 때문에 나까지 법적인 책임을 져야 하는 거야? 내 말은…… 아니, 그 일은 전혀 몰랐어. 단체 이름이 뭐였지? '우리 별의 친구들 기금(Friends of the Planet Fund)'?"

모턴은 물음이 담긴 표정으로 에번스를 바라보았다. 에번스는 고개를 저었다. 웬만한 환경단체는 거의 다 알고 있었지만 '우리별의 친구들'이라는 명칭은 금시초문이었다.

모턴이 말했다.

"본부가 어디라고? 새너제이(San Jose)? 캘리포니아에 있는? 아하. 빌어먹을. 도대체 코스타리카에 뭐가 있다는 거야?"

그는 손으로 휴대폰을 가렸다.

"우리별의 친구들 기금, 산호세(San Jose), 코스타리카."

에번스는 다시 고개를 저었다.

모턴이 말했다.

"나도 들어본 적이 없고, 내 변호사도 모른다는군. 그리고 내 기억엔 전혀…… 아냐, 에드, 25만 달러라면 분명히 기억했을 거야. 그 수표가 어디서 발행됐다고? 알겠네. 내 이름은 어디 있었다고? 그렇군. 좋아, 고맙네. 그러지. 잘 있게."

모턴은 휴대폰을 닫았다.

그리고 에번스를 향해 돌아섰다.

"피터. 메모장 꺼내서 받아 적어."

모턴은 빠르게 설명했다. 에번스는 그 속도를 따라가려고 마구 휘갈겨 써야 했다. 그가 능력껏 받아 적은 그 이야기는 꽤나 복잡한 내용이었다.

밴쿠버에 있는 스코샤뱅크의 지점장 존 킴에게 그 지역의 해운업자인 냇 데이먼이 찾아왔다. 데이먼은 캘거리의 사이즈믹 서비스라는 회사로부터 받은 수표를 은행에 넣었는데 그것이 부도 처리되었다. 금액은 30만 달러였다. 데이먼은 그 수표를 발행한 자들이 누구인지 수상하다면서 킴에게 조사를 부탁했다.

존 킴은 미국 측의 자료를 조회할 법적 권한이 없었지만 그 수표의 발행 은행은 캘거리에 있었고 그곳에는 그의 친구가 근무하고 있었다. 그는 사이즈믹 서비스의 계좌가 우체국 사서함을 주소로 사용하고 있다는 것을 알게 되었다. 이 계좌는 몇 주에 한 번씩 입금되는 돈이 있어 웬만큼 활동적인 편이었는데, 그 돈의 출처는 매번 똑같았다. 우리별의 친구들 재단, 주소지는 산호세, 코스타리카.

킴은 그곳으로 전화를 걸었다. 그런데 이때 그의 스크린에 수표가 결제되었다는 내용이 떴다. 킴은 데이먼에게 연락하여 조회를 철회하겠느냐고 물어보았다. 데이먼은 그래도 일단 확인해보라고 대답했다.

킴은 산호세의 크레디토 아그리콜라 은행에 근무하는 미겔 차베스와 짤막한 대화를 나누었다. 차베스는 그랜드케이맨 섬의 민간은행 안스바흐 (케이맨) Ltd.를 통하여 모리아 풍력(風力) 조합으로부터 전자송금을 받았다고 말했다. 그가 아는 것은 그것뿐이었다.

그리고 10분 후, 차베스가 킴에게 전화를 걸어왔다. 안스바흐에 문의해본 결과, 사흘 전에 국제자연보존협회(International Wilderness Preservation Society)가 모리아 계좌로 송금했던 내역을 받아낼 수 있었다는 것이다. 그런데 IWPS의 송금내역 비고란에 이런 말이 적혀 있었다. 'G. 모턴 연구기금.'

존 킴은 밴쿠버 고객 냇 데이먼에게 연락하여 그 수표를 받게 된 연유를 물었다. 데이먼은 소형 2인승 탐사 잠수함의 임대료였다고 대답했다.

킴은 자못 흥미로운 일이라고 생각했고, 그래서 친구인 조지 모턴을 좀 놀려주려고 전화를 걸어 잠수함은 왜 빌렸느냐고 물어보았다. 그런데 놀랍게도 모턴은 그 일에 대해 아무것도 모르고 있었던 것이다.

메모장에 받아 적는 일을 끝마치고 에번스가 말했다.

"이게 다 밴쿠버 지점장이 회장님께 말씀드린 내용입니까?"

"그렇다네. 나하고는 절친한 사이지. 왜 그런 얼굴로 쳐다보나?"

"꽤 많은 정보라서요."

에번스는 코스타리카는 고사하고 캐나다의 은행 규정에 대해서도 잘 몰랐지만, 어떤 은행이든 모턴의 설명처럼 거리낌 없이 서로 정보를 주고받을 리가 없다는 것쯤은 알고 있었다. 만약 밴쿠버 지점장의 이야기가 사실이라면 그가 말하지 않은 부분이 더 있을 터였다. 에번스는 그 문제를 파헤쳐보기로 마음먹었다.

"그런데 회장님의 25만 달러짜리 수표를 갖고 있던 국제자연보존협회는 잘 아시는 곳입니까?"

모턴은 고개를 가로저었다.

"들어본 적도 없어."

"그럼 그 협회에 25만 달러를 주신 적이 없다는 겁니까?"

모턴은 다시 고개를 저었다.

"지난주에 내가 한 일이 뭔지 말해주지. 난 니콜라스 드레이크한테 한 달 동안의 운영 적자를 메우라고 25만 달러를 줬어. 시애틀의 어느 고액 기부자로부터 일주일째 입금이 늦어지는 바람에 좀 난처하게 됐다고 하더군. 드레이크는 전에도 한두 번쯤 그렇게 도와달라고 부탁했지."

"그 돈이 결국 밴쿠버로 흘러나갔다고 생각하시는 거죠?"

모턴은 고개를 끄덕였다.

"그렇다면 드레이크 이사장에게 직접 물어보시는 게 좋겠습니다."

드레이크는 어리둥절한 표정이었다.

"저도 전혀 모르는 일입니다. 코스타리카? 국제자연보존협회? 맙소사, 영문을 모르겠네요."

에번스는 이렇게 물어보았다.

"국제자연보존협회는 아시는 곳입니까?"

"잘 알지. 대단한 곳이야. 우린 전 세계에서 그쪽과 긴밀하게 협력해왔어. 에버글레이즈(Everglades, 미국 플로리다 주 남부의 드넓은 늪지대), 네팔의 타이거톱스, 수마트라의 토바 호(湖) 보호구역 등. 지금 내가 생각할 수 있는 건 무슨 착오 때문에 회장님의 수표가 엉뚱한 계좌에 들어갔을 가능성뿐이야. 그게 아니라면…… 글쎄, 나도 모르겠네. 우선 그쪽 사무실에 연락해봐야겠지. 그런데 캘리포니아는 벌써 늦은 시간이야. 아침까지 기다리는 수밖에."

모턴은 말없이 드레이크를 바라보고 있었다.

드레이크가 그를 돌아보며 말했다.

"조지, 이 일로 몹시 언짢으시다는 건 알고 있습니다. 설령 이게 단순한 착오였더라도—저는 그럴 거라고 거의 확신합니다만—이렇게 잘못되기엔 너무 큰 금액이니까요. 저도 기분이 영 찜찜하네요. 그렇지만 가끔은 착오가 생길 수도 있는 겁니다. 특히 우리처럼 무보수 자원봉사자들을 많이 쓰는 경우엔 더욱더 그렇죠. 분명히 말씀드리지만 이번 일의 진상은 제가 꼭 밝혀내겠습니다. 물론 그 돈도 당장 되찾도록 하겠습니다. 조지, 이건 제가 드리는 약속입니다."

"고맙네."

그들은 모두 랜드크루저에 올라탔다.

자동차는 덜컹거리며 황량한 평원을 달려갔다. 드레이크가 창밖을 내다보며 말했다.

"젠장, 아이슬란드인들은 고집쟁이야. 아마 전 세계에서 제일 고집 센 학자들일 거야."

에번스가 물었다.

"이사장님 말씀을 못 알아듣던가요?"

"그래. 도무지 이해시킬 수가 없더군. 지금은 과학자들이 거드름을 피울 수 있는 시대가 아닌데도 말이야. '나는 연구만 할 뿐이고 그게 어떻게 쓰이든 내가 알 바 아니다', 이런 태도는 이제 곤란하지. 케케묵은 생각이라구. 무책임하기도 하고. 빙하 지질학처럼 잘 알려지지 않은 학문에서도 마찬가지야. 왜냐하면 좋든 싫든 우린 지금 전쟁 중이니까. 진짜 정보와 가짜 정보가 맞서 싸우는 세계적인 전쟁 말이야. 이 전쟁의 싸움터는 수두룩하지. 신문 특집면, 텔레비전 보도, 과학잡지, 웹사이트, 각종 회의장, 강의실 등등. 따지고 보면 법정도 예외가 아니야."

드레이크는 머리를 절레절레 흔들었다.

"진실은 우리 편이지만 우린 병력도 부족하고 자금력도 부족해. 오늘날의 환경운동은 골리앗과 싸우는 다윗이라구. 여기서 골리앗은 바로 아벤티스(Aventis, 프랑스 제약회사)와 알카텔(Alcatel, 다국적 통신회사), 휴머너(Humana, 미국 건강보험회사)와 GE〔미국 전기기기 제조회사(General Electric)〕, BP〔영국 석유화학회사(British Petroleum)〕와 바이엘(Bayer, 독일 종합화학회사), 셸과 글락소웰컴(Glaxo-Wellcome, 영국 제약회사) 등 다국적 거대기업들이지. 그들은 우리 지구의 철천지원수인데도 페르 에이나르손처럼 저렇게 빙하만 끌어안고 나 몰라라 하는 건 너무 무책임한 행동이잖아."

드레이크 옆에 앉은 피터 에번스는 동감이라는 듯이 고개를 주억거렸지만 속으로는 드레이크의 모든 말을 크게 에누리해서 듣고 있었다. NERF의 이사장은 몹시 감상적인 성격으로 유명했다. 게다가 그는 자기가 방금 거명한 대기업들 가운데 몇 개는 매년 NERF에 상당 금액을 기부했으며 더구나 그들 기업의 경영자 세 명은 지금 드레이크의 자문위원 자리에까지 앉아 있다는 사실을 깨끗이 무시하고 있었다. 이렇게 기업들이 환경운동에 참여하는 이유에 대해서는 가타부타 논란이 많았지만 요즘은 다른 수많은 환경단체의 사정도 마찬가지였다.

모턴이 입을 열었다.

"글쎄, 페르가 나중에 재고해볼지도 모르잖나."

그러자 드레이크가 우울하게 말했다.

"아마 어려울 겁니다. 그 친구는 화가 났어요. 유감이지만 이번 싸움은 우리가 진 겁니다. 그래도 언제나 그랬듯이 우린 그저 묵묵히 할 일을 할 따름입니다. 선을 위해 싸우는 거죠."

차내가 한동안 조용해졌다.

이윽고 모턴이 말했다.

"여자들이 정말 기막히게 예쁘더군. 안 그래, 피터?"

"그랬죠. 예뻤어요."

에번스는 차 안의 분위기를 바꿔보려는 모턴의 의도를 알아차렸다. 그러나 드레이크는 들은 체도 하지 않았다. NERF의 이사장은 그저 황량한 풍경을 침울하게 내다보며 저 멀리 눈 덮인 산맥을 향해 쓸쓸히 고개를 가로저을 뿐이었다.

에번스는 지난 2년 사이에 드레이크와 모턴의 여행에 동행한 적이 많았다. 모턴은 대개 주위에 있는 모든 이들의 기분을 북돋워주곤 했는데, 무뚝뚝하고 퉁명스러운 드레이크도 예외가 아니었다.

그러나 최근의 드레이크는 평소보다 한층 더 비관적인 태도를 보이고 있었다. 에번스가 그것을 처음 의식한 것은 몇 주 전이었는데, 그때는 가족 중에 아픈 사람이 있거나 해서 심란한 모양이라고 생각했다. 그래도 안 좋은 일은 아무것도 없는 것 같았다. 적어도 사람들이 거론할 만한 일은 아무것도 없었다. NERF는 벌집처럼 한창 분주했다. 그들은 비벌리힐스에 있는 멋진 새 빌딩으로 이사했고, 모금 활동은 최고 기록을 갱신했고, 2개월 후에 시작될 기후급변회의를 포함하여 여러 가지 굉장한 이벤트와 회의들을 계획 중이었다. 그러나 이 같은 성공에도 불구하고—혹은 그것 때문에?—드레이크는 오히려 전보다 더 불행해 보였다.

모턴도 그것을 알아차렸지만 간단히 무시해버렸다.

"그 친구는 변호사야. 변호사한테 뭘 기대해? 그냥 넘어가자구."

그들이 레이캬비크에 도착할 무렵, 쾌청하던 날씨가 축축하고 쌀쌀해졌다. 케플라비크 공항에는 진눈깨비가 내리고 있었다. 그들은 하얀 걸프스트림 제트기의 날개에서 얼음을 다 떼어낼 때까지 기다려야 했다. 에번스는 슬그머니 격납고 구석으로 갔다. 그리고 미국은 아직 한밤중이었으므로 홍콩에서 은행 일을 하는 친구에게 전화를 걸었다. 그에게 밴쿠버 사건에 대해 물어보았다.

즉각적인 대답이 돌아왔다.

"절대로 있을 수 없는 일이야. 그런 정보를 누설하는 은행은 없어. 상대방이 다른 은행이더라도 마찬가지지. 그 사슬 어딘가에 STR이 있는 거야."

"STR?"

"수상쩍은 자금이체를 보고하는 제도지. 마약 거래나 테러리즘을 위한 자금으로 의심되는 경우에는 그 계좌를 추적하게 돼 있어. 그때부터 면밀히 감시하는 거지. 전자 이체의 경우에도 추적할 수 있는 몇 가지 방법이 있거든. 아무리 강력하게 암호화되어 있더라도 말이야. 그렇지만 이렇게 추적한 내용이 은행 지점장의 책상 위에 올라오는 일은 없지."

"그래?"

"절대로 불가능해. 추적 보고서를 보려면 국제적인 수사관 자격이 필요하거든."

"그럼 이 지점장이 그 일을 직접 한 게 아니라는 거야?"

"아마 그럴걸. 이 사건엔 다른 사람이 개입돼 있어. 일종의 경찰일 거야. 다만 그 사람에 대해서는 네가 아무 말도 못 들었을 뿐이야."

"이를테면 세관원이나 인터폴 같은 사람?"

"아니면 뭐든 간에."

"그렇다면 내 의뢰인한테는 왜 연락한 거지?"

"나도 몰라. 하지만 그건 우연이 아니야. 네 의뢰인 말인데, 혹시 급진적인 성향은 없어?"

모턴을 떠올리며 에번스는 웃어버리고 싶었다.

"절대로 아니야."

"정말 확신할 수 있어, 피터?"

"음, 그래……"

"왜냐하면 그렇게 돈 많은 기부자들이 테러 집단을 후원하면서 재미있어하거나 자신을 정당화하는 일도 종종 있거든. IRA〔아일랜드의 반영

(反英) 지하조직(Irish Republican Army)]도 그런 경우였어. 보스턴의 부자 미국인들이 수십 년 동안 그들을 후원한 거야. 그런데 이젠 시대가 달라졌어. 재미있어하는 사람은 아무도 없지. 네 의뢰인도 조심하는 게 좋을 거야. 그리고 네가 그 사람 변호사라면 너도 조심해야 해, 피터. 교도소에 면회하러 가긴 싫으니까."

친구는 그 말을 남기고 전화를 끊었다.

로스앤젤레스 행 기내

8월 23일 월요일
1:04 PM

객실 승무원이 모턴의 컷글라스 텀블러에 보드카를 따라주었다. 모턴이 손을 들어올리며 말했다.

"이제 얼음은 필요 없어, 아가씨."

그들은 그린란드 상공에서 서쪽으로 비행 중이었다. 끝없이 펼쳐진 빙판과 구름이 내려다보였고 태양은 힘없이 빛났다.

모턴은 드레이크와 함께 앉아 있었다. 드레이크는 그린란드의 만년빙이 자꾸 녹는다고 말하는 중이었다. 북극의 얼음이 녹는 속도에 대해서도 이야기했다. 그리고 캐나다의 빙하들도 점점 작아진다고 했다. 모턴은 보드카를 마시며 고개를 끄덕였다.

"그럼 아이슬란드는 예외라는 건가?"

"아, 물론이죠. 예외적인 경우예요. 다른 곳의 빙하들은 모두 유례없는 속도로 녹고 있습니다."

그러자 모턴이 드레이크의 어깨에 손을 얹으며 말했다.

"우리한테 자네가 있어서 다행이야, 닉."

드레이크는 미소를 지었다.

"우리한테 회장님이 계셔서 다행인 거죠. 회장님의 아낌없는 지원이 없었다면 우린 아무것도 못했을 겁니다. 회장님 덕분에 바누투 소송이 가능해졌어요. 그 소송은 곧 유명해질 테니까 대단히 중요한 건데 말입니다. 더군다나 회장님의 다른 기부금들에 대해서는, 글쎄요······ 그저 말문이 막힐 뿐이죠."

그러자 모턴은 드레이크의 등을 툭 쳤다.

"자네가 말문이 막히는 일은 절대로 없지."

두 사람을 마주보는 자리에 앉아 있던 에번스는 그들의 관계가 정말 신기하다고 생각했다. 모턴은 건장한 체격에 간편한 청바지와 워크셔츠 차림이었는데, 언제 보아도 금방 옷이 터져버릴 것만 같았다. 반면에 니콜라스 드레이크는 보기가 애처로울 만큼 길고 깡마른 체격에 넥타이를 매고 외투를 걸쳤는데, 목은 너무 앙상했고 언제나 몸에 맞지도 않는 셔츠를 입고 있었다.

그들은 행동 방식도 정반대였다. 모턴은 많은 사람들과 함께 어울리기를 즐겼고, 음식도 좋아했고, 잘 웃었다. 그리고 예쁜 여자들과 빈티지(오래된 고급 자동차) 스포츠카, 아시아 미술품, 그리고 짓궂은 장난을 좋아했다. 홈비힐스에 있는 그의 저택에서 파티가 열리면 할리우드 사람들의 태반이 앞 다퉈 몰려들었고, 그의 자선행사는 언제나 특별해서 그 이튿날엔 틀림없이 기사화되게 마련이었다.

물론 그런 행사에는 드레이크도 참석했지만 언제나 일찌감치 자리를 떴고, 가끔은 만찬이 시작되기도 전에 가버리기도 했다. 종종 자신이나 친구가 아프다는 핑계를 내세웠는데, 진짜 이유는 그가 고독하고 금욕적인 사람이라서 파티와 소음을 싫어하기 때문이었다. 그는 강연대에서 연설하는 동안에도 마치 행사장 안에 혼자만 있는 듯 쓸쓸한 인상을 주었다. 그러나 역시 드레이크답게 그런 느낌조차도 유용하게 써먹었다. 광야에서 홀로 외치며 청중들에게 진실을 알리는 외로운 예언자를 연상시켰던 것이다.

이렇게 뚜렷한 성격 차이에도 두 사람의 우정은 벌써 10년 가까이 지속되고 있었다. 지게차로 이룩된 엄청난 유산을 상속한 모턴은 그렇게 물려받은 재산에 대해 어쩔 수 없는 불편함을 느꼈다. 드레이크는 그 돈을 좋은 곳에 사용할 수 있었고, 그 대가로 모턴은 그의 인생을 이끌어주고 가르침을 주는 열정의 대상, 즉 대의명분을 얻었다. 그리하여 모턴은 오듀본 협회(Audubon Society, 1905년 설립된 미국의 야생 동물 보호단체), 윌더니스 협회(Wilderness Society, 오스트레일리아의 비정부부기구), 세계야생동물보호기금(World Wildlife Fund), 시에라 클럽(Sierra Club, 미국의 천연자원 보존을 위한 단체. 1892년 설립) 등의 자문위원이 되었다. 그리고 그린피스(Greenpeace, 1969년 결성된 국제적 환경 보호단체)와 환경운동연맹(Environmental Action League)의 중요한 기부자이기도 했다.

모턴의 이 같은 활동은 두 차례에 걸쳐 NERF에 거액을 기부하면서 절정에 달했다. 첫 번째는 바누투 소송에 사용할 자금으로 100만 달러를 내놓은 것이었다. 그리고 두 번째는 장차 환경을 위한 연구 및 소송 비용으로 쓸 수 있도록 900만 달러를 NERF에 직접 기부한 것이었다. 그러므로 NERF가 모턴을 '올해의 시민상' 수상자로 선정한 것도 놀라운 일이 아니었다. 그해 가을 샌프란시스코에서 모턴을 위한 축하연이 열릴 예정이었다.

에번스는 두 사람의 건너편에 앉아 한가롭게 학술지를 뒤적거렸다. 그러나 그는 홍콩의 친구와 주고받은 대화 때문에 적잖이 동요한 상태였고, 자기도 모르게 모턴을 유심히 관찰하고 있었다.

모턴은 여전히 드레이크의 어깨에 손을 얹은 채 농담을 지껄이고 있었지만—드레이크를 웃기려고 하는 것도 평소와 다름없었다—에번스가 보기에는 어쩐지 좀 서먹서먹했다. 마음은 이미 돌아섰지만 드레이크가 알아차리지 못하게 하려는 듯싶었다.

그런 의심이 확신으로 바뀐 것은 모턴이 갑자기 벌떡 일어나 조종실로 향했을 때였다.

"그 빌어먹을 전자 거시기에 대해서 알아봐야겠어."

이륙한 이후부터 그들은 극심한 태양 플레어(solar flare, 태양의 흑점군 부근에서 채층의 일부분이 급작스럽게 강한 섬광을 내는 현상. 플레어에서 방출된 복사 에너지와 입자는 지구자기장 또는 이온층과 상호 작용하여 전파 통신을 방해하거나 오로라를 일으키기도 함)의 영향으로 위성전화기가 오작동하거나 아예 불통되는 현상을 겪고 있었다. 조종사들의 설명에 의하면 그런 현상은 북극이나 남극 근처에서 더욱 심한데, 이제 남쪽으로 내려가게 되면 곧 줄어들 거라고 했다.

모턴은 빨리 전화를 걸고 싶어하는 것 같았다. 에번스는 그가 누구에게 연락하려는 것인지 궁금했다. 지금 뉴욕은 새벽 4시, 로스앤젤레스는 새벽 1시였다. 모턴의 통화 상대는 누구일까? 물론 용건은 현재 진행 중인 환경 사업 가운데 하나일 수도 있었다. 캄보디아의 정수(淨水) 사업, 기니의 조림(造林) 사업, 마다가스카르의 동식물 서식지 보존 사업, 페루의 약용 식물 사업 등. 게다가 남극권의 얼음 두께를 측정하는 독일 탐사대 문제도 있었다. 모턴은 그 모든 사업에 직접 관여했다. 사업 내용도 자세히 알고 있었고, 관련된 과학자들과도 알고 지냈고, 현장도 몸소 둘러보았다.

그러므로 그중의 어느 것 때문일 수도 있었다.

그러나 에번스는 왠지 평범한 일이 아닌 것 같다고 느꼈다.

이윽고 모턴이 돌아왔다.

"조종사들 말로는 이제 괜찮아졌다는군."

그는 비행기 앞쪽에 혼자 떨어져 앉아 헤드셋을 집어들더니 프라이버시를 위해 미닫이문을 닫아버렸다.

에번스는 다시 잡지를 들여다보기 시작했다.

드레이크가 말했다.

"회장님이 평소보다 술을 좀 많이 드시는 것 같지 않나?"

에번스는 이렇게 대답했다.

"별로 그렇지도 않은데요."

"걱정되는군."

"그럴 정도는 아니에요."

"자네 알아? 회장님을 위한 샌프란시스코 축하연이 겨우 5주 남았어. 우리한테는 연중 최대의 모금 이벤트야. 언론에서도 대서특필로 보도할 테고. 그러면 기후급변회의를 발족시키는 일에도 큰 도움이 되겠지."

"네에."

"난 언론이 환경 문제에만 초점을 맞추도록 하고 싶어. 다른 문제, 특히 개인적인 문제가 끼어들면 곤란해. 무슨 말인지 알아듣겠지?"

"그런 얘기는 회장님께 직접 말씀드려야 하는 게 아닐까요?"

"아, 물론 말씀드렸지. 다만 자네가 회장님과 많은 시간을 함께 보내니까 자네에게도 얘기해두는 거야."

"별로 그렇지도 않은걸요."

"피터, 알다시피 회장님은 자네를 좋아하셔. 아들이 없으니까 자네를 아들처럼 생각하시는 건지…… 글쎄, 나도 모르겠네. 어쨌든 회장님은 자넬 좋아하신다구. 그래서 가능하면 우리를 좀 도와달라는 것뿐이야."

"회장님이 이사장님을 난처하게 만드는 일은 없을 거예요."

"아무튼…… 회장님을 잘 지켜보게."

"알았어요. 그러죠."

그때 비행기 앞쪽의 미닫이문이 열렸다. 모턴이 말했다.

"에번스 씨? 이리 좀 와주겠나?"

피터는 자리에서 일어나 앞으로 갔다.

그러고는 들어가서 문을 닫았다.

모턴이 말했다.

"사라와 통화했어."

사라 존스는 LA에 있는 모턴의 비서였다.

"너무 늦은 시간인데요?"

"사라가 맡은 일이야. 월급도 많고. 어서 앉기나 해."

에번스는 맞은편 좌석에 앉았다.

"자네 NSIA라고 들어본 적 있나?"

"아뇨."

"국가안전정보국(National Security Intelligence Agency). 몰라?"

에번스는 고개를 저었다.

"모르겠어요. 어쨌든 안보국은 스무 군데도 넘죠."

"존 케너라는 이름은 들어봤어?"

"아뇨……"

"MIT 교수인 모양이던데."

"몰라요. 죄송합니다. 환경 문제와 관련된 사람인가요?"

"그럴지도 몰라. 자네가 좀 알아보게."

에번스는 좌석 옆의 노트북 컴퓨터를 향해 돌아앉아 스크린을 열어 젖혔다. 이 컴퓨터는 인공위성을 통해 인터넷에 연결되어 있었다. 그는 타이핑을 하기 시작했다.

잠시 후 그는 한 남자의 사진을 들여다보고 있었다. 무거운 뿔테 안경을 끼었고 머리는 때 이른 백발이었지만 몸은 아주 건강해 보였다. 사진에 첨부된 이력은 간략했다. 에번스는 그 내용을 소리 내어 읽었다.

"리처드 존 케너. 지반환경공학과, 윌리엄 T. 하딩 석좌교수."

"도대체 무슨 소린지 모르겠군."

"서른아홉 살이군요. 스무 살 때 칼텍에서 토목공학 박사학위. 논문 주제는 네팔의 토양 침식. 올림픽 스키 팀에 합류할 뻔했지만 아쉽게 탈락. 하버드 법대에서 법률학 박사학위. 이후 4년간 정부에서 활동. 내무부 정책분석국 소속. 정부간 협상 위원회(Intergovernmental Negotiating Committee) 과학고문. 취미는 등산. 네팔의 나야캉가 산에서 사망했다고 보도되었지만 사실이 아니었음. K2에 도전했으나 악천후로 좌절."

"K2라면 제일 위험하다는 봉우리 아니었나?"

"아마 그럴 겁니다. 보아하니 꽤 만만찮은 등반가인 것 같네요. 어쨌든 그 다음엔 MIT로 갔는데, 거기서의 출세 속도는 그야말로 눈부시다고 해야겠습니다. 93년엔 부교수. 95년엔 MIT 위험분석센터 원장. 96년엔 윌리엄 T. 하딩 석좌교수. 고문으로 활동한 곳은 환경보호청(EPA), 내무부, 국방부, 네팔 정부, 그 밖에도 얼마나 더 있는지는 아무도 모르겠군요. 기업체도 꽤 많아 보입니다. 그리고 2002년부터 대학 쪽은 휴가 중입니다."

"그게 무슨 뜻이지?"

"휴가 중이라고만 적혀 있는데요."

"2년 동안이나?"

모턴이 다가와서 에번스의 어깨 너머로 화면을 들여다보았다.

"마음에 걸리는군. MIT에서 승승장구 출세가도를 달리던 친구가 불쑥 휴가를 내더니 다시 돌아갈 생각을 안 한다? 혹시 무슨 말썽이라도 일으킨 걸까?"

"저야 모르죠. 그렇지만……"

에번스는 연도를 계산해보고 있었다.

"케너 교수가 칼텍에서 박사학위를 받은 건 스무 살 때였습니다. 하버드 법대 학위는 3년이 아니라 2년 만에 따냈죠. 그리고 스물여덟 살에 MIT 교수가 되었고……"

"그래, 그래, 똑똑하다는 건 나도 알아. 어쨌든 휴가 중인 이유를 알고 싶단 말이야. 그리고 밴쿠버에 가 있는 이유도."

"그 사람이 밴쿠버에 있어요?"

"밴쿠버에서 사라에게 연락했다는군."

"왜요?"

"나를 만나고 싶다는 거야."

"음, 만나보시는 게 좋을 것 같네요."

"나도 그럴 생각이야. 그런데 그 친구가 원하는 게 뭘까?"

"모르겠는데요. 혹시 연구비? 프로젝트?"

"사라 말로는 그 친구가 비밀리에 만나길 원한대. 아무한테도 알리지 말라는 거지."

"흠, 그건 별로 어렵지 않겠네요. 회장님은 비행기 안에 계시잖아요."

"그게 아니야."

모턴은 엄지손가락으로 뒤쪽을 가리켰다.

"특히 드레이크한테 말하지 말아달라고 구체적으로 요구했다구."

"그 만남엔 저도 참석하는 게 좋겠네요."

"그래, 그게 좋겠어."

로스앤젤레스

8월 23일 월요일

4:09 PM

철문이 활짝 열렸고, 자동차는 그늘진 진입로를 달려 올라갔다. 이윽고 한 건물이 서서히 나타나기 시작했다. 이곳은 비벌리힐스에서도 으뜸가는 부촌 홈비힐스였다. 높다란 대문과 빽빽한 숲에 가려 도로 쪽에서는 보이지도 않는 저택에 억만장자들이 살고 있었다. 이 지역에서는 보안 카메라도 모두 녹색으로 칠하여 눈에 띄지 않도록 잘 감춰놓았다.

건물의 모습이 드러났다. 크림색의 지중해풍 별장이었는데, 10인 가족이 살기에도 넉넉한 규모였다. 지금까지 회사 사무실과 통화하고 있던 에번스는 자동차가 멈출 때쯤 휴대폰을 닫고 차에서 내렸다.

무화과나무숲에서 새들이 쩍쩍거렸다. 진입로 가장자리에 심어놓은 치자나무와 재스민의 향기가 그윽했다. 차고 앞의 자줏빛 부겐빌레아(분꽃과의 관상용 열대 식물) 부근에 벌새 한 마리가 떠 있었다. 에번스는 지금 이 순간의 풍경이야말로 캘리포니아의 전형적인 모습이라고 생각했다. 그는 코네티컷에서 자랐고 보스턴에서 교육을 받았다. 캘리포니아로 온 지도 벌써 5년이 넘었지만 그에게는 이곳이 여전히 이국적으로 보였다.

그는 건물 앞에 또 한 대의 자동차가 서 있는 것을 보았다. 진회색

세단이었다. 정부기관용 번호판을 달고 있었다.

모턴의 비서 사라 존스가 앞문을 열고 나왔다. 키가 크고 영화배우 뺨치게 매력적인 서른 살쯤의 금발 여인이었다. 사라는 흰색 테니스 스커트에 분홍색 윗도리를 입었고, 머리는 뒤로 질끈 동여매고 있었다. 모턴이 그녀의 뺨에 가볍게 입을 맞추었다.

"테니스 치려구?"

"치고 있었는데 회장님이 일찍 도착하신 거죠."

그녀는 에번스와 악수를 나누고 다시 모턴을 향해 돌아섰다.

"여행은 좋았어요?"

"괜찮았지. 드레이크는 뚱한 성격이야. 게다가 술도 안 마시고. 그래서 가끔은 따분하단 말이야."

모턴이 문 쪽으로 걸음을 옮길 때 사라가 말했다.

"미리 말씀드리는 게 좋겠네요. 지금 그 사람들이 와 있어요."

"누가?"

"케너 교수, 그리고 다른 남자도 같이 왔어요. 외국인이던데요."

"정말이야? 그 사람들한테 왜……"

"우선 약속 시간을 잡으라고 말하지 않았냐구요? 물론 그렇게 말했죠. 그런데 자기들은 예외라고 생각하는 모양이에요. 다짜고짜 자리 잡고 앉더니 기다리겠다고 하더라구요."

"그럼 나한테 연락해주지……"

"겨우 5분 전에 나타난걸요."

"허. 알았어."

모턴은 에번스를 돌아보았다.

"가세, 피터."

그들은 집으로 들어갔다. 모턴의 거실에서는 집 뒤의 정원이 내다보였다. 실내는 캄보디아의 커다란 석제 두상을 비롯한 아시아산 골동품들로 장식되어 있었다. 소파 위에 두 남자가 꼿꼿이 앉아 있었다. 한 명은 중키의 미국인으로, 짧고 희끗희끗한 머리에 안경을 끼고 있었다. 다른 한 명은 아담한 체구에 피부색은 새까맸는데, 왼쪽 귀 앞에 뺨을 가로질러 길게 내리그은 듯한 가느다란 흉터에도 불구하고 대단히 잘생긴 얼굴이었다. 그들은 면직 슬랙스에 가벼운 스포츠코트를 걸치고 있었다. 둘 다 소파 모서리에 걸터앉아 마치 당장에라도 벌떡 일어날 것처럼 빈틈없는 자세였다.

거실 안으로 들어가면서 모턴이 중얼거렸다.

"무슨 군인들 같지?"

두 남자가 일어섰다.

"모턴 씨, 저는 MIT의 존 케너, 이쪽은 제 동료 산종 타파라고 합니다. 무스탕 출신의 대학원생이죠. 네팔의 무스탕 말입니다."

"이쪽은 '내' 동료 피터 에번스일세."

그들은 돌아가며 악수를 나누었다. 케너의 손아귀는 억셌다. 산종 타파는 악수를 하면서 아주 가볍게 고개를 까딱 숙였다. 음성은 나지막했고 영국 억양이 섞여 있었다.

"처음 뵙겠습니다."

"자네들이 이렇게 일찍 올 줄은 몰랐네."

"원래 동작이 좀 빠른 편이죠."

"그런 것 같군. 그런데 무슨 일인가?"

"죄송하지만 모턴 회장님의 도움이 필요합니다."

그러면서 케너는 에번스와 사라에게 상냥한 미소를 지어보였다.

"그리고 아쉽지만 우리가 의논할 내용은 비밀입니다."

모턴은 이렇게 대꾸했다.

"에번스 씨는 내 변호사일세. 그리고 나는 비서와도 비밀이 없는 사이인데⋯⋯"

"그러시겠죠. 원하신다면 나중에 두 분께 말씀하셔도 좋습니다. 어쨌든 우리는 회장님께만 말씀드려야 합니다."

그때 에번스가 말했다.

"괜찮으시다면 신원을 확인하고 싶은데요."

그러자 케너가 말했다.

"물론이죠."

두 남자는 지갑을 꺼냈다. 에번스는 매사추세츠 운전면허증, MIT 교수증, 여권 따위를 볼 수 있었다. 그들은 곧이어 명함을 돌렸다.

> **존 케너 박사**
> 위험분석센터
> 매사추세츠 공과대학
> 매사추세츠 애비뉴 454번지
> 케임브리지, MA 02138

> **산종 타파 박사**
> 연구원
> 지반환경공학과
> 4-C동 323호
> 매사추세츠 공과대학
> 케임브리지, MA 02138

그리고 전화번호, 팩스번호, 이메일 주소 등이 적혀 있었다. 에번스는 명함을 뒤집어보았다. 모든 것이 정상으로 보였다.

이윽고 케너가 말했다.

"자, 실례지만 자네와 존스 양은 자리를 좀⋯⋯"

그들은 바깥의 복도에서 넓은 유리문 너머로 거실 안을 들여다보았다. 모턴은 한쪽 소파에, 그리고 케너와 산종은 다른 소파에 앉아 있었다. 의논은 조용히 진행되었다. 에번스가 보기에는 모턴이 끝없이 참아내야 하는 수많은 투자 회의와 전혀 다를 바 없는 듯싶었다.

에번스는 복도에 놓인 전화기를 집어들고 번호를 눌렀다. 한 여자가 받았다.

"위험분석센터입니다."

"케너 교수님 집무실 좀 부탁합니다."

"잠시만 기다리세요."

딸깍. 그리고 다른 목소리.

"위험분석센터, 케너 교수님 집무실입니다."

"안녕하세요. 피터 에번스라고 합니다. 케너 교수님과 통화하고 싶은데요."

"죄송하지만 지금 집무실에 안 계십니다."

"어디 가셨는지 아세요?"

"케너 교수님은 장기 휴가 중이십니다."

"중요한 일로 교수님께 연락드려야 합니다. 어떻게 하면 되죠?"

"글쎄요, 그리 어려운 일은 아닐 것 같습니다. 교수님도 그곳 로스앤젤레스에 계시거든요."

그 말을 듣고 에번스는 생각했다. '발신자 번호를 확인한 모양이군.' 모턴이라면 발신자 번호를 막아놓았을 줄 알았는데 그렇지 않은 모양이었다. 혹은 매사추세츠의 그 비서가 남들이 막아놓은 번호를 확인하는 방법을 알고 있거나.

"그럼 더 자세히 말씀해주실 수는……"

"죄송합니다, 에번스 씨. 더 이상은 도와드릴 수가 없습니다."

딸깍.

사라가 물었다.

"지금 뭐 하는 거야?"

에번스가 미처 대답하기 전에 거실에서 휴대폰이 울렸다. 그는 케너가 호주머니에서 휴대폰을 꺼내 짤막하게 대답하는 것을 보았다. 케너는 곧 에번스를 돌아보며 손을 흔들었다.

사라가 말했다.

"저 사람 집무실에서 연락한 거지?"

"그런 것 같군."

"그럼 저 사람이 케너 교수가 맞는 거네."

"그렇겠지. 우린 이렇게 쫓겨난 거고."

"가자. 내가 집에까지 태워다줄게."

그들은 열려 있는 차고 앞을 지나갔다. 줄줄이 늘어선 페라리들이 햇빛에 번쩍거렸다. 모턴은 빈티지 페라리를 아홉 대나 갖고 있었다. 이 차들은 몇 개의 차고에 분산시켜 보관했는데, 그중에는 1947년식 스파이더 코르사, 1956년식 테스타 로사, 그리고 1959년식 캘리포니아 스파이더도 있었다. 각각 100만 달러도 넘는 차들이었다. 에번스가 그 사실을 알고 있는 것은 모턴이 차를 구입할 때마다 보험 서류를 검토했기 때문이었다. 행렬의 끄트머리에 사라의 검정색 포르셰 컨버터블이 서 있었다. 사라가 차를 후진시키자 에번스가 옆자리에 올라탔다.

로스앤젤레스 기준으로 보더라도 사라 존스는 굉장히 아름다운 여자였다. 늘씬한 키, 꿀빛으로 그을린 피부, 어깨까지 내려오는 금발, 푸른 눈, 완벽한 얼굴, 새하얀 치아. 캘리포니아 사람들이 흔히 그렇듯이 사라도 부담 없이 운동을 즐겼고, 대개는 조깅복이나 짧은 테니스

스커트 차림으로 출근하곤 했다. 그녀가 좋아하는 운동은 골프와 테니스, 스쿠버 다이빙, 산악자전거, 스키, 스노보드, 그 밖에도 일일이 나열할 수 없을 정도였다. 그것을 생각할 때마다 에번스는 왠지 피곤해졌다.

그러나 그는 사라에게 캘리포니아식 표현으로 '고민거리'가 있다는 사실도 알고 있었다. 사라는 부유한 샌프란시스코 가문의 막내였다. 아버지는 공직에 몸담고 있는 유력한 변호사였고, 어머니는 전직 패션 모델이었다. 사라의 오빠들과 언니들도 모두 성공했고, 모두 행복한 결혼 생활을 누렸고, 모두 사라가 그들을 본받아 뒤따르기를 기대하고 있었다. 그러나 사라는 가족 전체의 이 예외 없는 성공을 부담스러워했다.

에번스는 예전부터 그녀가 하필 자기 집안처럼 부유하고 유력한 모턴 밑에서 일하는 이유가 궁금했다. 그리고 그녀의 집안은 베이브리지(샌프란시스코 만에 놓인 다리) 이남 지역이라면 무조건 싸구려 취급을 하건만 굳이 로스앤젤레스까지 내려온 것도 의아스러웠다. 그러나 그녀는 모턴에게 헌신적이었고 맡은 일도 잘했다. 그리고 모턴의 말처럼 그녀가 눈을 즐겁게 해주는 것도 사실이었다. 그 점에 대해서는 모턴의 파티에 참석하는 영화배우나 유명인사들의 의견도 일치했다. 사라는 그중 몇 명과 데이트를 한 적이 있었는데, 그녀의 집안에서는 그것마저 못마땅하게 생각했다.

이따금 에번스는 그녀가 하는 모든 일이 일종의 반항은 아닐까 생각했다. 이를테면 그녀의 운전 습관도 그랬다. 사라는 무모하리만큼 빠른 속력으로 베네딕트캐니언을 통과하여 비벌리힐스로 접어들었다.

"회사로 갈래, 아파트로 갈래?"

"아파트. 내 차가 필요해서."

사라는 고개를 끄덕이더니 저속으로 달리는 메르세데스를 추월한 후 좌회전하여 샛길로 접어들었다. 에번스는 깊은 숨을 들이마셨다.

그때 사라가 말했다.

"저기, 혹시 네트워(netwar)가 뭔지 알아?"

바람 소리 때문에 제대로 알아들었는지 확신할 수가 없었다.

"뭐라구?"

"네트워."

"몰라. 왜?"

"아까 회장님과 네가 도착하기 전에 그 사람들이 얘기하는 소리를 들었어. 케너와 그 산종이라는 남자 말이야."

에번스는 고개를 저었다.

"떠오르는 게 없는데. 혹시 네트웨어[netware, 미국 노벨사가 개발 판매하는 통신망 운영체계(NOS)] 아니었어?"

"그럴지도 몰라."

사라는 노란불을 무시하고 쏜살같이 선셋 대로를 건넌 후 비벌리 대로에 이르러 비로소 속력을 늦췄다.

"지금도 록스베리에 살아?"

에번스는 그렇다고 대답했다. 그러고는 짧은 흰색 스커트 아래로 길게 뻗은 그녀의 다리를 바라보았다.

"테니스는 누구랑 치려고 했어?"

"넌 모르는 사람일 거야."

"혹시 그, 음……"

"아니야. 그건 끝났어."

"그렇군."

"정말 끝났다니까."

"알았어, 사라. 알았다구."

"변호사들은 의심이 너무 많아서 탈이라니까."

"그럼 테니스 치려던 사람도 변호사였군?"

"아니, 변호사는 아니야. 난 변호사들하고는 안 놀아."

"그럼 변호사들하고는 뭘 하지?"

"최대한 멀리하지. 딴 사람들처럼."

"그것 참 아쉽네."

그러자 그녀가 눈부신 미소를 던졌다.

"물론 넌 예외야."

그러면서 힘껏 가속페달을 밟는 바람에 엔진이 굉음을 내기 시작했다.

피터 에번스는 비벌리힐스에서도 평지에 속하는 록스베리 드라이브의 비교적 오래된 아파트에 살고 있었다. 네 가구가 사는 건물이었는데, 도로 건너편에 록스베리 공원이 있었다. 넓은 녹지 공간이 있는 쾌적한 공원이라서 언제나 사람들로 붐비는 곳이었다. 에번스는 부잣집 아이들을 보살피며 삼삼오오 모여서 수다를 떠는 중남미계 보모들과 양지 쪽에 앉아 있는 몇몇 노인들을 보았다. 한쪽 구석에서는 직장에 다니는 한 엄마가 정장 차림으로 점심시간을 이용하여 아이들을 만나고 있었다.

끼익 하고 날카로운 소리를 내며 차가 멈춰 섰다.

"다 왔어."

에번스는 차에서 내리며 대답했다.

"고마워."

"슬슬 이사할 때도 됐잖아? 벌써 5년이나 여기 살았는데."

"너무 바빠서 이사할 틈도 없어."

"열쇠는 갖고 있어?"

"그래. 대문 매트 밑에도 하나 더 숨겨놨고."

그는 호주머니에 손을 넣어 짤랑짤랑 쇳소리를 냈다.

"문제없어."

"그럼 잘 있어."

사라는 다시 부리나케 출발하더니 끼끼끽 하는 소리와 함께 모퉁이를 돌아 사라져버렸다.

에번스는 햇볕이 내리쬐는 작은 안뜰을 지나 2층에 있는 자기 집으로 올라갔다. 언제나 그랬듯이 오늘도 사라 때문에 마음이 뒤숭숭했다. 평소 그는 사라가 남자들의 접근을 막기 위해 일부러 그들을 당황하게 만든다고 느꼈다. 적어도 에번스 자신은 늘 그렇게 당황하곤 했다. 그녀가 데이트 신청을 기대하는 건지 아닌지 좀처럼 판단할 수가 없었다. 그러나 에번스 자신과 모턴의 관계를 감안한다면 데이트 신청은 바람직하지 않았다. 절대로 그러지 말아야 했다.

대문을 들어서자마자 전화벨이 울리기 시작했다. 그의 비서 헤더였다. 몸이 좋지 않아서 일찍 퇴근한다는 것이었다. 헤더는 오후 늦게, 즉 러시아워의 교통 혼잡을 피할 수 있는 시간에 탈이 나는 일이 많았다. 그렇게 아프다고 연락해오는 날은 대개 금요일이나 월요일이었다. 그런데도 회사 측은 의외로 그녀를 선뜻 해고하려 하지 않았다. 장기 근속자였기 때문이다.

그녀가 창립 파트너(법률회사의 지분을 소유한 고참 변호사)의 한 사람인 브루스 블랙과 한때 연인 사이였다고 말하는 이들도 있었다. 그 이후 브루스는 돈줄을 쥐고 있는 아내가 그 사실을 알게 될까봐 늘 전전긍긍한다는 것이었다. 또 어떤 이들은 헤더가 또 다른 파트너와 사귄다고 주장하기도 했지만 그 사람의 정체는 확실하지 않았다. 그리고 세 번째 설에 의하면 회사가 센추리시티(Century City, 로스앤젤레스 시 내의 계획도시)의 한 고층건물에서 다른 고층건물로 사무실을 옮길 때 그녀도 그 자리에 있었는데, 그때 회사 측의 범법 행위를 입증하는 서류들을 우연히 발견하여 복사해두었다고 했다.

에번스는 그러나 진실은 좀더 평범할 거라고 생각했다. 헤더는 똑똑한 여자인데다 오랫동안 이 회사에 근무해서 부당해고소송에 대해 살살이 알고 있을 테고, 그래서 회사 측이 자신을 해고하는 데 필요한 비용과 수고를 신중히 저울질하여 이렇게 적당한 선에서 규정위반을 되풀이하는 거라고 말이다. 아무튼 그런 식으로 그녀는 1년에 30주 정도만 근무하고 있었다.

헤더는 언제나 사내에서 가장 우수한 주니어 어소시에이트에게 배정되었다. 정말 유능한 변호사라면 헤더의 변덕 때문에 곤란해질 일은 없을 거라는 가정에서 비롯된 조치였다. 에번스는 벌써 몇 년째 그녀를 떼어버리려고 노력했다. 그리하여 내년에는 새 비서를 붙여주겠다는 약속을 받아냈다. 꽤나 고무적인 일이 아닐 수 없었다.

에번스는 의무적으로 대답했다.

"몸이 안 좋으시다니 걱정이네요."

헤더의 평계에 박자를 맞춰주는 수밖에 없었다.

"그냥 배가 좀 아파서 그래요. 병원에 가야겠어요."

"오늘 가실 겁니까?"

"글쎄요, 지금 예약을 하려는 중인데……"

"좋아요, 그럼."

"그런데 내가 하려던 말은 방금 중요한 회의가 정해졌다는 거예요. 모레 아홉 시, 대(大)회의실이에요."

"그래요?"

"모턴 회장님이 방금 요청하셨어요. 여남은 명쯤 소집된 것 같아요."

"누구누군지 아세요?"

"몰라요. 말해주지 않던데요."

에번스는 속으로 생각했다. '쓸모없는 여자.' 그리고 이렇게 말했다.

"알았어요."

"모턴 회장님 따님의 기소인부절차(起訴認否節次, 공소가 제기된 뒤 심리에 앞서 피고인을 소환하여 공소사실을 고지하는 소송절차)가 다음주라는 것도 잊지 말아요. 이번엔 시내가 아니라 패서디나(Pasadena, 로스앤젤레스 북동쪽의 도시)예요. 그리고 마고 레인이 메르세데스 소송 때문에 연락했어요. 그리고 그 BMW 딜러는 그냥 밀어붙이겠대요."

"아직도 교회를 고소하겠다는 거예요?"

"이틀에 한 번씩 전화를 걸어와요."

"알았어요. 그게 다예요?"

"아뇨, 열 개쯤 더 있어요. 몸이 좀 괜찮다 싶으면 책상 위에 목록을 남겨두고……"

그 말은 안 하겠다는 소리였다.

"좋아요."

"지금 회사로 들어올 거예요?"

"아뇨, 너무 늦었어요. 잠이나 좀 자야겠어요."

"그럼 내일 만나요."

그는 문득 극심한 시장기를 느꼈다. 냉장고 안에 먹을 것이라고는 얼마나 묵었는지조차 알 수 없는 요구르트 한 통, 시들어버린 셀러리 약간, 그리고 마지막 데이트 때, 그러니까 2주쯤 전에 마시고 남은 포도주 반 병 정도가 전부였다. 그는 다른 법률회사에서 생산물 책임(불량 상품에 대해 생산자가 소비자에게 지는 책임) 쪽을 맡은 캐럴이라는 여자를 만나고 있었다. 그들은 헬스클럽에서 처음 만나 간헐적이고 일관성 없는 연애를 시작했다. 둘 다 너무 바빴고, 사실은 서로에게 각별한 관심이 있는 것도 아니었기 때문이다. 일주일에 한두 번쯤 만나 격렬한 섹스를 즐긴 뒤에는 둘 중 하나가 이튿날 아침에 약속이 있다면서 일찌감치 집으로 가버리기 일쑤였다. 가끔 저녁까지 함께 먹으러 나가기도 했지만 드문 일이었다. 둘 다 그렇게 많은 시간을 투자하고 싶어 하지는 않았다.

그는 거실로 가서 자동응답기를 확인했다. 캐럴이 남긴 메시지는 없었지만 그 대신 재니스의 메시지가 있었다. 그녀도 에번스가 이따금 만나는 여자였다.

재니스는 헬스클럽의 트레이너였는데, 완벽한 균형미와 단단한 근육을 겸비한 LA형 육체의 소유자였다. 재니스는 섹스도 일종의 운동이라고 생각하여 여러 개의 방과 소파와 의자를 활용했고, 그때마다 에번스는 막연한 열등감을 느끼곤 했다. 그녀에 비하면 자기 몸에 지방이 너무 많은 것 같았다. 그런데도 그녀를 계속 만났다. 정작 섹스는 그리 대단치도 않았지만 그녀처럼 놀라운 몸매를 가진 여자를 차지할 수 있다는 사실이 조금은 자랑스러웠기 때문이다. 그리고 그녀는 갑자기 연락해도 만날 수 있는 경우가 많았다. 재니스에게는 나이가 좀 많은 애인이 있었다. 그는 케이블 뉴스방송국의 프로듀서였는데, 시내를 떠나 있는 날이 많아서 재니스가 늘 안절부절못했다.

재니스의 메시지는 어젯밤에 남긴 것이었다. 에번스는 굳이 그녀에게 연락해보려고 하지 않았다. 재니스는 언제나 당일 밤에 만나지 못하면 그것으로 끝이었다.

재니스와 캐럴 이전에 만났던 여자들도 대체로 그만그만한 사이였다. 에번스는 좀더 흡족한 관계를 찾아야 한다고 자신을 타일렀다. 좀더 진지한 관계, 좀더 성숙한 관계, 그리고 자신의 나이와 지금의 인생 단계에 좀더 걸맞은 관계. 그러나 그는 너무 바빠서 그때그때 주어지는 것으로 만족하는 수밖에 없었다.

어쨌든 지금은 배가 고팠다.

그는 다시 아래로 내려가 차를 몰고 제일 가까운 드라이브인 식당으로 향했다. 피코 대로에 있는 햄버거집이었다. 그곳에는 그를 아는 사람들이 있었다. 그는 더블치즈버거를 먹고 딸기셰이크를 마셨다.

이윽고 집으로 돌아왔다. 원래는 잠자리에 들 생각이었는데 문득 모턴에게 전화를 해야 한다는 것을 깨달았다.

모턴이 말했다.

"자네가 연락해줘서 반갑군. 방금까지 몇 가지 일을 의논해봤는데, 그게 누구냐면…… 아무튼 의논해봤어. NERF에 내가 기부한 돈이 지금 어디까지 진행됐지? 바누투 소송건이니 뭐니 하는 것들 말이야."

"저도 잘 모르겠습니다. 서류는 다 작성됐고 서명까지 끝났지만 아직 돈을 지급하진 않은 것 같은데요."

"좋아. 일단 지급을 보류하도록 하게."

"예, 그렇게 하죠."

"한동안만."

"알겠습니다."

"NERF엔 아무 말도 하지 말고."

"네, 네, 물론이죠."

"좋아."

에번스는 전화를 끊었다. 그러고는 침실로 들어가 옷을 벗으려 했다. 그때 다시 전화벨이 울렸다.

운동 강사 재니스였다.

"안녕. 당신 생각을 하다가 지금 뭐 하는지 궁금해서."

"사실은 막 자려던 참이야."

"아. 잠자기엔 좀 이른데."

"아이슬란드에서 방금 돌아왔거든."

"그럼 피곤하겠네."

"글쎄, 그렇게 피곤하진 않아."

"같이 있어줄까?"

"그래."

재니스는 킥킥 웃으며 전화를 끊었다.

비벌리힐스

8월 24일 화요일
6:04 AM

에번스는 규칙적으로 숨을 몰아쉬는 소리에 잠이 깼다. 침대 위로 팔을 뻗어보았지만 재니스는 그곳에 없었다. 그녀가 누워 있던 자리는 아직도 따뜻했다. 그는 하품을 하며 머리를 조금 들어보았다. 침대 발치에서 완벽한 곡선을 가진 날씬한 다리 하나가 훈훈한 아침 햇살을 받으며 올라오더니 곧이어 다른 다리가 마저 올라왔다. 두 다리가 천천히 내려갔다. 숨을 몰아쉬는 소리. 그리고 다시 올라오는 다리.

"재니스, 지금 뭐 하는 거야?"

"워밍업을 해야 하거든."

그녀가 일어섰다. 미소 띤 얼굴, 알몸이지만 자기 모습에 대한 자신감으로 느긋한 표정, 하나하나 윤곽이 또렷한 근육들.

"일곱 시에 강습이 있어."

"지금 몇 신데?"

"여섯 시."

에번스는 신음 소리를 내며 머리를 베개에 파묻었다.

"당신도 지금 일어나야 해. 늦잠을 자면 수명이 짧아진다구."

에번스는 다시 신음 소리를 냈다. 재니스는 온갖 건강 정보에 정통

했다. 그게 직업이니까.

"잠을 자는데 어떻게 수명이 짧아질 수가 있지?"

"쥐들을 가지고 연구했대. 잠을 못 자게 했더니 어떻게 됐는지 알아? 더 오래 살더라는 거야."

"아, 그래. 커피 좀 끓여줄래?"

"알았어. 그런데 커피도 끊는 게 좋을 텐데……"

그녀는 사뿐사뿐 침실을 나섰다.

에번스는 두 발을 방바닥에 내려놓으며 말했다.

"그 얘기 못 들었어? 커피가 뇌졸중을 예방한다는 거."

그러자 부엌에서 그녀가 말했다.

"그렇지 않아. 커피엔 923가지 화학물질이 들어 있어서 몸에 안 좋단 말이야."

"새로운 연구로군."

그러나 사실이었다.

"더군다나 커피는 암을 유발한다구."

"그건 입증되지 않았어."

"그리고 유산(流産)도."

"내가 걱정할 일은 아니지."

"신경을 긴장시키고."

"재니스, 제발."

그녀가 돌아오더니 그 완벽한 젖가슴 위에 팔짱을 끼고 문설주에 몸을 기댔다. 에번스는 그녀의 아랫배에서 사타구니로 이어지는 팽팽한 혈관들을 볼 수 있었다.

"글쎄, 당신은 너무 경직돼 있어, 피터. 그건 인정해야 할 거야."

"당신 알몸을 볼 때만 그렇지."

그러자 그녀가 입술을 삐죽거렸다.

"도무지 내 말은 진지하게 듣질 않는단 말이야."

그녀는 곧 돌아서서 단단하고 완벽한 엉덩이 근육을 선보이며 부엌으로 향했다. 냉장고 문을 여는 소리가 들렸다.

"우유가 없네."

"블랙커피도 괜찮아."

그는 일어나서 샤워실로 향했다. 그때 재니스가 말했다.

"아무 피해도 없었어?"

"무슨 피해?"

"지진 때문에 말이야. 당신이 떠나 있는 사이에 지진이 일어났거든. 4.3도쯤 되는."

"내가 보기엔 괜찮은 것 같은데."

"글쎄, 텔레비전이 움직인 건 확실하던걸."

에번스는 걷다 말고 우뚝 멈춰 섰다.

"뭐?"

"지진 때문에 텔레비전이 움직였다구. 직접 확인해봐."

창을 통해 비스듬히 쏟아져 들어오는 아침 햇살 때문에 카펫이 텔레비전 밑바닥에 눌렸던 희미한 자국이 뚜렷하게 드러났다. 텔레비전은 원래의 위치에서 3인치쯤 옮겨져 있었다. 낡은 32인치 텔레비전이라서 굉장히 무거웠다. 쉽게 움직일 수 있는 물건이 아니었다. 지금 그 텔레비전을 바라보면서 에번스는 오싹한 한기를 느꼈다.

"그래도 당신은 운이 좋았어. 벽로선반에 유리로 만든 물건들이 잔뜩 있었잖아. 그런 것들은 작은 지진에도 잘 깨진다구. 당신, 보험은 들어놨어?"

에번스는 대답하지 않았다. 그는 허리를 굽혀 텔레비전 뒤쪽의 연결 선들을 확인하고 있었다. 모두 정상인 것 같았다. 그러나 지난 1년 사이에 텔레비전 뒷면을 본 적이 한 번도 없었으니 확신할 수 없는 일이었다.

그때 재니스가 말했다.

"그건 그렇고, 이건 유기농 커피가 아니잖아. 커피를 꼭 마셔야겠다면 최소한 유기농을 골라야지. 내 말 듣고 있는 거야?"

"잠깐만."

그는 텔레비전 앞에 웅크리고 앉아 그 밑에 혹시 이상한 것은 없는지 들춰보았다. 예사롭지 않은 것은 아무것도 발견할 수 없었다.

그때 재니스가 말했다.

"그런데 이건 또 뭐야?"

에번스는 뒤를 돌아보았다. 재니스가 도넛 한 개를 들고 있었다. 그녀가 호되게 꾸짖었다.

"피터, 이 속에 기름이 얼마나 많이 들었는지 알기나 해? 차라리 버터 한 토막을 통째로 먹어치우지 그래?"

"나도 알아. 빨리 끊어야 되는데……"

"그래, 맞아. 나중에 당뇨병에 걸리지 않으려면. 그런데 왜 바닥에 엎드려 있어?"

"텔레비전을 살펴보는 중이야."

"왜? 고장났어?"

"그렇진 않은 것 같아."

그는 몸을 일으켰다. 재니스가 말했다.

"샤워실에 물을 틀어놨잖아. 환경 의식이 부족한 거라구."

그녀는 커피를 잔에 부어 건네주었다.

"가서 샤워나 해. 난 강습하러 가야 하니까."

에번스가 샤워실에서 나왔을 때 그녀는 이미 떠나고 없었다. 그는 이불을 잡아당겨 침대 위에 펼쳐놓고 (침대 정돈은 그것으로 끝이었다) 벽장 안에 들어가 외출복으로 갈아입었다.

센추리시티

8월 24일 화요일
8:45 AM

법률회사 해슬 앤드 블랙은 센추리시티의 한 오피스빌딩에서 다섯 층을 차지하고 있었다. 이 회사는 진취적이었으며 사회의식이 강했다. 그들은 환경 문제에 헌신적인 수많은 할리우드 명사들과 부유한 행동주의자들을 위해 일했다. 그들이 오렌지 군(郡)의 3대 택지 개발업자도 도와주고 있다는 사실은 별로 알려지지 않았다. 그러나 파트너들의 말에 의하면 그렇게라도 해야 수지 균형을 맞출 수 있다는 것이었다.

에번스가 이 회사에 들어온 이유는 환경운동에 적극적인 의뢰인들이 많기 때문이었고, 그중에서도 특히 조지 모턴 때문이었다. 에번스는 거의 전적으로 모턴을 위해, 그리고 모턴이 각별히 아끼는 자선단체인 전국환경자원기금, 즉 NERF를 위해 일하는 네 명의 변호사 중 하나였다.

그러나 그는 여전히 주니어 어소시에이트였고, 그의 사무실은 도로 건너편 고층건물의 밋밋한 유리벽이 정면으로 내다보이는 조그마한 방이었다.

에번스는 책상 위의 서류들을 훑어보았다. 주로 하급 변호사들에게 떨어지는 평범한 업무들이었다. 주택 전대(轉貸) 계약서 한 통, 고용

계약서 한 통, 파산 신청을 위한 질문서들, 조세형평국(Franchise Tax Board, 개인소득세와 은행 및 기업의 법인세를 징수하는 주정부 기관)에 제출할 서류 한 통, 그리고 고객들을 대신하여 상대방에게 소송을 예고하는 편지 초고 두 통 따위였다. 편지 한 통은 팔리지 않은 그림을 돌려주지 않는 화랑과 싸우려 하는 어느 화가를 위한 것이었고, 또 한 통은 로쿠 초밥집의 주차원이 자신의 메르세데스 컨버터블을 주차시키다가 차체를 긁어놓았다고 주장하는 조지 모턴의 정부를 위한 것이었다.

모턴의 정부 마고 레인은 심술 사납고 소송을 즐기는 버릇이 있는 전직 여배우였다. 그녀는 조지가 자신을 소홀히 할 때마다—최근 몇 달 사이에 그런 일이 점점 더 잦아지고 있었다—누군가에게 트집을 잡아 소송을 제기했다. 그러면 그 사건은 틀림없이 에번스의 책상 위로 올라왔다. 그는 마고에게 연락해야 한다는 것을 기억에 담아두었다. 그는 그녀가 이 소송을 강행하지 않는 것이 낫다고 생각했지만 우선 그녀를 설득할 필요가 있었다.

다음 서류는 '예수님이라면 어떤 차를 타실까요?' 라는 환경 캠페인이 고급 승용차들을 모독하는 바람에 자기 사업이 피해를 입었다고 주장하는 비벌리힐스의 한 BMW 딜러가 보내온 정산표였다. 그의 대리점은 어느 교회로부터 한 블록 떨어진 곳에 있었는데, 영업시간이 지났을 때 몇몇 신도가 찾아와 판매원들에게 호통을 친 모양이었다. 딜러는 그 일에 앙심을 품었지만 에번스가 보기에는 올해 매출액이 작년보다 오히려 많았다. 에번스는 그에게도 전화하기로 마음먹었다.

그 다음에는 이메일을 확인했다. 우선 성기를 더 크게 만들어주겠다는 광고메일 스무 통과 진정제 광고메일 열 통, 그리고 이자율이 오르기 전에 빨리 대출을 받으라는 광고메일 열 통을 걸러내야 했다. 중요한 편지는 다섯 통뿐이었다. 첫 번째는 에번스를 만나고 싶다는 허브 로웬스타인의 편지였다. 로웬스타인은 모턴에 관련된 업무를 담당한 시니어 파트너였다. 주로 자산 관리를 맡고 있었지만 그 밖의 투자에도 관여했다. 모턴의 경우에는 자산 관리만 담당하더라도 전임직이라고 할 만했다.

에번스는 복도를 지나 허브의 사무실로 향했다.

허브 로웬스타인의 비서 리자는 통화 중이었다. 에번스가 들어서자 그녀는 죄를 지은 표정으로 전화를 끊었다.

"허브는 잭 니콜슨과 통화 중이신대요."

"잭은 어떻대요?"

"잘 지내요. 메릴과 공연하는 영화가 막바지 촬영 중이래요. 그런데 문제가 좀 있었어요."

리자 레이는 스물일곱 살이었고 초롱초롱한 눈을 가진 못 말리는 수다쟁이였다. 에번스는 벌써 오래전부터 그녀를 통해 회사 내의 온갖 정보를 전해 듣고 있었다.

"허브가 나를 왜 보자는 거죠?"

"뭔지 모르지만 닉 드레이크 때문이에요."

"내일 아홉 시 회의는 뭐죠?"

"나도 몰라요. 아무것도 알아낼 수가 없더라구요."

리자는 어처구니없다는 표정이었다.

"누가 소집한 건데요?"

"모턴 회장님의 회계사들이죠."

그녀는 책상 위의 전화기를 내려다보았다.

"아, 전화를 끊으셨네요. 어서 들어가세요."

허브 로웬스타인은 자리에서 일어나 에번스와 형식적인 악수를 나누었다. 그는 호감이 가는 얼굴을 가진 대머리 사내였는데, 성격은 온화했지만 약간 푼수기가 있었다. 그의 사무실은 수십 장의 가족사진으로 장식되어 있었고, 책상 위에도 사진들이 줄줄이 놓여 있었다. 그는 에번스에게 잘해주었는데, 요즘 모턴의 서른 살 먹은 딸이 코카인 소지 혐의로 체포될 때마다 한밤중에 불려나가 보석신청을 해야 하는 사람이 에번스라는 사실만으로도 그럴 만한 이유는 충분했다. 그 일은 오랫동안 로웬스타인 자신의 몫이었는데 이젠 그렇게 밤잠을 설치는 일이 없게 되었으니 고마운 일이 아닐 수 없었다.

"그래, 아이슬란드는 어땠나?"

"좋았어요. 좀 춥더군요."

"별일 없었지?"

"그럼요."

"내 말은 조지와 닉 사이에서 말이야. 그쪽도 별일 없었어?"

"그런 것 같던데요. 왜요?"

"닉이 걱정하더라구. 한 시간도 안 되는 사이에 벌써 두 번이나 전화했어."

"무슨 일로요?"

"조지의 NERF 기부금 건은 어디까지 진행됐지?"

"닉이 물어본 거예요?"

"그 일이 뭔가 잘못된 거야?"

"회장님은 일단 보류하고 싶으시대요."

"왜?"

"그건 말씀하지 않으셨어요."

"그 케너라는 작자 때문인가?"

"회장님은 아무 말씀도 안 하시던데요. 그냥 보류하라고만 하셨죠."

에번스는 로웬스타인이 어떻게 케너를 알고 있는지 궁금했다.

"닉한테 뭐라고 말해줘야 되지?"

"지금 처리 중이지만 날짜에 대해서는 아직 확답을 줄 수 없다고 하세요."

"무슨 문제가 있는 건 아니겠지?"

"그런 말은 못 들었어요."

"좋아. 비밀로 해줄 테니까 어서 말해봐. 문제가 생긴 거야?"

"그럴지도 몰라요."

에번스는 조지가 자선 기부금을 늦추는 일은 좀처럼 드물다는 사실을 생각하고 있었다. 그리고 간밤에 조지와 나눴던 짧은 대화에서도 어떤 긴장감을 느낄 수 있었다.

"내일 아침 회의는 또 뭐지? 대회의실에서 열리는 거 말이야."

"저도 몰라요."

"조지가 말해주지 않았어?"

"네."

"닉이 몹시 걱정하고 있어."

"글쎄요, 닉이라면 별로 색다른 일도 아닌데요."

"닉이 그 케너라는 작자에 대해서 들었대. 말썽꾼이라고 생각하더군. 환경보호운동에 적대적인."

"그건 좀 의심스럽네요. 그 사람은 MIT 교수예요. 무슨 환경 관련학과였어요."

"어쨌든 닉은 말썽꾼이라고 생각하더라구."

"저야 잘 모르죠."

"비행기 안에서 자네와 모턴이 케너에 대해 얘기하는 걸 들었다더군."

"닉은 열쇠구멍으로 엿듣는 버릇을 빨리 고쳐야 해요."

"조지를 볼 면목이 없게 됐다고 걱정하던데."

"무리도 아니죠. 닉은 고액 수표를 잘못 처리했어요. 엉뚱한 계좌로 들어가버렸거든요."

"그 얘긴 나도 들었어. 자원봉사자가 실수한 거라잖아. 그걸로 닉을 탓할 수야 없지."

"그렇다고 신뢰감이 생기는 것도 아니죠."

"그 수표는 국제자연보존협회로 들어갔어. 훌륭한 단체지. 그리고 그 돈은 지금 도로 송금되고 있는 중이야."

"잘됐군요."

"자넨 누구 편이지?"

"누구 편도 아니에요. 저야 의뢰인의 지시에 따를 뿐이죠."

"하지만 조지한테 조언을 해주잖아."

"회장님이 물어보시면요. 그런데 묻지 않으셨어요."

"자네도 신뢰를 잃은 모양이군."

에번스는 고개를 가로저었다.

"허브. 문제가 있는지 없는지는 나도 몰라요. 내가 아는 건 다만 지급이 연기됐다는 거예요. 그뿐이라구요."

"알았어."

로웬스타인은 전화기 쪽으로 팔을 뻗었다.

"내가 닉을 진정시켜보겠네."

에번스는 자기 사무실로 돌아갔다. 전화벨이 울리고 있었다. 수화기를 들었다.

"자네 오늘 뭐 하나?"

모턴이었다.

"일이 많진 않습니다. 서류 작업이죠."

"그건 나중에 해. 오늘은 가서 바누투 소송건이 어떻게 돼가는지 알아봐주게."

"글쎄요, 조지, 그건 아직 준비단계인데요. 제소하기까지는 몇 달 더 걸릴 거예요."

"그쪽에 한번 가보게."

"알았어요. 거기가 컬버시티(Culver City, 로스앤젤레스 남서쪽의 소도시)니까 우선 연락해보고……"

"아니야. 연락하지 말고 그냥 가봐."

"그렇지만 예고도 없이 불쑥 찾아가면……"

"바로 그거야. 내가 원하는 게 그거라구. 가서 뭘 알아냈는지 알려주게, 피터."

모턴이 전화를 끊었다.

컬버시티

8월 24일 화요일
10:30 AM

　바누투 소송팀은 컬버시티 남쪽의 낡은 창고건물을 쓰고 있었다. 그곳은 공업지역이었고 도로에는 구멍이 뻥뻥 뚫려 있었다. 바깥에서 보기에는 초라하기 짝이 없는 건물이었다. 평범한 벽돌벽, 그리고 쇠붙이로 된 찌그러진 숫자로 번지수를 표시해놓은 문 하나가 전부였다. 에번스는 초인종을 누른 후 벽으로 막아놓은 작은 접수실로 들어섰다. 벽 너머에서 조그맣게 중얼거리는 목소리들이 들려왔지만 아무것도 볼 수 없었다.

　두 명의 무장 경비원이 창고 내부로 통하는 맞은편 문의 양쪽에 버티고 서 있었다. 작은 책상 너머에 접수 직원이 앉아 있었다. 그녀가 못마땅한 얼굴로 에번스를 쳐다보았다.

　"누구시죠?"

　"해슬 앤드 블랙의 피터 에번스입니다."

　"누굴 찾아오셨죠?"

　"볼더 씨요."

　"약속은 하셨나요?"

　"아뇨."

접수 직원은 어처구니없다는 표정을 지었다.

"볼더 씨의 비서에게 연락해드리죠."

"고맙습니다."

접수 직원은 수화기에 대고 나직하게 말했다. 에번스는 그녀가 법률 회사 이름을 언급하는 것을 들었다. 그리고 두 경비원을 쳐다보았다. 사설 보안회사 소속이었다. 그들은 웃음기 없이 무표정한 얼굴로 에번스를 마주보았다.

접수 직원이 전화를 끊고 이렇게 말했다.

"헤인즈 양이 곧 나올 겁니다."

그녀는 경비원들에게 고개를 끄덕였다.

경비원 한 명이 다가와 에번스에게 말했다.

"정규 절차일 뿐입니다, 손님. 신원 증명서를 좀 볼 수 있겠습니까?"

에번스는 그에게 운전면허증을 건넸다.

"혹시 카메라나 녹음 장치를 소지하고 계십니까?"

"아뇨."

"디스크, 드라이브, 플래시카드, 기타 컴퓨터 장치는요?"

"없어요."

"혹시 무기를 갖고 계십니까?"

"아뇨."

"잠시 팔을 좀 들어주시겠습니까?"

에번스가 이상하다는 표정으로 쳐다보자 경비원이 말했다.

"공항 검색대처럼 생각하시면 됩니다."

그러고는 에번스의 몸을 더듬어 내려갔다. 경비원은 전선 종류도 찾고 있는 것이 분명했다. 에번스의 셔츠 목깃도 손가락으로 쓸어보았고, 재킷의 솔기도 만져보았고, 허리춤에도 손가락을 넣어 한 바퀴 훑었다. 그러더니 이번에는 구두를 벗으라고 말했다. 그러고 나서 마지막으로 전자봉으로 전신을 다시 확인했다.

"아주 철저하군요."

"예, 그렇습니다. 감사합니다, 손님."

경비원은 곧 물러나서 벽 앞의 자기 자리로 돌아갔다. 앉을 곳이 없어서 에번스는 그냥 선 채로 기다려야 했다. 2분쯤 지났을 때 문이 열렸다. 매력적이면서도 강인해 보이는 이십대 후반의 여자가 나타났다. 짧은 흑발에 푸른 눈이었고 청바지와 흰색 셔츠 차림이었다.

"에번스 씨? 제가 제니퍼 헤인즈입니다."

그녀는 힘찬 손으로 악수를 청했다.

"존 볼더 씨와 함께 일하고 있습니다. 이쪽으로 오시죠."

그들은 안으로 들어갔다.

두 사람이 들어선 곳은 좁은 복도였고, 맞은편 끝에는 굳게 잠긴 문이 있었다. 에번스는 그곳이 보안 장치라는 사실을 깨달았다. 안으로 들어가려면 문을 두 개나 통과해야 하는 것이다.

에번스는 경비원들을 가리키며 물었다.

"방금 그게 다 뭐죠?"

"약간의 말썽이 있었거든요."

"어떤 말썽이었습니까?"

"여기서 무슨 일을 하는지 알고 싶어하는 사람들이 있는 거죠."

"아하……"

"그래서 좀더 조심하게 됐어요."

그녀가 카드를 갖다대자 지잉 하는 소리와 함께 문이 열렸다.

그들은 낡은 창고 안으로 들어갔다. 높은 천장이 있는 드넓은 공간이었는데, 내부는 유리 칸막이를 이용하여 널찍널찍한 몇 개의 방으로 나눠져 있었다. 에번스는 왼쪽 바로 옆의 유리벽 너머에 있는 방에 컴퓨터 단말기들이 즐비한 것을 보았다. 각각의 단말기 앞에는 젊은이들이 앉아 있었고, 키보드 옆에는 각종 서류가 잔뜩 쌓여 있었다. 유리벽 위에는 큰 글자로 이렇게 적혀 있었다. '원자료(原資料, DATA-RAW, 가공되지 않은 자료. 대개 센서나 계측기 등에서 얻은 최초의 측정 자료를 가리킴).'

오른쪽에는 '인공위성/라디오존데'(RADIOSONDE, 기상 자료를 측정하여 지상의 관측소에 전달하는 자동송신기)라고 표시된 회의실이 있었다. 에번스는 그 방 안에 네 사람이 모여 벽면에 붙은 거대한 도표를 가지고 토론에 여념이 없는 것을 보았다. 모눈 위에 몇 개의 선이 지그재그로 그어진 도표였다.

좀더 앞쪽에는 '일반순환모델(GCM)'이라고 적힌 방이 있었다. 이 방은 벽마다 커다란 세계지도가 붙어 있었는데, 알아보기 쉽도록 여러 색상을 사용하여 시각적으로 표현한 지도였다.

에번스가 감탄사를 토했다.

"와아. 거창한 사업이네요."

그러자 제니퍼 헤인즈가 말했다.

"거창한 소송이니까요. 모든 연구팀이 이곳에 모여 있어요. 대부분은 변호사가 아니라 기후학을 전공하는 대학원생들이죠. 각 팀이 서로 다른 쟁점을 전담해서 연구하는 거예요."

그녀는 창고 곳곳을 가리켰다.

"첫 번째 그룹은 원자료를 취급해요. 뉴욕 컬럼비아 대학의 고다드 우주연구소, 테네시 주 오크리지의 USHCN〔미국 역사기후학 네트워크 (United States Historical Climatology Network)〕, 영국 이스트앵글리아의 해들리 센터 등에서 처리한 자료죠. 전 세계 기온 자료의 주요 출처가 그런 곳들이거든요."

"그렇군요."

"그리고 저쪽 그룹은 위성 자료를 다루고 있어요. 1979년부터 관측 위성들이 상층 대기의 온도를 기록하기 시작했으니까 지금까지 20년 이상의 기록이 있는 거죠. 우린 그 자료를 어떻게 이용해야 좋을지 궁리하는 중이에요."

"어떻게 이용한다뇨?"

"위성 자료는 골칫거리예요."

"왜요?"

그러나 그녀는 에번스의 질문을 듣지 못한 듯 옆방을 가리켰다.

"저쪽 팀은 1970년대부터 현재까지의 GCM, 즉 컴퓨터로 만든 기후 모델들을 비교분석하고 있어요. 아시다시피 이런 모델은 백만 가지 이상의 변수를 한꺼번에 처리하기 때문에 굉장히 복잡해요. 복잡한 걸로 따지면 지금까지 인간이 만들어낸 컴퓨터 모델 중에서도 단연 최고죠. 우리가 주로 연구하는 건 미국, 영국, 그리고 독일 모델이에요."

"그렇군요……"

에번스는 점점 기가 질렸다.

"그리고 저쪽에 있는 팀은 해수면 문제를 맡고 있어요. 저 모퉁이엔 고(古)기후(paleoclimate, 지질 시대의 기후) 연구팀이 있구요. 물론 그 두 가지는 프록시 연구(proxy study, 기후학에서 어떤 변수의 값을 도출하기 위해 다른 측정값을 이용하는 방법. 예를 들어 나무의 나이테를 보고 강수량과 기온의 변화를 추론하는 따위)죠. 그리고 마지막 팀은 태양 에너지와 연무질(煙霧質, 연기, 안개, 구름과 같이 기체 속에 고체나 액체의 미세 입자가 섞인 혼합물)에 대해 연구해요. 그 밖에 UCLA에도 대기의 피드

백 메커니즘을 담당하는 외부 연구팀이 있는데, 주로 기온 변화에 따른 운량(雲量)의 변화에 치중하고 있어요. 대충 이 정도가 전부예요."

그녀는 에번스의 얼떨떨한 표정을 보고 잠시 입을 다물었다.

"미안해요. 조지 모턴 회장님과 일하신다니까 이런 문제에 대해서도 잘 아시는 줄 알았어요."

"제가 조지 모턴 회장님과 일한다는 건 어디서 들으셨죠?"

그러자 그녀가 미소를 지었다.

"에번스 씨, 우리도 알 건 다 알아요."

그들은 유리벽으로 만들어진 마지막 방 앞을 지나고 있었다. 아무 표시도 없는 방이었는데, 그 안에는 각종 도표와 거대한 사진들, 그리고 플라스틱 상자에 담긴 지구의 3차원 모형 등이 가득했다.

"여긴 뭐죠?"

"시청각 팀이에요. 배심원들에게 보여줄 시청각 자료를 준비하고 있죠. 어떤 데이터는 너무 복잡해서 최대한 단순하면서도 효과적인 표현 방법을 찾아내려는 거예요."

그들은 다시 걸음을 옮겼다. 에번스가 물어보았다.

"정말 그렇게 까다로운 일인가요?"

"그렇죠. 섬나라 바누투는 사실 남태평양에 떠 있는 네 개의 산호섬으로 구성된 국가예요. 제일 높은 지점도 해발 20피트밖에 안 되죠. 그런데 지구 온난화로 해수면이 올라가면서 그곳에 사는 8천 명의 주민들이 물에 잠길 위기에 처한 거예요."

"네, 그건 저도 압니다. 그런데 어째서 과학 분야에서 일하는 사람들이 이렇게 많은 거죠?"

그러자 그녀는 신기하다는 듯이 에번스를 처다보았다.

"우린 이 사건에서 승소하고 싶으니까요."

"네에……"

"그리고 이건 쉽게 이길 수 있는 사건이 아니거든요."

"그건 또 무슨 소리죠? 지구 온난화잖아요. 누구나 알고 있듯이 지구 온난화 때문에……"

그때 창고의 반대쪽 끝에서 우렁찬 목소리가 터져나왔다.

"그것 때문에 어쨌다는 거요?"

안경을 낀 대머리 남자가 두 사람을 향해 다가오고 있었다. 걸음걸이가 좀 어색했다. 얼굴 생김새는 대머리독수리라는 별명 그대로였다. 언제나 그렇듯이 존 볼더의 옷차림은 파란색 일색이었다. 파란색 양복, 파란색 셔츠, 파란색 넥타이. 그의 거동은 열정적이었다. 그가 눈을 가늘게 뜨고 에번스를 바라보았다. 이렇게 유명한 소송전문 변호사를 만나게 되자 에번스는 자기도 모르게 주눅이 들었다.

그는 손을 내밀며 말했다.

"해슬 앤드 블랙의 피터 에번스입니다."

"조지 모턴 회장님과 일하신다고 들었는데?"

"그렇습니다, 선생님."

"우린 모턴 회장님의 넉넉한 씀씀이에 큰 빚을 졌소. 그래서 그 도움에 보답하려고 노력 중이지."

"회장님께 말씀드리겠습니다."

"그러시겠지. 에번스 선생, 방금 지구 온난화에 대해 말씀하시던데, 그 문제에 관심이 있소?"

"예, 그렇습니다, 변호사님. 지구를 염려하는 사람이라면 누구나 그렇겠죠."

"나도 동감이오. 그런데 어디 말해보시오. 선생이 알고 있는 지구 온난화는 도대체 어떤 거요?"

에번스는 당혹감을 감추려고 애썼다. 설마 이런 질문을 받게 될 줄은 몰랐던 것이다.

"그건 왜 물으시죠?"

"이곳을 찾는 모든 사람에게 물어보는 질문이오. 일반적인 지식 수준을 파악하려는 거지. 지구 온난화가 뭐요?"

"지구 온난화는 화석연료를 태우기 때문에 지구가 점점 더워지는 겁니다."

"미안하지만 틀렸소."

"그런가요?"

"비슷하지도 않소. 다시 대답해보시오."

에번스는 잠시 입을 다물었다. 그는 지금 이 까다롭고 빈틈없는 법조인에게 심문을 당하고 있는 것이 분명했다. 에번스는 법과 대학원 시절부터 이런 유형의 사람들을 잘 알고 있었다. 그래서 잠시 생각하면서 낱말 하나하나를 신중히 선택했다.

"지구 온난화란, 음, 화석연료를 태움으로써 대기 중에 발생하는 과도한 이산화탄소 때문에 지표면이 가열되는 현상입니다."

"이번에도 틀렸소."

"왜요?"

"몇 가지 이유가 있지. 방금 선생이 말한 내용 중에서 잘못된 부분이 최소한 네 가지였소."

"이해할 수가 없군요. 제가 말한 내용, 바로 그게 지구 온난화잖습니까."

그러자 볼더는 아주 또박또박하고 위압적인 어조로 말했다.

"사실은 그렇지 않소. 지구 온난화라는 가설은……"

"이젠 가설이라고 하기엔……"

"아니, 가설이오. 실은 나도 그게 아니었으면 좋겠소. 그렇지만 실제로 지구 온난화는 이산화탄소를 비롯한 특정 기체들이 증가하면서 소위 '온실효과'를 일으켜 지구 대기의 평균 기온을 상승시킨다는 가설이오."

"예, 좋습니다. 그게 좀더 엄밀한 정의라고 말할 수 있겠지만……"

"에번스 선생도 지구 온난화를 믿고 있는 것 같은데?"

"물론입니다."

"확고하게 믿는 거요?"

"그럼요. 누구나 그렇죠."

"그렇게 확고한 믿음이라면 그 믿음을 정확하게 표현하는 게 중요하다고 생각하지 않소?"

에번스는 어느새 땀을 흘리고 있었다. 정말 법대 시절로 돌아간 듯한 기분이었다.

"글쎄요, 저는…… 이 경우엔 그렇지도 않은 것 같습니다. 왜냐하면 우리가 지구 온난화에 대해 얘기할 때 그게 무슨 뜻인지는 누구나 알고 있으니까요."

"정말 그렇소? 내가 보기엔 선생조차도 자기가 무슨 말을 하고 있는지 모르는 것 같은데."

에번스는 격렬한 분노를 느꼈다. 미처 생각하기도 전에 말이 먼저 튀어나왔다.

"아니, 제가 과학의 세부적인 사실들을 제대로 설명하지 못한다고 해서……"

"나도 세부적인 사실들을 말하자는 게 아니오, 에번스 씨. 내가 말하고 싶은 건 선생이 가졌다는 그 확고한 믿음의 참모습이오. 내가 보기에 선생의 그 믿음엔 아무런 근거도 없소."

"죄송하지만 그건 말도 안 됩니다."

에번스는 잠깐 숨을 돌리고 이렇게 덧붙였다.

"변호사님."

"그럼 근거가 있다는 거요?"

"물론이죠."

볼더는 에번스를 유심히 바라보았다. 자못 만족스러운 표정이었다.

"그렇다면 이번 소송에 선생이 큰 도움이 되겠군. 우리한테 한 시간쯤 시간을 내줄 수 있겠소?"

"음…… 가능합니다."

"선생을 녹화해도 괜찮겠소?"

"아니, 그건…… 왜요?"

볼더가 제니퍼 헤인즈를 돌아보자 그녀가 말했다.

"에번스 씨 같은 지식인들이 지구 온난화에 대해 얼마나 알고 있는지 가늠해보려는 거예요. 배심원들에게 보여줄 내용을 좀더 가다듬기 위해서죠."

"말하자면 모의(模擬) 배심원 같은 겁니까?"

"바로 그거예요. 벌써 몇 사람을 인터뷰했죠."

"좋아요. 적당한 시간을 잡아보죠."

그러자 볼더가 말했다.

"지금이 좋겠는데."

그러고는 제니퍼를 돌아보며 이렇게 말했다.

"자네 팀을 4호실로 데려오게."

에번스가 입을 열었다.

"물론 도와드리고는 싶지만 제가 찾아온 건 현황 파악을 위해서……"

"이번 소송에 무슨 문제가 생겼다고 들은 거요? 아무 문제 없소. 다만 몇 가지 중요한 숙제가 남아 있긴 하지."

볼더는 손목시계를 들여다보았다.

"난 지금 회의에 들어가봐야겠소. 일단 헤인즈 양과 얘기하고, 그게 다 끝나면 이번 소송에 대해 내가 생각하는 것들을 얘기해봅시다. 그래도 괜찮겠소?"

에번스로서는 승낙하는 수밖에 없었다.

바누투 소송팀

8월 24일 화요일
11:00 AM

그들은 한 회의실에 놓인 긴 탁자의 끝자리에 에번스를 앉혀놓고 반대쪽 끄트머리에 비디오카메라를 설치했다. 에번스는 무슨 증언이라도 하는 것 같다고 생각했다.

다섯 명의 젊은이가 회의실로 들어와 탁자에 둘러앉았다. 모두 청바지나 티셔츠 등 캐주얼 차림이었다. 제니퍼 헤인즈가 그들을 소개해주었지만 말이 너무 빨라서 에번스는 제대로 알아듣지 못했다. 그녀는 그들이 모두 각종 과학 분야의 대학원생들이라고 설명했다.

그들이 준비하는 동안 제니퍼가 에번스의 옆자리에 앉더니 이렇게 말했다.

"존이 너무 퉁명스럽게 대해서 죄송해요. 일이 잘 안 풀려 스트레스가 심해서 그래요."

"소송 때문인가요?"

"네."

"어떤 스트레스죠?"

"일단 인터뷰를 해보면 우리가 어떤 상황인지 짐작할 수 있을 거예요."

그녀는 다른 사람들을 돌아보았다.

"준비됐나요?"

사람들이 고개를 끄덕이며 수첩을 펼쳤다. 카메라에 불이 켜졌다. 제니퍼가 말했다.

"8월 24일, 화요일, 해슬 앤드 블랙의 피터 에번스와의 인터뷰입니다. 에번스 씨, 지구 온난화를 뒷받침하는 증거에 대한 견해를 듣고 싶습니다. 이건 시험이 아닙니다. 당신이 이 문제에 대해 어떻게 생각하는지 확인하고 싶을 뿐이죠."

"알겠습니다."

"우선 편하게 시작해보죠. 지구 온난화의 증거에 대해 아시는 대로 말씀해주세요."

"글쎄요, 지난 2, 30년 사이에 산업의 발달로 화석연료를 많이 사용하면서 이산화탄소가 증가했고, 그 결과로 지구의 기온이 급상승했다고 알고 있습니다."

"좋아요. 그런데 기온의 급상승이라면 어느 정도라는 거죠?"

"아마 1도쯤 되겠죠."

"화씨로요, 아니면 섭씨로요?"

"화씨요."

"그리고 그렇게 상승된 것이 지난 20년 사이였다구요?"

"2, 30년, 그래요."

"그럼 20세기 초반에는요?"

"그때도 기온이 올라갔지만 그렇게 빠르진 않았죠."

"좋습니다. 이제 도표 하나를 보여드릴 텐데요……"

그녀는 폼코어판에 붙인 도표 한 장을 꺼냈다.*

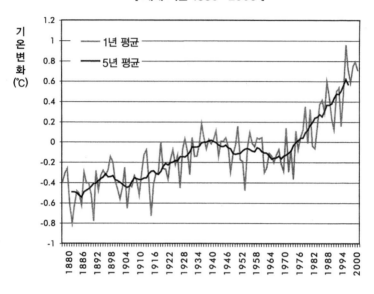

[세계 기온 1880~2003]

기온변화(℃)

— 1년 평균
— 5년 평균

출처 _ giss.nasa.gov

제니퍼가 물었다.

"낯익은 도표인가요?"

에번스가 대답했다.

"전에 본 적이 있습니다."

"UN을 비롯한 여러 단체가 사용했던 NASA-고다드[미국 메릴랜드 주에 있는 NASA(미국 항공 우주국)의 고다드 우주비행센터] 자료에서 뽑은 거예요. UN이 채택한 자료라면 믿을 만하다고 생각하세요?"

"네."

"그럼 이 도표는 정확하다고 볼 수 있겠네요? 편견도 없고 속임수도

---

* 모든 도표는 다음과 같이 권위 있는 자료의 수치표를 바탕으로 작성한 것이다. GISS(컬럼비아), CRU(이스트앵글리아), GHCN 및 USHCN(오크리지). 도표에 대한 구체적인 논의는 '부록II'를 참조할 것.

없다고 말예요."

"네."

"좋아요. 이 도표가 뭘 의미하는지 아시겠어요?"

에번스도 그 정도는 파악할 수 있었다.

"지난 100년 남짓한 기간 동안 전 세계 기상관측소에서 기록한 평균 세계 기온이죠."

"맞아요. 그런데 이 도표를 어떻게 이해하고 계시죠?"

"방금 제가 했던 말을 뒷받침하고 있네요."

에번스는 붉은 선을 가리켰다.

"1890년쯤부터 세계 기온이 조금씩 상승하긴 했지만 1970년을 전후해서 급격히 상승하기 시작했어요. 그때는 산업화가 가장 활발했던 시기니까 지구 온난화의 실질적 증거가 되는 거죠."

"좋아요. 그럼 1970년 이후의 급격한 기온 상승은 무엇 때문에 일어난 걸까요?"

"산업화로 이산화탄소 레벨이 높아졌기 때문이죠."

"좋아요. 다시 말해서 이산화탄소가 많아지면 기온이 올라간다는 거네요."

"그래요."

"좋아요. 방금 당신은 1890년부터 기온이 오르기 시작해서 1940년쯤까지 올라간 사실을 지적했어요. 여길 보면 알 수 있죠. 이건 무엇 때문이었을까요? 이산화탄소?"

"음…… 잘 모르겠는데요."

"1890년에는 산업화가 훨씬 덜 된 상태였는데도 기온이 올라갔잖아요. 1890년에도 이산화탄소가 증가하고 있었나요?"

"잘 모르겠네요."

"그때도 증가한 건 사실이에요. 여기 이산화탄소 레벨과 기온 변화를 함께 보여주는 도표가 있어요."

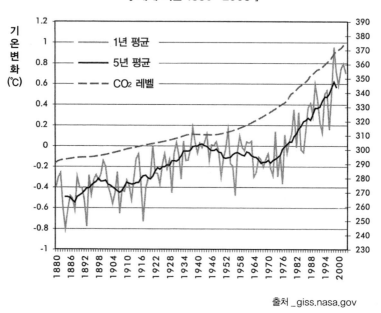

[세계 기온 1880~2003]

출처 _ giss.nasa.gov

에번스가 말했다.

"그래요. 예상했던 그대로네요. 이산화탄소가 증가하면서 기온을 상승시켰어요."

"좋아요. 이제 1940년부터 1970년까지의 기간에 주목해보세요. 보시다시피 이 기간엔 세계 기온이 실제로 내려갔어요. 보이죠?"

"그렇네요……"

"이 기간을 더 자세히 보여드릴게요."

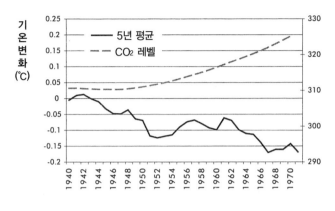

[세계 기온과 CO_2 1940~1970]

기온변화(℃)

— 5년 평균
--- CO_2 레벨

출처 _giss.nasa.gov

"이건 그 30년 동안의 기록이에요. 이때는 기온이 내려갔죠. 여름철에도 서리가 내려 농작물이 피해를 입었고, 유럽에선 빙하들이 팽창했어요. 무엇 때문에 기온이 떨어졌을까요?"

"몰라요."

"이 기간에도 이산화탄소는 증가했나요?"

"네."

"자, 이산화탄소의 증가가 기온 상승의 원인이었다면 1940년과 1970년 사이에는 어째서 기온이 올라가지 않은 거죠?"

"나도 몰라요. 아마 다른 요인이 있었겠죠. 아니면 이상 현상일 수도 있구요. 장기적인 동향 속에도 가끔 이례적인 경우가 있잖아요. 주식시장만 봐도 알 수 있죠."

"주식시장에도 30년 동안이나 지속되는 이상 현상이 있나요?"

에번스는 어깨를 으쓱거렸다.

"매연 때문일 수도 있죠. 대기 중의 분진 때문일 수도 있구요. 그때는 환경 보호법이 발효되기 전이라서 분진이 많았으니까요. 그것도 아니라면 다른 어떤 요인이 있었겠죠."

"이 도표들을 보면 이산화탄소 수준은 꾸준히 상승했지만 기온은 그렇지 않았어요. 올라가다가 내려가고 다시 올라갔죠. 그런데도 당신은 여전히 최근에 기온이 올라간 게 이산화탄소 때문이었다고 믿는 거죠?"

"그래요. 그게 원인이라는 건 누구나 아는 사실이죠."

"혹시 이 도표가 마음에 걸리나요?"

"아뇨. 몇 가지 의문점이 생긴다는 건 인정하지만 기후에 대해서도 모든 게 밝혀진 건 아니잖아요. 그래서 괜찮아요. 도표가 마음에 걸리진 않아요."

"그래요, 좋아요. 그렇게 말씀하시니 반갑네요. 계속해보죠. 당신은 이 도표가 전 세계 기상관측소 기록의 평균값이라고 하셨어요. 그런데 이 기상 자료가 얼마나 믿을 만하다고 생각하시죠?"

"모르겠는데요."

"자, 예를 들자면 19세기 말엽에 나온 자료는 사람들이 하루에 두 번씩 야외에 설치한 작은 상자 앞으로 가서 기온을 적어놓은 거예요. 그러다가 며칠 동안 잊어버리기도 했겠죠. 식구들 중에서 누가 아프거나 하면 말예요. 그런 경우엔 나중에 채워넣어야 했을 거예요."

"그건 그 시절 얘기죠."

"맞아요. 그렇지만 1930년대 폴란드의 기상 기록이 얼마나 정확했을 거라고 생각하세요? 1990년 이후 러시아 각 지방의 경우는요?"

"썩 좋진 않았겠죠."

"제 생각도 그래요. 그러니까 지난 100년 동안에도 전 세계 관측소의 상당수는 우리가 신뢰할 만한 양질의 자료를 제출하지 못했을 거예요."

"그렇겠죠."

"오랫동안 넓은 지역에 걸쳐 가장 우수한 관측소 네트워크를 유지한 나라가 어디였을 거라고 생각하세요?"

"미국?"

"맞았어요. 그 점에 대해서는 논란의 여지가 없을 거예요. 여기 또 다른 도표가 있어요."

[**미국 기온 1880~2000**]

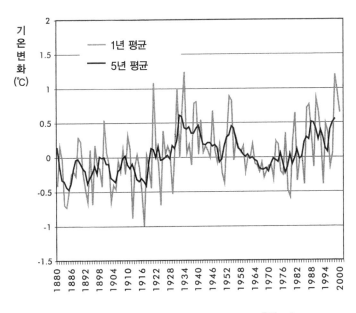

출처 _ giss.nasa.gov

"이 도표가 처음에 보았던 세계 기온 도표와 비슷해 보이나요?"

"그렇진 않은데요."

"1880년 이후의 온도 변화는 어느 정도죠?"

"음, 0.3도 정도로 보이네요."

"120년 동안에 섭씨 0.3도. 그다지 극적인 변화는 아니죠."

그녀는 도표를 가리켰다.

"지난 한 세기 중에서 가장 더웠던 해는 몇 년이죠?"

"1934년인 것 같군요."

"이 도표를 보고 지구 온난화 현상이 발생했다고 말할 수 있나요?"

"글쎄요. 어쨌든 온도가 올라간 건 사실이네요."

"지난 30년 동안은 그랬죠. 그런데 그 이전의 30년 동안은 내려갔어요. 그리고 미국의 요즘 기온은 1930년대와 비슷한 수준이에요. 그런데도 이 도표가 지구 온난화를 뒷받침한다고 말할 수 있을까요?"

"그래요. 전 세계의 다른 지역에 비하면 미국에서는 별로 극적인 변화가 일어나지 않았네요. 그래도 변화가 있긴 있었잖아요."

"가장 정확한 기온 기록에서 온난화가 가장 적게 나타난다는 사실이 마음에 걸리진 않으세요?"

"네. 지구 온난화는 지구 전체에 발생하는 현상이니까요. 미국만이 아니고."

"만약 법정에서 이 도표들을 옹호해야 한다면 배심원들에게 당신의 견해를 납득시킬 수 있을까요? 배심원들이 이 도표들을 보게 되면 지구 온난화라는 것도 알고 보니 별로 심각한 게 아니었다고 말하지 않을까요?"

에번스는 웃으면서 이렇게 말했다.

"증인을 유도하시는군요."

그러나 사실은 조금 꺼림칙한 기분이 들었다. 그러나 조금뿐이었다. 그런 주장이라면 예전에도 각종 환경회의에서 들어본 적이 있었다. 산업계의 앞잡이들이 제멋대로 날조하거나 왜곡시킨 자료들을 내세우며 그럴듯하고 번지르르한 말들을 늘어놓으면 자기도 모르게 자신이 이미 알고 있는 사실들까지 의심하게 되게 마련이었다.

마치 그의 내심을 알아차린 듯이 제니퍼가 말했다.

"피터, 이 도표들은 확실한 자료를 보여주고 있어요. 컬럼비아 대학의 고다드 우주연구소에서 작성한 기온 기록도 있고, 남극대륙 로돔(Law Dome)의 빙핵[ice core, 빙상(氷床)에서 채취한 원통형 얼음 샘플]* 이나 마우나로아(Mauna Loa, 태평양 하와이 섬의 화산)에서 이산화탄소 레벨을 측정한 기록도 있어요. 모두 지구 온난화를 굳게 믿는 연구자들이 조사한 거죠."

"그래요. 전 세계 과학자들의 절대 다수는 지구 온난화가 실제로 진행 중이고 전 세계에 중대한 위협이 된다고 믿으니까요."

그러자 제니퍼가 조용히 말했다.

"그래요, 좋아요. 이것들을 보고도 생각이 달라지지 않았다니 반갑네요. 이제 다른 흥미로운 문제들을 살펴보기로 하죠. 데이비드?"

대학원생 하나가 몸을 앞으로 기울였다.

"에번스 씨, 저는 토지 용도와 도시의 열섬 효과, 그리고 대류권(對流圈, 대기권 중 가장 낮은 층. 극지방에서 고도 약 8km, 적도 지방에서 약 18km 이하의 범위)의 온도를 기록한 위성 자료에 대해 말씀드리겠습니다."

에번스는 속으로 '아, 젠장' 하고 생각했지만 그냥 고개를 끄덕였다.

"좋아요······"

"우리가 역점을 두고 싶어하는 쟁점 하나는 지표면의 온도가 토지

---

* D. M. Etheridge, et al., 1996, "Natural and anthropogenic changes in atmospheric CO₂ over the last 1,000 years from air in Antarctic ice and firn," *Journal of Geophysical Research 101* (1996): 4115~28.

용도에 따라 어떻게 변화하는지에 대한 겁니다. 이 쟁점에 대해 알고 계십니까?"

"아뇨, 잘 몰라요."

에번스는 손목시계를 보았다.

"솔직히 말하자면 나로서는 여러분이 얘기하는 세부적인 내용까지는 이해할 수가 없어요. 난 그냥 과학자들이 하는 얘기를 들어봤을 뿐이고……"

그때 제니퍼가 말했다.

"우린 바로 그 과학자들의 말을 근거로 소송을 준비하는 중이에요. 그렇게 세부적인 내용을 가지고 싸워야 하는 거라구요."

에번스는 어깨를 으쓱거렸다.

"싸운다구요? 싸우긴 누가 싸운다는 겁니까? 알 만한 사람들이라면 그럴 리가 없죠. 지구 온난화를 의심하는 과학자는 전 세계에 한 명도 없다구요."

"그 말은 틀렸어요. 피고 측은 MIT, 하버드, 컬럼비아, 듀크, 버지니아, 콜로라도, UC 버클리 등등 쟁쟁한 대학의 정교수들을 불러들일 거예요. 국립 과학원의 전직 원장까지 불러들일 거라구요. 그리고 영국에서도, 독일의 막스 플랑크 연구소에서도, 스웨덴의 스톡홀름 대학에서도 교수들을 데려오겠죠. 그 교수들은 이렇게 주장할 거예요. 지구 온난화라는 것은 아무리 좋게 말해도 사실무근이고, 나쁘게 말하자면 터무니없는 공상에 지나지 않는다구요."

"산업계에서 연구비를 타먹은 사람들이겠죠."

"몇 명은 그렇겠지만 전부는 아니에요."

"골수 보수주의자들이겠죠. 신보수파(거대 정부에 반대하고 실업계의 이익을 지지하며 사회 개혁에 주력하는 계층)."

"이번 소송에서는 자료에 관심이 집중될 거예요."

에번스는 문득 사람들의 얼굴에서 걱정스러운 기색을 발견했다. 그리고 생각했다. '이 사람들은 정말 이 소송에서 패배할지도 모른다고 생각하는구나.'

"이건 터무니없는 소리예요. 그냥 신문을 읽거나 텔레비전만 봐도 다 알 수 있는 일인데……"

"신문이나 텔레비전은 면밀하고 조직적인 매스컴 홍보에 흔들리기 쉬워요. 소송은 전혀 다르죠."

"그럼 매스컴은 그만두고 과학잡지를 읽어보면……"

"그러고 있어요. 그런데 그것들이 꼭 우리 쪽에 유리한 건 아니거든요. 에번스 씨, 아직도 검토해야 할 것들이 많아요. 반론은 잠시 접어두시고 다른 쟁점들로 넘어가죠."

그 순간 전화벨이 울렸고, 볼더가 에번스를 고문에서 해방시켜주었다.

"해슬 앤드 블랙에서 왔다는 그 친구를 들여보내요. 10분 동안 만나보겠소."

바누투 소송팀

8월 24일 화요일
12:04 PM

볼더는 유리벽으로 된 사무실에서 유리 책상 위에 두 발을 올려놓고 산더미처럼 쌓인 사건 개요서와 연구논문들을 뒤적거리고 있었다. 에번스가 들어왔는데도 발을 내리지 않았다.

"재미있었소?"

인터뷰에 대한 질문이었다.

"어떤 면에서는 그랬죠. 그런데 이런 말씀을 드려도 괜찮을지 모르겠지만 그 사람들은 혹시 패소할까봐 걱정하는 것 같더군요."

"난 이번 소송에서 승리할 것을 확신하고 있소. 그건 추호도 의심하지 않아요. 다만 내 밑에 있는 사람들이 그렇게 생각하는 건 싫소! 다들 미치도록 걱정하길 바란다는 거요. 난 우리 팀이 재판을 준비할 때마다 잔뜩 겁에 질려 이리 뛰고 저리 뛰길 바라니까. 이번엔 특히 더 그렇소. 이번 사건은 환경보호청을 상대로 싸우게 되는데, 그쪽은 소송에 대비해서 외부 고문으로 배리 베크먼을 불러들였소."

"어휴. 거물급이군요."

배리 베크먼은 당대 최고로 유명한 소송전문 변호사였다. 스물여덟 살에 스탠퍼드 법대 교수가 되었고, 30대 초에 강단을 떠나 변호사로

개업했다. 그리고 지금까지 마이크로소프트, 도요타, 필립스 등 수많은 다국적 기업을 변호했다. 베크먼은 엄청나게 예리한 두뇌와 매력적인 매너, 순발력 있는 유머감각, 그리고 한 번 본 것은 절대로 잊지 않는 놀라운 기억력을 지니고 있었다. 그가 연방 대법원에서 변론을 할 때 (지금까지의 경력만 벌써 세 번이었다) 증거 자료의 쪽 번호까지 들먹이며 판사들의 질문에 답변했던 일은 모르는 이가 없을 정도였다. '판사님, 그 문제에 대해서는 237쪽의 각주 17번을 보시면 될 겁니다.' 예컨대 그런 식이었다.

볼더가 말했다.

"배리에게도 단점은 있지. 알고 있는 정보가 너무 많아서 걸핏하면 곁길로 빠지거든. 말하기를 너무 좋아해서 변론이 갈팡질팡한단 말이오. 난 그 사람과 맞붙어 한 번은 이겼고 한 번은 졌소. 어쨌든 한 가지는 확실하지. 그쪽은 굉장히 치밀한 반론을 준비할 거요."

"소송을 제기하기도 전에 변호인부터 선임한다는 건 좀 특이한 일 아닙니까?"

"그건 전략이오. 지금의 정부는 이번 소송에 대응하길 꺼리고 있소. 자기들이 승소할 거라고 믿긴 하지만 지구 온난화에 반대하는 입장을 표시하면 부정적인 여론이 들끓을까봐 염려하는 거지. 그래서 우리를 위협해서 소송을 포기하게 하려는 속셈인 거요. 물론 우린 절대로 포기하지 않소. 더구나 이젠 모턴 씨 덕분에 자금도 넉넉하니까."

"다행이군요."

"그렇지만 어려움도 만만치 않소. 배리는 지구 온난화의 증거가 불충분하다고 주장할 거요. 과학적 근거가 빈약하다고 하겠지. 10년 전이나 15년 전의 예언들은 이미 빗나가버렸다고 하겠지. 그리고 지구 온난화를 거론하는 지도급 인사들조차도 그게 과연 예측할 수 있는 일인지, 정말 심각한 문제인지, 더 나아가서 그게 실제로 일어나고 있는 일인지에 대해 공공연히 의문을 표시했다고 하겠지."

"지도급 인사들이 정말 그런 말을 했어요?"

볼더는 한숨을 푹 쉬었다.

"했소. 잡지에서."

"그런 글은 읽어본 적이 없는데요."

"분명히 있소. 배리는 그런 것들을 끄집어낼 거요."

볼더는 고개를 절레절레 흔들었다.

"일부 전문가들은 때에 따라 견해를 바꾸기도 했소. 가령 이산화탄소는 대단찮은 문제라고 했다가 지금은 중요하다고 말하는 사람들도 있지. 지금으로서는 전문가들 중에서 중간에 말을 뒤집거나 반대 신문 때 아주 멍청해 보일 가능성이 전혀 없는 증인은 단 한 명도 확보하지 못한 형편이오."

에번스는 고개를 끄덕여 동정을 표시했다. 그 역시 그런 상황에 익숙했다. 법과 대학원에서 제일 먼저 배우는 것들 중 하나가 바로 법은 진실을 따지자는 게 아니라는 사실이다. 법은 갈등을 해결하기 위한 것이다. 그렇게 갈등을 해결해가는 과정에서 진실이 드러날 때도 있고 아닐 때도 있다. 진실이 드러나지 않는 것도 흔한 일이다. 검사들은 어떤 범인이 유죄라는 것을 뻔히 알면서도 유죄 판결을 받아내지 못한다. 그런 일들이 수시로 벌어진다.

"그래서 이 사건은 태평양의 해수면 기록에 따라 결과가 달라질 거요. 지금 우린 구할 수 있는 자료들을 모조리 주워 모으고 있는 중이오."

"그 기록에 따라 결과가 달라진다는 이유는 뭐죠?"

"이 사건엔 바꿔치기 수법을 써야 할 것 같아서요. 지구 온난화에 대한 사건이긴 하지만 정작 배심원단의 정서에 영향을 미치는 것은 그 문제가 아니니까. 배심원들은 도표를 보는 데 익숙하지 않소. 그리고 섭씨 0.1도를 놓고 이러쿵저러쿵하는 것도 그들에겐 도무지 알아들을 수 없는 얘기일 뿐이오. 전공자들이 떠들어대는 소리는 너무 전문적이라서 평범한 사람들에겐 따분하기 짝이 없는 거지. 그래서 배심원들은 이 사건을 보면서 힘없고 가난하고 고통받는 사람들이 조상대대로 살아온 고향땅에서 쫓겨나게 된 사건이라고 생각할 거요. 갑자기 해수면이 급상승하는 불가사의하고 무시무시한 현상에 대한 소송이라고 말이오. 그 현상의 원인은 짐작할 수도 없고, 따라서 그들로서는 최근 들어 '전 세계에 악영향을 주는 어떤 괴상하고 유례없는 사태'가 벌어졌다고 생각할 수밖에 없소. 그것 때문에 해수면이 상승해서 죄 없는 사람들과 아이들의 삶이 위협받게 되었다고 말이오."

"그게 바로 지구 온난화라는 말씀이군요."

볼더는 고개를 끄덕였다.

"배심원들은 스스로 결론을 내려야 할 거요. 그들에게 해수면이 상승했다는 신빙성 있는 기록을 보여줄 수만 있다면 우리가 이기는 건 시간문제요. 일단 피해 상황을 확인하고 나면 누군가에게 책임을 묻고 싶을 테니까."

에번스는 볼더가 하려는 말이 무엇인지 알아차렸다.

"좋아요. 그래서 해수면 자료가 중요하다는 거군요."

"그렇소. 다만 그 자료는 도저히 반박할 수 없을 만큼 확실해야지."

"그게 그렇게 구하기 힘든 건가요?"

볼더는 한쪽 눈썹을 추켜올렸다.

"에번스 씨, 해수면 연구에 대해서 좀 아시오?"

"아뇨. 전 세계의 해수면이 상승하고 있다는 정도만 알죠."

"아쉽지만 그 주장에 대해서도 많은 논쟁이 있소."

"설마 농담이시겠죠."

"내가 유머감각이 전혀 없다는 건 널리 알려진 사실이오."

"그렇지만 해수면에 대해서는 논쟁할 여지도 없잖아요. 아주 간단한 일인데 말예요. 만조 때마다 부두에 표시를 하고 해마다 비교해서 얼마나 올라갔는지 확인하기만 하면 되는데…… 그게 어려우면 얼마나 어렵겠어요?"

그러자 볼더는 한숨을 내쉬었다.

"해수면이 그렇게 간단하다고 생각하시오? 천만의 말씀. 혹시 지오이드(geoid, 지구물리학에서, 평균 해수면을 육지까지 연장시킨 가상의 면. 지구상 어디에서나 중력 방향에 수직이며, 해양에서는 평균 해수면과 일치하고 육상에서는 땅속을 통과함)에 대해 들어보셨소? 모르시오? 지오이드는 평균 해수면에 가까운 지구 중력장의 등전위면(等電位面)이오. 이해할 수 있겠소?"

에번스는 고개를 가로저었다.

"그건 해수면을 측정할 때 핵심적인 개념이오."

볼더는 자기 앞에 놓인 서류 무더기를 훌훌 넘겼다.

"그럼 빙하수량(氷河水量) 지각평형 모델링은 어떻소? 해안선의 변동에 미치는 해수면의 영향과 지각 변화의 영향은? 충적세(沖積世)의 퇴적 순위는? 조간(潮間) 유공충(有孔蟲) 분포는? 해안 고(古)환경(paleoenvironment, 인류 출현 이전의 환경)의 탄소 분석법은? 아미노산 단층연대 측정법은? 모르겠소? 떠오르는 게 하나도 없소? 아무튼 해수면은 분명히 논쟁이 극심한 분야라는 것만 알아두시오."

그는 나머지 서류들을 툭 던져놓았다.

"내가 요즘 들여다보고 있는 게 이런 것들이오. 그런데 이 분야에 논쟁이 많다는 것은 곧 흠잡을 데 없는 자료를 찾아내는 게 더더욱 중요하다는 뜻이기도 하지."

"그런 자료를 확보하셨나요?"

"그렇소. 도착하기만 기다리는 중이오. 오스트레일리아인들이 몇 군데의 자료를 갖고 있지. 프랑스인들의 경우는 무레아(Moorea, 프랑스령 폴리네시아의 화산섬)에 자료 하나가 있는 게 확실하고, 어쩌면 파페에테(Papeete, 타히티 섬의 항구도시)에도 있을 거요. V. 앨런 윌리 재단이 연구비를 지원한 자료도 하나 있지만 그건 기간이 너무 짧을지도 모르지. 그 밖에도 다른 자료들이 더 있소. 물론 두고봐야 알겠지만."

그때 인터콤에서 벨소리가 나더니 비서의 목소리가 흘러나왔다.

"볼더 씨, NERF의 드레이크 씨가 전화하셨습니다."

"알았소."

볼더는 에번스를 돌아보며 손을 내밀었다.

"얘기 즐거웠소, 에번스 씨. 다시 말하지만 모턴 회장님께는 그저 고마울 뿐이오. 혹시 여길 둘러보고 싶으시다면 아무 때나 한번 들러달라고 전해주시오. 우린 언제나 열심히 일하고 있소. 행운을 빌겠소. 나가면서 문 좀 닫아주시오."

볼더는 고개를 돌리고 수화기를 집어들었다. 에번스는 그가 이렇게 말하는 것을 들었다.

"그래, 닉, NERF에서 도대체 무슨 일이 벌어진 거야? 이거 해결해 줄 거야, 말 거야?"

에번스는 문을 닫았다.

볼더의 사무실을 나서면서 그는 왠지 꺼림칙했다. 볼더는 세상에서 가장 뛰어난 말솜씨를 가진 사람 중 하나였다. 그는 에번스가 조지 모턴을 대신하여 찾아왔다는 사실을 알고 있었다. 그리고 모턴이 그 소송을 위해 거액을 기부하려 한다는 것도 알고 있었다. 그렇다면 더욱 더 자신만만하고 낙관적인 태도를 과시해야 마땅했다. 아닌 게 아니라 처음엔 그런 태도였다.

'이번 소송에서 승리할 것을 확신하고 있소.'

그러나 에번스는 이런 말도 들었다.

'어려움도 만만치 않소.'

'전문가들 중에서 중간에 말을 뒤집을 가능성이 전혀 없는 증인은 단 한 명도 확보하지 못했소.'

'이 사건엔 바꿔치기 수법을 써야 할 것 같소.'

'이 사건은 해수면 기록에 따라 결과가 달라질 거요.'

'해수면은 논쟁이 극심한 분야라는 것만 알아두시오.'

'물론 두고봐야 알겠지만.'

에번스의 신뢰를 얻으려는 계산이 깔렸다고 보긴 어려운 말들이었다. 그 점에서는 비디오로 녹화했던 제니퍼 헤인즈와의 토론도 마찬가지였다. 그 시간에도 이번 소송에서 만나게 될 과학적 난점들이 거론되었다.

그러나 생각 끝에 에번스는 이 같은 의구심의 표현들이 실제로는 오히려 소송팀의 자신감을 나타내는 것이라고 결론지었다. 에번스 자신도 변호사였다. 그는 이 재판을 둘러싼 여러 쟁점들을 알게 되었고, 그들은 그에게 솔직한 태도를 보여주었다. 이 사건은 그들의 승리로 끝날 것이다. 다만 자료가 좀 복잡하다는 점과 배심원들의 주의력이 오래가지 않는다는 점에서 그리 간단하지만은 않을 뿐이다.

그렇다면, 모턴에게 예정대로 하라고 권해야 할까?

당연히 그래야 할 것이다.

제니퍼가 볼더의 사무실 밖에서 에번스를 기다리고 있었다.

"다들 회의실에서 대기 중이에요."

"정말 죄송하지만 안 되겠네요. 스케줄이……"

"이해해요. 나중에 다시 하죠. 그건 그렇고, 스케줄이 너무 빡빡하지만 않다면 점심이라도 함께하면 좋겠다고 생각했는데요."

에번스는 한순간도 머뭇거리지 않았다.

"아, 뭐 그렇게까지 빡빡하진 않아요."

"다행이네요."

컬버시티

8월 24일 화요일
12:15 PM

　그들은 컬버시티의 한 멕시코 식당에서 점심을 먹었다. 조용한 곳이었다. 구석 자리에는 근처의 소니 스튜디오에서 온 필름 편집자 몇 명이 앉아 있었다. 부둥켜안고 입맞춤에 여념이 없는 두 명의 고등학생. 그리고 챙이 넓은 모자를 쓴 할머니들.

　두 사람은 한 구석의 부스에 앉아서 스페셜 메뉴를 주문했다. 에번스가 말했다.

　"볼더 씨는 해수면 자료가 열쇠라고 생각하시는 것 같던데요."

　"그건 볼더 씨 생각이죠. 솔직히 저는 잘 모르겠어요."

　"왜요?"

　"그 자료를 전부 다 확인해본 사람은 아무도 없어요. 그렇지만 자료 자체가 아무리 우수해도 배심원들의 마음을 움직이려면 결국 해수면이 꽤 많이 상승했다는 걸 보여줘야 해요. 그런데 안 그럴 수도 있거든요."

　"어떻게 안 그럴 수가 있죠? 남극 대륙에서 빙하가 녹아 떨어져 나오고……"

　"그래도 안 그럴 수 있어요. 인도양의 몰디브 제도 아시죠? 거기 사람들도 침수 문제로 걱정했고, 그래서 스칸디나비아인 연구자들이 가서 해수면을 조사해봤죠. 그런데 이 과학자들은 몇 세기 사이에 해수면이 올라갔다는 증거를 발견하지 못했어요. 지난 20년 동안에는 오히려 내려갔고요."

"내려갔다고요? 그거 발표된 내용인가요?"

"작년에요."

음식이 나왔다. 제니퍼가 그만하자는 듯이 손을 내저었다. 일에 대한 이야기는 일단 접어두자는 뜻이었다. 그녀는 손등으로 턱을 닦아가며 부리토(burrito, 육류와 치즈 등을 옥수수 전병에 싸서 구운 멕시코 요리)를 맛있게 먹어치웠다. 에번스는 그녀의 손바닥에서부터 팔뚝 안쪽을 따라 하얀 흉터가 삐뚤삐뚤 이어져 있는 것을 보았다. 그녀가 말했다.

"아, 이거 정말 맛있어요. 워싱턴 DC에서는 괜찮은 멕시코 음식을 맛볼 수 없죠."

"거기 출신이신가요?"

제니퍼는 고개를 끄덕였다.

"볼더 씨를 도와주러 온 거죠."

"그분이 부탁하셨어요?"

그녀는 어깨를 으쓱했다.

"거절할 수가 없었어요. 그래서 애인도 2주에 한 번씩 주말에만 만날 수 있게 됐죠. 그 사람이 이쪽으로 오기도 하고, 제가 그쪽으로 가기도 하구요. 그런데 이번 재판이 시작되면 1년이나 2년쯤은 걸릴 거예요. 우리 관계가 버텨낼 것 같지 않네요."

"무슨 일을 하시죠? 애인 말예요."

"변호사."

에번스는 미소를 지었다.

"어떨 때 보면 세상에 변호사 아닌 사람은 한 명도 없는 것 같다니까요."

"맞아요. 그 사람은 증권거래법 담당이에요. 제 취향은 아니죠."

"당신 취향은 뭔데요?"

"증인 교육과 배심원 선정. 주로 심리분석 쪽이죠. 그래서 토론 그룹을 맡고 있는 거예요."

"그렇군요."

"우리가 배심원단에 포함시킬 사람들은 대부분 지구 온난화에 대해 들어봤을 테고, 대부분 그게 진실이라고 생각할 거예요."

"당연히 그렇겠죠. 아니, 그건 15년 전부터 기정사실이었잖아요."

"그렇지만 우린 사람들이 상반되는 증거를 보고도 변함없이 믿을 수 있는 내용을 내놔야 해요."

"상반되는 증거라뇨?"

"오늘 보여드린 도표 같은 것들 말예요. 위성 자료도 그렇구요. 위성 자료에 대해서는 알고 계세요?"

에번스는 고개를 저었다.

"지구 온난화 이론은 갇혀 있는 열 때문에 상층 대기의 기온이 먼저 올라갈 거라고 예상했어요. 온실에서처럼 지표면의 온도는 나중에 오른다는 거죠. 그런데 1979년부터 관측위성들이 5마일 상공의 대기를 계속 측정하고 있고, 그 자료를 보면 상층 대기의 온도는 지상보다 훨씬 적게 올라갔어요."

"자료에 무슨 문제가 있는지도 모르고……"

"위성 자료는 정말 몇십 번이나 다시 분석됐어요. 그 자료는 아마 세계에서 가장 면밀한 검토를 거쳤을 거예요. 그런데 기상관측기구(氣球)의 자료도 위성 자료와 일치하는 거예요. 이론적으로 예상했던 것보다 기온 상승폭이 훨씬 적었어요."

그녀는 어깨를 으쓱거리고 말을 이었다.

"그것도 우리에겐 골칫거리죠. 지금 작업 중이에요."

"어떻게요?"

"우린 그 자료가 너무 복잡해서 배심원들이 이해할 수 없을 거라고 생각해요. 고층 기상을 조사하는 MSU, 즉 극초단파 탐측기 (microwave-sounding unit)는 4채널 복사열 분석 기능을 가진 크로스 트랙 스캐너인데, 그 장치에 대한 세세한 내용, 주간 편류(晝間偏流)와 위성 간의 편차를 감안해서 2번 채널을 보정하느냐 마느냐 하는 문제, 그리고 시변 비선형(時變非線型) 계기반응 등등…… 우리로서는 배심 원들이 일찌감치 포기해주길 바라는 거죠. 아무튼. 이 정도로 끝내죠."

그녀는 냅킨으로 얼굴을 닦았고, 에번스는 그녀의 팔뚝 안쪽에 그어 진 그 하얀 흉터를 다시 보게 되었다.

"그건 어쩌다가 생겼어요?"

그러자 그녀가 어깨를 으쓱했다.

"법대에서죠."

"우리 학교만 험한 곳인 줄 알았더니."

"빈민가에서 가라테를 가르쳤어요. 가끔 밤늦게 끝날 때도 있었죠. 이 감자칩, 더 드실 거예요?"

"아뇨."

"계산서 가져오라고 할까요?"

"그 얘기나 해봐요."

"얘기할 만한 것도 별로 없어요. 어느 날 밤에 집으로 가려고 차를 탔는데 어떤 녀석이 조수석으로 뛰어들어 총을 꺼내더라구요. 빨리 출 발하라고 하면서요."

"당신 제자였어요?"

"아뇨, 나보다 나이가 많았어요. 20대 후반쯤."

"그래서 어떻게 했어요?"

"내리라고 했죠. 그 녀석은 운전이나 하라고 하더군요. 그래서 시동 걸고 기어 넣고 출발하면서 어디로 가느냐고 물었죠. 그랬더니 그 멍청한 녀석이 방향을 가리키기에 숨통 부위를 한 대 쳤어요. 그런데 너무 약하게 때리는 바람에 그 녀석이 한 발을 발사해서 앞 유리가 터져나갔어요. 그때 내가 다시 팔꿈치로 후려갈겼죠. 두어 번쯤."

"그 녀석은 어떻게 됐어요?"

"죽었어요."

"맙소사."

"그렇게 잘못된 판단을 하는 사람들이 더러 있어요. 왜 그런 눈으로 보는 거죠? 그 녀석은 키 188에 95킬로였고 전과 기록은 여기서 네브래스카까지 갈 만큼 길었다구요. 무장강도, 치명적 흉기를 동원한 협박, 강간미수…… 끝도 없어요. 그런데도 내가 그 녀석한테 미안해해야 한다고 생각하세요?"

에번스는 얼른 대답했다.

"아뇨."

"그렇게 생각하시잖아요. 눈만 봐도 알겠네요. 그런 식으로 생각하는 사람들이 많아요. 아직 어린 녀석한테 어떻게 그럴 수가 있느냐구요. 하지만 그건 뭘 모르고 하는 소리예요. 그날 밤에 우리 둘 중에서 한 명은 죽을 수밖에 없는 상황이었어요. 그게 내가 아니었다는 게 기뻐요. 물론 그 일을 생각하면 아직도 괴롭긴 하지만요."

"그렇겠죠."

"이따금 식은땀을 흘리며 잠이 깨곤 해요. 그때마다 코앞에서 앞 유리가 박살나던 장면이 눈에 선하고, 그때마다 내가 얼마나 아슬아슬하게 죽음을 면했는지 새삼 깨닫게 되는 거예요. 내가 바보였어요. 처음에 때릴 때 단번에 죽였어야 하는 건데."

에번스는 잠시 머뭇거렸다. 할 말이 생각나지 않았다.

그녀가 말했다.

"머리에 총구가 와 닿는 거 경험해본 적 있어요?"

"아뇨……"

"그럼 그게 어떤 기분인지 모를 거예요. 그렇죠?"

"그 사건 때문에 곤란한 일은 없었나요?"

"그야 당연히 있었죠. 한동안은 내가 영영 법조계에서 일할 수 없게 되는 줄 알았어요. 글쎄 내가 그 녀석을 유혹했다는 거예요. 그게 말이나 되는 소리예요? 처음 본 녀석이었는데 말예요. 그런데 그때 아주 좋은 변호사가 나타나서 도와줬어요."

"그게 볼더 씨?"

그녀는 고개를 끄덕였다.

"그래서 이리로 오게 된 거죠."

"그런데 그 팔은 어떻게 된 겁니까?"

"아, 젠장, 차를 박는 바람에 깨진 유리에 긁힌 거죠."

그녀는 웨이트리스에게 손짓하면서 물었다.

"이제 계산할까요?"

"제가 하죠."

몇 분 후 그들은 밖으로 나왔다. 한낮의 유백색 햇살 속에서 에번스는 눈을 껌벅거렸다. 그들은 함께 거리를 걸었다.

"그럼 가라테를 꽤 잘하시겠네요."

"웬만큼은 하죠."

이윽고 두 사람은 창고 앞에 이르렀다. 그는 그녀와 악수를 나누었다. 그녀가 말했다.

"언제 다시 점심을 함께 먹고 싶어요. 진심이에요."

너무 단도직입적인 말이라서 그녀의 개인적 바람인지, 아니면 소송의 진행 상황을 알려주고 싶어서인지 알쏭달쏭했다. 볼더가 그랬듯이 오늘 그녀가 한 말 중에도 희망적으로 받아들일 만한 내용은 별로 없었기 때문이다.

"점심 좋죠."

"너무 멀지 않은 날짜에?"

"그럴게요."

"연락 주시겠어요?"

"약속하죠."

비벌리힐스

8월 24일 화요일
5:04 PM

그가 자기 아파트로 돌아와 골목 앞의 주차장에 차를 세웠을 때는 벌써 거의 어두워진 뒤였다. 그가 막 뒷계단으로 올라가려 할 때 건물 여주인이 창밖으로 고개를 삐죽 내밀었다.

"조금만 빨랐으면 만났을 텐데요."

"누구를요?"

"케이블 수리공들이죠. 방금 갔어요."

"수리공을 부른 적이 없는데요. 문 열어주셨어요?"

"당연히 안 열어줬죠. 기다리겠다고 하더라구요. 그러다가 방금 갔어요."

에번스는 케이블 수리공들이 사람을 기다려준다는 말을 들어본 일이 없었다.

"얼마 동안 기다렸어요?"

"오래는 아니고 한 10분쯤."

"알았어요."

그는 2층으로 올라갔다. 대문 손잡이에 꼬리표가 걸려 있었다. '부재 중 방문했습니다.' 그리고 '서비스 재신청 부탁드립니다'라는 항목에 표시가 되어 있었다.

그는 곧 문제의 원인을 발견했다. 꼬리표의 주소란에 록스베리 2119번지라고 적혀 있었다. 그의 주소는 록스베리 2129번지였다. 그러나 그 번지수는 뒷문이 아니라 앞문에 붙어 있기 때문에 그들이 실수를 저지른 것이었다. 그는 대문 매트를 들추고 그 아래 숨겨둔 열쇠를 확인했다. 놓아두었던 그 자리에 그대로 있었다. 움직인 흔적도 없었다. 열쇠 주변에 뽀얗게 쌓인 먼지까지 그대로였다.

그는 문을 열고 안으로 들어갔다. 냉장고를 열어보니 오래된 요구르트통이 있었다. 슈퍼마켓에 다녀와야 되겠지만 지금은 너무 피곤했다. 혹시 재니스나 캐럴이 연락했을까 싶어 메시지를 확인했다. 그들의 메시지는 없었다. 물론 지금은 제니퍼 헤인즈에 대한 기대감도 있었다. 그러나 그녀에게는 이미 애인이 있고, 원래 사는 곳은 워싱턴 DC인데다가…… 아무튼 잘될 리가 없었다.

그는 재니스에게 연락하려다가 생각을 바꿨다. 우선 샤워를 했고, 피자를 주문할까 생각했다. 전화를 걸기 전에 잠깐 쉬려고 침대에 누웠다. 그러고는 곧바로 잠들어버렸다.

센추리시티

　회의가 열린 곳은 14층 대회의실이었다. 그곳에는 모턴의 회계사 네 명이 모여 있었다. 그 밖의 참석자는 모턴의 비서 사라 존스, 자산 관리를 담당한 허브 로웬스타인, NERF의 세금 업무를 맡은 마티 브렌이 라는 남자, 그리고 에번스 등이었다. 돈 문제에 관한 회의라면 무조건 싫어하는 모턴이 이리저리 서성거리고 있었다.

　모턴이 말했다.

　"자, 빨리 시작하자구. 내가 NERF에 천만 달러를 주기로 했고 우린 서명한 서류를 갖고 있어. 맞지?"

　로웬스타인이 대답했다.

　"맞습니다."

　"그런데 이제 와서 그 사람들이 합의서에 추가 조항을 넣자고 한다는 거야?"

　이번에는 마티 브렌이 대답했다.

　"그렇습니다. 그쪽 입장에서는 비교적 일반적인 공통 조항이죠."

　그는 서류를 뒤적거리며 말을 계속했다.

　"자선단체들은 자기들이 받는 돈에 대해 조건 없는 사용 권한을 원하게 마련입니다. 설령 그 돈이 이미 특정 용도로 책정되어 있더라도 말입니다. 가령 그 용도에 들어가는 비용이 예상보다 더 많거나 적을 수도 있고, 일이 지체될 수도 있고, 소송에 휘말려 난처해지거나 그 밖의 이유로 미뤄질 수도 있으니까요. 이번 경우엔 바누투 소송에 책정된 돈인데, NERF 측에서 덧붙이고 싶어하는 문구는 이겁니다. '상기 금액은 바누투 소송의 각종 사례금, 수수료, 복사비…… 어쩌구 저쩌구…… 기타 적법한 용도, 그리고 NERF가 환경단체의 입장에서 적절하다고 판단하는 그 밖의 용도에 사용할 수 있다.'"

그러자 모턴이 물었다.

"그쪽에서 원하는 문구가 그거야?"

브렌은 이렇게 대답했다.

"말씀드렸다시피 공통 조항입니다."

"그럼 예전에도 내가 기부금을 낼 때마다 합의서에 그런 말이 들어갔었나?"

"확인해보지 않아서 기억이 안 납니다."

"그걸 왜 묻느냐면, 내 귀엔 어쩐지 그 사람들이 이번 소송에서 손을 떼고 그 돈을 다른 데 쓰고 싶어하는 것처럼 들려서 그래."

그러자 허브가 말했다.

"아, 그럴 리가 없습니다."

"어째서? 그게 아니라면 왜 그런 조항을 넣고 싶어하지? 이보게, 우린 이미 약속을 하고 서명까지 했어. 그런데 이제 와서 그쪽이 약속을 변경하고 싶어하는 거야. 왜지?"

브렌이 대답했다.

"변경한다고 말할 정도는 아닙니다."

"아니긴 뭐가 아니야, 마티."

그러자 브렌이 침착하게 설명했다.

"원래의 합의서를 보시면 소송에 사용되지 않은 금액은 어차피 NERF 측이 다른 용도에 사용하도록 되어 있습니다."

"하지만 그건 소송이 끝난 뒤에도 돈이 남았을 경우에만 해당되는 거잖아. 판결이 나기 전엔 다른 곳에 쓸 수 없다구."

"제 생각에 그쪽에선 이 소송이 좀 오래 걸릴 거라고 예상하는 것 같습니다."

"오래 걸릴 이유가 뭐야?"

모턴은 에번스를 돌아보았다.

"피터? 컬버시티에선 다들 뭘 하고 있지?"

"소송 준비를 계속 진행하는 것 같습니다. 일을 크게 벌였더군요. 그 사건 하나에 매달린 사람들이 적어도 마흔 명은 될 겁니다. 중단할 계획은 아닐 거예요."

"그 소송에 무슨 문제가 있나?"

"어려움이 좀 있는 건 분명합니다. 까다로운 소송이니까요. 그리고 상대방이 워낙 막강한 변호사라서요. 그래도 다들 열심히 일하고 있던데요."

"그런데 난 왜 확신이 안 서지? 6개월 전만 하더라도 닉 드레이크는 이번 소송이 식은 죽 먹기라고 했는데 지금은 발뺌하려는 것 같은 문구를 넣으려고 하니 말이야."

"닉한테 직접 물어보는 게 좋을 것 같습니다."

"더 좋은 생각이 있어. NERF를 감사(監査)하는 거야."

그러자 여기저기서 사람들이 중얼거렸다.

"그러실 권리는 없을 겁니다, 회장님."

"합의서에 넣으면 되잖아."

"그건 좀 어려울 것 같은데요."

"그쪽도 추가 조항을 원하잖아. 나도 추가 조항을 원한다구. 다를 게 뭐야?"

"아무래도 그쪽의 활동 전체를 감사한다는 건 좀……"

그때 허브 로웬스타인이 말했다.

"회장님은 닉과 오랜 친분을 유지하셨습니다. 그리고 그쪽은 회장님을 올해의 시민상 수상자로 선정했어요. 그런 사람들을 감사한다는 건 양측 관계에 좀 걸맞지 않아 보입니다."

"내가 그 사람들을 못 믿는 것처럼 보인다는 뜻인가?"

"직설적으로 말하자면 그렇습니다."

"못 믿는 거 맞아."

모턴은 탁자에 손을 짚고, 회의실에 앉아 있는 모든 이들을 바라보았다.

"내 생각을 말해볼까? 그 사람들은 이번 소송을 허공에 날려버리고, 닉이 그렇게 흥분해서 떠들던 그 기후급변에 대한 회의에 그 돈을 모조리 쏟아부으려는 거야."

"회의 하나를 개최하는 데 천만 달러나 필요하진 않습니다."

"얼마나 필요한지는 나도 몰라. 닉은 벌써 내 돈 25만 달러를 잃어버렸어. 그 돈이 난데없이 밴쿠버에 가 있더란 말이야. 이젠 나도 그 친구가 무슨 짓을 하고 있는 건지 모르겠다구."

"그렇다면 기부금을 철회하셔야죠."

그러자 마티 브렌이 말했다.

"어허, 너무 서두르지 맙시다. 그쪽은 그 돈이 당연히 들어올 걸로 믿고 벌써 여기저기 지급 약속을 해놨을 겁니다."

"그럼 얼마쯤 내주고 나머지만 취소하면 되잖아요."

그러자 모턴이 말했다.

"아니야. 기부금을 취소하진 않겠네. 여기 있는 피터 에번스는 소송 준비가 계속 진행 중이라고 했는데, 난 그 말을 믿어. 닉은 그 25만 달러가 착오였다고 했는데, 그 말도 믿고. 아무튼 자네들은 감사 요청을 하도록 하게. 어떤 반응이 나올지 궁금하니까. 앞으로 3주 동안은 내가 자리를 비울 거니까 그렇게들 알고."

"그래요? 어디로 가시죠?"

"여행을 갈 걸세."

"그래도 언제든지 연락드릴 수는 있어야 하는데요."

"연락을 못 받을 수도 있어. 필요하면 사라한테 말해두게. 아니면 피터한테 얘기해서 나한테 연락하라고 하든지."

"하지만 회장님……"

"자, 이상일세. 닉한테 얘기해보고 그 친구가 뭐라고 하는지 들어보라구. 곧 다시 연락하겠네."

모턴은 그렇게 말하고 회의실을 나섰다. 사라도 바삐 따라갔다.

로웬스타인이 다른 사람들을 돌아보며 말했다.

"이게 도대체 무슨 일이야?"

밴쿠버

8월 26일 목요일
12:44 PM

천둥 소리가 불길하게 울려퍼졌다. 냇 데이먼은 사무실 앞 유리를 통해 바깥을 내다보며 한숨을 푸욱 쉬었다. 그는 그 잠수함 임대건 때문에 말썽이 생길 것을 처음부터 알고 있었다. 그래서 수표가 부도났을 때 그들의 주문을 취소해버렸고, 그것으로 그 일은 끝났다고 생각했다. 그런데 아니었다.

몇 주 동안이나 아무 소식도 없다가 갑자기 그 두 남자 중에서 반짝거리는 양복을 입고 있던 변호사가 불쑥 나타났던 것이다. 그는 데이먼의 얼굴에 삿대질을 해대면서, 비밀유지 합의서에 서명했으니 그 잠수함 임대 계약에 대해서는 아무것도 발설할 수 없고, 만약 발설한다면 소송을 각오하라고 말했다.

"우리가 이길 수도 있고 질 수도 있겠지. 그렇지만 결과 여하를 막론하고 당신은 쫄딱 망하는 거야. 집을 저당잡히셨더군? 당신은 죽을 때까지 빚에 허덕이게 될 거야. 그러니까 잘 생각하셔. 그리고 입 좀 다물고."

그러는 동안 데이먼의 심장은 줄곧 두근반세근반 뛰고 있었다. 왜냐하면 벌써 세무 공무원 비슷한 사람이 연락했기 때문이다. 케너라는 남자였는데, 바로 그날 오후에 데이먼의 사무실로 찾아올 예정이었다. 몇 가지 물어볼 것이 있다고 했다.

데이먼은 변호사가 사무실 안에 있는 동안 그 케너라는 작자가 나타날까봐 걱정하고 있었다. 그러나 변호사는 이제 막 떠나는 참이었다. 온타리오 번호판이라는 것 말고는 별다른 특징이 없는 뷰익 세단이 선박 수리창을 지나 모습을 감추었다.

데이먼은 미리 퇴근 준비를 해두려고 사무실을 청소하기 시작했다. 케너가 오기 전에 퇴근해버리고 싶은 마음도 없지 않았다. 케너는 일종의 세무 관리였다. 그러나 데이먼은 잘못한 일이 아무것도 없었다. 세무 관리를 만날 필요는 전혀 없었다. 그리고 만난다면 또 무슨 말을 해야 한단 말인가? 질문에 일절 대답할 수 없다고?

그랬다가는 당장 소환당하거나 할 것이 뻔하다. 법정으로 끌려갈 수도 있다.

데이먼은 나가버리기로 결심했다. 다시 천둥 소리가 들렸다. 멀리서 번개가 번쩍거리기도 했다. 엄청난 폭풍우가 몰려오고 있었다.

그는 곧 문을 잠그려고 하다가 아까 그 변호사가 카운터 위에 휴대폰을 두고 간 것을 발견했다. 혹시 변호사가 그것을 가지러 돌아오지 않을까 싶어 바깥을 내다보았다. 아직은 보이지 않았지만 조만간 휴대폰이 없다는 사실을 깨닫고 돌아올 것이 분명했다. 데이먼은 그가 나타나기 전에 가야겠다고 생각했다.

그는 허둥지둥 휴대폰을 호주머니에 넣은 후 전등을 모두 끄고 사무실 문을 잠궜다. 사무실 바로 앞에 세워둔 자동차를 향해 걸어갈 때 최초의 빗방울들이 도로 위에 후두둑 떨어졌다. 그가 차문을 열고 막 들어가려는데 휴대폰이 울리기 시작했다. 그는 어떻게 할까 망설이며 머뭇거렸다. 전화벨은 끈덕지게 울리고 있었다.

바로 그때, 톱날처럼 삐죽삐죽한 벼락 한 줄기가 떨어져 선박 수리 창에 있던 배 한 척의 돛대를 후려갈겼다. 그리고 다음 순간, 데이먼의 자동차 근처에서 섬광이 터지더니 무시무시하게 뜨거운 돌풍이 그를 바닥에 때려눕혔다. 그는 얼떨떨한 상태로 몸을 일으키려 했다.

처음엔 차가 폭발한 줄 알았지만 그게 아니었다. 문짝이 까맣게 그을렸을 뿐, 차는 멀쩡했다. 그때 바지에 불이 붙은 것을 발견했다. 그는 얼른 움직이지 못하고 자신의 다리를 멍하니 내려다보았다. 그리고 쫘르릉거리는 천둥 소리를 들으면서 비로소 자기가 벼락에 맞았다는 사실을 깨달았다.

맙소사, 벼락을 맞다니. 그는 일어나 앉아 불을 끄려고 바지를 탁탁 쳐보았다. 소용없었다. 두 다리에서 통증이 느껴졌다. 사무실 안에 소화기가 있었다.

그는 휘청거리며 일어나 사무실 쪽으로 비틀비틀 걸음을 옮겼다. 그리고 문을 열려고 더듬거리고 있을 때 다시 폭발음이 터졌다. 양쪽 귀에서 날카로운 고통이 느껴졌고, 손으로 만져보니 피가 묻어나왔다. 데이먼은 피묻은 손끝을 내려다보다가 풀썩 쓰러져 숨을 거두었다.

센추리시티

9월 2일 목요일
12:34 PM

일반적인 상황이라면 피터 에번스는 날마다 한 번씩 조지 모턴과 대화를 나누곤 했다. 가끔은 하루에 두 번일 때도 있었다. 에번스는 모턴의 집으로 전화를 걸었다. 그리고 사라와 통화할 수 있었다.

사라가 말했다.

"도대체 무슨 일인지 모르겠어. 이틀 전엔 노스다코타에 계셨어. 노스다코타라니! 그 전날엔 시카고에 계셨고. 오늘은 아마 와이오밍에 가 계실 거야. 콜로라도의 볼더에도 가야 한다면서 뭐라고 투덜거리셨지만 그건 잘 모르겠고."

"볼더에 뭐가 있는데?"

"난 아무것도 몰라. 회장님은 무슨 쇼핑 목록이라도 갖고 계신 것 같더라구."

"쇼핑 목록?"

"말하자면 그렇다는 거지. 나한테 무슨 특수한 GPS〔1970년대 후반부터 미국 국방부에서 군사 목적으로 개발해 실용화한 전지구 위치확인 시스템(Global Positioning System)〕장치를 구입하라고 하셨어. 너도 알지, 위치를 확인하는 거? 그 다음엔 CCD인지 CCF인지 뭔지를 쓰는 무슨

171

특수한 비디오카메라를 사라고 하시더라구. 홍콩에 긴급 주문을 넣을 수밖에 없었지. 그리고 어제는 몬터레이에 있는 어떤 남자한테서 중고 페라리를 사서 샌프란시스코로 보내게 하라고 시키셨어."

"또 페라리야?"

"그러게 말이야. 도대체 한 사람한테 페라리가 몇 대나 필요한 거지? 더구나 이번 것은 회장님의 평소 기준에도 못 미치더라구. 이메일 사진을 봤는데 꽤 낡은 것 같더라."

"원래대로 복원하실 생각인지도 모르지."

"그렇다면 리노로 보내셨겠지. 단골 수리공이 거기 있잖아."

에번스는 그녀의 목소리에서 걱정하는 기미를 감지했다.

"별일 없는 거야, 사라?"

"우리끼리 얘기지만 나도 잘 모르겠어. 이번에 구입하신 페라리는 1972년식 365 GTS 데이토나 스파이더야."

"그런데?"

"그건 회장님이 벌써 갖고 계신 차라구. 피터, 회장님은 그 사실도 모르시는 것 같더라니까. 그리고 말씀하시는 것도 어쩐지 좀 이상했어."

"어떻게 이상했다는 건데?"

"그냥 좀…… 이상했어. 평소와는 전혀 다르셨지."

"누구를 데리고 다니시는 거지?"

"내가 알기론 아무도 없어."

에번스는 눈살을 찌푸렸다. 그거야말로 신기한 일이었다. 모턴은 혼자 있기를 싫어했다. 에번스는 그 말을 선뜻 믿을 수가 없었다.

"그 케너라는 사람하고 네팔인 친구는 어떻게 됐어?"

"마지막으로 들은 소식은 밴쿠버에 들렀다가 일본으로 떠난다는 거였어. 그러니까 회장님과 함께 있는 건 아니지."

"으흠."

"회장님이 연락하시면 네가 전화했다고 말씀드릴게."

에번스는 여전히 흡족하지 않은 상태로 전화를 끊었다. 그리고 충동적으로 모턴의 휴대폰에 전화를 걸어보았다. 그러나 녹음된 메시지만 들을 수 있었다. '조지입니다. 삐 소리가 나면.' 그리고 금방 삐 소리가 났다.

"회장님, 피터 에번스입니다. 혹시 필요하신 건 없나 하고 그냥 걸어봤어요. 도와드릴 일이 있으면 사무실로 연락해주세요."

그는 전화를 끊고 창밖을 내다보았다. 그러다가 다시 전화를 걸었다.

"위험분석센터입니다."

"케너 교수님 집무실 좀 부탁합니다."

그는 곧 비서와 통화할 수 있었다.

"피터 에번스입니다. 케너 교수님을 찾는데요."

"아, 네, 에번스 씨. 혹시 전화하실지도 모른다고 케너 박사님이 말씀하셨어요."

"그래요?"

"네. 케너 박사님께 연락하시려는 거죠?"

"네, 그렇습니다."

"박사님은 지금 도쿄에 계세요. 휴대폰 번호를 알려드릴까요?"

"부탁합니다."

그녀는 그에게 번호를 가르쳐주었고, 그는 노란색 메모장에 받아적었다. 그리고 막 번호를 찍으려고 할 때 그의 비서 헤더가 들어오더니 점심 때 먹은 음식이 잘못됐는지 몸이 안 좋아서 오후 근무는 못하겠다고 말했다.

에번스는 한숨을 쉬며 말했다.

"빨리 나으셔야죠."

그녀가 퇴근해버렸으니 걸려오는 전화도 그가 직접 받을 수밖에 없었는데, 처음 걸려온 것은 조지의 정부 마고 레인의 전화였다. 그녀는 도대체 조지는 어디 있는 거냐고 꼬치꼬치 따졌고, 에번스는 거의 30분 가까이 그녀와 통화해야 했다.

그 다음에는 니콜라스 드레이크가 사무실로 찾아왔다.

"정말 걱정일세."

드레이크가 뒷짐을 지고 맞은편 오피스빌딩을 응시하며 말했다.

"뭐가요?"

"요즘 회장님이 자주 만나는 그 케너라는 작자 말이야."

"두 분이 자주 만나는 줄은 몰랐는데요."

"모르긴 뭘 몰라? 설마 회장님이 정말 혼자 다니신다고 믿는 건 아니겠지?"

에번스는 대답하지 않았다.

"회장님은 절대로 혼자 계시는 일이 없어. 그건 자네도 알고 나도 알아. 피터, 난 지금의 이런 상황이 마음에 안 들어. 전혀. 자네한테야 군이 말할 필요도 없겠지만 회장님은 참 좋은 분이야. 그런데 남의 말에 쉽게 흔들리는 게 탈이지. 돼먹지 않은 헛소리에도."

"설마 MIT 교수가 돼먹지 않은 헛소리를 할 거라고 생각하세요?"

"케너 교수에 대해 조사해봤는데 몇 가지 수수께끼가 있더군."

"그래요?"

"경력을 보면 여러 해 동안 정부에서 근무했다고 적혀 있지. 내무부,

정부간 협상 위원회, 기타등등."

"그런데요?"

"내무부엔 그 사람이 거기서 일했다는 기록이 없어."

에번스는 어깨를 으쓱거렸다.

"벌써 10년도 넘은 일이잖아요. 정부 기록이라는 게 원래……"

"그럴 수도 있겠지만 그뿐만이 아니야. 케너 교수는 그후 MIT에 8년 간 재직하면서 크게 성장했어. 환경보호청 고문, 국방부 고문, 그 밖에 도 수두룩하지. 그러다가 갑자기 장기 휴가를 얻었는데, 그 이후에 어 떻게 되었는지는 아는 사람이 아무도 없는 것 같단 말이야. 그냥 레이 더에서 사라져버렸지."

"글쎄요. 명함엔 위험분석센터 원장이라고 찍혀 있던데요."

"그런데 거기도 휴가 중이야. 요즘은 도대체 뭘 하는지 통 모르겠단 말이야. 누가 밀어주는지도 모르겠고. 자네도 만나본 모양이지?"

"잠깐 만났죠."

"그런데 이젠 회장님과 절친한 사이가 됐다?"

"저도 모르겠어요, 이사장님. 벌써 일주일이 넘도록 조지를 만나지 도 못했고 통화조차 못해봤어요."

"케너와 함께 계시는 거야."

"글쎄요."

"회장님과 케너가 밴쿠버에 갔다는 건 자네도 알잖아."

"몰랐는데요."

"알기 쉽게 설명해주지. 확실한 소식통에 의하면 존 케너는 불미스 러운 연줄을 갖고 있어. 위험분석센터의 운영 자금이 전부 산업계 쪽 에서 나오는 거라구. 더 이상은 말할 필요도 없겠지. 더구나 케너 씨는 여러 해 동안 국방부에 자문을 해주다가 그쪽에 깊이 연루돼서 한동안 모종의 훈련까지 받았단 말이야."

"군사훈련 말인가요?"

"그래. 노스캐롤라이나의 하비포인트와 포트브래그에서. 그 사람이 산업계뿐만 아니라 군부 쪽에도 줄을 대고 있다는 건 의문의 여지가 없어. 그리고 주류 환경단체에 적대적이라는 말도 들었지. 그런 작자가 회장님을 마음대로 주무르고 있다는 건 생각만 해도 소름이 끼쳐."

"회장님에 대해선 걱정하지 않아도 될 거예요. 선전 선동 따위는 꿰뚫어볼 수 있는 분이니까."

"그렇다면야 다행이지만 솔직히 나로서는 자네처럼 확신하질 못하겠어. 그렇게 호전적인 인간이 나타났는가 싶더니 그 다음엔 회장님이 우리를 감사하려고 한단 말이야. 아니, 도대체 회장님이 그러시는 이유가 뭐야? 그게 얼마나 소모적인 일인지 모르는 거야? 시간, 돈, 모든 걸 낭비하게 되는데? 나도 그 일에 엄청나게 많은 시간을 빼앗길 거라구."

"감사가 진행 중인 줄은 몰랐는데요."

"아직 의논 중이야. 물론 우리야 아무것도 감출 게 없으니까 언제든지 기꺼이 감사를 받을 수 있어. 나도 항상 그렇게 말했지. 하지만 지금은 굉장히 바쁜 시기란 말이야. 바누투 소송이 곧 시작되고, 기후급변회의도 준비해야 하니까. 그 모든 일을 몇 주 안에 해치워야 한단 말이야. 정말이지 회장님과 얘기 좀 해봤으면 좋겠어."

에번스는 어깨를 으쓱했다.

"휴대폰으로 연락해보세요."

"벌써 해봤어. 자네는?"

"해봤어요."

"나중에 연락해주시던가?"

"아뇨."

드레이크는 고개를 절레절레 흔들었다.

"그 양반은 우리가 제정한 올해의 시민상 수상자인데 전화 통화조차도 할 수 없다니 말이야."

비벌리힐스

9월 13일 월요일
8:07 AM

아침 8시, 모턴은 비벌리 드라이브에 있는 한 카페의 옥외 테이블에 앉아서 비서 사라가 나타나기를 기다리고 있었다. 사라는 평소 시간을 잘 지켰고 집도 그리 멀지 않았다. 그러나 그녀가 그 배우와 다시 가까워졌다면 또 애기가 달라진다. 젊은이들은 바람직하지 않은 관계에 너무 많은 시간을 낭비해서 탈이다.

그는 커피를 마시면서 별로 흥미도 없이 《월 스트리트 저널》을 대충 훑어보고 있었다. 그러다가 옆 테이블에 색다른 한 쌍이 앉은 뒤에는 더욱더 신문에 흥미를 잃어버렸다.

여자 쪽은 체구가 작았는데 기가 막히게 아름다웠다. 검은 머리에 이국적인 생김새였다. 모로코인일 수도 있었다. 말의 억양만 가지고는 판단하기가 힘들었다. 캐주얼을 즐겨 입는 로스앤젤레스에 어울리지 않게 세련된 옷차림을 하고 있었다. 꼭 끼는 스커트, 스파이크힐, 샤넬 재킷.

그런데 함께 있는 남자는 그녀와 달라도 그렇게 다를 수가 없었다. 통통하고 얼굴이 불그레한 미국인이었는데, 생김새는 돼지를 닮았고, 스웨터와 불룩한 카키색 바지에 러닝슈즈를 신고 있었다. 그리고 미식축구 선수처럼 몸집이 컸다. 그는 구부정한 자세로 앉아서 이렇게 말했다.

"자기, 난 라테 마실래. 탈지 크림. 중간 사이즈."

그러자 여자가 대꾸했다.

"난 자기가 내 라테까지 사다줄 줄 알았는데, 신사답게."

"난 신사가 아니야. 쓰펄, 너도 숙녀는 아니잖아. 간밤에 외박한 것만 봐도 그렇지. 그러니까 신사니 숙녀니 하는 애긴 집어치우자구."

여자는 입술을 삐죽거리며 이렇게 말했다.

"자기, 소란 피우지 마."

"야. 내가 라테 사오라고 했잖아. 지금 누가 소란을 피우는 거야?"

"하지만 자기……"

남자는 여자를 노려보았다.

"커피 사올 거야, 말 거야? 너한텐 정말 질렸어, 마리사, 알아?"

"난 소유물이 아니야. 뭘 하든 내 맘이라구."

"그래, 행동으로 잘도 보여주더라."

이런 대화가 오가는 동안 모턴의 신문은 조금씩 아래로 내려가고 있었다. 이젠 아예 신문을 접어 무릎에 내려놓고 읽는 척했다. 그러나 사실은 그 여자에게서 눈을 못 떼고 있었다. 그는 여자가 아주 젊지는 않지만 정말 기막히게 아름답다고 생각했다. 나이는 서른다섯 살쯤 되었을 듯싶었다. 그러한 원숙미 때문에 그녀의 성적 매력이 더욱 돋보였다. 모턴은 넋을 잃었다.

여자가 미식축구 선수에게 말했다.

"윌리엄, 귀찮게 좀 하지 마."

"내가 가버렸으면 좋겠어?"

"차라리 그게 낫겠어."

"이런 나쁜 년."

그는 그녀의 뺨을 때렸다.

모턴은 도저히 참을 수가 없었다.

"이봐, 그러지 마."

여자가 그에게 미소를 던졌다. 퉁퉁한 남자가 두 주먹을 불끈 쥐고 일어섰다.

"남의 일에 신경 쓰지 마쇼!"

"이 친구야, 여자를 때리면 쓰나?"

그러자 남자는 주먹을 흔들어대며 말했다.

"어디 한 판 붙어보실까?"

그 순간 비벌리힐스 경찰차 한 대가 지나갔다. 모턴이 그것을 보고 손을 흔들었다. 경찰차가 길가에 멈춰 섰다. 경찰관 한 명이 물었다.

"무슨 일 있습니까?"

모턴이 대답했다.

"별일 없소이다."

"염병할, 더럽게 시끄럽구만."

미식축구 선수가 툴툴거리더니 돌아서서 성큼성큼 가버렸다.

가무잡잡한 여자가 모턴에게 미소를 던졌다.

"고맙습니다."

"별 말씀을. 라테를 드시겠다고 하신 거 맞소?"

여자는 다시 미소를 지었다. 그녀가 다리를 꼬자 다갈색 무릎이 드러났다.

"참 친절하시군요."

모턴이 커피를 사오려고 일어났을 때 사라가 불렀다.

"안녕, 조지! 늦어서 죄송해요."

그녀는 운동복 차림으로 조깅을 하며 다가오고 있었다. 언제나 그렇듯이 굉장히 아름다웠다.

가무잡잡한 여자의 얼굴에 노여움이 스쳐갔다. 비록 순간적이었지만 모턴은 그것을 보고 생각했다. '뭔가 좀 이상하군.' 그는 이 여자를 알지 못했다. 여자가 화를 낼 이유는 없었다. 모턴은 그녀가 애인에게 따끔한 교훈을 주려고 했던 모양이라고 짐작했다. 지금도 그 남자는 길모퉁이에서 어슬렁거리며 진열창을 구경하는 척하고 있었다. 그러나 아직 이른 시간이라서 문을 연 상점은 하나도 없었다.

사라가 말했다.

"이제 가실까요?"

모턴은 여자에게 간단한 사과의 말을 건넸고, 여자는 아무래도 상관없다는 태도를 보였다. 모턴은 이제 그녀가 프랑스인인 것 같다는 인상을 받았다.

"언젠가 다시 만날 수도 있을 거요."

"네, 그렇지만 좀 어렵겠죠. 아쉽네요. 안녕."

"잘 지내시오."

그 자리를 떠나 걸음을 옮길 때 사라가 물었다.

"누구죠?"

"나도 몰라. 그냥 옆자리에 앉은 여자야."

"아주 화끈해 보이던데요."

모턴은 어깨를 으쓱했다.

"혹시 제가 뭘 방해했나요? 아니라구요? 다행이네요."

그녀는 모턴에게 마닐라지로 된 파일 세 개를 건넸다.

"이건 지금까지 NERF에 주신 기부금 목록이에요. 이건 지난번 기부금에 대한 합의서니까 이제 말문이 막히실 일은 없을 거예요. 그리고 이건 말씀하셨던 보증수표예요. 조심하세요. 액수가 꽤 크니까요."

"알았어. 문제없어. 난 한 시간 뒤에 출발할 거야."

"어디로 가시는지 말씀해주시면 안 돼요?"

모턴은 고개를 저었다.

"자넨 모르는 게 좋아."

센추리시티

에번스는 벌써 거의 2주째 모턴에게서 아무 소식도 못 듣고 있었다. 그가 기억하기에 모턴과 이렇게 오랫동안 연락이 두절되기는 처음이었다. 지난번에 사라와 함께 점심을 먹었는데, 그녀도 불안한 기색이 역력했다. 그때 에번스는 이렇게 물었다.

"회장님한테서 아무 소식도 못 들었어?"

"한마디도."

"조종사들은 뭐래?"

"그 사람들은 지금 밴너이스 공항에 있어. 회장님이 다른 비행기를 빌리셨대. 어디 계시는지 나도 몰라."

"그럼 언제 돌아오시는지······"

사라는 어깨를 으쓱했다.

"그걸 누가 알겠어?"

그래서 오늘 사라에게서 전화를 받고는 적잖이 놀랄 수밖에 없었다.

"빨리 출발하는 게 좋을 거야. 회장님이 당장 만나고 싶대."

"어딘데?"

"NERF야. 비벌리힐스."

"돌아오셨어?"

"그렇다니까."

센추리시티에 있는 사무실에서 NERF 건물까지는 자동차로 10분 거리였다. 물론 NERF의 본부는 워싱턴 DC에 있었지만 최근 비벌리힐스에 서해안 지부를 신설한 터였다. 냉소적인 사람들은 NERF가 모금 활동에 꼭 필요한 할리우드 명사들과 가까이 붙어 있으려는 수작이라고 비꼬았다. 그러나 그건 뒷공론일 뿐이었다.

에번스는 모턴이 바깥에서 서성거리고 있을 거라고 예상했지만 그의 모습은 눈에 띄지 않았다. 접수실로 가서 물어보니 모턴은 3층 회의실에 있다는 것이었다. 에번스는 3층까지 걸어 올라갔다.

회의실은 두 개의 벽이 유리로 되어 있었다. 내부에는 중역 회의실에서 흔히 쓰는 스타일의 대형 테이블과 열여덟 개의 의자가 놓였고, 구석에는 프레젠테이션을 위한 시청각 시설이 준비되어 있었다.

에번스는 회의실 안에 세 사람이 모여 있고 한창 말다툼이 벌어진 것을 보았다. 모턴이 붉게 상기된 얼굴로 회의실 앞쪽에 서서 격렬한 손짓을 하고 있었다. 드레이크도 서 있었는데, 그는 이리저리 서성거리면서 모턴에게 성난 삿대질을 하거나 마주 고함을 지르고 있었다. 에번스는 NERF의 무뚝뚝한 홍보부장 존 헨리도 보았다. 그는 몸을 숙인 채 노란 필기장에 메모를 하고 있었다. 말다툼은 모턴과 드레이크 사이에서 벌어진 것이 분명했다.

에번스는 어떻게 해야 좋을지 몰라서 그냥 그 자리에 서 있었다. 잠시 후 모턴이 그를 발견하고 쿡 찌르는 듯한 손짓을 했다. 바깥에 앉아 기다리라는 신호였다. 에번스는 시키는 대로 했다. 그러고는 유리벽 너머로 말다툼을 지켜보았다.

그런데 알고 보니 회의실 안에 한 사람이 더 있었다. 에번스가 처음에 그를 보지 못했던 것은 그 사람이 강연대 뒤쪽에 웅크리고 있었기 때문인데, 그가 몸을 일으키자 에번스는 잘 다림질한 깨끗한 작업복을 입은 기술자를 볼 수 있었다. 그는 서류가방 같은 모양의 연장통을 들었고, 허리띠에는 전자 계측기 두 개가 매달려 있었다. 그리고 한쪽 가슴의 호주머니에는 'AV 네트워크 시스템'이라는 로고가 붙어 있었다.

기술자는 당황한 표정이었다. 드레이크는 말다툼을 벌이는 동안 그 기술자가 회의실에 있는 것을 원하지 않는 듯했고, 모턴은 반대로 제3자가 듣고 있는 것을 원하는 듯했다. 드레이크는 그 남자가 나가주기를 바랐고, 모턴은 그냥 남아 있으라고 우겼다. 중간에 끼어버린 기술자는 이러지도 저러지도 못하고 난감해하다가 도로 주저앉아 다시 시야에서 사라져버렸다. 그러나 얼마 안 되어 드레이크가 우세해지면서 결국 기술자는 그 자리를 떠나게 되었다.

기술자가 지나갈 때 에번스가 말했다.

"고달픈 날이군요?"

기술자는 어깨를 으쓱거렸다.

"이 건물은 네트워크에 말썽이 많아요. 내가 보기엔 이더넷 케이블이 불량이거나 라우터(router, 데이터 전송시 최적 경로를 선택하는 장치) 과열인 것 같은데……"

기술자는 그 말을 남기고 가버렸다.

한편 회의실 안에서는 말다툼이 점점 더 격해지고 있었다. 언쟁은 5분쯤 더 계속되었다. 완전 방음에 가까운 유리벽이었지만 이따금 그들이 고함을 지를 때마다 한두 마디 정도는 알아들을 수 있었다. 에번스는 '빌어먹을, 난 승리하고 싶단 말이야!' 하고 외치는 모턴의 고함 소리를 들었고, '그건 너무 위험하단 말입니다!' 하는 드레이크의 말대꾸도 들었다. 그 말 때문에 모턴은 더욱더 노발대발했다.

그리고 얼마 후 모턴이 말했다.

"이건 지구가 직면하고 있는 가장 중요한 문제인데 우리가 끝까지 싸워야 하는 거 아니야?"

그러자 드레이크가 뭐라고 대답했는데, 아마 실리를 따져봐야 한다든지 현실을 직시해야 한다고 말하는 것 같았다. 그러자 모턴이 말했다.

"현실 좋아하네!"

그때 홍보부장 헨리가 고개를 들며 말했다.

"제 생각도 바로 그겁니다."

어쨌든 그 비슷한 말인 것 같았다.

에번스는 이 논쟁이 바누투 소송 때문이라는 뚜렷한 느낌을 받았지만 그 밖에도 여러 가지 문제가 거론되고 있는 듯했다.

그런데 별안간 모턴이 회의실을 뛰쳐나왔다. 그러면서 문을 어찌나 세게 닫았는지 유리벽이 흔들거릴 정도였다.

"형편없는 자식들!"

에번스는 고객과 보조를 맞춰 걸었다. 그는 유리벽 너머에 남은 두 사람이 머리를 맞대고 속닥거리는 것을 보았다.

"한심한 놈들!"

조지가 큰 소리로 말했다. 그러더니 걸음을 멈추고 뒤를 돌아보았다.

"우리 쪽이 옳다면 당연히 진실을 말해야 하는 거 아냐?"

안에서는 드레이크가 슬픈 표정으로 고개를 흔들었다.

"한심한 놈들."

모턴은 다시 그렇게 말하고 걸음을 옮겼다.

"절 부르셨다면서요?"

"그래."

모턴은 손가락으로 가리키며 이렇게 물었다.

"자네 저 친구가 누군지 알아?"

"예, 존 헨리죠."

"맞아. 저 두 사람이야말로 NERF의 핵심이지. 재단 편지지엔 이사 랍시고 유명인사들의 이름을 잔뜩 찍어놨지만 그자들은 아무것도 아 니야. 그리고 직원들 중에 변호사들이 아무리 많아도 상관없어. 실권 을 가진 건 바로 저 두 사람이고 나머지는 전부 허수아비야. 이사들은 뭐가 어떻게 돌아가는지 사실상 아무것도 몰라. 만약 알았다면 참여하 지도 않았겠지. 그리고 분명히 말해두는데, 나도 참여하지 않을 거야. 이젠 그만두겠어."

그들은 계단을 내려가기 시작했다.

에번스가 물었다.

"그게 무슨 뜻이죠?"

"그자들한테 그 소송건으로 천만 달러를 주지 않겠다는 거지."

"그분들에게도 그렇게 말씀하셨어요?"

"아니, 그렇게 말하진 않았어. 그리고 자네도 말하면 안 돼. 나중에 놀라게 해줄 생각이니까."

모턴은 냉혹한 미소를 지었다.

"그래도 서류는 지금 꾸며놓도록 하게."

"이거 확실한 결정인가요, 회장님?"

"성질 건드리지 말라구, 애송이."

"전 그냥 혹시……"

"그리고 서류를 꾸며놓으라고 했어. 시키는 대로 해."

에번스는 그러겠다고 했다.

"오늘 내로."

에번스는 당장 시작하겠다고 대답했다.

에번스는 주차장에 도착할 때까지 기다렸다가 다시 말문을 열었다. 그는 모턴을 기다리며 대기 중인 타운카(town car, 운전석과 뒷자리 사이에 유리 칸막이가 있는 자동차)가 있는 곳까지 함께 걸어갔다. 운전수 해리가 모턴을 위해 문을 열어주었다. 에번스가 말했다.

"NERF가 회장님을 위해 열기로 한 축하연이 바로 다음 주예요. 그것도 그대로 진행되는 건가요?"

"물론일세. 무슨 일이 있어도 거긴 절대로 빠질 수 없지."

그가 차에 오르자 해리가 문을 닫고 에번스에게 인사를 건넸다.

"안녕히 가십시오."

모턴의 차는 곧 아침 햇살 속으로 멀어져갔다.

에번스는 자기 차에서 전화를 걸었다.

"사라."

"그래그래, 나도 알아."

"도대체 이게 무슨 일이야?"

"나한테도 말씀을 안 하셔. 어쨌든 정말 화가 나셨어, 피터. 굉장히 화가 나셨다구."

"내가 보기에도 그렇더군."

"그리고 방금 다시 떠나셨어."

"뭐?"

"떠나셨다구. 일주일 뒤에 돌아오실 거래. 그때 사람들을 모조리 데리고 샌프란시스코로 날아가 축하연에 참석하실 예정이고."

드레이크가 에번스의 휴대폰으로 전화를 걸어왔다.

"일이 어떻게 돼가는 건가, 피터?"

"저도 모르겠습니다, 닉."

"그 양반 지금 제정신이 아니야. 무슨 말씀을 그렇게 하시는지……
아까 뭐라고 하셨는지 자네도 들었나?"

"아뇨, 별로."

"제정신이 아니셔. 난 정말 회장님이 염려스럽네. 친구로서 말이야.
더구나 다음 주엔 축하연을 열어야 하는데 말이야. 그때쯤엔 괜찮아지
실까?"

"그렇겠죠. 비행기에 친지분들을 잔뜩 태우고 그쪽으로 날아가실 예
정인데요."

"정말인가?"

"사라가 그랬어요."

"내가 회장님과 얘기 좀 할 수 없을까? 자네가 나서서 기회를 좀 만
들어줄 수 없겠나?"

"제가 듣기론 다시 여길 떠나신 것 같던데요."

"그 케너라는 놈 때문이야. 그 작자가 배후에서 수작을 부린 거라
구."

"회장님이 왜 그러시는지는 저도 몰라요, 닉. 제가 아는 건 축하연에
참석하신다는 것뿐이죠."

"자네가 꼭 모셔오겠다고 약속해주게."

"닉, 조지는 언제나 당신 뜻대로 행동하는 분이잖아요."

"내가 걱정하는 게 바로 그거야."

샌프란시스코 행 기내

10월 4일 월요일

1:38 PM

　모턴은 NERF의 후원자들 중에서도 가장 중요한 유명인사 몇 명을 자신의 전용기 걸프스트림에 태우고 하늘로 날아올랐다. 그중에는 두 명의 로큰롤 스타, 어느 코미디언의 아내, 어느 텔레비전 연속극에 대통령으로 출연한 배우, 최근에 주지사로 출마했던 작가 한 명, 그리고 각기 다른 법률회사에 소속된 환경전문 변호사 두 명 등이 포함되어 있었다. 이윽고 백포도주와 훈제연어 카나페를 사이에 두고 꽤 열띤 토론이 벌어졌다. 토론의 주제는 세계를 이끌어가는 경제력을 가진 미국이 환경의식을 실천하기 위해서는 어떤 일들을 해야 하느냐 하는 문제였다.

　평소의 그답지 않게 모턴은 이 토론에 끼어들지 않고 우울하고 짜증스러운 표정으로 비행기 뒷좌석에 푹 파묻혀 있었다. 에번스도 그 옆에 앉아 말동무가 되어주었다. 모턴은 보드카 스트레이트를 마시는 중이었다. 벌써 두 잔째였다.

　"기부금을 취소한다는 서류를 가져왔습니다."

　에번스는 서류가방에서 그 서류를 꺼냈다.

　"지금도 그러실 생각이라면……"

"그럴 생각이야."

모턴은 서류를 보는 둥 마는 둥하고 서명을 해버렸다.

"내일까지 안전하게 보관해둬."

그는 손님들 쪽을 돌아보았다. 그들은 전 세계 열대우림이 잘려나가면서 멸종을 맞게 된 동식물에 대해 서로 주거니 받거니 통계 자료를 들먹이는 중이었다. 그리고 한쪽에서는 대통령 역을 맡았던 배우 테드 브래들리가 요즘 큰 인기를 끌고 있는 하이브리드 자동차(두 가지 동력원, 특히 전기 시스템과 엔진을 함께 이용하는 환경 친화적 자동차)보다 자기가 벌써 꽤 오랫동안 사용하고 있는 전기 자동차가 더 마음에 든다는 이야기를 하고 있었다.

"비교해보나마나입니다. 하이브리드도 괜찮은 편이지만 진품이라고 할 순 없습니다."

중앙 테이블에서는 여러 환경단체의 이사를 겸하고 있는 앤 가너가 로스앤젤레스에 대중교통을 더 많이 보급하여 사람들이 승용차를 덜 쓰게 해야 한다면서 열변을 토하고 있었다. 미국인들이 지구상에서 가장 많은 이산화탄소를 배출하는 국민이라는 것은 참으로 수치스러운 일이라는 것이었다. 앤은 유명한 변호사의 아름다운 아내였는데, 언제나 열정적인 성격이었지만 특히 환경 문제에 대해서는 더욱더 그랬다.

모턴이 한숨을 푹 쉬더니 다시 에번스를 바라보며 말했다.

"지금 이 순간에 우리가 얼마나 많은 오염 물질을 만들어내고 있는지 알고 있나? 우린 지금 열두 명을 샌프란시스코로 실어 나르기 위해 항공 연료를 450갤런이나 태우고 있네. 이번 비행만 보더라도 우리가 1인당 배출하는 오염 물질은 지구상에 존재하는 대부분의 사람들이 1년 동안 배출하는 양보다 많단 말이야."

모턴은 보드카를 마저 비우고 술잔 속의 얼음을 신경질적으로 흔들어댔다. 그러더니 술잔을 에번스에게 건넸고, 에번스는 어쩔 수 없이 술을 더 달라고 손짓해야 했다.

"걸프스트림을 타고 다니는 환경론자는 리무진을 타고 다니는 진보주의자보다 더 나쁜 거지."

"회장님도 걸프스트림을 타고 다니는 환경론자시잖아요."

"나도 알아. 그 점에 대해서는 좀더 고민하게 됐으면 좋겠어. 그런데 어떤지 알아? 별로 고민스럽지 않다는 거야. 난 전용기를 타고 날아다니길 좋아해."

"노스다코타와 시카고에도 다녀오셨다고 들었는데요."

"그랬지. 사실이야."

"거기 가서 뭘 하셨는데요?"

"돈을 썼지. 많은 돈을. 아주 많은 돈이야."

"미술 작품을 사셨나요?"

"아니야. 미술품보다 훨씬 더 비싼 걸 샀어. 성실성을 샀지."

"회장님이야 원래 성실하신 분이잖아요."

"아, 내 성실성이 아니야. 딴 사람의 성실성을 산 거지."

에번스는 그 말을 듣고 뭐라고 대답해야 좋을지 몰랐다. 잠시 동안 모턴이 농담을 하는 거라고 생각했다.

그때 모턴이 말을 이었다.

"자네에게도 말해주려고 했어. 이봐, 애송이, 내가 숫자로 된 목록 하나를 갖고 있는데, 자네가 그걸 케너한테 전해줬으면 좋겠어. 이건 굉장히…… 나중에 얘기하지. 안녕, 앤!"

앤 가너가 두 사람 쪽으로 다가오고 있었다.

"그런데요, 회장님, 당분간 머물러 계실 건가요? 우리한테는 지금 회장님이 꼭 필요하거든요. 천만다행으로 회장님이 후원해주시는 바누투 소송건도 그렇고, 닉이 계획 중인 기후급변회의도 그런데, 이건 아주 중요한 일이라서…… 아, 정말이지 요즘이 큰 고비예요."

에번스는 앤에게 자리를 양보하기 위해 일어나려고 했지만 모턴이 도로 눌러 앉혔다.

"앤, 당신은 정말 전보다 더 예뻐졌군. 그런데 내가 지금 사소한 사업상의 일로 피터와 의논하는 중이라서 말이오."

앤은 에번스가 열어놓은 서류가방과 서류들을 힐끔 내려다보았다.

"어머, 제가 방해한 줄도 몰랐네요."

"아냐, 아냐, 그냥 우리한테 잠시만 시간을 달라는 거요."

"물론이죠. 죄송해요."

그러나 그녀는 금방 자리를 피해주지 않았다.

"비행기 안에서 사업 일을 하시다니, 회장님답지 않으시네요."

"나도 알아요. 솔직히 말하자면 요즘 내가 느끼기에도 나 자신이 아닌 것 같거든."

앤은 그 말을 듣고 눈만 깜박거렸다. 그 말을 어떻게 이해해야 좋을지 몰라 결국 미소를 지으며 고개를 끄덕이더니 곧 가버렸다.

"저 여자 정말 예뻐졌어. 누구 솜씨인지 궁금하군."

"누구 솜씨라뇨?"

"지난 몇 달 사이에 또 손을 댄 거야. 내 생각엔 눈인 것 같아. 아니면 턱. 그건 그렇고……"

모턴은 손을 내저었다.

"그 숫자 목록 얘기나 하지. 이건 아무에게도 말하면 안 돼, 피터. 어느 누구한테도. 자네 회사 사람들한테도 말이야. 그리고 특히 그……"

"조지, 나 참, 왜 그 뒤에 숨어 있는 거요?"

에번스가 어깨 너머로 돌아보니 테드 브래들리가 다가오고 있었다.

아직 대낮인데도 테드는 벌써 술을 마구 퍼마시는 중이었다.

"당신이 없으니까 영 재미가 없더라구. 젠장, 브래들리 없는 세상이 야말로 따분한 세상이지. 어이쿠! 그게 아니고, 조지 모턴 없는 세상이 따분한 세상이지. 자, 갑시다, 조지. 어서 일어나 도망쳐요. 이 친구는 변호사잖소. 저리 가서 한잔 합시다."

모턴은 테드가 이끄는 대로 순순히 몸을 맡겼다. 그러다가 어깨 너머로 에번스를 돌아보았다.

"나중에 얘기하세."

샌프란시스코

10월 4일 월요일
9:02 PM

만찬 후의 연설을 위해 마크 홉킨스 호텔 그랜드볼룸의 조명이 어두워졌다. 청중들은 모두 우아했다. 남자들은 턱시도 차림이었고 여자들은 드레스 차림이었다. 화려한 샹들리에 밑의 강연대에서 니콜라스 드레이크의 목소리가 우렁차게 울려퍼졌다.

"신사숙녀 여러분, 오늘날 우리가 유례없는 규모의 환경 위기에 직면하고 있다는 말은 결코 과장이 아닙니다. 우리의 숲들이 사라져갑니다. 우리의 호수와 강들이 오염되었습니다. 지구상에 존재하는 동식물들이 유례없는 속도로 자취를 감추고 있습니다. 해마다 4만 종이 멸종을 맞고 있습니다. 단 하루 동안에도 100여 종이 멸종한다는 계산이 나옵니다. 지금의 속도로 간다면 우리는 앞으로 몇십 년 이내에 지구상에 존재하는 모든 생물종의 절반을 잃어버리게 됩니다. 지구 역사상 최대의 멸종 사태가 벌어지고 있습니다. 그리고 우리의 삶의 질은 어떻습니까? 우리가 먹는 음식은 치명적인 농약에 오염되었습니다. 지구 온난화로 인해 농작물 생산량도 줄어들고 있습니다. 기후는 점점 더 악화되고 점점 더 가혹해집니다. 홍수, 가뭄, 태풍, 토네이도 등이 세계 전역에서 기승을 부립니다. 해수면도 상승하고 있습니다. 앞으로

100년 사이에 25피트, 어쩌면 그보다 더 상승할지도 모릅니다. 그리고 무엇보다 무서운 것은 기후급변의 공포입니다. 우리의 파괴적인 행동 때문에 머지않아 그 공포가 실현될 것이라는 새로운 과학적 증거가 속속 드러나고 있습니다. 간단히 말씀드리자면, 신사숙녀 여러분, 우리는 지금 진정한 세계 파멸의 재앙을 목전에 두고 있는 것입니다."

연회장 한복판의 테이블에 앉아 있던 피터 에번스는 잠시 청중들을 둘러보았다. 사람들은 각자 접시를 내려다보며 하품을 하거나 몸을 기울이고 이야기를 주고받았다. 드레이크를 주목하는 사람들은 그리 많지 않았다.

모턴이 툴툴거렸다.

"다들 귀에 못이 박이도록 들은 얘기잖아."

그는 무거운 몸을 들썩거리며 나지막이 트림을 했다. 저녁 내내 끊임없이 술을 마신 탓에 지금은 꽤 취한 상태였다.

"……생물 다양성 훼손, 서식지 축소, 오존층 파괴……"

니콜라스 드레이크는 키만 컸지 너무 볼품없어 보였다. 턱시도는 몸에 잘 맞지 않았고, 앙상한 목을 둘러싼 셔츠 목깃도 잔뜩 구겨져 있었다. 언제나 그랬듯이 그는 비록 가난하지만 학문에 전념하는 학자 같은 인상을 풍겼다. 한마디로 현대판 이커보드 크레인(워싱턴 어빙의 단편 〈슬리피 할로의 전설〉에 등장하는 교사)이었다. 에번스는 드레이크가 재단 이사장으로서 30만 달러 이상의 연봉에 추가로 10만 달러의 수당까지 받아 챙긴다는 사실을 아무도 짐작하지 못할 거라고 생각했다. 과학 분야의 경력이 전혀 없다는 사실도 마찬가지였다. 닉 드레이크는 소송전문 변호사였고, 오래전에 NERF를 출범시킨 다섯 명 중 하나였다. 그리고 소송전문 변호사들이 모두 그렇듯이 그 역시 옷을 너무 잘 입지 않는 것이 중요하다는 점을 잘 알고 있었다.

"······사라져가는 유전자들, 점점 더 특이하고 치명적으로 변해가는
각종 질병들······"

그때 모턴이 말했다.

"빨리 좀 끝내줬으면 좋겠는데 말이야."

그는 손가락으로 테이블을 톡톡 두드렸다. 에번스는 아무 말도 하지
않았다. 그는 이런 행사에 자주 참석해보았기 때문에 모턴이 연설을
해야 할 때마다 긴장한다는 것을 알고 있었다.

강연대의 드레이크는 이렇게 말하고 있었다.

"······희망의 서광이 비치고 어렴풋하게나마 길이 보이기 시작합니
다. 이분은 매사에 적극적이며 결코 희망을 버리지 않습니다. 오늘 밤
우리가 여기 모인 것도 바로 이분의 평생에 걸친 업적을 기리기 위해
서이며······"

모턴은 마티니를 마저 비웠다.

"한 잔 더 마셔도 될까?"

방금 그 술이 벌써 여섯 잔째였다. 그는 탁 소리가 나게 술잔을 테이
블에 내려놓았다. 에번스는 고개를 돌려 웨이터를 찾으며 한 손을 들
었다. 그러나 그는 웨이터가 제때 와주지 않기를 바라고 있었다. 모턴
은 이미 마실 만큼 마셨으니까.

"······우리가 사는 이 세상을 좀더 나은 곳, 좀더 건강하고 건전한
곳으로 만들기 위해 30년 동안 물심양면으로 노력하셨습니다. 신사숙
녀 여러분, 이제 NERF를 대표하여 자랑스러운 마음으로······"

"아 젠장, 그만두게, 피터."

모턴은 곧 테이블을 밀어내며 일어나려고 몸에 힘을 주었다.

"웃음거리가 되긴 싫은데 말이야. 아무리 좋은 일을 위해서라지만."

에번스는 이렇게 말문을 열었다.

"회장님이 왜 웃음거리가 되신다고……"

"……저의 절친한 벗이며 동료, 그리고 올해의 시민상 수상자…… 조지 모턴 회장님을 모시겠습니다!"

떠들썩한 박수갈채가 터져나왔다. 모턴은 스포트라이트를 받으며 자리에서 일어나 강연대 쪽으로 향했다. 엄숙하게 고개를 숙였지만 막강한 힘을 짐작할 수 있는 체격 때문에 마치 웅크리고 있는 한 마리 곰을 보는 듯했다. 첫 번째 계단에서 모턴이 발을 헛디뎌 비틀거렸다. 에번스는 자신의 의뢰인이 뒤로 넘어질까봐 조마조마했지만 모턴은 곧 균형을 되찾았고, 이윽고 연단 위에 올라섰을 때는 멀쩡해 보였다. 그는 드레이크와 악수를 나누고 강연대 뒤로 가더니 그 커다란 두 손으로 강연대의 양쪽 모서리를 움켜쥐었다. 모턴은 장내를 바라보며 이리저리 고개를 돌려 청중을 훑어보았다. 그는 입을 열지 않았다.

그 자리에 선 채 아무 말도 하지 않았다.

에번스 옆에 앉아 있던 앤 가너가 그의 옆구리를 쿡 찔렀다.

"괜찮으신 거예요?"

에번스는 고개를 끄덕였다.

"아, 그럼요. 물론이죠."

그러나 사실은 에번스 자신도 확신이 없었다.

마침내 조지 모턴이 연설을 시작했다.

"우선 저에게 이 상을 주신 니콜라스 드레이크 이사장님과 NERF에 감사하고 싶습니다. 그렇지만 저는 이런 상을 받을 자격이 없는 것 같습니다. 아직도 해야 할 일들이 산더미처럼 쌓였기 때문입니다. 여러분, 우리가 이 지구의 바다보다 달에 대해 더 많이 알고 있다는 사실을 아십니까? 그것이야말로 심각한 환경 문제입니다. 우리 자신의 생명을 좌우하는 이 행성에 대한 지식이 너무 부족합니다. 그러나 300년 전에 몽테뉴가 말했듯이 '인간의 가장 확고한 믿음은 모르는 것에 대한 믿음'입니다."

에번스는 이런 생각을 했다. 몽테뉴? 조지 모턴이 몽테뉴의 말을 인용한다?

눈부신 스포트라이트를 받고 있는 모턴의 몸이 앞뒤로 흔들거리는 것이 뚜렷하게 보였다. 그는 강연대에 의지하여 균형을 잡고 있었던 것이다. 장내는 무척 고요했다. 사람들은 미동조차 하지 않았다. 심지어는 테이블 사이를 오가던 웨이터들도 움직이지 않았다. 에번스는 숨도 제대로 쉴 수 없었다.

"환경운동에 참여하고 있는 우리 모두는 지금까지 몇 번이나 큰 승리를 거두었습니다. 우리는 환경보호청(EPA)의 탄생을 지켜보았습니다. 우리는 공기와 물을 더 깨끗하게 만들었고, 하수처리법을 개선했고, 유독성 폐기물을 수거하게 했고, 모두의 안전을 위해 납처럼 흔히 발견되는 독성물질들을 규제하도록 했습니다. 여러분, 이 같은 승리는 중요합니다. 우리는 그 하나하나에 정당한 자부심을 느낍니다. 그리고 우리는 더욱더 많은 성과가 필요하다는 것을 잘 알고 있습니다."

청중은 긴장을 풀기 시작했다. 모턴이 잘 알려진 내용을 거론하고 있었기 때문이다.

"그런데 그 일이 제대로 이뤄질 수 있을까요? 저는 잘 모르겠습니다. 물론 최근에 제가 좀 우울했던 건 사실입니다. 사랑하는 아내 도로시가 세상을 떠난 뒤부터였죠."

에번스는 등받이에 기대고 있다가 벌떡 일어나 앉았다. 옆 테이블의 허브 로웬스타인도 충격을 받은 듯 입을 딱 벌리고 있었다. 조지 모턴에게는 아내가 없었다. 정확히 말하자면 여섯 명의 전처가 있었지만 그중에 도로시라는 여자는 없었다.

"도로시는 저에게 돈을 현명하게 쓰라고 했습니다. 저는 제가 늘 그렇게 해왔다고 생각했습니다. 그런데 지금은 별로 자신이 없군요. 방금 저는 우리가 더 많은 것을 알아야 한다고 말씀드렸습니다. 그런데 안타깝게도 요즘 NERF의 목표는 '소송을 더 많이 벌여야 한다' 인 것 같습니다."

사방에서 사람들이 깜짝 놀라 숨을 헉 들이마셨다.

"NERF는 법률회사입니다. 여러분이 과연 그 사실을 알고 계시는지 모르겠습니다. NERF를 창설한 분들도 변호사이고, 지금 그것을 운영하고 있는 분들도 변호사입니다. 그러나 저는 이제 소송보다 차라리 연구 쪽에 돈을 쓰는 것이 낫다고 믿습니다. 그래서 저는 NERF에 대한 자금 지원을 취소하려 합니다. 또한 그래서 저는……"

그때부터 잠시 동안 흥분한 청중이 떠드는 소리에 묻혀 모턴의 말이 들리지 않았다. 모두 큰 소리로 지껄이고 있었다. 여기저기서 야유가 터져나왔고, 몇몇 손님은 나가려고 자리에서 일어났다. 그러나 모턴은 자신의 말이 초래한 이 같은 결과를 의식하지 못하는 듯 연설을 계속하고 있었다. 에번스는 띄엄띄엄 몇 마디만 알아들을 수 있었다.

"……FBI가 어느 환경단체를 조사하는 중…… 관리가 전혀 안 되고 있는……"

앤 가너가 상체를 기울이며 다급하게 속닥거렸다.

"내려오시게 해요!"

에번스도 속삭이며 물었다.

"저더러 뭘 어쩌라는 겁니까?"

"가서 모셔오라고요. 분명히 취하셨으니까."

"그럴지도 모르지만 저로서는……"

"빨리 중단시켜야 해요!"

그러나 그때 벌써 연단 위의 드레이크가 앞으로 나서면서 이렇게 말하고 있었다.

"네, 감사합니다, 회장님……"

"왜냐하면 지금 당장 진실을 말씀드리자면……"

"감사합니다, 회장님."

드레이크는 했던 말을 또 하면서 더 가까이 다가섰다. 그는 문자 그대로 모턴의 몸을 떠밀어 강연대에서 쫓아내려 하고 있었다. 모턴이 강연대를 붙잡고 늘어지며 말했다.

"알았어, 알았다구. 내가 도로시 때문에 한 일에 대해서 얘기한 거라구. 저승에 간 사랑하는 아내가……"

"감사합니다, 조지. 감사합니다."

드레이크는 이제 두 손을 머리 높이로 들어올려 박수를 치면서 동참해달라는 뜻으로 청중을 향해 고개를 끄덕였다.

"……아내가 너무 그리워서……"

"신사 숙녀 여러분, 저와 함께 모턴 회장님께 감사의 박수를……"

"그래, 알았어, 내려가면 되잖아."

모턴은 맥없는 박수를 받으며 비척비척 연단을 내려왔다. 드레이크는 그 즉시 강연대에 다가서서 악단을 향해 신호를 보냈다. 악단이 빌리 조엘의 노래 〈당신 말이 맞을지도 몰라(You May Be Right)〉를 활기차게 연주하기 시작했다. 누군가 그들에게 모턴이 좋아하는 곡이라고 미리 말해주었던 것이다. 그것은 사실이었지만 지금의 상황에 비춰보면 잘못된 선곡인 듯싶었다.

옆 테이블의 허브 로웬스타인이 상체를 기울이더니 에번스의 어깨를 잡아당겼다. 그러고는 사나운 어조로 귓속말을 했다.

"이봐, 저 양반 빨리 데리고 나가!"

"그러죠. 걱정 마세요."

"이런 일이 있을 줄 알고 있었나?"

"아뇨, 전혀 몰랐습니다."

로웬스타인이 에번스를 놓아주는 순간 조지 모턴이 테이블로 돌아왔다. 그 자리에 모인 사람들 모두 얼떨떨한 상태였다. 그러나 모턴은 음악에 맞춰 흥겹게 노래를 부르고 있었다.

"당신 말이 맞을지도 모올라, 내가 미쳤는지도……"

에번스는 자리에서 일어났다.

"자, 회장님, 여기서 그만 나가시죠."

그러나 모턴은 그의 말을 무시해버렸다.

"……당신은 미친놈을 원하는 건지도 몰라……"

"회장님? 어떠세요? 나가자구요."

"……등불은 꺼버리고, 날 구하려 하지 말고……"

"회장님을 구하려는 게 아닌데요."

그러자 모턴이 노래를 멈추었다. 조금 못마땅한 듯 눈빛이 싸늘했다.

"그럼 마티니나 한 잔 더 줄래? 젠장, 착한 일을 했으면 상을 줘야지."

"해리가 차 안에 준비해놨을 겁니다."

그러면서 에번스는 모턴을 데리고 테이블을 떠났다.

"여기서는 매번 술이 올 때까지 기다리셔야 하잖아요. 지금은 그렇게 기다릴 기분이 아니실 텐데……"

에번스는 그런 식으로 말을 계속했고, 모턴은 순순히 에번스의 손에 이끌려 연회장 밖으로 향했다. 그는 다시 노래를 불렀다.

"……싸우기엔 너무 늦었어, 나를 바꿔놓기엔 너무 늦어버렸어……"

두 사람이 미처 연회장을 나서기도 전에 텔레비전 카메라 한 대가 그들의 얼굴을 환히 비추었고, 기자 두 명이 모턴에게 작은 녹음기를 들이댔다. 모두 한꺼번에 고함을 지르듯 질문을 퍼부었다. 에번스가 머리를 조아리며 말했다.

"실례합니다, 죄송합니다, 좀 지나갑시다, 실례합니다……"

모턴은 그 와중에도 노래를 멈추지 않았다. 그들은 호텔 로비를 지나갔다. 기자들이 그들을 앞질러 달려갔다. 미리 가서 두 사람이 걸어오는 모습을 찍으려는 것이었다. 에번스는 모턴의 팔꿈치를 단단히 붙잡았다. 모턴이 노래했다.

"난 그냥 신나게 놀았을 뿐, 누구도 해치지 않았는데, 우리는 모처럼 즐겁게 주말을 보냈을 뿐인데에……"

"이쪽입니다."

에번스는 출입구 쪽으로 걸어갔다.

"나는 전투 지역에 고립된 거야……"

그들은 마침내 자동문을 통과하여 어둠에 잠긴 야외로 나왔다. 서늘한 바람이 밀려오자 모턴이 노래를 뚝 멈추었다. 두 사람은 모턴의 리무진이 나타나기를 기다렸다. 사라가 밖으로 나와 모턴 옆에 다가섰다. 그녀는 아무 말 없이 모턴의 팔에 손을 얹었다.

그때 기자들이 몰려나왔고 카메라 라이트가 다시 켜졌다. 그와 동시에 드레이크가 뛰쳐나와 다짜고짜 말했다.

"이런 젠장, 조지……"

그러다가 카메라를 보고 입을 다물었다. 그러고는 모턴을 노려보더니 홱 돌아서서 들어가버렸다. 카메라들은 여전히 촬영 중이었지만 세 사람은 그 자리에 우두커니 서 있을 뿐이었다. 그렇게 멀뚱멀뚱 기다리고 있자니 무척 거북스러웠다. 한없이 길게 느껴지는 시간이 흐른 후 리무진이 도착했다. 해리가 차에서 내려 조지를 위해 문을 열어주었다.

에번스가 말했다.

"타세요, 회장님."

"아니, 오늘 밤은 싫어."

"해리가 기다리잖아요, 회장님."

"글쎄 오늘 밤은 싫다니까."

어둠 속에서 우르릉거리는 묵직한 소리가 울려퍼지더니 은색 페라리 컨버터블 한 대가 리무진 옆에 멈춰 섰다. 모턴이 말했다.

"내 차야."

그는 조금씩 비틀거리며 계단을 내려가기 시작했다. 사라가 말했다.

"회장님, 제가 보기엔 아무래도……"

그러나 모턴은 다시 노래를 부르고 있었다.

"당신은 운전하지 말라고 말렸지만 나는 살아서 집에 들어갔는데, 당신은 그거야말로 내가 미쳤다는 증거라고 말했지."

그러자 기자 한 명이 중얼거렸다.

"미친 거 맞네."

에번스는 몹시 걱정하며 모턴을 따라갔다. 모턴은 주차 안내원에게 백 달러짜리 지폐를 주면서 말했다.

"수고했으니 이십 달러 주지."

그는 페라리의 문을 열다가 몇 번 헛손질을 했다.

"하여간 이탈리아제는 이게 문제라니까."

그러더니 곧 컨버터블의 운전석에 앉아 가속 페달을 부릉부릉 밟으며 미소 지었다.

"아, 우렁찬 소리."

에번스는 모턴을 향해 몸을 기울이며 말했다.

"조지, 운전은 해리한테 맡기세요. 게다가 우린 할 얘기도 있잖아요?"

"할 얘기 없어."

"아니, 제 생각엔……"

"애송이, 저리 비켜."

카메라 라이트들이 여전히 그들을 비추고 있었다. 그러나 모턴은 에번스의 그림자를 이용하여 교묘하게 얼굴을 가렸다.

"불교계에 이런 속담이 있지."

"어떤 속담인데요?"

"잘 기억해둬, 애송이. 바로 이거야. '중요한 것은 모두 붓다가 앉아 계신 곳에서 동떨어지지 않은 곳에 있다.'"

"조지, 정말 운전은 안 하시는 게 좋을 거 같은데요."

"방금 내가 한 말, 기억할 수 있겠나?"

"예."

"고대인들의 지혜라네. 잘 가게, 애송이."

모턴은 가속 페달을 밟았고, 에번스가 펄쩍 뛰어 물러서자 굉음을 울리며 주차장을 빠져나갔다. 페라리는 정지 신호마저 무시하고 끼이익 하는 소리와 함께 모퉁이를 돌아 사라졌다.

"피터, 빨리."

에번스가 돌아보자 사라가 리무진 옆에 서 있었다. 해리가 운전석에 오르고 있었다. 에번스는 사라와 함께 뒷좌석에 올라탔고 그들은 모턴을 뒤쫓기 시작했다.

페라리가 언덕 밑에서 좌회전을 하더니 모퉁이를 돌아 사라졌다. 해리는 거대한 리무진을 능숙한 솜씨로 조종하면서 속력을 높였다. 에번스가 말했다.

"회장님이 어디로 가시는 건지 알아?"

사라가 대답했다.

"내가 어떻게 알아."

"그 연설문은 누가 쓴 거야?"

"회장님이."

"정말이야?"

"어제 댁에서 하루종일 그걸 쓰고 계셨는데, 나한테도 안 보여주시고……"

"맙소사. 몽테뉴는?"

"세계 명언집을 펼쳐놓고 계시더라."

"도로시라는 이름은 어디서 튀어나온 거야?"

사라는 고개를 가로저었다.

"그건 나도 몰라."

그들은 골든게이트 공원을 지나고 있었다. 통행량은 그리 많지 않았다. 페라리는 자동차들 사이를 이리저리 비집고 빠른 속도로 달려갔다. 앞쪽에 야간 조명을 환하게 밝힌 골든게이트 다리가 나타났다. 모턴이 속력을 더 높였다. 페라리는 시속 90마일에 가까운 속도로 질주하고 있었다.

사라가 말했다.

"머린으로 건너가시려나봐."

그때 에번스의 휴대폰이 울렸다. 드레이크였다.

"도대체 이게 어떻게 된 일인지 나한테 말 좀 해주겠나?"

"죄송해요, 닉. 저도 몰라요."

"그게 진담이셨나? 자금 지원을 취소한다는 거?"

"그런 것 같아요."

"어처구니가 없군. 틀림없이 신경쇠약이야."

"제가 판단할 일은 아니죠."

"내 이럴 줄 알았어. 안 그래도 이런 일이 벌어질까봐 조마조마했다고. 아이슬란드에 다녀올 때 비행기 안에서 내가 그랬잖아. 그런데 자네는 걱정할 필요 없다고 했지. 지금도 그렇게 생각하나? 걱정할 필요 없다고?"

"질문의 요지를 모르겠네요, 닉."

"앤 가너가 그러던데, 회장님이 비행기 안에서 어떤 서류에 서명을 하셨다고."

"맞아요. 그러셨죠."

"회장님이 그토록 아끼고 사랑했던 단체인데 이렇게 터무니없고 갑작스럽게 자금 지원을 취소해버린 것도 혹시 그 서류와 관계가 있는 거야?"

"NERF에 대한 생각이 바뀌신 것 같더군요."

"그런데 왜 나한테 말해주지 않았나?"

"회장님께서 말하지 말라고 하셨어요."

"개수작 마, 에번스."

"저도 안타깝습니다."

"나중엔 훨씬 더 안타까워하게 될 거야."

전화는 곧 먹통이 되었다. 드레이크가 끊어버린 것이다. 에번스는 휴대폰을 접었다.

사라가 말했다.

"드레이크가 화났지?"

"펄펄 뛰네."

다리를 건넌 후 모턴은 곧 가로등이 밝혀진 고속도로를 벗어나 서쪽으로 방향을 잡았다. 절벽을 오르는 캄캄한 길이었다. 그런데도 아까보다 더 빨리 달리고 있었다. 에번스는 해리에게 물었다.

"여기가 어디쯤인지 아세요?"

"아마 주립공원에 들어온 것 같네요."

해리는 모턴을 따라잡으려고 애썼지만 이렇게 좁고 구불구불한 도로에서 리무진이 페라리의 상대가 될 수는 없었다. 페라리는 점점 더 멀어져갔다. 그들은 4분의 1마일쯤 앞에서 굽잇길을 돌아 사라져가는 미등만 간간이 볼 수 있었다.

"이러다 놓치겠어요."

"그런 일은 없을 겁니다."

그러나 리무진은 계속 뒤처졌다. 그러다가 해리가 너무 빠른 속도로 커브를 도는 바람에 뒷바퀴가 미끄러져 리무진의 긴 꼬리가 낭떠러지 쪽으로 휙 돌아버린 다음에는 더욱더 속력을 늦출 수밖에 없었다. 이제 그들은 사람도 살지 않는 곳을 지나고 있었다. 밤길은 캄캄했고 절벽 위에는 아무도 없었다. 저 멀리 내려다보이는 검은 수면 위에 은빛 줄무늬를 그리며 달이 떠오르고 있었다.

이제 페라리는 미등조차 보이지 않았다. 이 캄캄한 벼랑길을 달려가고 있는 것은 오로지 그들뿐인 것 같았다.

이윽고 굽잇길을 돌아서자 백 야드쯤 앞쪽에 다음 굽잇길이 나타났다. 그곳에서 잿빛 연기가 뭉클뭉클 피어오르고 있었다.

사라가 손으로 입을 가리며 말했다.

"아, 저런."

페라리는 핑그르르 돌다가 나무 한 그루를 들이받고 전복된 모양이
었다. 뒤집어진 차는 엉망진창으로 찌그러져 연기를 뿜어내고 있었다.
절벽 아래로 떨어지지 않은 것이 그나마 다행이었다. 차는 낭떠러지
너머로 고개를 내밀고 있었다.

에번스와 사라는 황급히 그쪽으로 달려갔다. 에번스는 네 발로 엉금
엉금 기면서 절벽 가장자리로 다가가 운전석 안을 들여다보았다. 그러
나 아무것도 보이지 않았다. 앞 유리는 박살나버렸고 페라리의 차체는
길바닥에 거의 붙어 있었다. 해리가 손전등을 들고 다가왔고, 에번스
는 그것으로 차 안을 비춰보았다.

운전석은 비어 있었다. 문손잡이에 모턴의 검정색 나비넥타이가 걸
려 있었지만 정작 그의 모습은 보이지 않았다.

"튕겨나가셨나 봐요."

에번스는 절벽 아래쪽을 비춰보았다. 이 절벽은 부서지기 쉬운 누런
색 암벽이었고 80피트 아래의 바닷물을 향해 가파른 각도로 깎여 있었
다. 모턴의 흔적은 보이지 않았다.

사라가 소리죽여 울고 있었다. 해리가 리무진에 가서 소화기를 가지
고 돌아왔다. 에번스는 손전등을 들고 암벽 곳곳을 살펴보았다. 그러
나 조지의 시신은 찾지 못했다. 시신은커녕 아무런 흔적도 보이지 않
았다. 무엇을 건드린 자국도, 발자취도, 옷쪼가리도, 아무것도 없었다.

등 뒤에서 치이익 하고 소화기를 발사하는 소리가 들렸다. 에번스는
절벽 언저리에서 엉금엉금 물러났다. 해리가 몹시 괴로워하는 표정으
로 물었다.

"회장님은 찾으셨습니까?"

"아뇨. 아무것도 못 봤어요."

"혹시…… 저쪽."

해리는 나무가 있는 방향을 가리켰다. 그의 말이 옳았다. 최초의 충돌 때문에 모턴이 차에서 튕겨나갔다면 그 지점은 도로 위에서 20야드 뒤쪽일 터였다.

에번스는 그쪽으로 걸어가서 다시 절벽 아래로 손전등을 비춰보았다. 건전지가 약해져 불빛이 희미했다. 그러나 그는 곧 불빛에 반짝거리는 물체를 발견할 수 있었다. 물가의 바위틈에 박혀 있는 그것은 에나멜가죽으로 된 남자용 실내화 한 짝이었다.

에번스는 길바닥에 철퍼덕 주저앉아 두 손으로 머리를 감쌌다. 그러고는 울어버렸다.

무디 곶

10월 5일 화요일

3:10 AM

경찰이 그들과 이야기를 끝낸 것은 새벽 3시경이었다. 그 전에 구조팀이 밧줄을 타고 내려가 신발을 가져왔다. 시신은 발견되지 않았고 다른 흔적도 없었다. 경찰은 자기들끼리 대화를 나누었는데, 그 일대의 해류 동향으로 미루어 시신은 해안을 따라 피즈모 해변으로 흘러갈 거라는 데 의견이 일치했다. 그중 한 명이 말했다.

"찾기야 찾겠지만 일주일쯤 걸리겠지. 백상아리 떼가 남겨둔 게 있다면 말이야."

그들은 사고 차량을 수습하여 평상형 트럭에 싣는 중이었다. 에번스는 빨리 그곳을 떠나고 싶었지만 그의 진술을 들었던 고속도로 순찰대원이 자꾸 다시 와서 세부적인 내용들을 캐묻고 있었다. 20대 초반의 풋내기였는데, 이런 서류를 작성해본 경험이 별로 없는 듯했다.

에번스에게 처음 다시 왔을 때 그는 이렇게 물었다.

"사고 발생 후 시간이 얼마나 지났을 때 현장에 도착하셨습니까?"

"잘 모르겠어요. 페라리가 우리보다 반 마일 이상 앞서 있었죠. 우린 시속 40마일 정도로 달린 것 같으니까…… 아마 1분쯤?"

그러자 젊은이는 놀라는 표정을 지었다.

"리무진을 시속 40마일로 몰았다구요? 이런 산길에서?"

"글쎄요. 정확한 건 모르죠."

그리고 두 번째로 다시 왔을 때 이렇게 말했다.

"현장에 제일 먼저 도착했다고 말씀하셨죠? 그런데 길가로 기어갔다고 하셨던가요?"

"그래요."

"그럼 길바닥에 떨어진 유리 조각을 밟으셨겠네요?"

"네. 앞 유리가 박살났으니까요. 기어가다가 손을 짚기도 했죠."

"그래서 유리 조각이 흐트러져 있었군요."

"네."

"손을 안 다치신 게 다행이네요."

"그래요."

세 번째로 다시 왔을 때는 이런 말을 했다.

"사고 발생 시각이 몇 시쯤이었다고 보십니까?"

"몇 시쯤이라니요?"

에번스는 손목시계를 들여다보았다.

"모르겠어요. 생각 좀 해보고……"

그는 지나간 시간을 되짚어보았다. 연설이 시작된 것이 8시 30분쯤이었다. 모턴이 호텔을 떠난 것은 9시쯤이었을 것이다. 샌프란시스코 시내를 통과하고, 다리를 건너고……

"아마 밤 9시 45분이나 10시쯤이었겠네요."

"그럼 얼추 다섯 시간쯤 전인가요?"

"맞아요."

그러자 순찰대원이 말했다.

"허."

왠지 놀라는 기색이었다.

에번스는 트럭 쪽을 바라보았다. 찌그러진 페라리의 잔해가 짐칸에 실려 있었다. 경찰관 한 명이 짐칸에 올라가 페라리 옆에 서 있었다. 도로 위에서는 다른 경찰관 세 명이 열띤 토론을 벌이고 있었다. 그 밖에도 한 남자가 더 있었다. 그는 턱시도 차림으로 경찰관들과 이야기하는 중이었다. 이윽고 남자가 돌아섰을 때 에번스는 존 케너의 얼굴을 알아보고 놀랐다.

에번스가 젊은 순찰대원에게 물었다.

"저쪽은 무슨 일이죠?"

"모르겠습니다. 저는 사고 발생 시각을 확인해보라는 지시를 받았을 뿐이에요."

그때 운전사가 트럭에 올라 시동을 걸었다. 경찰관 한 명이 젊은 순찰대원에게 소리쳤다.

"필요 없어, 에디!"

그러자 순찰대원이 에번스에게 말했다.

"그럼 됐네요. 이제 다 끝난 것 같습니다."

에번스는 사라가 케너를 발견했는지 보려고 그녀가 있는 쪽을 건너다보았다. 사라는 리무진에 기대어 전화 통화를 하는 중이었다. 에번스가 고개를 돌려보니 때마침 케너가 그 네팔인이 운전하는 검정색 세단에 올라타고 현장을 벗어나고 있었다. 경찰관들도 떠날 준비를 했다. 트럭이 방향을 돌려 다리 쪽으로 달려갔다.

해리가 말했다.

"이제 우리도 가야겠습니다."

에번스는 리무진에 올라탔다. 그들은 다시 샌프란시스코의 불빛을 향해 출발했다.

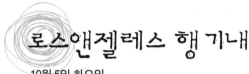

로스앤젤레스 행 기내

10월 5일 화요일
12:02 PM

모턴의 제트기는 정오에 이륙하여 로스앤젤레스로 향했다. 기내 분위기는 우울했다. 어제와 똑같은 사람들이 탑승했고 그 밖에 몇 명이 더 타고 있었지만 모두 조용히 앉아서 말을 아꼈다. 늦게 발행된 신문에는 벌써 백만장자이며 자선가인 조지 모턴에 대한 기사가 실려 있었다. 사랑하는 아내 도로시의 죽음으로 우울해하던 그가 연설 도중에 횡설수설했으며 (《샌프란시스코 크로니클》은 '산만하고 비논리적이었다' 라고 표현했다) 그로부터 몇 시간 후 최근에 새로 구입한 페라리를 시운전하다가 비극적인 자동차 사고로 사망했다는 내용이었다.

세 번째 문단에서 기자는 단독 차량의 사망 사고에 대한 분석을 덧붙였다. 비록 의사의 진단을 받지는 않았더라도 이런 형태의 사고는 우울증에서 비롯된 경우가 많으며 종종 사고로 위장한 자살이라는 것이었다. 그리고 이 기사에 인용된 정신과 의사의 말에 의하면 모턴의 죽음도 그중 하나일 가능성이 높다고 했다.

이륙 후 10분쯤 지났을 때 배우 테드 브래들리가 말했다.

"조지를 추모하는 뜻에서 건배하고 일 분간 묵념하는 것이 어떨까 싶습니다."

그러자 사람들이 일제히 '옳소, 옳소' 하고 외쳤고, 모두에게 샴페인이 한 잔씩 돌아갔다.

테드가 말했다.

"조지 모턴을 위하여. 그는 훌륭한 미국인이었고, 훌륭한 친구였고, 환경을 위해 노력하는 훌륭한 후원자였습니다. 우리는, 그리고 이 지구는 영원히 조지를 그리워할 겁니다."

그때부터 10여 분 동안 기내의 유명인사들은 비교적 숙연한 분위기를 유지했다. 그러나 차츰 대화가 활기를 띠기 시작했고, 나중에는 평소와 다름없이 이야기를 나누고 말다툼을 벌였다. 에번스는 비행기 뒤쪽에 앉아 있었다. 샌프란시스코로 올 때 앉았던 바로 그 자리였다. 그는 중앙 테이블에서 진행되는 상황을 지켜보았다. 지금 브래들리는 미국에서 환경 친화적 에너지의 비율이 전체 에너지 사용량의 2퍼센트에 불과하다는 것을 설명하고 있었다. 영국과 덴마크처럼 미국도 해안 지역에 수천 개의 풍력 발전 시설을 설치하는 계획을 시급히 시행해야 한다는 것이었다. 대화는 곧 연료 전지와 수소 자동차, 그리고 집열판을 이용한 태양열 주택 등으로 이어졌다. 어떤 이들은 하이브리드 자동차가 마음에 쏙 들어 직원들에게 사주었다고 말하기도 했다.

그들의 대화를 들으면서 에번스는 차츰 기분이 나아지는 것을 느꼈다. 비록 조지 모턴은 떠났지만 세상엔 아직도 저런 사람들이 많다. 적극적으로 변화를 추구하는 유명하고 유력한 사람들, 좀더 현명한 미래를 위해 다음 세대를 이끌어갈 사람들.

에번스가 꾸벅꾸벅 졸기 시작할 때 니콜라스 드레이크가 옆자리에 털썩 앉았다. 드레이크는 통로 너머로 몸을 기울이며 말했다.

"여보게, 어젯밤 일은 내가 사과하겠네."

"괜찮습니다."

"내가 너무 심했어. 내 행동을 후회하고 있다는 걸 자네도 알아줬으면 좋겠네. 너무 당황스럽고 걱정이 돼서 그랬던 거야. 자네도 알다시피 지난 몇 주 동안 회장님이 아주 별나게 구셨잖아. 이상한 소리를 하질 않나, 싸움을 걸어오질 않나. 돌이켜보면 신경쇠약 증세였지. 그런데 그때는 그걸 몰랐거든. 자넨 알고 있었나?"

"그게 신경쇠약 때문인지는 잘 모르겠는데요."

"틀림없이 그거였어. 그게 아니면 뭐겠나? 맙소사, 필생의 업적을 단숨에 부정하고 그렇게 자살해버렸으니 말이야. 그건 그렇고, 회장님이 어제 서명하신 서류는 그냥 잊어버리라구. 어제 상황을 감안하면 제정신이 아니셨을 테니까."

드레이크는 곧이어 이렇게 덧붙였다.

"이 문제에 대해서는 자네도 설마 반대하진 않겠지. 안 그래도 그동안 마음의 갈등이 심했을 거야. 회장님과 우리, 그렇게 양쪽 일을 동시에 해야 했으니까. 사실 그런 서류는 자네가 작성할 게 아니라 다른 중립적인 변호사에게 맡겼어야 옳았어. 물론 그 잘못을 탓하진 않겠지만 그동안 자네 판단력이 몹시 의심스러웠던 건 사실이야."

에번스는 아무 말도 하지 않았다. 드레이크의 말은 명백한 협박이었다.

드레이크가 에번스의 무릎에 손을 올려놓았다.

"그래, 어쨌든 난 그냥 자네한테 사과하고 싶었네. 자네가 어려운 상황에서 최선을 다했다는 건 나도 잘 알고 있어, 피터. 아무튼 내 말대로만 하면…… 이번 일은 다 잘 풀릴 걸세."

비행기가 밴너이스 공항에 착륙했다. 활주로에는 요즘 유행하는 검정색 SUV 리무진 10여 대가 줄지어 서서 승객들을 기다리고 있었다. 유명인사들이 서로 포옹하거나 허공에 입맞춤을 던지며 흩어져갔다.

에번스는 마지막까지 남아 있었다. 그는 운전수가 딸린 승용차를 배정받을 만한 직급이 아니었다. 에번스는 어제 그곳에 주차해두었던 작은 프리우스 하이브리드에 올라타고 출입구를 통과하여 고속도로로 올라갔다. 사무실로 가야 한다고 생각했지만 한낮의 교통 혼잡을 뚫고 나아가는 동안 뜻밖의 눈물이 솟구쳤다. 그는 눈물을 닦으면서 지금은 너무 피곤하니까 출근하지 말아야겠다고 판단했다. 그래서 아파트로 돌아가 눈을 좀 붙이기로 했다.

집까지 거의 다 갔을 때 휴대폰이 울렸다. 바누투 소송팀의 제니퍼 헤인즈였다.

"회장님 일은 정말 안타까워요. 너무 끔찍한 일이죠. 짐작하시겠지만 이곳 사람들도 몹시 동요하고 있어요. 여기 일도 회장님이 자금을 대주셨잖아요?"

"그렇죠. 하지만 그건 이사장님이 결단코 고수할 겁니다. 자금은 계속 받게 될 거예요."

"우리 점심 같이해요."

"글쎄요, 난 지금……"

"오늘 어때요?"

에번스는 그녀의 어조에서 무엇인가를 감지했다.

"노력해보죠."

"이쪽에 도착하면 전화 주세요."

그는 전화를 끊었다. 그러기가 무섭게 다시 전화벨이 울렸다. 모턴의 정부 마고 레인이었다. 그녀는 잔뜩 화가 나 있었다.

"도대체 이게 뭐죠?"

"무슨 말씀인지?"

"누가 나한테 연락해줄 생각이 있긴 있었나요?"

"죄송합니다, 마고……"

"방금 TV에서 봤다구요. 샌프란시스코에서 행방불명, 사망 추정. 망가진 차를 찍었더군요."

"출근하자마자 연락드리려고 했습니다."

그러나 사실 에번스는 그녀를 까맣게 잊고 있었다.

"그게 언제쯤이죠? 다음 주? 당신도 그 골골거리는 비서보다 나을 게 없어요, 피터. 당신은 그이의 변호사잖아요. 그렇다면 일을 제대로 해야죠. 왜냐하면, 솔직히 말해서 이번 일은 별로 뜻밖의 일도 아니니까요. 난 진작 이런 일이 생길 줄 알았어요. 우리 모두 알고 있었죠. 아무튼 당신이 이쪽으로 와줬으면 좋겠어요."

"오늘은 좀 바쁜데요."

"일 분이면 돼요."

"알겠습니다. 딱 일 분입니다."

웨스트 로스앤젤레스

10월 5일 화요일
3:04 PM

마고 레인은 윌셔 코리더에 있는 고층 아파트 15층에 살고 있었다. 에번스는 우선 경비원이 마고에게 연락해본 다음에 비로소 엘리베이터를 탈 수 있었다. 마고는 에번스가 곧 올라온다는 것을 알고 있었으면서도 타월 한 장만 걸치고 문을 열어주었다.

"아! 이렇게 빨리 올 줄은 몰랐어요. 들어와요. 방금 샤워를 끝낸 참이었어요."

그녀는 종종 이런 식으로 몸매를 과시했다. 에번스는 집 안으로 들어가 소파에 앉았다. 마고도 맞은편에 자리를 잡았다. 타월은 그녀의 몸통만 겨우 가릴 수 있는 크기였다.

"그래서, 조지 일은 어떻게 된 거예요?"

"안타깝지만 회장님은 페라리를 몰고 과속을 하다가 사고를 내셨습니다. 충돌 순간에 차에서 튕겨나가는 바람에 절벽 아래로 떨어져 물에 빠지셨어요. 절벽 밑에서 신발 한 짝을 찾아냈지만 시신은 발견되지 않았습니다. 다만 경찰 얘기로는 일주일쯤 지나면 찾게 될 거라더군요."

에번스는 극적인 장면을 좋아하는 마고가 당장 울음을 터뜨릴 거라고 예상했지만 그녀는 울지 않았다. 그저 에번스를 빤히 쳐다볼 뿐이었다.

"헛소리하지 말아요."

"왜 그런 말씀을 하시는 겁니까, 마고?"

"왜냐구요? 그이는 어딘가에 숨은 거예요. 그건 당신도 알잖아요."

"회장님이 숨으셨다구요? 뭐가 무서워서?"

"무서워할 이유는 전혀 없었을 거예요. 그런데도 그이는 완전히 피해망상증 환자가 돼버렸어요. 당신도 알잖아요."

그녀는 그렇게 말하면서 다리를 꼬았다. 에번스는 시선이 그녀의 얼굴을 벗어나지 않도록 조심했다.

"피해망상증이라니요?"

"그렇게 시치미 떼지 말아요, 피터. 한눈에 알 수 있었잖아요."

에번스는 고개를 가로저었다.

"저는 모르겠던데요."

"그이가 마지막으로 여기 들렀던 게 이틀 전이었어요. 그날 그이는 곧장 창가로 가더니 커튼 뒤에 숨어서 길거리를 내려다봤어요. 누가 자기를 미행한다고 생각한 거죠."

"전에도 그런 일이 있었나요?"

"나도 몰라요. 요즘은 자주 만나지 못했거든요. 그이가 계속 여행 중이었으니까. 그런데 내가 연락해서 언제 오느냐고 물어볼 때마다 그이는 여기 오는 게 위험하다고 대답했어요."

에번스는 자리에서 일어나 창가로 걸어갔다. 그러고는 한쪽 구석에 서서 저 밑의 길거리를 내려다보았다. 마고가 물었다.

"당신도 미행당하는 거예요?"

"아닐 겁니다."

윌셔 대로는 몹시 혼잡했다. 오후의 러시아워가 시작되고 있었다. 왕복 6차선 도로를 따라 자동차들이 빠르게 움직였다. 이렇게 높이 올라왔는데도 교통 소음은 여전했다. 그 도로에는 주차할 곳도 없으니 교통의 흐름을 벗어날 방법이 없었다. 도로 건너편에서 파란색 프리우스 하이브리드 한 대가 길가에 정차했다. 그러자 뒤따라오던 차들이 차례로 멈춰 서서 경적을 울렸다. 잠시 후 프리우스는 다시 움직이기 시작했다.

정차할 곳이 없다.

"뭔가 수상쩍은 게 보이나요?"

"아뇨."

"나도 그런 건 전혀 못 봤어요. 그런데 조지는 봤다고 하더라구요. 어쨌든 본인은 그렇게 믿고 있었죠."

"미행하는 사람이 누구라고 말씀하시던가요?"

"아뇨."

마고는 다시 자세를 바꾸었다.

"난 그이가 약물 치료를 받아야 한다고 생각했어요. 그이한테도 그렇게 말했죠."

"그랬더니 회장님이 뭐라고 하셨죠?"

"나도 위험하다고 하더라구요. 당분간 시내를 떠나 있으라고 했어요. 오리건 주에 있는 언니네 집으로 가라구요. 그런데 내가 거절했죠."

그녀의 타월이 풀어지려 했다. 마고는 타월을 잡아당겨 확대 수술을 받은 팽팽한 젖가슴에 다시 단단히 고정시켰다.

"그래서 말인데, 조지는 어딘가에 숨은 거예요. 그리고 당신은 그이를 빨리 찾아내야 해요. 도움이 필요한 사람이니까."

"알겠습니다. 그렇지만 회장님은 지금 숨어 계신 게 아닐지도 모릅니다. 정말 충돌 사고가 난 건지도…… 그렇다면 마고가 지금 당장 해 둬야 할 일이 있습니다."

에번스는 만약 조지의 행방불명 상태가 계속된다면 그의 자산이 동결될 수도 있다는 것을 마고에게 설명했다. 그러므로 조지가 매달 그녀를 위해 돈을 입금하던 은행계좌에서 전액을 인출해놓아야 한다. 그 돈이 있어야 생계를 유지할 수 있을 테니까.

그러나 마고는 이의를 제기했다.

"그건 터무니없는 소리예요. 며칠만 지나면 그이가 돌아올 거라구요."

"만일의 경우에 대비하자는 거죠."

그러자 마고가 눈살을 찌푸렸다.

"혹시 뭔가 알면서도 나한테 감추고 있는 거 아니에요?"

"아닙니다. 그저 이번 일이 해결되기까지 시간이 좀 걸릴 수도 있다는 거죠."

"이봐요. 회장님은 환자라구요. 당신은 명색이 그이 편이잖아요. 그러니까 그이를 찾아내요."

에번스는 노력해보겠다고 대답했다. 에번스가 떠나자마자 마고는 부리나케 침실로 달려갔다. 옷을 입고 은행에 가려는 것이었다.

오후의 유백색 햇볕이 내리쬐는 야외로 나서자 갑자기 극심한 피로가 밀려왔다. 에번스는 그저 빨리 집에 가서 잠을 청하고 싶을 뿐이었다. 그는 곧 차에 올라타고 출발했다. 이윽고 자신의 아파트가 시야에 들어왔을 때 다시 휴대폰이 울렸다.

지금 어디쯤 있느냐고 묻는 제니퍼의 전화였다.

"미안해요. 오늘은 도저히 못 가겠어요."

"중요한 일이에요, 피터. 정말이에요."

그는 미안하지만 나중에 다시 연락하겠다고 말했다.

그 다음은 허브 로웬스타인의 비서 리자였다. 그녀는 니콜라스 드레이크가 오후 내내 에번스를 찾더라고 말해주었다.

"통화가 꽤나 절박한 모양이더라구요."

"알았어요. 내가 연락해보죠."

"화난 것 같던데요."

"알았어요."

"그래도 사라한테 먼저 연락해봐요."

"왜요?"

그때 갑자기 전화가 끊어졌다. 아파트 뒷골목에 들어설 때마다 번번이 일어나는 일이었다. 그곳은 통신망의 난청 지역이었다. 전화기를 셔츠 호주머니에 집어넣었다. 몇 분 후 다시 연락할 생각이었다. 그는 골목 안으로 들어가서 자신의 주차 공간에 차를 세웠다.

에번스는 뒷계단으로 올라가 아파트 문을 열었다.

순간 눈이 휘둥그레질 수밖에 없었다.

집 안이 난장판이었다. 가구들은 산산이 부서졌고, 쿠션들은 갈기갈기 찢어졌고, 서류가 사방에 흩어져 있었고, 책꽂이의 책들도 모두 방바닥에 나뒹굴고 있었다.

그는 너무 놀라 문간에 멍하니 서 있었다. 그리고 잠시 후 안으로 들어가서 쓰러져 있는 의자 하나를 일으켜 세우고 그 위에 털썩 주저앉았다. 경찰에 연락해야 한다는 생각이 떠올랐다. 그는 곧 일어나 방바닥에서 전화기를 찾아 들고 번호를 돌렸다. 그런데 그때 호주머니의 휴대폰이 울리기 시작했다. 그는 경찰에 걸었던 전화를 끊고 휴대폰을 받았다.

"네."

리자였다.

"전화가 끊어졌네요. 당장 사라한테 연락하는 게 좋겠어요."

"왜요?"

"사라는 지금 모턴 회장님 댁에 가 있어요. 그 집에 도둑이 들었대요."

"뭐라구요?"

"그래요. 연락해봐요. 많이 놀란 목소리였어요."

에번스는 휴대폰을 접었다. 그러고는 방바닥에서 일어나 부엌으로 걸어갔다. 난장판이기는 그곳도 마찬가지였다. 침실 쪽을 바라보았다. 모든 것이 엉망진창이었다. 다음 주 화요일이나 되어야 파출부가 온다는 것 말고는 아무것도 생각나지 않았다. 도대체 이걸 다 어떻게 치운다?

그는 전화번호를 눌렀다.

"사라?"

"너니, 피터?"

"그래. 무슨 일이야?"

"전화론 좀 곤란해. 집엔 아직 안 들어간 거야?"

"방금 도착했어."

"그럼…… 너도 당했구나?"

"그래. 나도야."

"이쪽으로 와줄 수 있어?"

"그래."

"얼마나 걸릴까?"

그녀는 겁먹은 목소리였다.

"십 분쯤."

"알았어. 이따 봐."

그녀가 전화를 끊었다.

에번스가 시동을 걸자 프리우스의 엔진이 부릉거리며 깨어났다. 그는 하이브리드 자동차를 갖고 있다는 것이 기뻤다. 지금 로스앤젤레스에서 이 차를 구하려면 6개월 이상을 기다려야 했다. 에번스는 연회색을 구입했는데, 비록 좋아하는 색은 아니지만 그는 이 차를 깊이 사랑하고 있었다. 그리고 요즘 길거리에서 이 차가 얼마나 많이 눈에 띄는지 의식할 때마다 은근히 만족스러워했다.

그는 골목을 빠져나가 올림픽 대로로 접어들었다. 도로 건너편에 파란색 프리우스 한 대가 서 있었다. 마고의 아파트에서 보았던 것과 똑같은 차였다. 야한 강청색(鋼靑色)이었다. 에번스는 차라리 자신의 회색이 훨씬 더 낫다고 생각했다. 그는 우회전을 했다가 좌회전한 후 비벌리힐스를 가로질러 북쪽으로 달렸다. 이 시간쯤에는 러시아워의 교통 혼잡이 한창일 테니 통행이 비교적 원활한 선셋 대로 쪽으로 빠질 생각이었다.

윌셔 대로에서 신호등에 걸렸을 때 그는 뒤쪽에 또 한 대의 파란색 프리우스가 있는 것을 보았다. 아까와 똑같은 그 꼴사나운 색상이었다. 차 안에는 두 남자가 타고 있었는데 둘 다 나이가 좀 들어 보였다. 선셋 대로에서 신호를 기다릴 때도 그 차는 여전히 뒤에 있었다. 다른 차 한 대를 사이에 두고.

그는 홈비힐스 쪽으로 좌회전했다.

그 프리우스도 좌회전을 했다. 그를 따라오고 있는 것이다.

에번스는 모턴의 저택 대문 앞에서 초인종을 눌렀다. 상자 위의 보안 카메라가 깜박거렸다.

"무슨 일로 오셨습니까?"

"피터 에번스입니다. 사라 존스를 만나려구요."

잠시 후 지잉 하는 소리가 들렸다. 대문이 천천히 열리면서 둥글게 휘어진 진입로가 나타났다. 저택의 모습은 아직 보이지 않았다.

기다리는 동안 에번스는 왼쪽으로 보이는 도로를 바라보았다. 한 블록 거리에서 그 파란색 프리우스가 이쪽으로 다가오고 있었다. 그 차는 속력을 늦추지 않고 에번스를 지나쳐 굽잇길 너머로 사라져갔다.

그래. 나를 미행한 게 아니었군.

에번스는 숨을 깊이 들이마셨다가 천천히 뱉어냈다.

이윽고 대문이 활짝 열리자 차를 몰고 안으로 들어갔다.

홈비힐스

10월 5일 화요일
3:54 PM

에번스가 모턴의 저택 진입로에 들어선 것은 4시가 되어갈 무렵이었다. 저택 경내에는 경비원들이 우글우글했다. 몇 명은 앞문 근처의 나무들 사이를 돌아다니며 수색 중이었다. 진입로에는 '앤더슨 보안 서비스'라고 적힌 승합차 몇 대가 서 있었고 그 주변에도 꽤 많은 경비원들이 삼삼오오 모여 있었다.

에번스는 사라의 포르셰 옆에 주차했다. 그러고는 앞문 쪽으로 걸어갔다. 경비원이 문을 열어주었다.

"미즈 존스는 거실에 계십니다."

그는 넓은 현관을 지나고 2층으로 올라가는 나선형 계단 앞을 지나갔다. 이윽고 거실 안을 들여다보면서 그는 자신의 아파트에서처럼 난장판을 보게 될 거라고 예상했지만 이곳은 모든 것이 정상인 것 같았다. 방 안의 풍경은 에번스가 기억하고 있는 그대로였다.

모턴의 거실은 그가 수집한 막대한 양의 아시아 골동품을 전시하는 공간이었다. 벽난로 위에는 금박으로 반짝거리는 구름이 그려진 중국의 대형 병풍이 걸려 있었고, 소파 근처의 받침대 위에는 두툼한 입술에 어렴풋한 미소를 머금은 캄보디아 앙코르 지역의 커다란 석조 두상이 놓여 있었고, 한쪽 벽에 붙여 세워둔 17세기 일본 장롱은 목재 부분에 은은한 윤기가 흐르고 있었다. 뒷벽에 걸려 있는 백여 년 전의 목판화 두 점은 대단히 희귀한 것으로, 다름 아닌 히로시게(1797-1858, 일본 우키요에(浮世繪) 판화의 대가)의 작품이었다. 그리고 거실 옆의 미디어 룸으로 들어가는 문가에는 미얀마의 색 바랜 목각 불상이 우뚝 서 있었다.

사라는 이렇게 수많은 골동품들로 둘러싸인 거실 한복판의 소파에 몸을 묻고 멍하니 창밖을 내다보고 있다가 에번스가 들어서자 곧 돌아보았다.

"네 아파트도 당했다구?"

"그래. 엉망진창이야."

"이 집에도 도둑이 들었어. 아마 어젯밤이었을 거야. 여기서 근무하는 경비원들이 어떻게 그런 일이 가능했는지 알아내려고 애쓰는 중이야. 이것 좀 봐."

그녀는 일어서서 캄보디아 두상이 놓여 있는 받침대를 뒤로 밀었다. 두상의 무게를 감안한다면 받침대는 놀라울 정도로 가볍게 움직였고, 그러자 방바닥 아래 감춰진 금고가 드러났다. 금고의 문은 열려 있었다. 에번스는 그 속에 마닐라지로 된 파일들이 가지런히 쌓여 있는 것을 보았다.

"놈들이 뭘 가져간 거야?"

"내가 보기엔 아무것도 안 가져갔어. 모두 그대로 있는 것 같아. 그렇지만 회장님이 이런 금고에 뭘 보관하셨는지는 나도 잘 몰라. 이것들은 회장님이 쓰시는 금고니까. 나도 안을 들여다본 적은 거의 없거든."

그녀는 장롱 앞으로 가서 가운데 문을 밀어 열고 내부에 있는 눈속

임용 뒤판까지 열어 보였다. 장롱 뒷벽에 감춰져 있던 금고가 나타났다. 그것도 역시 문이 열려 있었다.

"이 집엔 금고가 모두 여섯 개야. 세 개는 여기 있고, 한 개는 이층 서재, 한 개는 지하실, 나머지 한 개는 회장님의 침실 벽장에 있지. 놈들은 그걸 전부 다 열어봤어."

"구멍을 뚫었나?"

"아냐. 누군지 몰라도 비밀번호를 알고 있었어."

"경찰에도 이런 얘기를 다 한 거야?"

"아니."

"왜?"

"너한테 먼저 얘기하고 싶어서."

그녀는 에번스에게 머리를 바싹 들이대고 있었다. 에번스는 희미한 향수 냄새를 맡으며 다시 물었다.

"왜?"

"왜냐하면, 피터, 누군지 몰라도 비밀번호를 알고 있었으니까."

"내부인의 소행이라는 뜻이구나."

"틀림없어."

"밤에도 이 집을 떠나지 않는 사람들이 누구누구지?"

"가정부 두 명이 건물 끝 부분에서 자는데, 어젯밤은 쉬는 날이라서 둘 다 여기 없었어."

"그럼 건물 안엔 아무도 없었다는 거야?"

"그래."

"경보기는 어떻게 된 거지?"

사라는 고개를 가로저을 뿐이었다.

"그렇다면 누군가 그 암호까지 알고 있었다는 거네. 아니면 그걸 우회하는 방법을 알고 있었거나. 그럼 보안 카메라는?"

"경내 전체에 카메라가 설치돼 있어. 건물 안에도, 건물 밖에도. 영상 기록은 지하실에 있는 하드드라이브에 저장되지."

"그거 재생해봤어?"

사라는 고개를 끄덕였다.

"노이즈밖에 없어. 다 지워진 거야. 경비원들이 일부라도 되살려보려 하고 있지만……"

그녀는 어깨를 으쓱거린 후 이렇게 덧붙였다.

"내가 보기엔 별로 가망이 없어."

하드드라이브를 지워버리는 방법까지 알고 있다면 꽤 수준 높은 도둑들일 터였다.

"경보기 암호와 금고 비밀번호를 알고 있는 사람들이 누구누구지?"

"내가 알기로는 회장님과 나뿐이지만 아는 사람이 더 있는 게 틀림없어."

"내 생각엔 경찰에 연락하는 게 좋겠어."

"놈들은 뭔가를 찾고 있어. 회장님이 갖고 계시던 거 말이야. 그놈들은 이제 우리가 그걸 갖고 있다고 생각할 거야. 회장님이 우리 둘 중에서 한 사람한테 넘겨주셨을 거라고 생각하겠지."

에번스는 얼굴을 찡그렸다.

"정말 그렇다면 어째서 이렇게 속이 빤히 들여다뵈는 짓을 했을까? 그놈들은 내 아파트를 엉망진창으로 만들어 내가 눈치챌 수밖에 없도록 해놨어. 그리고 이 집에서도 금고문을 활짝활짝 열어놔서 도둑맞았다는 사실을 금방 알아차리게 했고……"

"바로 그거야. 놈들은 자기들이 무슨 짓을 하고 있는지 우리한테 알려주고 싶은 거라구."

그녀는 입술을 깨물었다.

"우리가 당황해서 허둥지둥 그 물건을 가지러 가기를 바라는 거지. 그게 뭔지는 모르지만, 아무튼 놈들은 그때 우리를 따라와서 그걸 빼앗으려는 속셈이라구."

에번스는 잠시 생각을 해보았다.

"그 물건이 뭔지 혹시 생각나는 거라도 있어?"

"없어. 너는?"

에번스는 조지 모턴이 비행기 안에서 이야기했던 그 숫자 목록을 떠올리고 있었다. 그러나 모턴은 죽기 전에 그 목록에 대해 더 자세히 설명해주지 못했다. 어쨌든 그는 모종의 목록을 구하는 데 막대한 비용을 쏟아부은 것이 분명했다. 그러나 무엇 때문인지 에번스는 그 목록에 대한 이야기를 입 밖에 내기가 꺼림칙했다.

"나도 없어."

"회장님이 너한테 주신 것도 없고?"

"그래."

그러자 사라는 다시 입술을 깨물었다.

"나도 마찬가지야. 내 생각엔 우리가 떠나야 할 것 같아."

"떠나다니?"

"당분간 시내를 벗어나자는 거지."

"도둑맞은 직후에 그런 생각을 하게 되는 건 자연스러운 반응이야. 그렇지만 지금 우리가 해야 할 일은 우선 경찰에 연락하는 일인 것 같은데."

"회장님이라면 그러지 않으셨을 거야."

"사라, 회장님은 이제 안 계시잖아."

"회장님은 비벌리힐스 경찰을 싫어하셨다구."

"사라……"

"경찰엔 절대로 연락하지 않으셨어. 언제나 사설 경비업체를 이용하셨지."

"그렇더라도……"

"경찰은 신고 접수만 해놓고 아무것도 안할 거야."

"그럴지도 모르지만……"

"네 아파트에 대해서는 경찰에 연락한 거야?"

"아직 못했어. 하긴 할 거야."

"그래, 한번 해봐. 그리고 어떻게 되는지 보라구. 시간낭비일 거야."

에번스의 휴대폰이 삑삑거렸다. 문자 메시지가 와 있었다. 그는 화면을 들여다보았다. 메시지 내용은 이러했다. 'N. 드레이크. 즉시 사무실로 올 것. 긴급.'

"이봐, 난 잠깐 드레이크한테 가봐야겠어."

"내 걱정은 하지 마."

"최대한 빨리 돌아올게."

그러자 사라가 다시 말했다.

"내 걱정은 하지 말라구."

에번스는 자리에서 일어났고 사라도 따라 일어섰다. 그는 갑작스러운 충동에 이끌려 그녀를 부둥켜안았다. 그녀의 키가 워낙 크기 때문에 두 사람의 어깨 높이가 거의 비슷했다.

"다 잘될 거야. 걱정하지 마. 괜찮을 테니까."

사라도 에번스를 마주 안았다. 그러나 에번스가 포옹을 풀자 그녀는 이렇게 말했다.

"다시는 그러지 마, 피터. 난 지금 히스테리 상태가 아니니까. 다녀와서 다시 보자."

에번스는 바보가 된 기분으로 허둥지둥 그 자리를 떠났다. 문가에서 그녀가 말했다.

"그건 그렇고, 피터, 너 혹시 총 가진 거 있어?"

"없어. 너는?"

"9밀리 베레타 하나뿐이지만 그나마 없는 것보다야 낫겠지."

"아, 그래."

앞문을 나서면서 에번스는 현대 여성에게 남자의 위로 따위는 더 이상 필요 없다는 생각을 했다.

그는 곧 차를 몰고 드레이크의 사무실로 달려갔다.

차를 주차시킨 후 회사 정문을 들어서던 그는 길모퉁이에 서 있는 파란색 프리우스를 발견했다. 두 남자가 타고 있었다.

그들은 에번스를 지켜보고 있었다.

비벌리힐스

10월 5일 화요일
4:45 PM

"아냐, 아냐, 아냐!"

니콜라스 드레이크는 NERF의 미디어룸에 서 있었고 놀란 표정의 그래픽 디자이너 대여섯 명이 그를 둘러싸고 있었다. 방 안의 벽과 탁자마다 포스터, 현수막, 전단지, 머그컵, 보도자료, 홍보물 따위가 즐비했다. 그 모든 물건에는 초록색에서 차츰 빨간색으로 변해가는 로고가 찍혀 있었고, 로고 한복판에는 이런 말이 적혀 있었다. '기후급변: 다가오는 위험.'

드레이크가 말했다.

"마음에 안 들어. 빌어먹을, 전혀 마음에 안 든다구."

"왜요?"

"따분하니까. 이게 무슨 교육방송 프로그램도 아니고 말이야. 뭔가 좀 화끈한 거, 좀 자극적인 게 필요하다구."

그러자 한 디자이너가 말했다.

"글쎄요, 기억을 못하시는 것 같은데, 이사장님은 원래 과장된 표현을 피하고 싶어하셨잖아요."

"내가? 아니, 난 그런 적 없어. 과장된 표현을 피하고 싶어한 사람은 존 헨리였지. 헨리는 이번 회의를 일반적인 학술회의처럼 보이게 해야 한다고 생각하니까. 그런데 그렇게 해서는 언론의 관심을 끌 수가 없어. 젠장, 자네들 말이야, 기후변화에 대한 각종 회의가 해마다 몇 번이나 열리는지 알기나 해? 전 세계에서?"

"잘 모르는데요, 몇 번이죠?"

"그게, 음, 마흔일곱 번이야. 어쨌든 중요한 건 그게 아니지."

드레이크는 로고 부분을 손마디로 톡톡 쳤다.

"여기 좀 보라구. '위험.' 이건 너무 막연하잖아. 온갖 일에 다 갖다 붙일 수 있는 말이라구."

"저는 이사장님이 원하시는 게 바로 그건 줄 알았는데요. 귀에 걸면 귀고리, 코에 걸면 코걸이."

"아니, 내가 원한 건 '위기' 나 '재앙' 같은 거였어. '다가오는 위기.' '다가오는 재앙.' 그게 낫지. '재앙' 이 훨씬 더 좋겠어."

"'재앙' 이라는 말은 지난번 회의에도 써먹었잖아요. 동식물 멸종에 대한 회의 말예요."

"상관없어. 효과적인 말이니까 써먹는 거야. 이번 회의에서도 재앙을 강조해야 해."

그러자 어느 디자이너가 말했다.

"저어, 이사장님, 죄송한 말씀이지만 기후급변이 재앙을 불러온다는 게 정말 정확한 표현입니까? 왜냐하면 저희가 받은 참고자료에 의하면……"

그때 드레이크가 톡 쏘아붙였다.

"그래, 빌어먹을, 재앙을 불러올 거야. 내가 장담하는데, 틀림없이 그럴 거라구! 그러니까 당장 고치란 말이야!"

그래픽 디자이너들은 탁자 위에 널려 있는 물건들을 훑어보았다.

"드레이크 이사장님, 회의는 나흘 뒤에 시작인데요."

"내가 그걸 모르는 줄 알아? 젠장, 내가 그걸 모를 것 같아?"

"그 사이에 어디까지 할 수 있을지……"

"재앙이야! '위험'을 빼버리고 '재앙'을 넣으라구! 내가 원하는 건 그것뿐이야. 그게 그렇게 어려운 일이야?"

"드레이크 이사장님, 시각자료와 홍보물 정도는 어떻게 고쳐볼 수도 있겠지만 머그컵은 문제가 좀 있습니다."

"뭐가 문제라는 거야?"

"이건 중국에서 만들어온 거라서……"

"중국에서 만들었다구? 환경오염의 나라에서? 도대체 그건 누구 생각이야?"

"머그컵은 언제나 중국에서 주문했는데요. 왜냐하면……"

"어쨌든 이것들을 써먹을 수 없다는 건 확실한 사실이야. 나 참, 여긴 NERF란 말이야. 지금 머그컵이 몇 개나 있지?"

"300개요. 이번에 참석하는 언론사들에 홍보물을 배포하면서 머그컵도 함께 보냈거든요."

"젠장, 그럼 환경 친화적인 머그컵을 구해보라구. 혹시 캐나다에서도 머그컵을 만들지 않나? 캐나다가 하는 일에 대해서는 아무도 불평하지 않는데 말이야. 캐나다산 머그컵을 구해다가 '재앙'이라고 찍으라구. 그러면 끝나는 거야."

디자이너들은 서로의 얼굴을 바라보았다. 그중 한 명이 말했다.

"밴쿠버에 있는 그 도매상……"

"그런데 거기 물건은 크림색이라서……"

그러자 드레이크가 언성을 높였다.

"크림색이 아니라 연두색이라도 상관없어. 그냥 주문해버려! 자, 보도자료는 어떻게 됐나?"

다른 디자이너가 인쇄물 한 장을 들어 보였다.

"이건 재생지에 생물 분해성 잉크로 4색인쇄한 전단지입니다."

드레이크도 한 장을 집어들었다.

"이게 재생지라구? 아주 좋아 보이는데."

그러자 디자이너는 안절부절못하는 표정이었다.

"사실은 새 종이지만 아무도 알아차리지 못할 겁니다."

"나한테 그런 말은 안 했잖아. 재활용품도 품질이 우수하다는 걸 보여주는 게 중요하다구."

"품질이야 당연히 우수하죠. 걱정 마세요."

"그럼 다음 문제로 넘어가지."

드레이크는 홍보부 사람들을 돌아보았다.

"홍보 캠페인 일정은 어떻게 되는 거야?"

홍보 담당자가 일어나면서 대답했다.

"이번 캠페인은 일반인들에게 기후급변에 대한 의식을 심어주기 위한 전형적인 집중 기획입니다. 첫 번째 언론 홍보는 일요일 아침의 몇몇 토크쇼와 일요판 신문의 부록을 통해서 진행하게 됩니다. 수요일에는 언론사들이 회의 시작에 대해 보도하고 사진발 좋은 주요 인물들의 인터뷰 기사를 싣게 될 겁니다. 주로 스탠퍼드나 레빈처럼 TV 화면에서 멋있어 보이는 사람들이죠. 우린 전 세계 주요 시사 주간지에 준비 기간을 넉넉하게 줬습니다. 《타임》, 《뉴스위크》, 《슈피겔》, 《파리마치》, 《오지》, 《이코노미스트》 등등이죠. 도합 50개 시사 잡지가 전 세계 오피니언 리더들에게 이번 회의를 알려주게 되는 겁니다. 우린 커버스토리로 다뤄달라고 요청했지만 그래픽이 들어간 책날개도 인정해주기로 했습니다. 그 이하로 하겠다는 잡지사엔 자료 제공을 거부했죠. 커버스토리가 적어도 20개는 넘을 것 같습니다."

드레이크는 고개를 끄덕였다.

"잘됐군."

"회의는 수요일부터 시작됩니다. 여러 공업국의 주요 정치가들과 저명하고 카리스마적인 환경론자들이 참석할 예정입니다. 세계 각국에서 대표단이 파견되니까 청중의 반응을 촬영할 때 피부색이 골고루 섞이게 돼서 좋겠죠. 물론 공업국 속에는 이제 인도와 한국과 일본도 포함됩니다. 중국 대표단도 참가하겠지만 강연자는 없습니다. 우리가 초청한 텔레비전 취재팀 200명은 힐튼 호텔에 묵게 되는데, 회의장뿐만 아니라 호텔에도 인터뷰 설비를 마련하기로 했으니까 강연자들이 전 세계 시청자들에게 우리 메시지를 전파하게 될 겁니다. 그리고 인쇄매체 취재팀도 많이 확보했으니까 읽기만 하고 TV는 안 보는 엘리트 오피니언 리더들에게도 우리 취지를 알릴 수 있습니다."

"좋아."

드레이크는 기뻐하는 표정이었다.

"그날그날의 주제는 각기 독특한 그림 아이콘으로 구별하게 됩니다. 홍수, 화재, 해수면 상승, 가뭄, 빙산, 태풍, 허리케인 등을 강조한 디자인이죠. 그리고 날마다 세계 각국의 정치가들이 차례로 참석하는데, 그 사람들은 인터뷰를 통해서 새로 등장한 이 문제에 대해 깊은 관심과 의욕을 표시할 겁니다."

그러자 드레이크가 끄덕거리며 말했다.

"좋아, 좋아."

"정치가들은 하루 동안만 머무르고 그나마도 일부는 두어 시간뿐인데, 다들 너무 바빠서 회의에 참석할 수는 없고 잠시 객석에 모습을 보여 기자들에게 촬영 기회를 주는 정도가 고작입니다. 그래도 미리 브리핑을 해뒀으니까 효과는 꽤 좋을 겁니다. 그리고 날마다 4학년부터 7학년까지 현지 초등학생들이 견학을 와서 미래의 위험, 아니, 죄송합니다, 재앙에 대한 설명을 듣게 됩니다. 초등학교 교사들에게는 교재 세트를 배포해서 아이들에게 기후급변이 가져올 위기에 대해 교육하게 할 겁니다."

"교재 세트는 언제 배포하지?"

"원래는 오늘 배포할 예정이었지만 로고를 고치려면 일단 보류해야 합니다."

"알았어. 그럼 고등학교 쪽은?"

"그쪽은 문제가 좀 있습니다. 교재 세트를 일부 고등학교 과학 교사들에게 보여줬는데, 그게……"

"그게 어쨌다는 거야?"

"지금까지의 반응으로 봐서는 별로 호평을 받지 못할 것 같습니다."

그러자 드레이크의 안색이 어두워졌다.

"이유가 뭐야?"

"그게 말입니다, 고등학교 교육 과정은 대학교 진학 위주로 되어 있기 때문에 선택과목을 추가할 여지가 별로 없어서……"

"이건 선택과목도 아닌데……"

"그리고 저어, 교사들은 이 교재 내용이 너무 불확실하고 증거 불충분이라고 합니다. 걸핏하면 이렇게 묻더군요. '과학적 근거가 있는 내용입니까?' 그냥 들은 대로 말씀드리는 겁니다."

"젠장, 이건 불확실한 내용이 아니야. 실제 상황이라구!"

"저어, 말씀하신 내용을 뒷받침하는 근거 자료를 저희가 못 받았는지도……"

"아, 젠장. 그 문제는 신경 쓰지 마. 내 말대로 이건 실제 상황이니까. 내 말을 믿으라구."

그리고 드레이크는 고개를 돌리다가 놀란 목소리로 말했다.

"에번스, 언제부터 들어와 있었나?"

피터 에번스는 벌써 2분 이상 문간에 서서 대화 내용을 꽤 많이 들은 터였다.

"방금 왔습니다, 드레이크 이사장님."

"그랬구만."

드레이크는 다른 사람들을 돌아보았다.

"이걸로 대충 끝난 것 같군. 에번스, 자네는 나를 따라오게."

드레이크는 사무실 문을 닫았다. 그러고는 조용히 말했다.

"자네 조언이 필요해, 피터."

그는 책상 뒤로 걸어가더니 서류 몇 장을 집어 에번스 앞으로 밀어주었다.

"도대체 그게 뭐지?"

에번스는 서류를 훑어보았다.

"회장님이 자금 지원을 철회하신다는 서류입니다."

"자네가 작성했나?"

"그렇습니다."

"조항 3a는 누구 생각이었지?"

"조항 3a라구요?"

"그래. 자네가 그 영리한 조항을 추가했나?"

"글쎄요, 생각이 잘……"

"그럼 내가 기억을 되살려주지."

드레이크는 문서를 집어들고 읽기 시작했다.

" '만약 내가 정신적으로 정상이 아니라는 주장이 제기될 경우, 본 문서의 내용에 대하여 금지 명령을 받아내려는 시도가 있을지도 모른다. 그러므로 본 문서는 재판의 최종 결과가 나올 때까지 NERF 측에 주당 5만 달러를 지급하는 것을 인정한다. 상기 금액은 장차 NERF가 필요로 하는 비용을 충당하는 데 충분할 것으로 판단되는 바, 이를 지급함으로써 금지 명령을 사전에 예방하고자 하는 것이다.' 이거 자네가 썼나, 에번스?"

"그렇습니다."

"누구 생각이었지?"

"회장님이죠."

"회장님은 변호사가 아니야. 누군가 도와준 거지."

"저는 아닙니다. 그 조항은 회장님이 거의 불러주다시피 하셨어요. 제가 그런 조항을 생각했을 리가 없죠."

그러자 드레이크는 넌더리가 난다는 듯 콧방귀를 뀌었다.

"주당 5만 달러라니. 그런 식으로 천만 달러를 받아내려면 꼬박 4년이나 걸린다구."

"회장님이 이 문서를 만드신 목적이 바로 그거였습니다."

"그런데 누구 아이디어였어? 자네가 아니었다면 대체 누구야?"

"저도 몰라요."

"알아내."

"그걸 어떻게 알아내죠? 회장님은 이미 돌아가셨고, 누구와 의논하셨는지 짐작도 못하겠고……"

그러자 드레이크가 에번스를 노려보았다.

"자넨 도대체 우리 편이야, 아니야?"

그는 이리저리 서성거리기 시작했다.

"이번 바누투 소송은 우리가 맡은 사건 중에서도 단연 최고로 중요한 사건이란 말이야."

그러더니 자기도 모르게 설교조로 빠져들었다.

"이건 아주 심각한 문제야, 피터. 지구 온난화는 인류가 직면한 최대 위기라구. 그건 자네도 알고 나도 알지. 문명인이라면 누구나 알고 있어. 너무 늦기 전에 지구를 구해야 한단 말이야."

"그렇죠. 저도 압니다."

"정말 알아? 우린 지금 소송을, 그것도 아주 중대한 소송을 앞두고 있어. 그리고 이 사건엔 우리 도움이 필수적이지. 그런데 주당 5만 달러만 가지고는 도저히 버틸 수가 없어."

에번스는 그 말이 사실일 리가 없다고 생각했다.

"5만 달러는 꽤 많은 돈입니다. 설마 그 돈으로 못 버틸 리가……"

그러자 드레이크가 버럭 고함을 질렀다.

"그렇다면 그런 줄 알아! 내가 그렇다고 하잖아!"

그렇게 울화통을 터뜨리더니 자기가 더 놀란 모양이었다. 그는 책상을 부여잡고 화를 억눌렀다.

"이보게. 우린 지금 적이 누구인지를 절대로 잊으면 안 돼. 기업들의 힘은 강력해. 정말 굉장하지. 그리고 기업들은 마음 놓고 자연을 오염시킬 수 있게 되기를 바란단 말이야. 우리나라에서도, 멕시코에서도, 중국에서도, 자기들이 사업을 벌인 곳이라면 어디서든지 자연을 오염시키려 한다구. 이건 큰돈이 걸린 문제니까."

"알고 있습니다."

"피터, 이번 사건엔 막강한 힘을 가진 여러 집단이 관심을 갖고 있어."

"네, 그렇겠죠."

"그놈들은 우리가 패소하게 하려고 수단과 방법을 안 가릴 거야."

에번스는 얼굴을 찡그렸다. 드레이크는 도대체 무슨 얘기를 하려는 것일까?

"놈들의 영향력이 미치지 않는 곳은 어디에도 없어. 자네가 다니는 법률회사 임직원들한테까지 줄이 닿았는지도 몰라. 자네가 알고 있는 다른 사람들도 마찬가지야. 자네는 믿을 만한 사람들이라고 생각하겠지만 사실은 그렇지 않아. 왜냐하면 그 사람들도 저쪽 편이니까, 그런데도 그 사실조차 모르고 있으니까."

에번스는 아무 말도 하지 않고 드레이크를 바라보기만 했다.

"신중해야 해, 피터. 뒷등을 찔리지 않도록 조심하라구. 자네가 하고 있는 일에 대해서는 아무에게도 말하지 말게. 나 말고는 아무한테도 말하지 마. 웬만하면 휴대폰도 쓰지 말고, 이메일도 삼가고, 혹시 미행당하는 건 아닌지 잘 살펴보고."

"알겠습니다만…… 벌써 미행당했어요. 파란색 프리우스 한 대가……"

"그건 우리 쪽 사람들이야. 그런데 무슨 수작들인지 모르겠군. 내가 며칠 전에 그만두라고 했는데 말이야."

"여기 사람들이라구요?"

"그래. 보안회사 놈들인데, 시험 삼아 일을 맡겨봤지만 실력이 신통찮아서."

"저는 좀 얼떨떨하네요. NERF가 보안회사를 쓴단 말예요?"

"물론이지. 벌써 몇 년 됐어. 우린 위험을 안고 살잖아. 내 말 좀 귀담아들어, 피터. 우리 모두 위험한 처지야. 이번 소송에서 우리가 이기면 어떻게 되는지 모르겠나? 그때부터 기업들은 지구 온난화를 일으키는 오염물질들을 걸러내는 데 몇조 달러를 쏟아부어야 한단 말이야.

몇조 달러. 그렇게 거액이 걸린 상황이니 한두 사람의 목숨쯤은 아무 것도 아니지. 그러니까 제발 조심하라구."

에번스는 그러겠다고 대답했다. 그러자 드레이크가 악수를 청하며 말했다.

"회장님께 그 조항을 귀띔해준 사람이 누군지 꼭 알고 싶네. 그리고 그 돈은 우리가 필요하다고 생각하는 일에 자유롭게 쓸 수 있었으면 좋겠어. 그게 다 자네한테 달린 거지. 행운을 비네, 피터."

막 건물을 나서던 에번스는 때마침 허둥지둥 계단을 뛰어오르던 한 청년과 충돌하고 말았다. 어찌나 호되게 부딪쳤는지 에번스는 하마터 면 넘어질 뻔했다. 청년은 황급히 사과의 말을 던지고 가던 길을 재촉 했다. 이번 회의를 담당하고 있는 풋내기들 중 한 명인 것 같았다. 에 번스는 이번엔 또 무슨 난관이 닥쳤는지 궁금했다.

바깥으로 나온 에번스는 길거리를 살펴보았다. 파란색 프리우스는 눈에 띄지 않았다.

그는 사라를 만나기 위해 다시 모턴의 저택으로 차를 몰았다.

홈비힐스

10월 5일 화요일
5:57 PM

도로는 혼잡했다. 에번스는 선셋 대로를 따라 느릿느릿 움직였고, 덕분에 생각할 시간이 많았다. 드레이크와의 대화 때문에 기분이 좀 야릇했다. 그 만남 자체도 어쩐지 기묘한 느낌이었다. 굳이 만날 필요까지는 없었던 것 같은데, 드레이크는 그저 자기가 나를 불러들일 수 있는지, 과연 내가 그 부름에 응하는지 확인하고 싶었던 게 아닐까? 말하자면 자신의 권위를 내세우려는 수작이랄까, 대충 그런 속셈이었던 듯싶다.

어쨌든 에번스는 뭔가 어긋난 것 같다고 느꼈다.

그리고 그 보안회사 문제도 좀 이상하다. 아무래도 앞뒤가 들어맞지 않는다. 뭐니 뭐니 해도 NERF는 선(善)의 편이다. 남몰래 뒷조사를 하거나 사람들을 미행하는 것은 어울리지 않는 짓이다. 그리고 피해망상증 환자처럼 제발 조심하라고 신신당부하던 드레이크의 태도도 어쩐지 실감이 나지 않았다. 그건 과잉 반응이었다. 드레이크는 평소에도 자주 그랬다.

그는 원래 좀 극적인 것을 좋아하는 성격이다. 그건 자신도 어쩔 수 없는 일이다. 무슨 일이든 위기라고 생각하고, 무슨 일이든 절망적이라고 생각하고, 무슨 일이든 지극히 중요하다고 믿는다. 그가 살고 있는 세계는 크나큰 위험에 빠진 세계다. 그러나 그 세계는 진짜 현실이 아닐 수도 있다.

에번스는 자신의 사무실로 연락해보았지만 헤더는 이미 퇴근해버린 뒤였다. 그는 로웬스타인의 사무실로 전화를 걸어 리자와 통화했다.

"리자, 나 좀 도와줘요."

그러자 리자는 무슨 공모라도 하듯이 얼른 목소리를 낮췄다.

"물론이죠, 피터."

"우리 집에 도둑이 들었어요."

"아니, 피터도 당했어요?"

"그래요, 나도 당했어요. 그래서 경찰을 상대해야 하는데……"

"아, 당연히 그렇겠죠. 맙소사, 도둑이 혹시 뭘 훔쳐갔어요?"

"그런 것 같진 않지만 일단 신고도 해야 하고 복잡한데, 내가 지금 좀 바쁘거든요. 사라를 돌봐줘야겠는데…… 그게 밤늦게 끝날 수도 있고……"

"그러니까 피터가 당한 도난 사건에 대해서 내가 대신 경찰을 상대해줬으면 좋겠다는 거죠?"

"해줄 수 있어요? 정말 큰 도움이 될 텐데."

"그야 물론이죠, 피터. 내게 맡겨요."

리자는 잠시 말을 끊었다. 그러고는 다시 말문을 열었을 때는 거의 속삭임에 가까웠다.

"혹시 말예요, 저어, 경찰이 찾아내면 곤란한 물건 같은 건 없나요?"

"그런 거 없어요."

"내 말은요, 나야 상관없지만, LA 사람들은 모두 한두 가지씩 나쁜 버릇이 있으니까, 그렇지 않다면 이런 데서 살 리가……"

"없어요, 리자. 마약 같은 걸 말하는 거라면 난 정말 그런 거 안 해요."

그러자 리자가 급히 말했다.

"아니 아니, 뭘 의심해서 하는 말은 아니었어요. 무슨 사진이나 그런 것도 없는 거죠?"

"없어요, 리자."

"말하자면, 뭐랄까, 미성년자 같은 거?"

"없네요."

"좋아요. 그냥 확인해두고 싶었을 뿐이에요."

"아무튼 도와주겠다니 고마워요. 그럼, 우리 집에 들어가려면……"

"알아요. 열쇠는 뒷문 매트 아래 있죠."

"맞아요."

에번스는 잠시 말문이 막혔다.

"그걸 어떻게 알았어요?"

그러자 리자는 조금 불쾌하다는 듯 이렇게 대답했다.

"피터, 나야 이것저것 아는 게 많잖아요."

"알았어요. 그럼, 고마워요."

"천만에요. 그건 그렇고, 마고는 어떻게 됐어요? 지금은 좀 어때요?"

"별일 없어요."

"만나봤어요?"

"네, 오늘 아침에 만났는데……"

"아니, 그게 아니라 병원에서 말예요. 못 들었어요? 오늘 마고가 은행에 다녀왔는데 때마침 아파트에 도둑이 들었대요. 하루 사이에 도난 사건이 세 번이나! 당신, 마고, 사라! 도대체 이게 무슨 일이래요? 혹시 알아요?"

"아뇨. 오리무중이에요."

"정말 그렇네요."

"그런데 마고 일은……?"

"아, 그렇지. 그래서 마고는 그놈들과 맞서 싸웠나봐요. 괜한 짓을 하다가 흠씬 두들겨맞고 기절해버린 모양이에요. 듣자니 한쪽 눈이 시퍼렇게 멍들었는데, 경찰이 가서 질문을 하고 있을 때 의식을 잃었대요. 온몸이 완전히 마비돼서 꼼짝도 못한 거죠. 그러다가 호흡까지 멈춰버렸구요."

"설마."

"설마가 사람 잡아요. 내가 그 집에 다녀온 형사와 한참 동안 얘기했거든요. 갑자기 일어난 일인데, 구급대원들이 와서 UCLA 병원으로 실어갈 때는 벌써 얼굴이 푸르죽죽했대요. 마고는 오후 내내 중환자실에 있었어요. 의사들이 청색 고리에 대해 물어보려고 기다리는 중이래요."

"청색 고리라뇨?"

"전신마비가 오기 직전이라 발음이 또렷하진 않았지만 마고가 청색 고리인지 뭔지에 대해 얘기하더래요. 죽음을 부르는 청색 고리라던가."

"죽음을 부르는 청색 고리라니, 그게 무슨 소리죠?"

"아무도 몰라요. 마고가 아직 말을 못하니까. 혹시 마약을 한 건 아닐까요?"

"아뇨, 마고는 웰빙족이에요."

"어쨌든 의사들이 괜찮아질 거라고 했대요. 일시적인 마비 증상이라는 거죠."

"나중에 한번 가봐야겠네요."

"다녀와서 나한테 전화 좀 해줄래요? 집 문제는 내가 알아서 할 테니까 걱정 마시고."

에번스가 모턴의 저택에 도착했을 때는 벌써 날이 어두워진 뒤였다. 경비원들은 보이지 않았고, 저택 앞에 서 있는 차는 사라의 포르셰 하나뿐이었다. 초인종을 누르자 사라가 앞문을 열어주었다. 그녀는 운동복 차림이었다. 에번스는 이렇게 말을 걸었다.

"별일 없었어?"

"그래."

그들은 현관을 지나 거실 쪽으로 걸어갔다. 전등을 켜놓은 거실은 따뜻하고 편안해 보였다.

"경비원들은 어디 갔어?"

"저녁 먹으러. 다시 올 거야."

"한꺼번에 다 가버렸어?"

"다시 온다니까. 너한테 보여줄 게 있어."

사라는 전자 계측기가 달린 검색봉을 꺼냈다. 그러고는 마치 공항에서 보안검사를 하듯이 그것으로 에번스의 몸을 이리저리 훑어내렸다. 그녀가 그의 왼쪽 호주머니를 툭 쳤다.

"다 꺼내봐."

그 호주머니에 들어 있는 것은 자동차 열쇠뿐이었다. 그는 열쇠를 탁자 위에 떨어뜨렸다. 사라는 검색봉으로 그의 가슴과 재킷을 검사하고 있었다. 그러다가 재킷의 오른쪽 호주머니를 건드리면서 물건을 꺼내라는 시늉을 했다.

"왜 이러는 거야?"

그러나 사라는 말없이 고개를 가로저을 뿐이었다.

에번스는 1센트 동전 한 개를 꺼내 카운터에 내려놓았다.

그녀가 손짓으로 물었다. 또 없어?

에번스는 다시 뒤져보았다. 아무것도 없었다.

사라가 자동차 열쇠 위에서 검색봉을 좌우로 움직였다. 열쇠고리에는 직사각형 플라스틱 조각이 붙어 있었다. 차문을 여는 장치였다. 사라가 그 속에 주머니칼을 쑤셔넣었다.

"아니, 그러지 말고……"

뚝 소리와 함께 무선 리모컨이 분해되었다. 에번스는 그 속에 들어 있는 전자 회로판과 시계용 건전지를 볼 수 있었다. 사라가 아주 작은 전자 장치 한 개를 끄집어냈다. 그것은 부러진 연필심만큼이나 작았다.

"찾았다."

"그게 내가 생각하는 바로 그거니?"

사라는 그 전자 장치를 물잔 속에 빠뜨렸다. 그러고는 동전 쪽으로 몸을 돌렸다. 그녀는 그것을 꼼꼼히 들여다보다가 손가락으로 비틀었다. 그러자 놀랍게도 동전이 뚝 부러졌다. 그 중심부에는 전자 장치가 있었다.

사라는 그것도 물잔 속에 떨어뜨렸다.

"차는 어디 있어?"

"집 앞에."

"그건 나중에 살펴보자."

"이게 무슨 일이지?"

"경비원들이 내 몸에서도 도청기들을 찾아냈어. 집 안에도 수두룩하더라. 도둑들의 목적이 바로 이거였다고 보는 게 옳겠지. 도청기를 심어두는 거. 그런데 이거 보라구. 너한테서도 도청기가 나왔잖아."

에번스는 주위를 둘러보았다.

"집 안은 이제 괜찮은 거야?"

"전자 장비로 구석구석 샅샅이 조사해서 처리했지. 경비원들이 찾아낸 도청기가 열 개도 넘어. 이젠 없다니까 그런가 보다 하는 거지."

두 사람은 함께 소파에 앉았다. 사라가 말했다.

"어떤 자들인지는 모르겠지만 우리가 뭔가 알고 있다고 생각하는 거야. 이젠 나도 슬슬 그자들의 생각이 옳은 듯싶고."

에번스는 비로소 모턴이 말했던 그 목록에 대해 털어놓았다. 이윽고 사라가 말했다.

"회장님이 목록을 구입하셨다?"

에번스는 고개를 끄덕였다.

"그렇게 말씀하셨어."

"어떤 목록인지는 말씀하시지 않고?"

"그래. 더 말해주려고 하셨지만 결국 기회가 없었지."

"너랑 단둘이 있는 동안 따로 말씀하신 것도 없고?"

"내 기억엔 없어."

"비행기를 탈 때도?"

"그래……"

"식탁에서, 식사 중에도?"

"그래, 없었던 것 같아."

"그럼 차 있는 데까지 바래다드릴 때는?"

"그때도 아니야. 회장님은 줄곧 노래를 부르셨어. 솔직히 말하자면 좀 창피하더라구. 그러다가 차에 타셨고…… 어, 잠깐."

에번스는 벌떡 일어나 앉았다.

"한 가지 이상한 말씀을 하긴 하셨어."

"그게 뭔데?"

"불교 철학의 무슨 속담 같은 거였어. 나한테 잘 기억해두라고 하시더라."

"어떤 내용이었지?"

"생각 안 나. 어쨌든 정확한 건 몰라. '모든 중요한 것은 붓다가 앉아 계신 곳에 가까이 있다(Everything that matters is near where the Buddha sits)'였나, 아무튼 그 비슷한 얘기였어."

"회장님은 불교엔 관심도 없으셨는데 왜 너한테 그런 말씀을 하셨을까?"

에번스는 방금 한 말을 되풀이했다.

"모든 중요한 것은 붓다가 앉아 계신 곳에 가까이 있다."

그는 거실에 붙어 있는 미디어룸 쪽을 뚫어지게 바라보고 있었다.

"사라……"

두 사람의 정면에는 무대조명 같은 천장 조명등이 있었고 그 밑에는 커다란 불상이 놓여 있었다. 14세기 미얀마의 목각 좌불이었다.

에번스는 벌떡 일어나 미디어룸으로 들어갔다. 사라도 따라갔다. 불상은 앉은키가 4피트 정도였고 그 아래의 받침대도 꽤 높았다. 에번스는 불상 주위를 한 바퀴 돌았다. 사라가 물었다.

"바로 이거야?"

"그럴지도 몰라."

그는 불상의 밑 부분을 손가락으로 쓸어보았다. 결가부좌를 틀고 있는 다리 밑에 비좁은 공간이 있긴 했지만 아무것도 만져지지 않았다. 몸을 굽혀 들여다보았지만 역시 아무것도 없었다. 불상의 목재가 갈라져 생긴 넓은 틈새가 몇 개 있었지만 모두 비어 있었다. 에번스가 말했다.

"받침대를 밀어볼까?"

그러자 사라가 대답했다.

"바퀴가 달려 있어."

두 사람은 받침대를 한쪽으로 치워보았지만 나타난 것은 하얀 카펫뿐이었다.

에번스는 한숨을 푹 쉬었다. 그리고는 방 안을 둘러보았다.

"여기 다른 불상은 또 없어?"

그런데 사라가 네 발로 엎드려 있었다.

"피터."

"왜?"

"보라구."

에번스도 쭈그려 앉았다. 받침대 밑 부분과 바닥 사이에 1인치 가량의 공간이 있었다. 그리고 그 공간에 귀퉁이가 보일락 말락 하게 감춰진 종이봉투가 있었다. 봉투는 받침대 안쪽에 붙어 있었던 것이다.

"이럴 수가."

"이건 봉투야."

사라는 손끝을 밀어넣었다.

"꺼낼 수 있겠어?"

"잘하면…… 잡히겠는데…… 됐다!"

그녀가 봉투를 끄집어냈다. 사무용 봉투였다. 밀봉된 상태였고 아무 표시도 없었다. 사라가 들뜬 목소리로 말했다.

"바로 이건지도 몰라. 피터, 드디어 우리가 찾아낸 거야!"

그 순간 불이 꺼지면서 온 집 안이 어둠에 휩싸였다.

두 사람은 허둥지둥 일어섰다. 에번스가 말했다.

"어떻게 된 거야?"

"괜찮아. 비상 발전기가 금방 켜질 거야."

그러자 어둠 속에서 누군가 말했다.

"그런 일은 없을 거다."

두 개의 고성능 손전등이 똑바로 두 사람의 얼굴을 비추고 있었다. 에번스는 눈을 가늘게 뜨고 그 눈부신 불빛을 바라보았다. 사라는 한 손으로 눈을 가렸다. 조금 전의 목소리가 다시 말했다.

"이제 그 봉투를 넘겨주실까."

사라가 대꾸했다.

"싫어."

그러자 철컥 하는 기계음이 들렸다. 공이치기를 당기는 소리인 듯했다.

"우린 그 봉투를 가져가야겠어. 이렇게든 저렇게든."

"아니, 그건 안 돼."

그녀 곁에서 에번스가 속삭였다.

"사라……!"

"잔소리 마, 피터. 이걸 넘겨줄 순 없어."

그러자 목소리가 말했다.

"필요하다면 쏴버리는 수밖에."

"사라, 그 망할 놈의 봉투를 그냥 줘버려."

에번스의 말을 듣고 사라가 도전적으로 내뱉었다.

"어디 빼앗아보라지."

"사라……!"

"쌍년!"

목소리가 고함을 지르더니 총성이 울렸다. 에번스는 캄캄한 어둠 속에서 혼란에 빠져 어쩔 줄 몰랐다. 다시 고함 소리가 터져나왔다. 손전등 한 개가 바닥에 나뒹굴다가 구석 쪽을 향해 멈춰 섰다. 어둠 속에서 있던 에번스는 몸집이 큰 사내가 사라를 공격하는 것을 보았다. 그녀도 비명을 지르며 발길질을 하고 있었다. 에번스는 생각할 겨를도 없이 사내에게 덤벼들어 가죽옷을 입은 한쪽 팔을 움켜쥐었다. 그는 사내의 입에서 풍기는 맥주 냄새를 맡았고 끙끙거리며 힘쓰는 소리도 들었다. 그때 다른 사내가 에번스를 홱 낚아채더니 바닥에 내동댕이치고 갈비뼈를 걷어찼다.

에번스는 가구에 부딪히며 데굴데굴 굴러갔다. 그런데 그때 굵직한 목소리를 가진 다른 사람이 손전등을 집어들고 말했다.

"이제 좀 비켜주실까."

그러자 상대는 즉각 싸움을 멈추고 새로 등장한 목소리를 향해 돌아섰다. 에번스가 사라 쪽을 돌아보니 그녀는 바닥에 쓰러져 있었다. 다른 사내가 일어나더니 손전등을 향해 몸을 돌렸다.

그 순간 따다닥 소리가 나더니 사내가 비명을 지르며 뒤로 나자빠졌다. 손전등 불빛이 홱 젖혀지면서 피터에게 발길질을 하던 사내를 비추었다.

"너. 쓰러져."

그 즉시 사내는 카펫 위에 발라당 드러누웠다.

"엎드리라구."

사내가 몸을 뒤집었다. 그러자 새로 나타난 목소리가 말했다.

"그래야지. 자네들 둘은 괜찮은가?"

그러자 사라가 헉헉거리면서 불빛 쪽을 바라보고 대답했다.

"저는 괜찮아요. 그런데 댁은 누구시죠?"

"사라. 내 목소리를 모르다니 이거 섭섭한데."

바로 그 순간 방 안의 전등이 일제히 켜졌다.

"존!"

사라는 쓰러진 사내의 몸뚱이를 성큼 넘어가더니 정말 고맙다는 듯이 MIT 지반환경공학과의 존 케너 교수를 얼싸안았고, 그것을 본 에번스는 내심 경악을 금치 못했다.

좀비힐스

에번스가 말했다.

"설명을 좀 해주셔야겠는데요."

케너는 쭈그리고 앉아서 바닥에 널브러진 두 사내에게 수갑을 채우는 중이었다. 첫 번째 사내는 아직도 의식이 없는 상태였다. 케너가 말했다.

"이건 개조된 테이저 총일세. 500메가헤르츠짜리 화살을 쏘고 1000분의 4초 동안 전기충격을 줘서 뇌기능을 마비시키는 거지. 지속 시간은 몇 분에 불과하지만."

"아뇨, 내 말은 그게 아니고……"

그러자 케너는 희미한 미소를 머금고 에번스를 바라보았다.

"내가 여기 있는 이유?"

"그래요."

사라가 대신 대답했다.

"존은 회장님과 친했어."

"그래? 언제부터?"

이번에는 케너가 대답했다.

"얼마 전에 우리가 모두 만났을 때부터. 내 동료 산종 타파도 만난 기억이 있을 걸세."

근육질의 단단한 체격, 가무잡잡한 피부, 그리고 상고머리를 한 젊은 남자가 방 안에 들어섰다. 지난번에도 그랬듯이 에번스는 어쩐지 군인처럼 보이는 그의 거동과 영국식 발음에 각별한 인상을 받았다. 산종 타파는 이렇게 말했다.

"전등은 다 켜졌습니다, 교수님. 경찰을 부를까요?"

"아직 아니야. 여기 좀 거들어줘, 산종."

케너와 그 동료는 수갑을 찬 사내들의 호주머니를 뒤지기 시작했다. 이윽고 케너가 허리를 펴면서 말했다.

"예상대로야. 신분증은 하나도 없어."

"도대체 누구죠?"

"그건 경찰이 밝혀내겠지."

기절했던 사내가 콜록거리며 깨어나기 시작했다.

"산종, 놈들을 앞문으로 데려가세."

그들은 침입자들을 일으켜 세우고 질질 끌다시피 하면서 데리고 나갔다.

에번스는 사라와 단둘이 남게 되었다.

"케너가 이 집엔 어떻게 들어온 거야?"

"지하실에 있었거든. 오후 내내 집 안을 뒤지던 참이었어."

"그런데 나한테는 왜 말해주지 않았어?"

그때 케너가 다시 들어오면서 대답했다.

"내가 말하지 말라고 했지. 자네도 믿을 수 없었거든. 이건 아주 복잡한 문제라서."

그는 두 손을 마주 비볐다.

"자, 그럼 그 봉투를 한번 보기로 할까?"

"그래요."

사라는 소파에 앉아 봉투를 뜯었다. 그 속에는 단정하게 접은 종이 한 장이 들어 있었다. 사라는 그것을 들여다보며 어처구니없다는 표정을 짓다가 곧 침울해졌다. 에번스가 물었다.

"뭔데 그래?"

사라는 대꾸도 없이 종이를 건네주었다.

그것은 캘리포니아 주 토런스의 에드워즈 미술 전시용품 전문회사가 나무로 제작한 불상 받침대의 대금 청구서였다. 날짜는 3년 전이었다.

에번스 역시 낙담하여 소파에 앉아 있는 사라 곁에 털썩 주저앉았다. 그러자 케너가 말했다.

"뭐야? 벌써 포기한 건가?"

"더 이상 뭘 해야 좋을지 모르겠는걸요."

"우선 모턴 회장님이 자네한테 뭐라고 했는지부터 말해보게."

"정확한 말은 생각나질 않아요."

"생각나는 데까지만 말해봐."

"심오한 격언이라고 하셨어요. 그리고 대충 이런 말씀을 하셨죠. '모든 중요한 것은 붓다가 앉아 계신 곳에 가까이 있다.'"

그러자 케너가 딱 잘라 말했다.

"아니야. 그럴 리가 없어."

"왜요?"

"그렇게 말씀하셨을 리가 없어."

"왜요?"

케너는 한숨을 내쉬었다.

"누가 봐도 뻔한 일인 줄 알았는데 그게 아니었군. 우리가 생각하는 것처럼 회장님이 뭔가를 암시하려는 의도였다면 그렇게 막연한 말은 아니었을 거야. 그러니까 다른 표현을 썼을 거야."

에번스는 변명조로 대꾸했다.

"생각나는 건 그게 다예요."

에번스는 케너의 단도직입적인 태도가 퉁명스럽다 못해 거의 무례할 정도라고 생각했다. 그래서인지 이 남자가 싫어지기 시작했다.

"생각나는 게 그게 다라고? 다시 해보세. 회장님이 그 말씀을 하신 게 어디서였지? 아마 자네와 함께 로비에서 나간 다음이었을 텐데."

에번스는 일단 어리둥절했다. 그러다가 그 순간을 상기했다.

"교수님도 거기 계셨나요?"

"그래, 있었지. 난 주차장 한 구석에 멀찌감치 떨어져 있었어."

"왜요?"

"그 문제는 나중에 얘기하지. 자네 말은 그러니까 자네와 회장님이 밖으로 나가서……"

"그래요. 밖으로 나갔죠. 날씨가 꽤 싸늘했는데, 회장님은 그 냉기를 느끼고 노래를 멈추셨어요. 우린 호텔 계단에 서서 차를 기다렸구요."

"으흠……"

"그러다가 차가 나왔고, 회장님은 그 페라리에 타셨고, 저는 회장님이 운전하시면 안 된다고 걱정했는데, 그때 회장님이 이러셨어요. '그 말을 들으니 심오한 격언이 생각나는군.' 그래서 제가 뭐냐고 여쭤봤죠. 그랬더니 이렇게 대답하셨어요. '모든 중요한 것은 붓다가 앉아 계신 곳에서 멀지 않은 곳에 있다(Everything that matters is not far from where the Buddha sits).'"

"멀지(far) 않은 곳?"

"그렇게 말씀하셨어요."

"좋아. 그리고 그 순간에 자네는……"

"차에 기대고 있었죠."

"페라리에."

"그래요."

"기대고 있었단 말이지. 그런데 회장님이 그 심오한 격언을 들려주셨을 때 자네는 뭐라고 대답했나?"

"그냥 운전하지 마시라고 했어요."

"그 구절을 소리 내서 말해보진 않았고?"

"네."

"그건 왜?"

"회장님을 걱정하고 있었으니까요. 운전하실 만한 상태가 아니었거든요. 어쨌든 그 부분이 좀 어색하다고 생각했던 건 기억나요. '붓다가 앉아 계신 곳에서 동떨어지지 않은 곳(Not remote from where the Buddha sits)' 이라니."

"동떨어지지(remote) 않은 곳?"

"그래요."

"'동떨어지지 않은 곳' 이라고 하셨던 말이지?"

"그렇다니까요."

"훨씬 낫군."

케너는 방 안에서 쉴새없이 오락가락하면서 이리저리 두리번거렸다. 물건들을 집어들었다가 도로 내려놓고 다시 나아가기도 했다.

에번스가 짜증 섞인 말투로 물었다.

"뭐가 훨씬 낫다는 건데요?"

케너는 팔을 휘둘러 방안 전체를 가리켰다.

"주변을 둘러보게, 피터. 뭐가 보이지?"

"미디어룸이 보이는군요."

"바로 그거야."

"글쎄요, 도대체 무슨 소린지……"

"소파에 앉아보게, 피터."

에번스는 여전히 화가 난 상태에서 털썩 앉았다. 그러고는 팔짱을 끼며 케너를 노려보았다.

그때 초인종이 울렸다. 경찰이 도착하는 바람에 그들의 대화는 중단될 수밖에 없었다. 케너가 말했다.

"이건 내가 처리하지. 자네는 경찰 눈에 띄지 않는 게 좋을 테니까."

그는 그 말을 남겨놓고 다시 방에서 나가버렸다. 복도 쪽에서 조용조용히 대화하는 몇 명의 목소리가 들려왔다. 그들은 사로잡힌 두 명의 침입자에 대해 얘기하고 있었다. 어쩐지 아주 허물없는 사이인 듯싶었다.

에번스가 말했다.

"케너가 경찰과도 관련이 있는 거야?"

"꼭 그런 건 아니야."

"그게 무슨 소리야?"

"그냥 사람들을 많이 아는 것 같다는 거지."

에번스는 사라를 빤히 바라보며 그녀의 말을 되풀이했다.

"사람들을 많이 안다……"

"여러 부류의 사람들 말이야. 그래. 케너 때문에 회장님도 그런 사람들을 많이 만나보셨어. 알고 보니 굉장히 발이 넓은 사람이더라구. 특히 환경 분야에서."

"위험분석센터가 하는 일이 그거야? 환경적인 위험?"

"나도 잘 몰라."

"그런데 휴직은 왜 한 거야?"

"그런 문제는 본인한테 물어봐야지."

"알았어."

"저 사람을 싫어하는 거지?"

"싫어하는 건 아니야. 그냥 혼자 잘난 체하는 개자식이라고 생각할 뿐이지."

"원래 그렇게 자신만만한 사람이야."

"개자식들이 대체로 그렇지."

에번스는 자리에서 일어나 복도를 내다볼 수 있는 곳으로 걸어갔다. 케너는 경찰관들과 얘기하면서 몇몇 서류에 서명을 하고 침입자들을 인계하는 중이었다. 경찰관들이 케너와 농담을 주고받았다. 산종이라는 그 가무잡잡한 남자는 조금 떨어진 곳에 서 있었다.

"케너를 따라다니는 저 땅딸막한 남자도 알아?"

"산종 타파? 케너가 네팔에서 등산하다가 만난 사람이래. 산종은 네팔군 장교였는데 히말라야에서 토양 침식을 조사하는 과학자들의 연구팀을 보조하고 있었대. 그러다가 케너가 같이 일해보자고 미국으로 초청한 거지."

"이제야 생각나는군. 케너가 등반가이기도 했다는 거. 올림픽 스키팀에 뽑힐 뻔하기도 했고."

에번스는 불쾌감을 감추지 못했다.

"케너는 대단한 사람이야, 피터. 네가 싫어해도 어쩔 수 없어."

에번스는 소파로 돌아와 다시 앉으며 팔짱을 꼈다.

"그래, 네 말이 맞아. 저 인간이 싫어."

"너만 그런 게 아닌 것 같아. 존 케너를 싫어하는 사람은 하나둘이 아니더라구."

에번스는 말없이 코웃음을 쳤다.

두 사람이 여전히 소파에 앉아 있을 때 케너가 기운차게 들어섰다. 그는 다시 손바닥을 마주 비볐다.

"좋아. 그 두 녀석은 변호사를 만나야겠다는 소리만 되풀이하더군. 잘 아는 변호사도 있는 모양이니 역시 오래 살고 볼 일이야. 어쨌든 몇 시간만 지나면 좀더 알게 되겠지."

그러더니 피터를 바라보았다.

"그래서, 수수께끼는 다 풀었나? 붓다에 대한 거?"

에번스는 케너를 째려보았다.

"아뇨."

"그래? 아주 솔직담백한 대답이군."

"그냥 말씀해주시는 건 어떨까요?"

"오른손을 그 작은 탁자 쪽으로 내밀어보게."

에번스는 오른팔을 뻗었다. 탁자 위에는 다섯 개의 리모컨이 놓여 있었다.

"자요. 그래서요?"

"그것들의 용도가 뭐지?"

"이 방은 미디어룸이잖아요. 거기까진 얘기한 걸로 아는데요."

"그래. 그런데 그것들의 용도가 뭐냐니까?"

"뻔하잖아요. 텔레비전, 위성방송, DVD, 비디오 플레이어, 뭐 그런 것들을 조종하는 거죠."

"어느 게 어느 거지?"

에번스는 탁자 위를 살펴보았다. 그러다가 갑자기 깨달았다.

"맙소사! 바로 이거였군요."

에번스는 리모컨을 하나씩 뒤집어보고 있었다.
"이건 평판 텔레비전…… DVD…… 위성방송…… 고화질……"
그러다가 동작을 멈추었다. 리모컨 하나가 더 있었다.
"DVD 리모컨이 두 개인 것 같네요."
나머지 한 개는 짤막한 검정색 리모컨이었는데, 일반적인 단추들이
모두 있었지만 다른 한 개에 비해 조금 가벼운 편이었다.
에번스는 건전지 커버를 열어보았다. 건전지가 하나뿐이었다. 다른
하나가 들어가야 할 자리에 돌돌 말린 종이가 들어 있었다.
"찾았다!"
그는 그 종이를 꺼냈다.
'중요한 것은 모두 붓다가 앉아 계신 곳에서 동떨어지지 않은 곳에
있다(All that matters is not remote from where the Buddha sits).' 조지
모턴이 했던 말은 바로 그것이었다. 그렇다면 이 종잇조각이 대단히
중요하다는 뜻이었다.
에번스는 작은 쪽지를 조심스럽게 펼친 후 탁자에 내려놓고 손바닥
으로 눌러 주름을 폈다.
그리고 멍하니 들여다보았다.
쪽지의 내용은 세로줄로 배열된 숫자와 단어들이 전부였다.

662262	3982293	24FXE 62262 82293	**테러**
882320	4898432	12FXE 82232 54393	**스네이크**
774548	9080799	02FXE 67533 43433	**래퍼**
482320	5898432	22FXE 72232 04393	**스콜피온**

대안 :

662262	3982293	24FXE 62262 82293	테러
382320	4898432	12FXE 82232 54393	세버
244548	9080799	02FXE 67533 43433	콘치
482320	5898432	22FXE 72232 04393	스콜피온

대안 :

662262	3982293	24FXE 62262 82293	테러
382320	4898432	12FXE 82232 54393	버저드
444548	7080799	02FXE 67533 43433	올드맨
482320	5898432	22FXE 72232 04393	스콜피온

대안 :

662262	3982293	24FXE 62262 82293	테러
382320	4898432	12FXE 82232 54393	블랙메사
344548	9080799	02FXE 67533 43433	스날
482320	5898432	22FXE 72232 04393	스콜피온

에번스가 말했다.

"겨우 이걸 찾겠다고 다들 그 난리를 친 거예요?"

사라도 그의 어깨 너머로 쪽지를 들여다보고 있었다.

"뭐가 뭔지 모르겠네. 이게 무슨 뜻이지?"

에번스는 쪽지를 케너에게 건네주었다. 케너는 쪽지를 보자마자 이렇게 말했다.

"그놈들이 이걸 회수하려고 혈안이 된 것도 무리가 아니군."

"그게 뭔지 아세요?"

케너는 쪽지를 산종에게 건네주며 대답했다.

"이게 뭔지는 의문의 여지도 없어. 지리적 위치를 표시한 목록이지."

"위치라구요? 어딘데요?"

그러자 산종이 대답했다.

"그건 계산해봐야겠네요. 모두 UTM으로 적혀 있어요. 비행기 조종사들을 위해 작성된 목록이라는 뜻이겠죠."

케너는 다른 두 사람의 멍한 표정을 바라보았다.

"지구는 둥글고 지도는 납작하지. 그래서 모든 지도는 구체를 평면에 투영시킨 형태로 되어 있어. 그중의 하나가 국제 횡단 메르카토르(Universal Transverse Mercator) 좌표계인데, 이건 여섯 자리 숫자로 된 좌표를 가지고 지구상의 위치를 표시하는 방식이야. 원래는 군사용 도법이지만 항공 지도에도 더러 사용되지."

에번스는 이렇게 물어보았다.

"그러니까 이 숫자들은 특별한 형식으로 표시된 위도와 경도라는 거죠?"

"바로 그거야. 군사용 형식이지."

케너는 손가락으로 쪽지를 훑어 내려가며 말을 이었다.

"각각 네 곳의 위치를 한 조로 묶어 차례로 배열했군. 그런데 첫 번째와 마지막 위치는 매번 똑같단 말이야. 이유가 뭔지……"

그는 눈살을 찌푸리며 허공을 응시했다. 사라가 물었다.

"안 좋은 일인가요?"

"잘 모르겠지만 그럴 수도 있지."

케너는 산종을 돌아보았다. 산종이 심각한 표정으로 고개를 끄덕이며 물었다.

"오늘이 무슨 요일이죠?"

"화요일."

"그렇다면…… 시간이 아주 촉박하군요."

그러자 케너가 말했다.

"사라, 회장님의 비행기가 필요하겠어. 조종사가 모두 몇 명이지?"

"대개는 두 명이죠."

"적어도 네 명은 있어야 돼. 얼마나 빨리 구할 수 있지?"

"모르겠어요. 어디로 가실 건데요?"

"칠레."

"칠레! 언제 출발하죠?"

"빠를수록 좋아. 최소한 자정을 넘기진 말아야 해."

"준비하려면 시간이 좀 필요한데……"

"그럼 당장 시작해. 시간이 없어, 사라. 아주 급하다구."

에번스는 사라가 방에서 나가는 것을 보고 난 뒤 케너를 향해 돌아 섰다.

"좋아요. 제가 항복하죠. 칠레에 뭐가 있다는 거예요?"

"내 짐작엔 적당한 비행장이 있을 거야. 쓸 만한 제트 연료도 있고."

케너가 손가락으로 딱 소리를 냈다.

"좋은 지적이야, 피터."

그는 옆방을 향해 소리쳤다.

"사라, 기종(機種)이 뭐지?"

사라가 소리쳐 대답했다.

"G-파이브!"

케너는 작은 핸드헬드 컴퓨터를 꺼내 들고 열심히 자판을 찍고 있는 산종 타파를 돌아보았다.

"아카마이와 연결돼 있나?"

"그래요."

"내 말이 맞았어?"

"아직 첫 번째 장소만 확인했을 뿐입니다. 그렇지만 맞아요. 우린 칠레로 가야 해요."

"그럼 테러는 테러라는 거지?"

"그런 것 같네요."

에번스는 어리둥절한 표정으로 두 사람을 번갈아 바라보았다.

"테러는 테러라구요?"

케너가 대답했다.

"그렇지."

그러자 산종이 말했다.

"피터의 말도 일리가 있어요."

에번스가 말했다.

"도대체 무슨 일인지 나한테 말 좀 안 해줄 거예요?"

"말해주지. 하지만 우선 자네, 여권은 갖고 있나?"

"언제나 갖고 다니죠."

"훌륭해."

케너는 다시 산종을 돌아보았다.

"무슨 일리가 있다는 거야?"

"이건 UTM입니다, 교수님. 여섯 자릿수 좌표예요."

케너는 다시 손가락으로 딱 소리를 냈다.

"그렇지! 도대체 내가 왜 이럴까?"

그 말을 듣고 에번스가 말했다.

"그러게 말입니다. 도대체 왜 이러시는 겁니까?"

그러나 케너는 대답하지 않았다. 지금 그는 몹시 흥분한 상태였다. 탁자 위의 리모컨을 집어들고 불빛에 비춰가며 자세히 들여다보면서도 안절부절못하고 손가락을 계속 씰룩거렸다. 이윽고 그가 입을 열었다.

"여섯 자릿수 좌표라는 건 이 위치들의 정확도가 1천 미터 이내라는 뜻이야. 대략 반 마일쯤 되지. 그 정도론 부족해.”

“왜요? 얼마나 더 정확해야 하는데요?”

산종이 대답했다.

“3미터. 약 10피트.”

여전히 리모컨을 들여다보면서 케너가 말했다.

“놈들이 PPS(Precision Positioning Service, 암호가 걸려 있어 군사용으로만 사용할 수 있으며 정확도가 높은 ‘정밀 위치확인 서비스’)를 이용한다고 가정하고…… 그렇다면…… 아, 내 이럴 줄 알았지. 아주 고전적인 수법이야.”

그는 리모컨의 뒷면을 통째로 뜯어 회로판을 노출시켰다. 그러고는 회로판을 들어올리자 또 하나의 쪽지가 나타났다. 화장지처럼 얇은 종이였다. 거기에는 여러 줄의 숫자와 기호들이 적혀 있었다.

-2147483640,8,0*xº%ÁgKÀ__^O#_QÀ__cÁ«ᵃᵃᵃᵃᵃÚ?_ ___ÿÿÿ__å
-2147483640,8,0%hº â#KÀ_Oˢ__ʘBÀ__cÀ«ᵃᵃᵃᵃᵃÚ?ÿÿÿÿ___ÿÿÿ__
-2147483640,8,0ā´»^$PNÀ_N__éxFÀ__cÁ¬ᵃᵃᵃᵃᵃÚ¿__ÿÿÿ__Â
-2147483640,8,0óW»1/4_OÀ   òºq_IMÀ__cÁ«ᵃᵃᵃᵃᵃÚ?ÿÿÿÿ___ÿÿÿ__¥
-2147483640,8,0%‰œº/Ñ_LÀøø_8_ÔPÀ__cÁ«ᵃᵃᵃᵃᵃÚ¿?___ÿÿÿ__

-2147483640,8,0*xº%ÁgKÀ__^O#_QÀ__cÁ«ᵃᵃᵃᵃᵃÚ?_ ___ÿÿÿ__å
-2147483640,8,0%hºâ#KÀ_Oˢ__ʘBÀ__cÁ«ᵃᵃᵃᵃᵃÚ?ÿÿÿÿ___ÿÿÿ__
-2147483640,8,0óW»1/4_OÀ   òºq_IMÀ__cÁ«ᵃᵃᵃᵃᵃÚ?ÿÿÿÿ___ÿÿÿ__¥
-2147483640,8,0ë{»ι_´OÀaºº¨d,LÀ__cÁ¬ᵃᵃᵃᵃᵃÚ¿__ÿÿÿ
-2147483640,8,0%‰œ/Ñ_LÀøø_8_ÔPÀ__cÁ«ᵃᵃᵃᵃᵃÚ¿?___ÿÿÿ__

-2147483640,8,0*xº%ÁgKÀ__^O#_QÀ__cÁ«ᵃᵃᵃᵃᵃÚ?_ ___ÿÿÿ__å
-2147483640,8,0%hºâ#KÀ_O__ʘBÀ__cÁ«ᵃᵃᵃᵃᵃÚ?ÿÿÿÿ___ÿÿÿ__
-2147483640,8,0óW»1/4_OÀ   òºq_IMÀ__cÁ«ᵃᵃᵃᵃᵃÚ?ÿÿÿÿ___ÿÿÿ__¥
-2147483640,8,0ë{»ι_´OÀaºº¨d,LÀ__cÁ¬ᵃᵃᵃᵃᵃÚ¿__ÿÿÿ
-2147483640,8,0%‰œ/Ñ_LÀøø_8_ÔPÀ__cÁ«ᵃᵃᵃᵃᵃÚ¿?___ÿÿÿ__

케너가 말했다.

"좋았어. 이제야 좀 그럴듯하군."

에번스가 물었다.

"그런데 이건?"

"정확한 좌표들이지. 아마 각각의 장소가 있는 위치일 거야."

"테러는 테러라는 건가요?"

에번스는 혼자 바보가 된 기분이었다.

"맞아. 지금 이건 테러 산이야, 피터. 휴화산이지. 이름은 들어봤나?"

"아뇨."

"어쨌든 우린 그리로 가야 해."

"그게 어딘데요?"

"지금쯤은 짐작했을 줄 알았는데. 남극 대륙일세, 피터."

사라가 눈을 뜨는 순간, 마치 거대한 별이 폭발해버린 듯 아찔한 빛줄기가 사방팔방으로 퍼져나갔다. 이마는 얼음장처럼 싸늘했고 목에서는 무시무시한 통증이 느껴졌다. 사라는 조심스럽게 몸을 움직이며 팔다리가 정상인지 확인해보았다. 온몸이 쑤시긴 했지만 뭔가에 짓눌린 오른쪽 다리를 제외하고는 모두 제대로 움직여주었다. 사라는 기침을 하다가 잠시 동작을 멈추고 현재 상황을 점검했다. 그녀는 지금 얼굴을 앞 유리에 들이대고 모로 누워 있는 상태였다. 이마에 부딪혀 앞 유리가 깨져버렸는데, 산산이 금이 간 유리 조각과 그녀의 눈 사이의 거리는 겨우 몇 인치에 불과했다. 사라는 얼굴을 뒤로 물리며 천천히 주위를 둘러보았다.

2

테러

TERROR

STATE OF FEAR

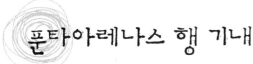

푼타아레나스 행 기내

10월 5일 화요일
9:44 PM

밴너이스 공항이 저 아래 멀어져갔다. 제트기는 남쪽으로 기수를 돌려 평평하고 광활하고 밝게 빛나는 로스앤젤레스 분지를 가로질러 비행했다. 객실 승무원이 에번스에게 커피를 갖다주었다. 작은 스크린에 목적지까지 6,204마일이라고 찍혀 있었다. 비행시간은 거의 20시간이었다.

객실 승무원이 일행에게 식사 여부를 묻고 음식을 준비하러 갔다.

에번스가 말했다.

"좋아요. 세 시간 전에 저는 도난 사고 때문에 사라를 도와주러 갔어요. 그런데 지금은 남극 대륙으로 날아가는 중이죠. 이젠 무슨 일인지 누가 나한테 말해줄 때도 되지 않았어요?"

케너가 고개를 끄덕였다.

"혹시 '환경해방전선(Environmental Liberation Front)'이라고 들어봤나? 약칭 ELF?"

에번스는 고개를 가로저었다.

"아뇨."

그러자 사라가 말했다.

"저도요."

"과격파 지하 조직이야. 주로 그린피스나 어스퍼스트!(Earth First!, 1980년대 초에 결성된 급진적 환경 보호 단체) 같은 곳에서 활동하다가 그 단체가 너무 물렁해졌다고 생각한 자들이 모였다고 하지. ELF는 환경 보호를 위해 폭력도 불사한다네. 콜로라도에선 호텔을, 롱아일랜드에 선 집들을 불태웠고, 미시간에선 나무에 못을 박았고, 캘리포니아에선 자동차에 불을 질렀어."

에번스는 고개를 끄덕였다.

"저도 읽어보긴 했는데…… 그 단체는 점조직으로만 활동하고 서로 왕래가 없어서 FBI 같은 수사기관도 건드리지 못한다고 하더군요."

"맞아. 그렇다고 하지. 그렇지만 휴대폰 통화 내용을 감청한 적은 몇 번 있었어. 얼마 전에 우린 이 단체가 전 세계로 발을 뻗고 며칠 전부 터 세계 각지에서 엄청난 사건들을 일으키고 있다는 걸 알게 됐다네."

"어떤 사건들인데요?"

케너는 고개를 저었다.

"그건 우리도 몰라. 다만 규모가 크고 대단히 파괴적인 사건들일 거 라고 짐작할 만한 근거가 있지."

그러자 사라가 물었다.

"그런데 그게 모턴 회장님과 무슨 상관이에요?"

"자금이지. ELF가 세계 각지에서 일을 벌이기 위해서는 막대한 돈이 필요하니까. 문제는 그 돈을 어디서 조달하느냐 하는 거야."

"그럼 회장님이 과격파 단체에 자금을 대셨다는 거예요?"

"의도적인 건 아니었겠지. ELF가 범죄 조직이긴 하지만 PETA (People for the Ethical Treatment of Animals, 동물 보호 단체) 같은 급진 주의 단체도 자금을 지원하고 있거든. 솔직히 한심한 노릇이지. 그런데 혹시 더 유명한 환경단체들도 그들에게 자금을 대지 않았을까 하는 의문이 제기된 거야."

"더 유명한 단체라니요? 이를테면요?"

"전부 다."

그러자 사라가 말했다.

"잠깐만요. 설마 오듀본 협회나 시에라 클럽이 테러 단체에 돈을 준다는 얘긴 아니겠죠?"

"아니지. 내 얘기는 그런 단체들이 자기네 돈으로 정확히 어떤 일을 하는지 아무도 모른다는 거야. 정부가 각종 재단이나 자선 단체에 대한 감독을 너무 소홀히 하고 있기 때문이지. 감사도 없고, 장부 조사도 없고. 미국의 환경단체들은 매년 5억 달러를 끌어모으고 있어. 그런데도 그 돈으로 뭘 하는지 제대로 관리를 못하고 있는 거라구."

에번스는 얼굴을 찡그렸다.

"회장님도 그 사실을 알고 계셨나요?"

케너가 대답했다.

"내가 만났을 때는 벌써 NERF에 대해 걱정하고 계시더라구. 그들이 돈을 어디에 쓰는지 말이야. 해마다 자그마치 4,400만 달러씩이나 펑펑 쓰고 있으니까."

그러자 에번스가 말했다.

"그 얘기는 설마 NERF가……"

"직접 그러는 건 아니야. 하지만 NERF는 전체 자금의 거의 60퍼센트를 모금 활동에 쓰고 있어. 물론 그 사실을 시인할 수는 없지. 모양새가 별로 안 좋을 테니까. 그래서 대부분의 일을 우편 광고업자나 전화 대행사에 맡겨 액수를 조작하는 거지. 그런 회사들은 제법 그럴싸한 이름들을 달고 있거든. 이를테면 국제야생생물보호기금(International

Wildlife Preservation Fund, IWPF) 같은 거지. 이건 오마하에 있는 우편 광고사인데, 거기서도 다시 코스타리카에 하청을 주고 있어."

"설마."

"설마가 아니야. 그리고 작년에 IWPF는 환경 문제에 대한 정보를 수집하는 데 65만 달러를 썼다구. 그중에서 30만 달러는 'RASC', 즉 열대우림 보호활동 및 후원 연합(Rainforest Action and Support Coalition)이라는 곳으로 나갔는데, 알고 보니 그건 뉴욕 주 엘마이라에 있는 사서함이었어. 캘거리의 '사이즈믹 서비스'에도 같은 금액이 들어갔는데 그것도 사서함이었고."

"그렇다면⋯⋯"

"사서함이라니까. 막다른 골목이란 말이야. 바로 그게 모턴 회장님과 드레이크 사이가 틀어진 진짜 이유였어. 회장님은 드레이크가 일을 제대로 하지 않는다고 생각하신 거야. 그래서 외부 감사를 받게 하려고 했는데, 그걸 드레이크가 거부했으니 회장님으로서는 본격적으로 걱정할 수밖에 없었지. NERF의 이사로서 회장님도 책임을 면할 수 없는 입장이니까. 그래서 사립탐정들을 고용해서 NERF를 조사하게 했던 거야."

"그래요?"

케너는 고개를 끄덕였다.

"2주 전이었지."

에번스는 사라를 돌아보았다.

"너도 알고 있었어?"

그녀는 시선을 피하다가 다시 에번스를 쳐다보았다.

"아무에게도 말하지 말라고 하셨어."

"회장님이?"

그러자 케너가 대답했다.

"내가."

"그럼 모든 게 교수님이 배후에서 시킨 일이에요?"

"아니, 난 회장님께 조언을 해드렸을 뿐이야. 이건 회장님의 일이니까. 중요한 건, 일단 하청회사에 돈을 주고 나면 그쪽에서 그 돈을 어떻게 쓰든지 간섭할 수 없다는 거야. 다시 말해서 NERF는 그 돈의 용도에 대한 책임을 면하게 되는 거지."

"맙소사. 지금까지 난 회장님이 바누투 소송에 대해 걱정하시는 줄로만 알았는데요."

"아니야. 그 소송은 별로 가망이 없어. 재판까지 갈 가능성조차 아주 희박하다구."

"그렇지만 볼더 말로는 해수면에 대한 확실한 자료만 확보하면……"

"볼더는 이미 확실한 자료를 갖고 있어. 벌써 몇 달 전에 확보했지."

"뭐라구요?"

"그 자료에 의하면 지난 30년 사이에 남태평양 해수면은 조금도 상승하지 않았어."

"뭐예요?"

그러자 케너가 사라를 돌아보며 물었다.

"이 친구 원래 이래?"

객실 승무원이 식탁용 매트에 냅킨과 식기를 차려놓았다.

"닭고기, 아스파라거스, 햇볕에 말린 토마토를 넣은 푸실리 파스타에 야채샐러드가 딸려 나옵니다. 혹시 포도주 드실 분 계세요?"

에번스가 대답했다.

"백포도주요."

"퓔리니몽트라세가 있습니다. 연도는 잘 모르겠지만 아마 98년산일 거예요. 모턴 회장님은 평소에도 98년산을 기내에 싣고 다니셨으니까요."

"그냥 병째로 갖다줘요."

에번스는 짐짓 우스갯소리를 늘어놓았다. 케너 때문에 얼떨떨한 기분을 달래기 위해서였다. 그날 저녁 케너는 너무 흥분해서 신경과민에 가까울 정도로 안절부절못하고 있었다. 그러나 지금 비행기 안에서는 매우 평온한 상태였다. 그리고 단호했다. 마치 자명한 진실을 말하고 있는 듯한 태도였다. 그러나 피터에게는 그 어느 것도 자명해 보이지 않았다. 이윽고 에번스는 이렇게 말문을 열었다.

"내가 완전히 잘못 알고 있었군요. 교수님 말씀이 정말 사실이라면······"

케너는 천천히 고개를 끄덕일 뿐이었다.

에번스는 생각했다. 나한테 생각을 정리할 시간을 주고 있군. 그는 사라 쪽을 돌아보았다.

"너도 다 알고 있었어?"

"아니. 하지만 뭔가 잘못됐다는 건 알았지. 지난 2주 동안 회장님이 몹시 걱정하고 계셨거든."

"그것 때문에 회장님이 그 연설을 하고 자살하신 거라고 생각하는 거야?"

그러자 케너가 말했다.

"회장님은 NERF에 한 방 먹이고 싶었던 걸세. 매스컴이 그 단체를 샅샅이 파헤쳐주길 바랐던 거지. 앞으로 일어날 일들을 중단시키기 위해서 말이야."

컷글라스 크리스털 술잔에 담긴 포도주가 나왔다. 에번스는 단숨에 꿀꺽꿀꺽 마셔버린 후, 더 달라고 술잔을 내밀면서 물었다.

"무슨 일들이 일어난다는 거죠?"

케너가 대답했다.

"이 목록에 의하면 네 가지 사건이 벌어질 거야. 세계의 네 지역에서. 대략 하루 간격으로."

"도대체 어떤 사건들인데요?"

케너는 고개를 가로저었다.

"우린 지금 세 가지 유력한 단서를 갖고 있을 뿐이야."

산종이 냅킨을 만지작거렸다.

"이건 진짜 리넨이군요. 게다가 진짜 크리스털이고."

경외심이 담긴 말투였다.

"정말 대단하죠?"

그렇게 말하면서 에번스는 다시 술잔을 비워버렸다.

사라가 물었다.

"어떤 단서들인데요?"

"첫 번째는 시간이 정확하지 않다는 거야. 테러리스트들은 사건을 일으킬 때 보통 분 단위까지 정밀하게 계획을 세워 일을 진행하게 마련이지. 그런데 이 사건들은 그렇지 않아."

"그 단체가 별로 조직적이지 않아서 그럴 수도 있죠."

"그런 이유가 아닐 거야. 두 번째 단서는 오늘 밤에 알아낸 건데, 이건 아주 중요해. 자네들도 봤듯이 이 목록엔 사건의 발생 지점이 여러 군데로 적혀 있어. 역시 테러 집단이라면 한 지점을 선택해서 그대로 밀고 나갈 텐데 이 단체는 그러지 않았다는 거야."

"그건 왜죠?"

"내 짐작에 이건 계획된 사건들의 성격을 반영하고 있는 것 같아. 아마 사건 자체에, 혹은 그 사건이 발생하는 데 필요한 여건에 어떤 불확실성이 내포돼 있는 게 틀림없어."

"너무 막연한데요."

"열두 시간 전에는 이만큼도 모르고 있었잖아."

"세 번째 단서는요?"

그렇게 물으면서 에번스는 승무원에게 술잔을 채워달라고 손짓했다.

"세 번째 단서는 꽤 오래전에 알아낸 거야. 몇몇 정부기관은 테러리스트들이 써먹을 만한 기밀 첨단기술의 매매 현황을 감시하고 있어. 예를 들자면 핵무기 생산에 이용될 수 있는 모든 물품의 동향을 파악하는 거지. 원심분리기나 몇몇 금속 같은 거 말이야. 재래식 고성능 폭약의 매매 현황도 감시하고 몇 가지 중요한 생명공학 기술도 감시하지. 그리고 통신망을 두절시키는 데 이용될 수 있는 장비들도 감시하는데, 이를테면 전자기 충격파나 강력한 무선 주파수를 발생시키는 기계 같은 거야."

"그렇군요……"

"그 일엔 대량의 자료로부터 규칙성을 찾아내는 신경망 패턴인식 컴퓨터를 이용하지. 이 경우엔 수천 건에 달하는 매매송장을 분석하는 거야. 그러다가 8개월쯤 전에 컴퓨터가 몹시 희미한 패턴 하나를 감지했는데, 각종 산업장비와 전자장비가 여기저기서 산발적으로 거래되고 있었지만 그걸 모두 하나의 조직이 구입하는 것 같더라 이거야."

"컴퓨터가 그걸 어떻게 판단하죠?"

"그건 컴퓨터도 말해주지 않아. 컴퓨터는 일정한 패턴을 보고할 뿐이고, 그걸 조사하는 일은 현장 요원들이 하지."

"그런데요?"

"그 패턴은 사실로 확인됐어. ELF가 밴쿠버, 런던, 오사카, 헬싱키, 서울 등지에서 최첨단 장비들을 사들이고 있었던 거야."

"어떤 장비들이죠?"

케너는 손가락으로 하나하나 꼽아나갔다.

"AOB 프라이머, 즉 암모니아 산화 박테리아(ammonia-oxidizing bacteria) 프라이머를 생산하는 발효탱크. 중급 미립자 분산기, 군용 등급. 구조 충격파 발생기. 이동식 MHD〔자기유체역학(磁氣流體力學, magnetohydrodynamics)〕발전기. 극초음파 공동 발생기. 공명충격 처리 어셈블리."

"그게 다 뭔지 하나도 모르겠네요."

"아는 사람이 드물지. 그중 일부는 꽤 일반화된 환경공학 제품이야. 가령 AOB 프라이머 탱크는 산업 폐수를 처리하는 데 쓰지. 그리고 일부는 군용이지만 공개시장에서도 팔고, 또 일부는 대단히 실험적인 물건들이야. 어쨌든 공통점은 모두 비싸다는 거지."

사라가 물었다.

"그런데 그걸 다 어디에 쓰려는 거죠?"

케너는 고개를 가로저었다.

"아무도 몰라. 우리가 알아내려는 게 바로 그거야."

"교수님은 어디에 쓰려는 거라고 생각하세요?"

"생각하기도 싫어."

케너는 롤빵이 담긴 바구니를 집어들었다.

"빵 먹을 사람?"

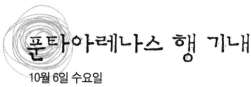

푼타아레나스 행 기내

10월 6일 수요일
3:01 AM

제트기는 밤새도록 비행을 계속했다.

객실 앞쪽은 어둑어둑했다. 사라와 산종은 간이침대에서 자고 있었지만 에번스는 잠을 청할 수 없었다. 그는 뒷자리에 앉아 창밖의 달빛 아래 은색 융단처럼 빛나는 구름층을 내다보았다.

맞은편에는 케너가 앉아 있었다.

"참 아름다운 세계야. 안 그런가? 수증기는 우리 행성이 가진 뚜렷한 특징 중의 하나라네. 저런 아름다움을 만들어내지. 그런데도 수증기의 성질에 대해 과학적으로 아는 게 별로 없다는 건 놀라운 일이야."

"정말이에요?"

"대기는 사람들이 흔히 생각하는 것보다 훨씬 더 까다로운 수수께끼야. 간단한 예를 하나 들어볼까? 지구 온난화 때문에 구름이 더 많아질지 아니면 적어질지 확실하게 대답할 수 있는 사람은 아무도 없어."

"잠깐만요. 지구 온난화는 기온을 상승시키고, 그러니까 바다에서 더 많은 수분이 증발하고, 수분이 많아지면 구름도 많아지잖아요."

"그렇게 생각할 수도 있지. 하지만 기온이 올라가면 공기 중에 수증기 함량도 많아지고, 그렇다면 구름은 오히려 적어질 수도 있지."

"그래서 어느 쪽이에요?"

"아무도 모른다니까."

"그렇다면 기후에 대한 컴퓨터 모델은 어떻게 만들어요?"

그러자 케너가 미소를 지었다.

"운량(雲量)에 대한 부분에서는 어림짐작을 하는 거지."

"어림짐작이요?"

"글쎄, 물론 과학자들이 그걸 어림짐작이라고 부르진 않아. 추산(推算)이라고 하거나 매개변수화 또는 근삿값이라고 하지. 그렇지만 우리가 잘 모르는 것에 대해서는 근삿값을 알아내는 것조차 불가능하거든. 사실은 어림짐작에 불과한 거야."

에번스는 두통이 시작되려는 기미를 느꼈다.

"저도 눈 좀 붙여야겠네요."

케너는 손목시계를 들여다보며 이렇게 말했다.

"좋은 생각일세. 착륙하려면 아직도 여덟 시간이나 남았으니까."

객실 승무원이 잠옷을 갖다주었다. 에번스는 화장실로 들어가 옷을 갈아입었다. 밖으로 나왔을 때 케너는 아직도 그 자리에 그대로 앉아 달빛에 물든 구름층을 내다보고 있었다. 에번스는 뻔히 실수인 줄 알면서도 그에게 말을 걸었다.

"그런데 말이죠, 아까 교수님이 바누투 소송은 재판까지 가지도 못할 거라고 하셨잖아요."

"그랬지."

"왜죠? 해수면 자료 때문인가요?"

"그래, 그것도 있지. 해수면이 상승하지도 않았는데 자기네 나라가 물에 잠긴다고 주장하긴 힘들 테니까."

"그렇지만 해수면이 상승하지 않았다는 건 곧이듣기 어렵네요. 신문을 봐도 상승한다는 기사가 수두룩하고, 텔레비전에도 날마다 보도되고……"

"아프리카살인벌(브라질에서 아프리카 꿀벌과 유럽 꿀벌을 교배시켜 만든 변종. 공격성이 매우 강하여 북미 양봉산업에 큰 피해를 입혔음)에 대한 얘기 생각나나? 몇 년 동안 그 얘기로 세상이 떠들썩했지. 그 벌들은 아직도 남아 있지만 요즘은 별일 없는 것 같더군. Y2K 문제는 어땠나? 그 당시엔 신문 기사마다 재앙이 임박했다고 아우성이었지. 몇 달 동안이나 그랬어. 그런데 나중에 보니 사실이 아니었잖아."

에번스는 Y2K 문제와 해수면 문제는 아무 상관도 없다고 생각했다. 그래서 그렇게 주장하고 싶은 충동을 느꼈지만 문득 자신이 하품을 참고 있었다는 사실을 깨달았다. 케너가 말했다.

"너무 늦었네. 그 문제에 대해서는 아침에 다시 얘기하지."

"안 주무실 거예요?"

"아직. 할 일이 있거든."

에번스는 다른 사람들이 자고 있는 앞쪽으로 걸어갔다. 그는 통로를 사이에 두고 사라의 건너편에 누워 담요를 턱밑까지 끌어 덮었다. 그러자 발이 삐져 나왔다. 그는 일어나 앉아 담요로 발을 감싸고 다시 드러누웠다. 담요는 겨드랑이에도 미치지 못했다. 그는 객실 승무원에게 가서 담요를 하나 더 달라고 할까 생각했다.

그러다가 곧 잠들어버렸다.

잠에서 깨어나자 강렬한 햇살에 눈이 부셨다. 에번스는 은식기가 쨀랑거리는 소리를 듣고 커피 냄새를 맡았다. 그는 눈을 비비며 일어나 앉았다. 객실 뒤쪽에서 다른 사람들이 아침 식사를 하고 있었다.

손목시계를 보았다. 여섯 시간이 넘게 잔 것 같았다.

그는 객실 뒤쪽으로 걸어갔다. 사라가 말했다.

"빨리 먹어둬. 한 시간 안에 착륙할 테니까."

그들은 계단을 내려가 마르소델마르의 활주로를 밟으며 바다 쪽에서 불어오는 싸늘한 바람에 부르르 몸을 떨었다. 그들을 둘러싼 대지는 녹색의 나지막한 늪지대였고 공기는 차디찼다. 에번스는 저 멀리 삐죽삐죽 솟아오른 눈 덮인 봉우리들을 바라보았다. 칠레 남부의 엘포가라 산맥이었다.

"지금 여름철인 줄 알았는데."

그러자 케너가 말했다.

"맞네. 적어도 늦봄이라고 해야겠지."

비행장이라고는 해도 작은 목조 터미널과 물결무늬 강판으로 지은 거대한 반원형 막사 같은 격납고들이 전부였다. 구내에는 다른 비행기도 일고여덟 대쯤 있었지만 모두 4엔진 프로펠러기였다. 그중 몇 대는 바퀴 위쪽에 상하 이동이 가능한 스키형 착륙장치가 달려 있었다.

"딱 맞춰 오는군."

케너가 비행장 너머의 구릉지대를 가리켰다. 랜드로버 한 대가 덜컹거리며 달려오고 있었다.

"가자구."

크기는 겨우 널찍한 방 하나만하고 벽마다 얼룩지고 색 바랜 항공지도로 뒤덮인 작은 터미널에서 일행은 랜드로버가 싣고 온 파카와 부츠 등의 장비를 착용했다. 파카는 모두 선홍색이나 주황색이었다. 케너가 말했다.

"각자 사이즈에 맞는 옷을 준비하려고 나름대로 신경 썼네. 내복과 보온 모자도 잊지 말도록."

에번스는 사라 쪽을 돌아보았다. 그녀는 바닥에 주저앉아 두꺼운 양말과 부츠를 신고 있었다. 그러더니 브라만 남기고 거리낌 없이 옷을 벗은 후 내복 상의에 머리를 밀어넣었다. 그녀의 동작은 신속하면서도 사무적이었다. 남자들 쪽은 거들떠보지도 않았다.

산종은 벽에 걸린 지도들을 살펴보고 있었는데 특히 그중 하나에 각별한 관심을 가진 듯했다. 에번스도 그쪽으로 다가갔다.

"이게 뭐죠?"

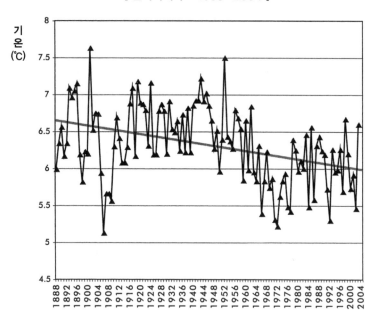

[푼타아레나스 1888~2004]

출처 _ giss.nasa.gov

"푼타아레나스의 기상 관측소에서 나온 기록이죠. 이 근처예요. 전 세계 도시 중에서 남극 대륙에 제일 가까운 곳이죠."

그는 도표를 툭툭 치며 웃었다.

"지구 온난화의 증거가 여기 있네요."

에번스는 도표를 바라보며 눈살을 찌푸렸다.

케너가 손목시계를 들여다보면서 말했다.

"자, 다들 서둘러. 10분 후에 비행기가 뜰 테니까."

에번스가 물었다.

"우리가 가는 데가 정확히 어디죠?"

"테러 산에서 제일 가까운 베이스캠프. 웨들 기지라는 곳이야. 뉴질 랜드인들이 운영하지."

"거기 뭐가 있는데요?"

그러자 랜드로버 운전자가 말했다.

"뭐 별거 없죠."

그러고는 웃으면서 이렇게 덧붙였다.

"요즘 날씨를 보아하니 거기까지 무사히 가면 행운이겠네요."

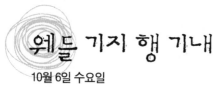

웨들 기지 행 기내

10월 6일 수요일
8:04 AM

에번스는 허큘리스 수송기의 좁다란 유리창 너머로 바깥을 내다보고 있었다. 프로펠러의 진동 때문에 졸음이 밀려왔지만 그는 저 아래에 펼쳐진 풍경에 넋을 잃었다. 잿빛 빙판이 끝없이 이어졌고 그 경치를 방해하는 것은 이따금 나타나는 안개와 검은 암반이 전부였다. 그곳은 햇빛을 찾아볼 수 없는 단색의 세계였다. 그리고 광활했다.

케너가 말했다.

"어마어마하지. 사람들은 남극 대륙의 규모를 잘 몰라. 대부분의 지도를 보면 아래쪽 변두리에 겨우겨우 표시돼 있기 때문이지. 그런데 알고 보면 남극 대륙은 지구상에서 꽤 넓은 부분을 차지하고 기후에도 큰 영향을 미치는 중요한 요소라네. 면적은 유럽이나 미국 땅의 한 배 반이나 되는데다가 전 세계 얼음 양의 90퍼센트를 보유하고 있는 거대한 대륙이야."

그러자 사라가 말했다.

"90퍼센트요? 그럼 지구상의 나머지 지역엔 10퍼센트밖에 없다는 거예요?"

"사실 그중에서도 4퍼센트는 그린란드가 갖고 있으니까 킬리만자로, 알프스, 히말라야, 스웨덴, 노르웨이, 캐나다, 시베리아 등등 지구상의 나머지 빙하들을 모두 합쳐도 전 세계 얼음 양의 6퍼센트에 불과하지. 그러니까 지구상의 동결된 물 중에서 거의 대부분이 바로 이 남극 대륙에 있다는 거야. 얼음 두께가 오륙 마일이 넘는 곳도 수두룩하니까."

그 말을 듣고 에번스가 말했다.

"여기서 얼음이 녹는다고 사람들이 걱정하는 것도 무리가 아니군요."

케너는 아무 대꾸도 하지 않았다.

산종은 고개를 절레절레 흔들고 있었다.

에번스가 말했다.

"사실이잖아요. 남극 대륙이 녹아내리잖아요."

산종이 대답했다.

"사실은 그렇지 않아요. 원한다면 참고자료를 보여드리죠."

그러자 케너가 말했다.

"자네가 자는 동안 산종과 내가 자네한테 현실을 제대로 알려줄 방법을 의논해봤네. 아무래도 자넨 너무 무지해서 말이야."

에번스는 얼굴이 굳어지고 말았다.

"무지하다구요?"

"나로서는 다른 표현을 못 찾겠군. 피터, 이런 일에 관심을 갖는 것까지는 좋은데, 자네가 하는 말을 들어보면 뭘 몰라도 한참 몰라서 탈이야."

에번스는 화를 억누르며 말했다.

"이것 보세요. 남극 대륙은 녹고 있다구요."

"같은 말을 반복한다고 그게 사실이 되나? 자료에 의하면 남극 반도라고 부르는 비교적 작은 지역에서 얼음이 녹고 거대한 빙하들이 떨어져 나가는 중이지. 이건 해마다 보도되는 일이야. 그렇지만 전체적으로 본다면 남극 대륙은 오히려 더 추워지고 얼음층도 점점 더 두꺼워지고 있단 말이야."

"남극 대륙이 추워져요?"

산종이 노트북 컴퓨터를 꺼내더니 작은 휴대용 버블젯 프린터를 연결했다. 그러고는 노트북의 모니터를 열어젖혔다.

케너가 말했다.

"우리가 내린 결론은 이거였네. 앞으로는 자네한테 아예 근거 자료를 보여줘야겠다는 거지. 모든 걸 하나하나 설명한다는 건 너무 따분한 노릇이니까."

프린터가 징징거리며 종이 한 장을 토해내기 시작했다. 산종이 그것을 에번스에게 건네주었다.

P. T. 도런, J. C. 프리스큐, W. B. 라이언스, J. E. 월시, A. G. 파운튼, D. M. 맥나이트, D. L. 무어헤드, R. A. 버지니아, D. H. 월, G. D. 클로, C. H. 프리슨, C. P. 맥케이, A. N. 파슨스, 2002, 〈남극권 기후의 냉각 현상과 육상 생태계의 반응〉, 《네이처》 415: 517~20.

1986년부터 2000년까지 남극 대륙 중심부의 분지들은 매 10년마다 0.7°C씩 기온이 떨어졌고 생태계는 심각한 냉해를 입었다.

J. C. 코미소, 2000, 〈정위치(定位置) 측정값 및 인공위성 적외선 측정값을 통해 고찰한 남극 대륙의 표면 온도 변화와 그 동향〉, 《기후학회지》 13: 1674~96.

지난 20년 사이에 경미한 냉각 현상이 일어났다는 증거가 위성 자료와 지상 관측소 자료에서 공통적으로 발견되었다.

I. 조핀, S. 툴라치크, 2002, 〈남극 대륙 서부, 로스 빙붕의 양성 질량균형〉, 《사이언스》 295 : 476~80.

측방감시 레이더의 측정값에 의하면 남극 대륙 서부의 빙상이 매년 26.8기가톤의 비율로 증가하고 있다. 지난 6,000년간의 해빙 추세가 역전된 것이다.

D. W. J. 톰슨, S. 솔로몬, 2002, 〈최근 남반구에서 발생한 기후 변화에 대한 해석〉, 《사이언스》 296 : 895~99.

남극 반도는 몇 도쯤 따뜻해진 반면에 내륙 쪽은 다소 냉각되었다. 빙붕들은 후퇴했으나 해빙(海氷)은 오히려 증가했다.

J. R. 프티, J. 주젤, D. 레이너드, N. I. 바르코프, J.-M. 바르놀라, I. 바실레, M. 벤더, J. 차펠라스, M. 데이비스, G. 들레이그, M. 델모트, V. M. 코틀랴코프, M. 르그랑, V. Y. 리펜코프, C. 로리우스, L. 피핀, C. 리츠, E. 샐츠먼, M. 스티브너드, 1999, 〈남극 대륙의 보스토크 빙핵(氷核)을 통해 확인한 과거 420,000년 동안의 기후 및 대기 변천사〉, 《네이처》 399 : 429~36.

420,000년 전으로 거슬러 올라가는 마지막 네 차례의 간빙기(間氷期) 동안 지구는 지금보다 따뜻했다.

J. B. 앤더슨, J. T. 앤드루스, 1999, 〈남극 웨들 해 빙상의 전진과 후퇴에 관한 방사성탄소 연대측정〉, 《지질학》 27 : 179~82.

오늘날 남극 대륙에서 녹아내린 얼음의 양은 마지막 간빙기의 그것에 비해 오히려 적은 편이다.

J. 류, J. A. 커리, D. G. 마틴슨, 2004, 〈최근 남극권 해빙의 변화 추이에 대한 분석〉, 《지구물리학 연구현황》 31 : 10.1029/2003 GL018732.

1979년 이후 남극권의 해빙이 증가했다.

N. K. 브야스, M. K. 다슈, S. M. 반다리, N. 카레, A. 미트라, P. C. 판데이, 2003, 〈오션 새트 1호(OCEANSAT-1, 인도의 해양학 연구위성)의 MSMR 측정 기록에 근거한 남극권 해

빙 양의 장기 추세〉, 《세계원격탐사저널》 24: 2277~87.
해빙의 증가 추세가 가속화되고 있는 듯하다.

C. L. 파킨슨, 2002, 〈1979~99년 남극해 해빙철의 기간 변화〉, 《빙하학 연보》 34: 435~40.
남극 대륙의 대부분 지역에서 해빙철이 길어져 1979년에 비해 21일 더 지속되었다.

에번스가 말했다.

"네, 좋아요, 여기 보니 약간의 냉각 현상이 있었다고 하네요. 그런데 반도 쪽은 몇 도쯤 올랐다는 말도 있군요. 사실 이게 더 중요한 부분인 것 같은데요. 게다가 그 반도는 대륙 전체에서도 꽤 큰 부분이겠죠?"

그는 그 종이를 옆으로 휙 던졌다.

"솔직히 말하자면 별로 인상적인 내용이 아니네요."

그러자 산종이 말했다.

"남극 반도는 대륙 전체의 2퍼센트에 불과해요. 그리고 솔직히 말하자면 저는 형씨가 그 자료 중에서 제일 중요한 사실에 대해 아무 말도 안하는 게 놀랍군요."

"그게 뭔데요?"

"조금 아까 형씨가 남극 대륙이 녹아내린다고 했을 때 말인데요. 그게 6천 년 전부터 녹고 있었다는 사실도 알고 있었던 겁니까?"

"구체적으로 알았던 건 아니죠."

"그럼 대강은 알고 있었나요?"

"아뇨, 몰랐어요."

"그럼 남극 대륙이 녹아내리는 게 새로 나타난 현상이라고 생각했나요?"

"전보다 더 빨리 녹는다고 생각한 거죠."

그러자 케너가 말했다.

"차라리 그냥 놔두는 게 낫겠어."

산종도 고개를 끄덕거리며 컴퓨터를 치우기 시작했다.

에번스가 말했다.

"아뇨, 아뇨. 두 분이 말씀하시는 내용에 저도 관심이 있어요. 마음을 닫아걸고 있는 건 아니에요. 기꺼이 새로운 정보를 받아들일 수 있단 말예요."

그러자 케너가 말했다.

"그런 정보를 방금 보여줬잖아."

에번스는 그 종이를 도로 집어들고 꼼꼼히 접었다. 그러고는 호주머니에 넣으면서 말했다.

"이런 연구는 아마 석탄업계에서 자금을 댔을 거예요."

케너는 이렇게 대꾸했다.

"그럴지도 모르지. 그렇게 생각하면 앞뒤가 척척 들어맞기도 하고. 그런데 따지고 보면 모든 사람이 누군가에게서 돈을 받지. 자네는 누구한테서 월급을 받나?"

"우리 회사죠."

"그 회사는 누구한테서 돈을 받지?"

"고객들이죠. 우리 고객은 수백 명이나 되구요."

"자넨 그 고객들 전부를 위해서 일해주고 있나?"

"제가 개인적으로요? 아니죠."

"사실 자네는 주로 환경 분야의 고객들을 상대하고 있지. 안 그런가?"

"대개는 그렇죠. 맞아요."

"그렇다면 환경 분야의 고객들이 자네한테 월급을 주는 거라고 해도 틀린 말은 아니겠지?"

"그렇게 말할 수도 있겠죠."

"난 그냥 물어보는 거야, 피터. 환경 분야의 고객들이 자네한테 월급을 주는 거라고 해도 아주 틀린 말은 아니지?"

"그래요."

"좋아. 그렇다면 자네가 지금과 같은 견해를 갖게 된 것은 환경론자들을 위해 일하고 있기 때문이라고 생각해도 되겠나?"

"물론 그건 아니고……"

"돈에 팔려 환경운동에 알랑거리는 건 아니란 말이지?"

"그래요. 사실 저는……"

"환경운동의 끄나풀이 아니다? 지원금이나 타먹으며 언론을 주물럭거리는 집단, 그 자체가 수십억 달러 규모의 경제 산업이 되어버린 집단, 공공의 이익과 반드시 일치한다고 볼 수 없는 자기들만의 속셈을 가진 그 집단의 대변자가 아니란 말이지?"

"젠장……"

"그런 말을 들으니까 화가 나는 모양이지?"

"당연하죠!"

"좋아. 방금 자네가 했던 말처럼 과학자들을 싸잡아 욕하는 말을 들을 때마다 청렴결백한 과학자들이 어떤 기분이었는지 이젠 자네도 알겠지? 산종과 내가 자네한테 준 것은 그런 과학자들이 모든 자료를 면밀히 분석하고 동료들의 재검토를 거쳐 내놓은 결과물이었어. 연구팀도 각기 다르고 출신 국가도 각기 다르지. 그런데 자네가 보여준 반응은 우선 그걸 무시해버리는 거였고, 그 다음은 인신공격이었어. 자료

내용에 대해서는 일언반구도 하지 않았지. 반론의 증거를 제시하지도 않았고. 그저 빈정거리면서 깎아내리는 데 급급했던 거야."

에번스는 이렇게 대꾸했다.

"웃기지 마세요. 교수님은 모든 일에 대해서 정답을 알고 있다고 생각하시죠? 그런데 한 가지 문제가 있다구요. 교수님의 말에 동의할 사람은 아무도 없다는 거죠. 남극 대륙이 점점 추워진다고 믿는 사람은 이 세상에 아무도 없단 말예요."

"이 과학자들은 그렇게 믿고 있잖아. 그런 자료도 발표했고."

에번스는 두 손을 번쩍 들었다.

"그만둡시다. 이 얘기는 더 이상 하고 싶지 않네요."

그는 비행기 앞쪽으로 걸어가서 의자에 털썩 앉아 팔짱을 끼고 창밖을 내다보았다.

케너가 산종과 사라를 바라보며 물었다.

"커피 마실 사람?"

케너와 에번스를 지켜보면서 사라는 적잖이 거북스러웠다. 그녀는 지난 2년간 모턴 밑에서 일했지만 환경 문제에 대한 고용주의 열정에 공감한 적은 한 번도 없었다. 이 기간 동안 사라는 줄곧 어느 젊고 잘생긴 배우와 격렬하고 자극적인 관계를 유지하고 있었다. 두 사람이 함께 보내는 시간은 뜨거운 격정의 밤과 성난 말다툼, 문을 쾅쾅 닫는 소리, 눈물의 화해, 질투, 그리고 바람기의 연속이었다. 그래서 그녀는 스스로 인정하기도 싫을 만큼 괴로워하고 있었다. 그러다 보니 일 때문에 꼭 필요한 경우를 제외하고는 NERF에 대해서도, 그리고 모턴이 관여하는 다른 환경 문제에 대해서도 관심을 가질 만한 여유가 없었다. 적어도 그 망나니 같은 배우가 연속극에서 공연한 여배우와 함께 있는 사진이 주간지 《피플》에 실릴 때까지는 그랬다. 그날 사라는 도저히 더 이상 참을 수 없다는 결론을 내렸고, 당장 휴대폰에서 그의 번호를 지워버리고 비로소 일에 전념하기 시작했다.

그러나 지구의 현재 상태에 대해서는 그녀 역시 에번스처럼 막연한 견해를 갖고 있을 뿐이었다. 비록 에번스가 좀더 공격적으로 자신의 의견을 내세우고 자기 생각이 옳다고 확신하는 편이지만, 기본적인 면에서는 사라의 견해도 에번스와 그리 다르지 않았다. 그런데 케너가 나타나서 수많은 의혹을 차례로 던져주고 있는 것이었다.

사라는 방금 케너가 말한 것들이 모두 정확한 사실인지 알쏭달쏭하기만 했다. 그리고 케너와 모턴이 어떻게 친해졌는지도 궁금했다.

그래서 케너에게 물었다.

"회장님과도 이런 토론을 해보셨나요?"

"돌아가실 때까지 몇 주 동안 그랬지."

"회장님도 에번스처럼 그렇게 반론을 제기하셨나요?"

그러자 케너가 고개를 저었다.

"아냐. 그때쯤엔 이미 알고 계셨으니까."

"알다니 뭘요?"

바로 그때 인터콤에서 흘러나오는 조종사의 목소리가 두 사람의 대화를 방해했다.

"희소식입니다. 웨들 쪽의 날씨가 맑아졌고 우린 10분쯤 뒤에 착륙합니다. 빙판에 착륙해본 경험이 없는 분들을 위해서 말씀드리는데, 안전벨트는 낮은 위치에 단단히 매시고 소지품은 안전한 곳에 잘 치워두시기 바랍니다. 이거 괜히 하는 소리가 아닙니다."

비행기가 곡선을 그리며 서서히 하강하기 시작했다. 사라가 창밖을 내다보니 두툼한 흰눈에 덮인 광활한 얼음 벌판이 펼쳐져 있었다. 그

리고 저 멀리 절벽 위에는 빨강, 파랑, 녹색 등 선명한 빛깔의 건물들
이 줄지어 서서 파도치는 잿빛 바다를 내려다보고 있었다.

케너가 말했다.

"저기가 웨들 기지야."

웨들 기지

10월 6일 수요일

11:04 AM

크기를 제외하면 마치 아이들의 장난감 블록처럼 생긴 건물들을 향해 터벅터벅 걸으면서 에번스는 길목에 놓인 얼음 덩어리들을 발끝으로 툭툭 차 던졌다. 아직도 기분이 언짢았다. 케너에게 무자비하게 당했다는 느낌이었다. 이제야 깨달은 일이지만 케너도 결국 상식이라는 이유만으로 모든 상식을 부정해버리는 무조건적인 반론 중독자에 지나지 않았다.

그러나 적어도 며칠간은 이 괴짜와 동행하게 되었으니 최대한 케너를 피하는 것이 상책이라는 결론을 내렸다. 물론 토론에 끌어들이지도 말아야 했다. 극단론자와 논쟁을 벌여봤자 쓸데없는 짓이니까.

그는 자신의 곁에서 얼음 비행장을 가로질러 걷고 있는 사라를 돌아보았다. 찬 공기 때문에 볼이 발그레했다. 정말 아름다웠다. 에번스가 말했다.

"저 사람, 아무래도 맛이 갔어."

"케너?"

"그래. 네 생각엔 어때?"

사라는 어깨를 으쓱거렸다.

"그럴지도 모르지."

"나한테 준 자료도 가짜였을 거야."

"그거야 간단히 확인할 수 있지."

두 사람은 발을 탁탁 털며 첫 번째 건물로 들어갔다.

웨들 연구 기지에는 서른 명 남짓한 과학자들과 대학원생, 기술자, 그리고 보조원들이 머물고 있었다. 에번스는 뜻밖에 기지 내부가 제법 쾌적한 것을 보고 반가워했다. 편안한 카페테리아도 있었고, 러닝머신 여러 대를 설치한 넓은 체육실과 오락실까지 있었다. 끊임없이 파도치는 바다를 내다볼 수 있는 대형 전망 창도 있었다. 다른 창문들은 서쪽으로 하얗게 뻗어 있는 광활한 로스 빙붕(남극 대륙의 만입부를 이루고 있는 세계 최대의 유빙 덩어리로, 스페인의 면적과 비슷한 규모)을 바라보고 있었다.

기지 책임자가 그들을 따뜻이 맞아주었다. 소장은 맥그리거라는 과학자였는데, 몸집이 크고 턱수염을 길게 길러 마치 양털 조끼를 입은 산타클로스처럼 보였다. 그런데 맥그리거도 케너의 명성을 전해들은 모양이어서 에번스는 또 기분이 나빴다. 두 남자는 만나자마자 친근한 대화를 나누기 시작했다.

에번스는 이메일을 확인해야 한다는 핑계로 그 자리를 떠났다. 그는 컴퓨터 단말기 몇 대가 놓인 방으로 안내되었다. 그중 하나로 곧장 과학잡지 《사이언스》의 웹사이트에 들어갔다.

산종이 가르쳐준 참고문헌들이 진짜였음을 확인하는 데는 그리 오랜 시간이 걸리지 않았다. 에번스는 온라인용 개요를 읽은 후 원문도 읽어보았다. 그러면서 차츰 기분이 나아지기 시작했다. 케너가 측정자료를 정확하게 요약한 것은 사실이었다. 그러나 그 자료에 대한 케너의 설명은 저자들의 그것과 딴판이었다. 이 논문들을 쓴 저자들은 지구 온난화 현상을 굳게 믿었다. 그리고 논문에도 그렇게 밝혔다.

적어도 대부분의 저자들은 그랬다.

문제가 좀 복잡하기는 했다. 그중 한 논문의 경우, 공저자들은 지구 온난화라는 위협이 실제로 존재한다고 믿는 것처럼 말했지만 그들이 내세운 측정자료는 본문의 내용과 정반대인 것 같았다. 그러나 에번스는 논문 하나를 작성하는 일에 대여섯 명의 공저자가 매달리다 보면 이렇게 명백한 모순이 생길 수도 있다고 생각했다. 어쨌든 그들은 지구 온난화라는 개념을 지지하고 있었다. 중요한 것은 바로 그 점이었다.

그러나 더욱더 혼란스러운 것은 로스 빙붕의 얼음 두께가 증가하고 있다는 내용의 논문이었다. 여기서 에번스는 몇 가지 심난한 문제를 발견했다. 첫째로, 저자는 이 빙붕이 지난 6천 년 동안, 즉 충적세 이후로 줄곧 녹아내렸다고 말했다. (그러나 에번스는 남극 대륙의 얼음이 녹아내린다는 기사에서 그 현상이 지난 6천 년 동안 진행되었다는 내용을 읽어본 기억이 전혀 없었다.) 만약 그 말이 사실이라면 새로운 현상이라고 보긴 어렵다. 저자는 오히려 그렇게 장기간에 걸친 해빙(解氷) 추세가 마침내 끝나고 얼음이 두꺼워지기 시작했다는 증거가 처음 발견된 것이야말로 진짜 뉴스감이라고 했다. 이 저자는 이 같은 변화가 다음번 빙하기의 시작을 알리는 최초의 징후일 수도 있다고 암시했다.

맙소사!

다음번 빙하기?

그때 등 뒤에서 노크 소리가 들리고 사라가 고개를 들이밀었다.

"케너 교수가 둘 다 와보래. 뭔가 찾아냈나봐. 우린 아마 빙판으로 나가게 될 모양이야."

벽 전체를 덮고 있는 지도상에 별 모양의 거대한 대륙이 있었다. 오른쪽 하단 귀퉁이에 웨들 기지가 있었고, 활처럼 휘어진 로스 빙붕의 외곽선도 눈에 띄었다. 케너가 입을 열었다.

"우린 닷새 전에 보급선 한 척이 입항했다는 사실을 알게 됐네. 이 배는 미시간 대학의 제임스 브루스터라는 미국 과학자의 현장 장비를 싣고 왔지. 브루스터는 아주 최근에 도착한 사람인데, 막판에 급하게 신청했는데도 체류 허가가 떨어졌어. 그 사람이 받는 연구 보조금의 경비 한도가 거액이었기 때문이지. 다시 말해서 이 기지를 운영하는 데 절실하게 필요했던 자금을 일부나마 얻게 됐다는 거야."

에번스가 물었다.

"그러니까 뇌물로 들어왔다는 거죠?"

"그런 셈이지."

"언제 도착했는데요?"

"지난주."

"지금은 어디 있죠?"

"현장에 나가 있어."

케너는 지도를 가리켰다.

"테러 산의 남사면 어딘가에 있나봐. 우리가 가려는 곳도 바로 거길세."

그러자 사라가 물었다.

"그 사람이 미시간 대학 교수라고 하셨죠?"

"아냐. 방금 대학 측에 확인해봤어. 미시간 대학에 제임스 브루스터라는 지구물리학자가 있는 건 사실인데, 지금은 부인이 출산할 때가 가까워져 앤아버에 가 있다는 거야."

"그럼 이 사람은 누구죠?"

"아무도 몰라."

이번에는 에번스가 물었다.

"배에서 내린 장비는 어떤 거였는데요?"

"그것도 아무도 몰라. 원래의 상자에 담긴 채로 현장까지 헬리콥터로 운반됐으니까. 그 사람은 대학원생이라는 두 명을 데리고 벌써 일주일째 거기 나가 있지. 뭘 하는지는 모르겠지만 꽤 넓은 지역을 돌아다니는 중이라 베이스캠프를 자주 옮긴다는군. 지금 그 사람의 정확한 위치를 아는 사람은 기지 내에 아무도 없어."

케너는 목소리를 낮췄다.

"어제 그 대학원생 중의 하나가 컴퓨터 작업을 한다면서 기지로 돌아왔어. 그렇다고 그 친구한테 안내를 부탁할 수야 없지. 이유는 다들 알 테고. 우린 웨들 기지에서 일하는 지미 볼든이라는 직원을 데려갈 거야. 이 지역을 잘 아는 친구지. 날씨 때문에 헬리콥터는 너무 위험하니까 설상차(雪上車)를 타고 가야 해. 설상차로는 거기까지 두 시간쯤 걸리지. 지금 바깥 기온은 남극 대륙의 완연한 봄날이야. 영하 30도. 그러니까 다들 잔뜩 껴입으라구. 질문 있나?"

에번스는 손목시계를 들여다보았다.

"곧 어두워질 시간이잖아요?"

"지금은 봄철이기 때문에 밤 시간이 아주 짧아졌어. 우리가 나가 있는 동안은 줄곧 낮일 거야. 유일한 골칫거리는 바로 이거지."

케너는 다시 지도를 가리켰다.

"전단(剪斷) 지대를 지나가야 한다는 거."

전단 지대

10월 6일 수요일
12:09 PM

일행이 차고 쪽으로 걸어갈 때 지미 볼든이 말했다.

"전단 지대? 별거 아니에요. 그냥 조심하기만 하면 돼요."

사라가 물었다.

"그런데 그게 뭐죠?"

"얼음이 측면에서 오는 힘, 즉 전단력(剪斷力, 물체 안의 어떤 면을 따라 평행으로 작용하는 힘)을 받는 지역이죠. 캘리포니아 일대와 비슷해요. 다만 여기서는 지진이 아니라 크레바스가 발생한다는 게 다르죠. 그게 아주 많거든요. 깊이도 깊고."

"거길 지나가야 돼요?"

"문제없어요. 그 지대를 안전하게 지나갈 수 있도록 2년 전에 도로를 닦아놨거든요. 중간 중간에 있던 크레바스는 전부 메워버렸죠."

그들은 물결무늬 강판으로 만든 차고 안으로 들어갔다. 에번스는 조종실이 빨갛고 무한궤도가 장착된 상자 모양의 차량들이 줄지어 서 있는 것을 볼 수 있었다. 볼든이 말했다.

"이게 바로 설상차라는 겁니다. 에번스 씨와 사라가 한 차에 타고, 케너 박사님이 한 대, 그리고 제가 또 한 대에 타고 앞장서겠습니다."

"한 대에 모두 타고 가면 안 됩니까?"

"기본적인 예방책이죠. 무게를 줄이자는 겁니다. 차가 크레바스에 빠져버리면 곤란하니까."

"크레바스를 메우고 만든 도로가 있다고 하셨잖아요?"

"있기야 있죠. 하지만 그 도로는 빙원에 건설한 건데, 얼음이 날마다 몇 인치씩 움직이거든요. 다시 말해서 도로도 움직인다는 거죠. 걱정 마세요. 눈에 잘 띄게 깃발로 표시해놨으니까."

볼든은 무한궤도 위에 올라섰다.

"자, 설상차의 특징을 설명해드리죠. 보통 자동차와 똑같이 운전하시면 됩니다. 저게 클러치, 핸드브레이크, 가속 페달, 운전대죠. 히터는 여기 이 스위치로 작동하는데……"

그는 스위치를 가리켰다.

"이건 항상 켜두세요. 조종실 내부가 영하 12도쯤으로 유지됩니다. 계기판의 이 볼록한 주황색 경고등은 무선 송신기예요. 여기 이 단추를 누르면 켜지는 거죠. 그리고 차량이 수평에서 30도 이상 기울어도 자동으로 켜져요."

그러자 사라가 물었다.

"우리가 크레바스에 빠진다면 말이죠?"

볼든이 대답했다.

"안심하세요. 그런 일은 없을 겁니다. 저는 그냥 이 차의 특징들을 설명하고 있는 겁니다. 무선 송신기는 차량마다 별도의 신호를 송출하니까 우리가 금방 찾아낼 수 있습니다. 혹시 어떤 이유로든 구조가 필요한 상황이라면 평균 구조 시간이 두 시간이라는 것만 기억해두세요. 식량은 여기, 물은 여기 있습니다. 열흘 동안 충분히 버틸 수 있는 양이죠. 구급상자는 여기, 모르핀과 항생제도 들어 있습니다. 소화기는 여기. 탐험 장비는 이 상자 속에 있죠. 아이젠, 밧줄, 카라비너(등산할 때 사용하는 타원형 또는 D자형의 강철 고리), 뭐든지 다 있습니다. 이건 소형 히터가 달린 스페이스 블랭킷(알루미늄 코팅을 한 얇은 플라스틱 시트로, 보온 효과가 좋음)인데, 이 속에 들어가 있으면 일주일 동안은 얼어 죽지 않고 버틸 수 있죠. 대충 다 설명한 것 같네요. 우린 무전기로 교신합니다. 스피커는 운전실 안에 있고, 마이크는 앞 유리 위쪽에 있습니다. 음성으로 작동하니까 그냥 말만 하면 돼요. 잘들 아셨죠?"

사라가 차에 오르며 대답했다.

"알았어요."

"그럼 출발합시다. 교수님, 다 알아들으신 거죠?"

"그렇소."

케너는 옆 차의 운전석에 올라앉았다. 볼든이 말했다.

"좋습니다. 차에서 내릴 때마다 바깥 기온이 영하 30도라는 것만 잊지 마시기 바랍니다. 손과 얼굴을 잘 가리세요. 피부가 노출되면 1분 이내로 동상에 걸립니다. 그대로 5분이 지나면 그 부분을 잘라내야 할지도 몰라요. 여러분이 손가락이나 발가락, 아니면 코를 모두 온전히 달고 집으로 돌아가지 못하게 된다면 정말 안타까운 일이죠."

볼든은 세 번째 설상차로 다가갔다.

"우린 한 줄로 달립니다. 차간 거리는 차량 석 대 길이. 어떤 상황에서도 그보다 가까워지거나 멀어지면 안 됩니다. 혹시 눈보라가 몰아쳐 가시거리가 떨어지더라도 간격은 그대로 유지하고 속도만 줄입니다. 아시겠습니까?"

다들 고개를 끄덕였다.

"그럼 갑시다."

차고 끝의 물결무늬 셔터 문이 올라가면서 얼어붙은 쇠붙이에서 삐

격거리는 소리가 났다. 바깥은 햇살이 눈부셨다.

볼든이 말했다.

"이 일대는 날씨가 화창할 것 같네요."

그리고 디젤 엔진의 배기가스를 뿜어내며 설상차를 몰고 문을 빠져 나가 선두에 섰다.

설상차는 뼈가 덜거덕거릴 정도로 심하게 흔들렸다. 빙원을 멀리서 보았을 때는 아주 평평하고 밋밋해 보였지만 막상 가까이서 경험해보 니 놀랍도록 울퉁불퉁했다. 곳곳에 긴 고랑과 가파른 언덕이 즐비했 다. 에번스는 배를 타고 험한 바다를 헤쳐나가는 기분이었다. 물론 이 바다는 얼어붙은 바다였고 그들은 느릿느릿 움직이고 있었다.

운전은 사라가 했다. 운전대를 잡은 두 손이 자신만만해 보였다. 에 번스는 그녀 곁의 조수석에 앉아 계기판을 붙잡고 균형을 유지했다.

"지금 속력이 얼마야?"

"시속 14마일쯤."

차가 짤막한 도랑에 처박혔다가 다시 올라갈 때 에번스는 끄응 하고 신음 소리를 토해냈다.

"이런 식으로 두 시간이나 가야 한다는 거야?"

"그렇다잖아. 그건 그렇고, 케너 교수님이 주신 자료는 확인해봤 어?"

에번스는 부루퉁하게 대답했다.

"그래."

"조작된 자료야?"

"아냐."

두 사람이 탄 차는 행렬의 세 번째였다. 그들의 앞에는 케너의 설상차가 있었고, 그 앞에 볼든의 선두차가 있었다.

무전기에서 치익 소리가 났다. 스피커에서 볼든의 목소리가 흘러나왔다.

"자, 이제부터 전단 지대로 들어갑니다. 간격을 유지하고 깃발 사이를 벗어나지 마세요."

에번스는 아무런 차이점도 발견할 수 없었다. 지금까지와 다를 바 없는 빙원이 햇빛을 받아 빛나고 있을 뿐이었다. 그러나 이곳은 도로 양쪽에 붉은 깃발이 있었다. 깃발은 6피트 높이의 말뚝에 설치되어 있었다.

이윽고 전단 지대 속으로 더 깊이 들어갔을 때 에번스는 도로 바깥의 빙판에 아가리를 쩍 벌리고 있는 크레바스들을 볼 수 있었다. 짙푸른 색깔이었고 마치 스스로 빛을 발하는 듯했다. 에번스가 물었다.

"깊이가 얼마나 되죠?"

볼든이 무전기를 통해 대답했다.

"우리가 확인한 것 중에서 제일 깊은 게 1킬로미터였죠. 몇 군데는 천 피트쯤 되지만 대부분은 몇백 피트 이하예요."

"전부 저런 색깔인가요?"

"네, 그렇죠. 더 자세히 들여다볼 생각은 안 하시는 게 좋아요."

엄중한 경고가 무색하게 그들은 곧 깃발들을 뒤로 하고 무사히 전단 지대를 벗어났다. 이제 그들의 왼쪽으로 흰 구름이 걸린 비탈진 산이 보였다.

볼든이 말했다.

"저게 에러버스 산입니다. 활화산이죠. 저건 정상에서 뿜어져 나오는 수증기예요. 이따금 용암 덩어리를 토해내기도 하지만 이렇게 멀리까지 날아오진 않아요. 테러 산은 휴화산이죠. 저 앞에 보이네요. 저기 저 작은 산비탈이죠."

에번스는 실망하고 말았다. 테러 산이라는 이름 때문에 무시무시한 모습을 상상했던 것이다. 정상 부근에 바위가 드러나 있는 완만한 언덕에 불과할 줄이야. 그것이 그 산이라고 가르쳐주지 않았다면 아예 거들떠보지도 않았을 것이다.

"저런 걸 왜 테러 산이라고 부르죠? 별로 안 무서워 보이는데요."

"공포라는 의미의 테러와는 상관없어요. 남극 대륙의 각 지형에 처음 이름을 붙일 당시엔 그걸 발견한 배의 이름을 따서 명명했죠. 테러는 19세기의 어느 배 이름이었던 모양이에요."

사라가 물었다.

"브루스터의 캠프는 어디죠?"

"이제 곧 보일 겁니다. 그런데 여러분은 무슨 조사단인가요?"

그러자 케너가 대답했다.

"우린 IADG에서 나왔소. 국제적인 감찰기관이지. 우리가 하는 일은 미국의 연구 프로젝트가 남극 대륙에 대한 국제협약을 위반하는 일이 없도록 하는 거요."

"아하……"

케너가 말을 이었다.

"브루스터 박사는 너무 급하게 오느라고 IADG의 승인을 받는 데 필요한 연구 보조금 신청서를 제출하지 않았소. 그래서 현장에서 확인하려는 거지. 사무적인 절차일 뿐이오."

그들은 덜컹거리고 우두둑거리며 몇 분 동안 말없이 달려갔다. 캠프는 여전히 눈에 띄지 않았다.

볼든이 말했다.

"허, 캠프를 옮긴 모양이네요."

케너가 물었다.

"브루스터 박사는 어떤 연구를 하고 있는 거요?"

"저도 잘 모르지만 빙하 분리의 과정을 연구한다고 들었어요. 얼음이 어떻게 가장자리로 밀려가 빙붕에서 떨어져 나가는지, 뭐 그런 거 말입니다. 브루스터는 얼음이 바다 쪽으로 이동하는 과정을 기록하려고 얼음 속에 GPS 장치들을 설치하고 있어요."

그 말을 듣고 에번스가 물었다.

"여기서 바다가 가까운가요?"

"10마일이나 11마일쯤 되죠. 북쪽으로요."

이번에는 사라가 물었다.

"빙산의 형성 과정을 연구하는 거라면 어째서 해안에서 이렇게 멀리 떨어진 곳까지 들어온 거죠?"

그러자 케너가 대답했다.

"사실 그 정도는 별로 먼 거리가 아니지. 2년 전에 로스 빙붕에서 떨어져 나온 어느 빙산은 너비가 4마일, 길이는 40마일이나 됐으니까. 로드아일랜드와 맞먹는 크기지. 지금까지 발견된 빙산 중에서 제일 큰 놈 중 하나라구."

에번스는 지겹다는 듯이 콧방귀를 뀌며 사라에게 말했다.

"그런데도 지구 온난화 때문은 아니라는 거네. 그 빙산도 지구 온난화 때문에 생긴 건 아니겠지. 아니고말고."

그러자 케너가 말했다.

"실제로 그것 때문이 아니었어. 그 빙산은 국지적 조건 때문에 떨어져 나온 거니까."

에번스는 한숨을 푹 쉬었다.

"어째서 그 말이 하나도 놀랍지 않을까?"

케너가 말했다.

"피터, 국지적 조건이라는 말은 그렇게 터무니없는 게 아닐세. 여긴 대륙이야. 그런데도 독특한 기상 현상이 없다면 오히려 그게 더 놀라운 일이겠지. 지구 온난화가 사실이든 아니든 간에, 그런 지구 전체의 추세와는 무관한 현상이야."

그러자 볼든이 거들었다.

"맞는 말씀입니다. 이곳에도 뚜렷한 국지적 현상이 있죠. 이를테면 활강(滑降) 바람처럼요."

"무슨 바람이라구요?"

"활강 바람. 중력풍(냉각되어 무거워진 공기가 중력에 의해 경사면 아래로 떨어지면서 발생하는 바람) 말이에요. 알아차리셨는지 모르겠지만 여긴 내륙에 비해 바람이 더 많아요. 내륙 쪽은 바람이 비교적 잔잔한 편이죠."

에번스가 물었다.

"중력풍이 뭔데요?"

"남극 대륙은 간단히 말하자면 얼음으로 뒤덮인 거대한 반구처럼 생겼어요. 내륙이 해안보다 높은 거죠. 그리고 더 추워요. 차가운 공기는 아래로 흘러 내려가는데, 갈수록 속력이 빨라지죠. 그래서 해안에 닿을 때쯤엔 시속 50마일이나 80마일쯤 되기도 해요. 오늘은 별로 심하지 않은 편이지만요."

"그거 다행이군요."

바로 그때 볼든이 말했다.

"저기, 정면을 보세요. 저게 브루스터 교수의 연구 캠프예요."

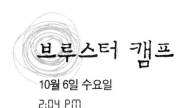

브루스터 캠프

10월 6일 수요일

2:04 PM

캠프는 그리 대단치 않아 보였다. 크고 작은 두 개의 주황색 돔형 텐트가 바람에 펄럭거리고 있을 뿐이었다. 큰 텐트는 장비를 보관하는 용도인 것 같았다. 텐트 천에 밀어붙인 상자들의 윤곽을 볼 수 있었기 때문이다. 에번스는 캠프에서부터 저 멀리까지 몇백 야드마다 한 개씩 주황색 깃발을 꽂은 장치들이 한 줄로 늘어서서 얼음 속에 박혀 있는 것을 보았다.

볼든이 말했다.

"여기서 내립시다. 브루스터 박사는 지금 이곳에 없는 것 같군요. 설상차가 안 보이네요."

그러자 케너가 말했다.

"난 그냥 한 바퀴 둘러보겠소."

그들은 시동을 끄고 차에서 내렸다. 에번스는 차 안이 너무 춥다고 생각했지만 얼음판에 내려섰을 때 온몸을 휘감는 그 매서운 추위는 사뭇 충격적이었다. 그는 놀라서 숨을 헉 들이마셨다가 곧 캑캑거렸다. 그러나 케너는 별다른 반응을 보이지 않았다. 그는 곧장 보급품 텐트로 다가가서 그 안으로 사라져버렸다.

볼든이 깃발들이 늘어선 방향을 가리켰다.

"저기 저 센서 장치들과 나란히 박사의 차가 지나간 자국이 보이죠? 브루스터 박사는 센서들을 점검하러 갔을 겁니다. 이 줄은 서쪽으로 거의 백 마일이나 이어져 있죠."

그러자 사라가 말했다.

"백 마일이요?"

"그렇습니다. 거기까지 GPS 무선 송신 장치를 설치했어요. 그것들이 신호를 전송하면 박사는 그것들이 얼음과 함께 어떻게 이동하는지를 기록하는 거죠."

"그렇지만 움직임이 별로 없을 텐데……"

"며칠 동안이라면 그렇겠죠. 하지만 이 센서들은 꼬박 일 년이나 그 이상 설치해두는 겁니다. 그동안 계속 웨들 기지로 자료를 전송하는 거죠."

"브루스터 박사가 그렇게 오랫동안 머물러 있는 건가요?"

"아, 그건 아니고, 아마 곧 돌아갈 겁니다. 이곳에 계속 남아 있으려면 경비가 너무 많이 들거든요. 연구비는 처음 21일 동안의 체류 비용만 지원하고, 그 다음은 몇 달에 한 번씩 와서 기록을 확인하도록 되어 있어요. 그렇지만 자료는 우리가 그쪽으로 보내줄 겁니다. 사실 바로 얼마 전에 그걸 인터넷에 올려놨어요. 이젠 언제 어디서든지 받아볼 수 있는 거죠."

"그러니까 브루스터 박사만 접속할 수 있는 보안 웹페이지를 만들었다는 거죠?"

"바로 그겁니다."

에번스는 추위에 떨며 발을 동동 굴렀다.

"그래서 브루스터가 다시 온다는 거예요, 뭐예요?"

"다시 올 겁니다. 그게 언제일지는 모르지만요."

그때 텐트 안에서 케너가 소리쳐 에번스를 불렀다.

"저를 부르네요."

에번스는 텐트 쪽으로 향했다. 볼든이 사라에게 말했다.

"함께 가고 싶으면 어서 가보세요."

그는 멀리 남쪽을 가리켰다. 구름이 점점 어두워지고 있었다.

"이곳에 너무 오래 있지 않는 게 좋겠어요. 날씨가 험악해질 모양이에요. 기지로 돌아가려면 다시 두 시간이 걸릴 텐데 그 사이에 눈보라가 불어 닥치면 재미없죠. 가시거리가 10피트 이하로 뚝 떨어집니다. 그때는 눈보라가 그칠 때까지 제자리에서 꼼짝도 못해요. 그게 이틀이나 사흘쯤 계속될 수도 있구요."

"제가 가서 그렇게 전할게요."

에번스는 텐트 앞자락을 열어젖혔다. 텐트 내부는 천 색깔 때문에 은은한 주황색으로 물들어 있었다. 바닥에는 나무 상자에서 뜯어낸 판자들이 몇 겹이나 깔려 있었다. 그리고 그 위에는 수십 개의 판지 상자들이 쌓여 있었는데, 겉면에 표시된 내용은 모두 똑같았다. 미시간 대학의 교표, 그리고 녹색 글자들이었다.

미시간 대학

환경과학과

내용물: 연구 장비

극히 예민함

취급 주의

이쪽을 위로

에번스가 말했다.

"이건 진짜인 것 같은데요. 그 사람이 진짜 과학자가 아닌 게 확실해요?"

"자네가 직접 봐."

케너가 판지 상자 한 개를 열어 보였다. 상자 속에는 플라스틱으로 만든 원뿔 모양의 물건들이 겹겹이 쌓여 있었다. 크기는 원뿔형 도로 표지와 비슷했지만 주황색이 아니라 검정색이라는 점이 달랐다.

"이게 뭔지 알겠나?"

에번스는 고개를 저었다.

"아뇨."

그때 사라가 텐트 안으로 들어왔다.

"볼든이 그러는데 곧 날씨가 나빠질 테니까 여기 오래 있으면 안 된대요."

그러자 케너가 말했다.

"걱정하지 마. 오래 걸리진 않을 테니까. 사라는 다른 텐트에 들어가 봐. 혹시 컴퓨터가 있는지 확인해보라구. 어떤 컴퓨터라도 상관없어. 노트북 컴퓨터, 실험 제어기, PDA, 아무튼 마이크로프로세서가 달린 거라면 뭐든지 좋아. 그리고 혹시 라디오 장비도 있는지 찾아보고."

"송신기 말예요, 아니면 음악 듣는 라디오 말예요?"

"안테나가 달린 거라면 뭐든지."

"알았어요."

사라는 돌아서서 다시 밖으로 나갔다.

에번스는 여전히 상자들을 살펴보고 있었다. 세 번째, 그리고 네 번째 상자를 열어보았다. 모두 똑같은 검정색 원뿔이 들어 있었다.

"도무지 모르겠네요."

케너가 원뿔 하나를 집어들더니 빛이 들어오는 쪽으로 방향을 돌렸다. 돋을새김으로 이런 글자가 찍혀 있었다. '일련번호 PTBC-XX-904/8776-AW203 미합중국 국방부.'

"이게 군수품이라는 거예요?"

"맞았어."

"그런데 정체가 뭐죠?"

"원뿔형 PTB의 보호 용기야."

"PTB?"

"초정밀 시한폭탄. 컴퓨터로 밀리세컨드(1/1000초) 단위까지 폭파 시간차를 제어해서 공명 효과를 일으키는 데 쓰는 폭약이지. 폭약 하나하나의 파괴력은 대단찮은 수준이지만 시간차 때문에 주변 물질에 정립파(停立波, 동일한 진폭과 진동수를 가지고 서로 반대방향으로 진행하는 두 개의 파동 조합으로, 간섭 현상에 의하여 한 곳에 머물러 진동하는 파동)를 발생시키는 거야. 바로 거기서 파괴력이 나오는 거지. 정립파에서."

"정립파가 뭔데요?"

"여자애들이 줄넘기 놀이를 하는 거 본 적 없나? 있어? 자, 이때 그 줄을 빙빙 돌리는 게 아니라 아래위로 흔든다면 줄을 따라 앞뒤로 진행하는 고리 모양의 파동이 생기게 되지."

"그렇겠죠……"

"그런데 여자애들이 꼭 알맞게 줄을 흔들면 그 파동이 움직임을 딱 멈춘 것처럼 보일 때가 있어. 줄이 하나의 곡선 모양을 하고 그대로 정지하는 거지. 그런 거 본 적 있나? 그게 바로 정립파야. 앞뒤로 움직이던 파동들이 정확히 일치하면서 마치 멈춰 선 것처럼 보이는 거지."

"이 폭약들이 그런 현상을 일으킨다는 거예요?"

"그래. 본질적으로 정립파는 터무니없이 막강한 힘을 갖고 있어. 현수교를 뒤흔들어 박살낼 수도 있지. 고층건물을 무너뜨릴 수도 있고. 지진의 가장 큰 파괴력도 지각에 발생하는 정립파에서 나오는 거야."

"그러니까 브루스터가 그런 폭약들을…… 한 줄로…… 백 마일이나 설치해놨다? 볼든이 그랬죠? 백 마일이라고?"

"맞아. 그리고 내가 보기에 브루스터의 의도가 뭔지는 의문의 여지도 없어. 우리 친구 브루스터가 노리는 것은 이 빙원에 백 마일 길이의 균열을 만들어 지구 역사상 제일 큰 빙산을 떼어내려는 거라구."

그때 사라가 고개를 들이밀었다.

케너가 물었다.

"컴퓨터를 찾아냈나?"

"아뇨. 거긴 아무것도 없어요. 텅텅 비었어요. 슬리핑백도 없고, 식량도 없고, 개인 소지품도 없어요. 텐트만 달랑 남아 있을 뿐이에요. 그 사람은 떠나버린 거예요."

그러자 케너가 욕설을 내뱉었다.

"좋아. 자, 그럼 잘들 듣게. 이제부터 우리가 해야 할 일을 설명해줄 테니까."

웨들 기지로 돌아가는 길

10월 6일 수요일
2:22 PM

지미 볼든은 고개를 가로저었다.

"안 돼요. 케너 박사님, 죄송하지만 그건 허락할 수 없습니다. 너무 위험해요."

그러자 케너가 말했다.

"뭐가 위험하다는 거요? 지미는 이 두 사람을 데리고 기지로 돌아가고, 나는 브루스터를 만날 때까지 설상차 자국을 따라가겠다는 것뿐인데."

"안 됩니다, 박사님, 모두 함께 가야 합니다."

그러나 케너의 대답은 단호했다.

"지미, 그럴 수는 없소."

"송구스럽지만 박사님은 이 일대에서 어디가 어딘지도 잘 모르시고……"

"잊으신 모양인데, 난 IADG의 감찰관이오. 99년 겨울엔 보스토크 기지에 6개월간 체류했소. 91년엔 모르발에 3개월간 있었고. 나도 알 만큼 안다는 거요."

"글쎄, 그래도……"

"웨들 기지에 연락해봐요. 소장님이 확인해주실 테니까."

"꼭 그러셔야 하는 건지……"

그러자 케너가 딱 잘라 말했다.

"꼭 그래야겠소. 그러니까 이제 두 사람을 데리고 기지로 돌아가요. 시간이 없소."

"좋습니다, 박사님이 괜찮다고 하시니……"

볼든은 에번스와 사라를 돌아보았다.

"그럼 우린 가야겠군요. 어서 차에 타세요. 지금 출발합니다."

몇 분 후 에번스와 사라는 볼든의 설상차를 따라 빙판 위를 덜컹덜컹 달려가고 있었다. 뒤에서는 케너가 차를 몰고 줄지어 꽂힌 깃발을 따라 동쪽으로 향했다. 에번스가 뒤를 돌아보자 때마침 케너가 차를 세우더니 잠시 차에서 내려 깃발 하나를 살펴보고 다시 차에 올라 계속 달리기 시작했다.

볼든도 그 모습을 보았는지 걱정스러운 어조로 물었다.

"박사님이 뭘 하시는 거죠?"

"폭파 장치를 살펴보시는 것 같은데요."

"차에서 내리시면 안 되는데 말입니다. 빙붕에 혼자 나가 있는 것도 안 되구요. 규정에 어긋나거든요."

사라는 볼든이 당장 차를 돌릴 것 같다는 느낌을 받았다.

"케너 박사님에 대해서 하나만 말씀드릴게요, 지미."

"뭔데요?"

"박사님을 화나게 하지 않는 게 신상에 이롭다는 거예요."

"정말입니까?"

"그래요, 지미. 안 그러는 게 좋아요."

"그렇다면…… 알겠습니다."

그들은 계속 차를 달려 긴 오르막길을 지나 반대쪽으로 내려갔다. 이제 브루스터의 캠프는 보이지 않았고 케너의 설상차도 마찬가지였다. 앞쪽에는 로스 빙붕의 희고 광활한 빙원이 멀리 잿빛 지평선까지 뻗어 있었다.

볼든이 말했다.

"두 시간만 가면 뜨거운 물로 샤워를 할 수 있습니다."

처음 한 시간은 별일 없이 지나갔다. 에번스는 잠깐씩 잠들었다가 차가 심하게 흔들릴 때마다 화들짝 놀라며 깨어나곤 했다. 그리고 다음번 충격이 올 때까지 다시 꾸벅꾸벅 졸았다.

사라가 운전하고 있었다. 에번스는 그녀에게 물어보았다.

"피곤하지 않아?"

"그래, 전혀."

이제 지평선 가까이 내려온 태양이 안개 때문에 희미하게 보였다. 주변 풍경은 온통 연회색이라서 지상과 하늘을 분간하기가 힘들 정도였다. 에번스는 하품을 했다.

"내가 대신 운전할까?"

"고맙지만 그냥 내가 할게."

"운전은 나도 꽤 잘한다구."

"알고 있어."

에번스는 사라가 아름답고 매력적이긴 하지만 확실히 보스 기질이 좀 있다는 생각을 했다. 그녀는 자기가 리모컨을 쥐고 있어야만 직성이 풀리는 여자였다.

"주도권을 잡아야 마음이 놓이는 모양이네."

그러자 사라가 빙긋 웃었다.

"그렇게 생각해?"

에번스는 그녀가 자신을 진지하게 남자로 대하지 않는 것이 어떤 면에서는 좀 불쾌하다고 생각했다. 적어도 그녀가 관심을 가질 만한 남자로 생각하지 않는 것만은 분명했다. 사실 그녀도 좀 지나치게 냉정해서 에번스의 취향에 딱 맞는 여자는 아니었다. 얼음장 같은 금발 미녀랄까, 아무튼 그 아름다운 외모 속에는 지나칠 정도로 자제력이 강한 성격이 숨어 있었다.

무전기가 딸깍거렸다. 볼든이 말했다.

"다가오는 날씨가 영 마음에 안 드는군요. 지름길로 가는 게 좋겠습니다."

"지름길이라뇨?"

"겨우 반 마일이지만 시간은 20분이나 절약할 수 있거든요. 따라오세요."

볼든은 설상차의 방향을 왼쪽으로 틀고 단단한 눈길을 벗어나 빙원 속으로 들어섰다.

사라가 대답했다.

"알았어요. 우리도 바로 뒤에 있어요."

"잘했어요. 웨들 기지까지는 아직도 한 시간쯤 남았어요. 이 길은 내가 잘 알아요. 간단히 통과할 수 있죠. 나만 잘 따라오면 돼요. 왼쪽도 오른쪽도 안 되고 정확히 내 뒤에서 따라와야 해요. 아셨죠?"

"알았어요."

"좋아요."

그리고 몇 분이 지났을 때 그들은 도로에서 몇백 야드쯤 떨어진 곳에 있었다. 그곳은 딱딱한 빙판이 드러나 있었는데, 얼음이 설상차의 궤도에 긁혀 끼익끼익 소리가 났다.

"빙판 위를 지나가는 중입니다."

"저도 봤어요."

"이제 조금만 더 가면 돼요."

에번스는 창밖을 내다보았다. 도로는 더 이상 보이지 않았다. 사실 에번스로서는 도로가 어느 쪽에 있는지조차 판단할 수 없었다. 지금은 사방이 다 똑같아 보였다. 갑자기 불안감이 밀려왔다.

"여긴 정말 어디가 어딘지 모르겠군."

그때 설상차가 빙판 위에서 옆으로 조금 미끄러졌다. 에번스는 얼른 계기판을 붙잡았다. 사라가 지체 없이 차의 진로를 바로잡았다.

에번스는 계기판에 매달리다시피 하면서 투덜거렸다.

"맙소사."

사라가 물었다.

"남이 운전할 때 안절부절못하는 스타일이야?"

"조금은 그런가봐."

"음악을 들을 수 없다는 게 좀 아쉽네."

그러더니 볼든에게 물었다.

"혹시 음악을 들을 방법이 있을까요?"

"물론이죠. 웨들 기지에서 24시간 방송을 하거든요. 잠깐 기다려봐 요."

그는 설상차를 세우고 두 사람이 타고 있는 차로 다가왔다. 그리고 는 무한궤도 위에 올라서더니 살을 에는 바람 속에서 문을 열었다.

"가끔 이게 방해가 되거든요."

그는 계기판에 부착된 무선 송신기를 떼어냈다.

"됐어요. 이제 라디오를 만져봐요."

사라가 수신기의 다이얼을 이리저리 돌려보았다. 볼든은 무선 송신기를 들고 자신의 빨간 운전실로 돌아갔다. 그가 기어를 넣자 디젤 엔진이 시꺼먼 배기가스를 내뿜었다.

볼든의 설상차가 앞으로 나아가기 시작할 때 에번스가 그 배기가스를 바라보며 말했다.

"이 동네 사람들은 좀더 환경에 신경 쓸 거라고 생각했는데 말야."

"아직도 음악이 안 잡히네."

"그냥 포기해. 난 뭐 그렇게 절실하지도 않은데 말야."

그들이 백 야드쯤 더 나아갔을 때였다. 볼든이 다시 차를 세웠다.

에번스가 말했다.

"이번엔 또 뭐야?"

볼든이 차에서 내리더니 차 뒤로 돌아가 무한궤도를 살펴보았다.

사라는 여전히 라디오를 만지작거리고 있었다. 다른 전송 주파수를 찾으려고 단추를 차례로 눌러보았지만 그때마다 시끄러운 잡음만 터져나왔다.

에번스가 말했다.

"이거 아무래도 나아질 기미가 안 보이잖아. 그만 포기하라니까. 그건 그렇고, 왜 멈춘 거지?"

"나도 몰라. 뭔가 점검하는 것 같던데."

그때 볼든이 돌아서서 두 사람 쪽을 바라보았다. 그는 움직이지 않았다. 그저 그 자리에 서서 바라보기만 할 뿐이었다.

에번스가 말했다.

"우리도 내려야 하나?"

그 순간 라디오에서 따닥거리는 소리가 나더니 이런 말이 흘러나왔다.

"……웨들 기지에서 전하는 메시지…… 401. 거기 계십니까, 케너 박사님? 웨들 기지에서…… 케너 박사님. 들리십니까……?"

사라가 미소를 머금었다.

"이것 봐. 드디어 뭔가 나오기 시작했잖아."

라디오가 치지직거리다가 탁탁 소리를 냈다.

"지미 볼든이 의식을 잃고 관리실에 쓰러져…… 방금 발견했습니다. 그쪽에 함께 있는…… 누군지는 알 수 없지만…… 아닙니다……"

에번스는 앞쪽에 서 있는 남자를 노려보았다.

"이런 젠장. 저건 볼든이 아니라는 거잖아? 그럼 누구지?"

"나도 모르지만 길을 가로막고 있어. 그리고 기다리는 중이야."

"기다리다니 뭘?"

뒤쪽에서 쩌엉! 하는 요란한 소리가 났다. 그 소리는 마치 총소리처럼 운전실 내부에 메아리쳤다. 그들이 타고 있는 설상차가 조금 미끄러졌다.

사라가 말했다.

"안 되겠다. 저놈을 깔아뭉개는 한이 있더라도 여길 벗어나야겠어."

그녀는 기어를 넣고 후진하여 앞쪽에 서 있는 설상차로부터 물러서기 시작했다. 그러더니 곧 기어를 바꿔 다시 전진했다.

다시 쩌엉!

에번스가 외쳤다.

"빨리 가! 빨리!"

쩌엉! 쩌엉! 설상차가 덜컥 내려앉으며 옆으로 기우뚱거렸다. 에번스는 볼든 행세를 하고 있던 사내를 내다보았다.

사라가 말했다.

"빙판이야. 저놈은 우리 무게 때문에 빙판이 깨지길 기다리는 거야."

에번스는 정면을 가리켰다.

"뭉개버려!"

그 망할 자식이 두 사람을 향해 어떤 손짓을 하고 있었다. 에번스는 그 손짓의 의미를 얼른 이해하지 못했다. 그러다가 문득 깨달았다.

'작별 인사를 하고 있잖아!'

사라가 가속 페달을 꽉 밟아버리자 엔진이 굉음을 울리며 앞으로 움직였다. 그러나 다음 순간 바닥이 푹 꺼지면서 설상차의 차체가 왈칵 기울었다. 에번스는 크레바스의 새파란 얼음벽을 볼 수 있었다. 그때 차체가 앞으로 무너져 내리기 시작했고, 두 사람은 온통 파란색으로 둘러싸인 섬뜩한 세계에 잠시 머물렀다가 이내 까마득한 어둠 속으로 곤두박질치고 말았다.

전단 지대

10월 6일 수요일
3:51 PM

사라가 눈을 뜨는 순간, 마치 거대한 별이 폭발해버린 듯 아찔한 빛줄기가 사방팔방으로 퍼져나갔다. 이마는 얼음장처럼 싸늘했고 목에서는 무시무시한 통증이 느껴졌다. 사라는 조심스럽게 몸을 움직이며 팔다리가 정상인지 확인해보았다. 온몸이 쑤시긴 했지만 뭔가에 짓눌린 오른쪽 다리를 제외하고는 모두 제대로 움직여주었다. 사라는 기침을 하다가 잠시 동작을 멈추고 현재 상황을 점검했다. 그녀는 지금 얼굴을 앞 유리에 들이대고 모로 누워 있는 상태였다. 이마에 부딪혀 앞유리가 깨져버렸는데, 산산이 금이 간 유리 조각과 그녀의 눈 사이의 거리는 겨우 몇 인치에 불과했다. 사라는 얼굴을 뒤로 물리며 천천히 주위를 둘러보았다.

사방이 어두워 마치 땅거미가 진 것 같았다. 왼쪽 어딘가에서 희미한 빛이 비쳐왔다. 그러나 그녀는 설상차의 운전실 전체가 옆으로 누워 있고 무한궤도는 얼음벽에 붙어 있는 것을 확인할 수 있었다. 바위턱 같은 부분에 간신히 걸려 있는 모양이었다. 위쪽을 올려다보니 뜻밖에도 크레바스의 아가리가 아주 가까이 있었다. 30야드나 40야드쯤 되어 보였다. 그만하면 그녀가 큰 용기를 얻을 수 있을 만큼 가까운 거리였다.

이번에는 아래를 내려다보며 에번스의 행방을 찾았다. 그러나 아래쪽은 온통 캄캄할 뿐이었다. 에번스는 흔적도 안 보였다. 그녀의 눈이 서서히 어둠에 적응해갔다. 이윽고 그녀는 흠칫 놀라고 말았다. 자신이 처한 진정한 상황을 이제야 알아차렸기 때문이다.

바위턱 따위는 없었다.

설상차는 좁은 크레바스 속으로 떨어져 내리다가 크레바스의 양쪽 벽 사이에 콱 박혀버린 것이었다. 한쪽 벽에는 두 개의 무한궤도가, 다른 쪽 벽에는 운전실 지붕이 각각 맞닿은 상태였다. 운전실은 허공에 떠 있었고 그 밑은 칠흑 같은 어둠이었다. 그리고 에번스가 타고 있던 쪽의 문이 활짝 열려 있었다.

에번스는 운전실 안에 없었다.

차에서 튕겨나간 것이다.

저 어둠 속으로.

"피터?"

대답이 없었다.

"피터, 내 말 들려?"

귀를 기울여보았다. 아무 반응도 없었다. 소리도, 움직임도.

아무것도 없었다.

그 순간 현실에 대한 깨달음이 뇌리를 강타했다. '난 지금 이 밑에 혼자 있다!' 세상으로부터 완전히 동떨어진 곳, 도로에서도 멀리 벗어난 곳, 길도 없는 빙원 한복판, 게다가 이렇게 꽁꽁 얼어붙은 크레바스 속에 백 피트나 떨어져 내렸다.

그리고 이곳이 곧 자신의 무덤이 될 것을 깨닫는 순간 온몸에 오싹 전율이 일었다.

사라는 볼든이—아니, 누군지는 모르겠지만—이번 일을 위해서 아주 빈틈없는 계획을 세운 모양이라고 생각했다. 그는 두 사람의 무선 송신기마저 가져가버렸다. 몇 마일쯤 가다가 제일 깊은 크레바스에 송신기를 던져버리고 기지로 돌아가면 그만이다. 구조대가 출발하더라도 송신기가 있는 곳으로 찾아갈 텐데, 그녀가 있는 이곳에서 가까운 곳일 리가 없다. 구조대는 며칠 동안 어느 깊은 크레바스를 뒤져보다가 결국 포기하고 말 것이다.

그러나 혹시 수색 범위를 확대한다면? 그렇더라도 설상차를 찾아내지는 못할 것이다. 지상에서 겨우 40야드쯤 떨어졌을 뿐이지만 그 정도의 거리라면 400야드나 떨어진 것과 별반 다를 바가 없다. 어차피 지나가는 헬리콥터나 자동차에서 발견하기에는 너무 깊은 곳이기 때문이다. 물론 자동차가 여기까지 찾아올 가능성도 전혀 없다. 구조대는 설상차가 표시된 도로를 벗어났을 거라고 생각할 테고, 그때부터 도로 부근을 수색할 것이다. 그러나 빙원 한복판에 있는 이곳까지 찾아올 리는 만무하다. 도로의 길이가 장장 17마일이다. 도로 근처만 수색해도 꼬박 며칠이 걸린다.

사라는 생각했다. 그래, 절대로 못 찾을 거야.

어찌어찌 지상까지 올라간다고 치자. 그 다음은? 나침반도 없고, 지도도 없고, GPS도 없다. 무전기도 박살나서 무릎 아래 흩어져 있다. 현재 위치에서 웨들 기지가 어느 쪽에 있는지조차 짐작할 길이 없다.

물론 멀리서도 잘 보이는 선홍색 파카를 입고 있는 것은 사실이다. 보급품도 있고, 식량도 있고, 각종 장비도 있다. 출발하기 전에 그 인간이 떠벌리던 온갖 장비들. 그런데 그것들이 뭐였더라? 등산 장비에 대한 내용이 희미하게 떠올랐다. 아이젠과 밧줄.

사라는 허리를 굽히고 지금까지 연장통에 깔려 있던 발을 빼냈다. 그러고 나서 발밑에 쩍 벌린 아가리처럼 활짝 열려 있는 문을 피해 조심스레 균형을 잡으며 운전실 뒤쪽으로 기어갔다. 크레바스의 영구적인 어스름 속에서 보급품 상자를 찾아낼 수 있었다. 그러나 추락의 충격으로 조금 찌그러져 뚜껑이 열리지 않았다.

그녀는 연장통이 있는 곳으로 돌아가 망치와 드라이버를 꺼냈고, 그때부터 거의 반시간 동안이나 보급품 상자와 씨름했다. 마침내 쇠붙이가 긁히는 날카로운 소리와 함께 뚜껑이 활짝 열렸다. 그녀는 그 속을 들여다보았다.

상자는 비어 있었다.

식량도, 물도, 등산 장비도 없었다. 스페이스 블랭킷도, 히터도 없었다.

아무것도 없었다.

사라는 깊은숨을 들이마셨다가 천천히 내뱉었다. 당황하지 않고 침착성을 유지했다. 지금 어떤 선택이 가능한지 하나하나 꼽아보았다. 밧줄과 아이젠이 없으니 지상으로 올라가는 것은 불가능하다. 혹시 그것들을 대신할 수 있는 물건들은 없을까? 그녀에게는 연장통이 있었다. 드라이버를 피켈 대용품으로 쓸 수 있을까? 너무 작아서 어렵겠다. 변속 레버를 뜯어 피켈을 만들 수도 있다. 아니면 무한궤도를 분해하여 쓸 만한 부품들을 찾아볼 수도 있다.

비록 아이젠은 없지만 나사못처럼 뾰족하고 날카로운 것들을 주워 모아 부츠 바닥에 박아넣으면 얼마든지 빙벽을 오를 수 있다. 그런데 밧줄은? 혹시 천 종류가 있으면…… 그녀는 운전실 안을 둘러보았다. 시트커버를 뜯어낼까? 길게 찢어서 쓸까? 한번 해볼 만하겠다.

사라는 그런 식으로 마음을 가다듬었다. 끊임없이 자신을 채찍질했다. 성공할 가능성이 아무리 적더라도 아직 가능성이 남아 있다는 것이 중요했다. '가능성'이 있다.

그녀는 그 사실에 정신을 집중했다.

케너는 어디 있을까? 혹시 그 무전 내용을 듣게 된다면 어떤 행동을 취할까? 어쩌면 이미 들었는지도 모른다. 그렇다면 곧장 웨들 기지로 돌아갈까? 거의 확실하다. 그리고 그 남자, 지금까지 볼든이라고 생각했던 그놈을 찾아나설 것이다. 그러나 사라는 그 남자가 이미 어디론가 사라졌을 거라고 확신했다.

그리고 그가 사라지는 동시에 그녀가 구조될 수 있는 희망도 함께 사라져버렸을 것이다.

손목시계의 유리가 박살나 있었다. 이 밑에 떨어진 후 시간이 얼마나 흘렀는지는 확인할 길이 없지만 아까보다 어두워진 것만은 분명했다. 머리 위의 틈바구니가 아까처럼 밝지 않았다. 지상의 날씨가 달라졌거나 해가 지평선 가까이 내려갔을 것이다. 그렇다면 벌써 두세 시간째 이곳에 갇혀 있었다는 뜻이다.

사라는 몸이 차츰 뻣뻣해지는 것을 의식하고 있었다. 추락의 충격뿐만 아니라 추위 때문이기도 하다는 사실도 잘 알고 있었다. 운전실 안의 온기는 이미 사라져버린 뒤였다.

문득 엔진이 켜지기만 한다면 히터를 돌릴 수 있을 거라는 생각이 떠올랐다. 시도해볼 만한 일이었다. 그녀는 전조등을 켜보았다. 그중 하나가 정상적으로 작동하여 빙벽을 눈부시게 밝혔다. 배터리에 아직 전기가 남아 있는 것이다.

사라는 점화 스위치를 돌렸다. 제너레이터에서 쇠붙이가 갈리는 소리가 났다. 그러나 시동은 걸리지 않았다.

그런데 그때 고함 소리가 들려왔다.

"어이!"

사라는 지상 쪽을 쳐다보았다. 긴 틈바구니와 그 너머의 좁다란 잿빛 하늘 말고는 아무것도 보이지 않았다.

"어이!"

사라는 눈을 가늘게 떴다. 저 위에 정말 누가 있는 걸까? 그녀도 고함을 질렀다.

"어이! 나 여기 있어요!"

그러자 그 목소리가 말했다.

"어디 있는지 알아."

사라는 비로소 그 목소리가 아래쪽에서 들려온다는 사실을 깨달았다. 그녀는 크레바스 안쪽의 깊숙한 곳을 내려다보았다.

"피터?"

어둠 속에서 피터의 목소리가 들려왔다.

"젠장, 얼어 죽겠네."

"어디 다쳤어?"

"아니, 다치진 않은 것 같아. 잘 모르겠어. 아무튼 움직일 수가 없어. 좁은 틈새 같은 데 끼어버렸나봐."

"얼마나 밑에 있는 거야?"

"나도 몰라. 고개를 돌려 올려다볼 수가 없어. 사라, 난 아주 꽉 박혀 있다구."

떨리는 목소리였다. 겁에 질린 모양이었다.

"전혀 움직이질 못하는 거야?"

"한쪽 팔만 빼고."

"뭐 보이는 거 없어?"

"얼음. 파란 빙벽이 보여. 거리는 2피트쯤."

사라는 두 다리를 벌리고 열린 문의 양쪽을 디디고 서서 크레바스 속을 내려다보며 눈에 힘을 주었다. 아래는 몹시 어두웠다. 그러나 크레바스는 내려갈수록 급격히 좁아지는 것 같았다. 그렇다면 피터가 있는 위치도 그리 멀지 않을 터였다.

"피터. 팔을 움직여봐. 팔을 움직일 수 있어?"

"그래."

"흔들어봐."

"흔들고 있어."

그러나 아무것도 보이지 않았다. 어둠뿐이었다.

"좋아. 됐어."

"날 봤어?"

"아니."

"젠장."

그는 기침을 했다.

"사라, 정말 추워."

"알아. 조금만 참아."

그녀는 그 틈새를 확인할 방법을 찾아야 했다. 계기판 밑의 자동차 내벽에 부착된 소화기 부근을 살펴보았다. 소화기가 있다면 아마 손전등도 있을 것이다. 틀림없이 있을 텐데…… 어딘가에.

계기판 밑에는 없다.

혹시 글러브박스에? 그녀는 그것을 열고 손을 넣어 어둠 속을 더듬어보았다. 종이가 부스럭거리는 소리. 그러다가 굵직한 원통 하나가 손에 잡혔다. 꺼내보았다.

손전등이었다.

스위치를 올려보았다. 불이 켜졌다. 그것으로 크레바스 밑의 깊은 곳을 비춰보았다.

피터가 말했다.

"보여. 불빛이 보여."

"좋아. 다시 팔을 흔들어봐."

"흔들고 있어."

"지금?"

"지금 흔들고 있다구."

그녀는 어둠 속을 뚫어져라 노려보았다.

"피터, 안 보이는데…… 잠깐."

보였다. 무한궤도와 그 밑의 얼음 사이에서 빨간 장갑을 낀 손끝이 잠깐 나타났다가 사라졌다.

"피터."

"왜."

"나하고 아주 가까운 곳이야. 내 밑으로 오륙 피트 정도밖에 안 돼."

"그거 잘됐네. 날 꺼내줄 수 있겠어?"

"가능해. 밧줄만 있다면."

"밧줄이 없단 말이야?"

"없어. 보급품 상자를 열어봤는데 아무것도 없었어."

"그건 보급품 상자에 들어 있는 게 아니야. 좌석 밑에 있다구."

"뭐?"

"그래, 내가 봤어. 밧줄 같은 것들은 조수석 좌석 밑에 있어."

사라는 그곳을 살펴보았다. 좌석 밑에는 운전실 바닥에 단단히 고정된 철제 받침대가 있었다. 그런데 그 받침대에 문이나 보관함 따위는 없었다. 좌석 때문에 사면을 모두 확인하는 것도 쉬운 일이 아니었지만 사라는 곧 확신할 수 있었다. 문은 없다. 그러다가 문득 충동적으로 좌석 쿠션을 들춰보았다. 그 밑에 보관함이 숨어 있었다. 손전등을 비추자 고스란히 드러나는 밧줄, 갈고리, 피켈, 아이젠……

"찾았다. 네 말이 맞았어. 여기 다 있네."

"후유."

사라는 열려 있는 차문 아래로 물건을 떨어뜨리는 일이 없도록 조심스럽게 장비를 끄집어냈다. 벌써 손가락의 감각이 둔해지고 있었다. 한쪽 끝에 빙벽 갈고리가 달린 50피트 길이의 나일론 밧줄을 손에 쥐는 것조차 어설프게 느껴질 정도였다.

"피터. 내가 밧줄을 내려주면 붙잡을 수 있겠어?"

"글쎄. 아마 될 거야."

"내가 끌어올려줄 때까지 밧줄을 꽉 쥐고 버틸 수 있겠어?"

"나도 몰라. 난 지금 한쪽 팔만 쓸 수 있거든. 다른 팔은 몸에 깔려서 움직일 수가 없어."

"한쪽 팔만 가지고 밧줄을 쥐고 버틸 만한 힘이 있긴 있는 거야?"

"나도 몰라. 아마 어렵겠지. 만약에 몸이 반쯤 빠져나왔을 때 밧줄을 놓친다면……"

그의 목소리가 갈라졌다. 당장에라도 울어버릴 것 같은 목소리였다.

"알았어. 걱정하지 마."

"난 여기 갇힌 거야, 사라!"

"아냐, 그렇지 않아."

"정말이야. 갇혔어. 젠장, 꼼짝없이 갇힌 거라구!"

이젠 공포가 가득한 목소리였다.

"난 여기서 죽고 말 거야!"

"피터. 그만해."

사라는 밧줄을 허리에 감으면서 말했다.

"다 잘될 거야. 나한테 계획이 있어."

"어떤 계획인데?"

"빙벽 갈고리가 달린 밧줄을 내려 보낼 거야. 그걸 어딘가에 걸 수 있겠어? 이를테면 허리띠?"

"허리띠는 좀…… 안 되겠어. 사라, 난 지금 여기 꽉 끼어 있어서 움직일 수가 없어. 허리띠까지 손이 닿질 않아."

사라는 그의 상황을 머릿속에 그려보았다. 피터는 빙벽이 쪼개진 틈새에 끼어 있는 것이 분명했다. 상상하기조차 두려운 상황이었다. 피터가 그렇게 겁먹은 것도 무리가 아니었다.

"피터, 어디든 갈고리를 걸 만한 곳을 찾아볼래?"

"해볼게."

"좋아. 지금 내려간다."

그녀는 밧줄을 내려 보냈다. 갈고리가 어둠 속으로 사라졌다.

"봤어?"

"그래, 보여."

"잡을 수 있어?"

"안 돼."

"알았어. 네가 있는 쪽으로 흔들어볼게."

그녀는 손목을 가볍게 회전시켜 밧줄을 좌우로 흔들었다. 갈고리가 시야에서 사라졌다가 다시 나타났다가 다시 사라졌다.

"잡을 수가…… 계속해봐, 사라."

"그러고 있어."

"잡히질 않아, 사라."

"다시 해봐."

"좀더 내려줘야겠어."

"알았어. 얼마나 더 내리면 되지?"

"1피트쯤."

"알았어."

그녀는 밧줄을 1피트쯤 더 내려 보냈다.

"이젠 어때?"

"좋아, 이제 흔들어봐."

그렇게 했다. 사라는 피터가 끙끙거리며 힘쓰는 소리를 들을 수 있었지만 갈고리는 번번이 다시 나타났다.

"못하겠어, 사라."

"할 수 있어. 계속해봐."

"못한다니까. 손가락이 다 얼어버렸다구."

"그래도 계속해. 다시 간다."

"못하겠어, 사라, 도저히…… 어!"

"왜 그래?"

"잡을 뻔했어."

아래를 내려다보니 다시 나타난 갈고리가 뱅글뱅글 돌고 있었다. 피터가 건드렸기 때문이다.

"한 번 더. 할 수 있어, 피터."

"노력 중이지만 아무래도 내가 좀…… 잡았어, 사라. 잡았다구!"

사라는 기나긴 안도의 한숨을 내쉬었다.

피터가 어둠 속에서 기침을 하고 있었다. 사라는 기다렸다.

"됐어. 윗도리에 걸었어."

"윗도리 어디?"

"앞쪽이야. 바로 내 가슴팍."

사라는 그의 모습을 떠올려보았다. 만약 옷이 찢어진다면 갈고리는 곧바로 그의 턱을 뚫고 들어갈 터였다.

"안 돼, 피터. 겨드랑이에 걸어."

"그건 안 돼. 2피트쯤 끌어올려주기 전엔 불가능하다구."

"알았어. 때가 되면 얘기해."

피터가 콜록거렸다.

"그런데 사라, 나를 끌어올릴 힘은 있어?"

지금까지 그녀는 그 문제를 회피하고 있었다. 그냥 어떻게든 해낼 수 있을 거라고 믿어버렸던 것이다. 물론 피터가 얼마나 단단히 끼어 있는지는 알 수 없지만……

"그래. 할 수 있어."

"정말 자신 있어? 난 72킬로그램이야."

그는 다시 콜록거렸다.

"어쩌면 더 나갈지도 몰라. 사오 킬로그램 정도."

"밧줄을 운전대에 묶어놨어."

"그래, 그건 좋은데…… 그래도 떨어뜨리지 말아줘."

"절대 안 떨어뜨려, 피터."

잠시 침묵이 흘렀다.

"그런데 넌 체중이 얼마야?"

"피터, 숙녀한테 그런 거 묻는 거 아니야. 특히 LA에서는 더더욱."

"여긴 LA가 아니잖아."

"내 체중이 얼만지 나도 잘 몰라."

물론 정확히 알고 있었다. 그녀는 62킬로그램이었다. 피터가 10킬로그램 이상 더 무거웠다.

"어쨌든 너를 끌어올릴 수 있다는 건 알아. 준비됐어?"

"젠장."

"피터, 준비된 거야, 아니야?"

"좋아. 해봐."

사라는 밧줄을 바싹 당긴 후 열린 문의 양쪽에 두 발을 단단히 고정시키고 무릎을 굽혔다. 마치 경기를 앞두고 있는 스모 선수 같은 자세였다. 그녀는 자신의 팔보다 다리가 훨씬 더 튼튼하다는 것을 알고 있었다. 이 일을 해낼 수 있는 방법은 이것뿐이었다. 그녀는 심호흡을 했다.

"준비됐지?"

"그럭저럭."

사라는 무릎을 펴기 시작했다. 두 다리가 힘에 겨워 타는 듯했다. 밧줄이 팽팽하게 당겨졌다가 위로 올라오기 시작했다. 처음에는 천천히, 겨우 몇 인치에 불과했다. 그러나 어쨌든 움직이고 있었다.

'움직인다!'

"됐어, 그만. 그만!"

"뭐?"

"그만!"

"알았어."

그녀는 아직 엉거주춤한 자세였다.

"이 자세로는 오래 못 버텨."

"버틸 필요 없어. 내려놔도 돼. 천천히. 3피트쯤."

사라는 자기가 이미 피터를 그 틈새에서 어느 정도 꺼내주었음을 깨달았다. 피터의 음성도 한결 가벼워져 아까처럼 잔뜩 겁먹은 목소리는 아니었다. 그러나 거의 끊임없이 기침을 하고 있었다.

"피터?"

"잠깐만. 지금 허리띠에 거는 중이야."

"그래……"

"이젠 위를 올려다볼 수 있게 됐어. 무한궤도가 보여. 내 머리에서 6 피트 정도야."

"알았어."

"그런데 네가 나를 끌어올릴 때 밧줄이 무한궤도 모서리에 긁히게 생겼어."

"괜찮을 거야."

"그리고 그때 내 바로 밑에는, 여기……"

"절대로 안 놓칠게, 피터."

피터는 한동안 기침을 했다. 사라는 기다렸다. 이윽고 피터가 말했다.

"준비되면 말해줘."

"난 준비됐어."

"그럼 내가 겁먹기 전에 해치워버리자."

딱 한 번 아슬아슬한 순간이 있었다. 그녀가 피터를 4피트쯤 끌어올려 그가 그 틈새에서 완전히 빠져나오자 갑자기 그의 체중 전체가 그녀에게 고스란히 전달되었다. 그 무게는 충격적이었다. 밧줄이 3피트쯤 미끄러졌다. 피터가 고함을 질렀다.

"사라!"

그녀는 밧줄을 꽉 움켜쥐어 간신히 멈추게 했다.

"미안."

"빌어먹을!"

"미안."

사라는 곧 늘어난 무게에 적응하고 다시 끌어올리기 시작했다. 너무 힘들어 신음 소리가 절로 나왔지만 오래잖아 그녀는 피터의 손이 무한궤도 위로 올라오는 것을 볼 수 있었다. 그는 무한궤도를 붙잡고 스스로 몸을 끌어올리기 시작했다. 이윽고 두 손이 모두 올라왔고 곧이어 머리가 나타났다.

그 모습도 충격적이었다. 피터의 얼굴은 온통 피투성이였고 머리카락도 피에 젖어 엉망이었다. 그러나 그는 웃고 있었다.

"계속 당겨, 아가씨."

"그러고 있어, 피터. 그러고 있다구."

마침내 피터가 운전실 안으로 기어올라오자 사라는 비로소 털썩 주저앉았다. 두 다리가 세차게 흔들리기 시작했다. 온몸이 와들와들 떨렸다. 그러나 그녀 곁에 모로 누워 있는 피터는 콜록거리고 씨근거리느라 거의 알아차리지도 못했다. 이윽고 떨림이 가라앉았다. 사라는 구급상자를 찾아 피터의 얼굴을 닦아주기 시작했다.

"겉에만 조금 찢어진 거야. 그래도 꿰매긴 해야겠어."

"여기서 나갈 수만 있다면……"

"우린 나갈 거야, 당연히."

"그렇게 자신만만하니 다행이네."

그는 창밖의 빙벽을 올려다보았다.

"빙벽 등반 좀 해봤어?"

사라는 고개를 저었다.

"그렇지만 암벽 등반은 꽤 많이 했지. 다르면 얼마나 다르겠어?"

"좀더 미끄럽겠지? 그런데 저리로 올라간 다음엔 어떻게 되는 거지?"

"나도 몰라."

"어느 쪽으로 가야 하는지도 모르잖아."

"그놈이 지나간 자국을 따라가지 뭐."

"그게 아직도 남아 있다면. 바람에 날려 지워지지 않았다면. 그리고 웨들 기지까지는 적어도 칠팔 마일이란 말이야."

"피터."

"눈보라가 다가온다면 차라리 이 밑에 있는 게 나을 거야."

"여기 있긴 싫어. 어차피 죽을 거라면 햇빛 아래서 죽을래."

막상 해보니 크레바스의 빙벽을 기어오르는 일은 생각보다 그리 어렵지 않았다. 사라는 아이젠을 장착한 부츠로 어떻게 빙벽을 걷어차야 하는지, 그리고 얼음 속에 피켈을 박으려면 어느 정도의 힘으로 휘둘러야 하는지를 곧 알게 되었다. 그녀가 빙벽을 등반하여 지상으로 올라가는 데 걸린 시간은 칠팔 분에 불과했다.

지상의 모습은 전과 똑같아 보였다. 여전히 희미한 햇빛, 여전히 땅과 잘 구별되지 않는 잿빛 지평선. 여전히 밋밋한 잿빛의 세계.

사라는 뒤따라 올라오는 피터를 거들어주었다. 상처에서 다시 피가 흘러 새빨갛게 젖은 마스크가 그의 얼굴에 달라붙은 채 뻣뻣하게 얼어 있었다.

피터가 말했다.

"젠장, 더럽게 춥네. 어느 쪽인 것 같아?"

사라는 태양을 바라보고 있었다. 태양은 지평선 가까이 있었다. 그런데 지금 지는 중일까, 뜨는 중일까? 그건 그렇고, 남극에서 태양의 위치는 어느 방향을 가리키는 것일까? 그녀는 얼굴을 찡그렸다. 도저히 해결할 수 없는 문제였다. 게다가 실수는 곧 죽음을 의미했다.

마침내 그녀가 말했다.

"흔적을 따라가는 거야."

그녀는 아이젠을 떼어내고 걷기 시작했다.

적어도 한 가지는 피터의 판단이 옳았다는 것을 인정할 수밖에 없었다. 지하보다 지상이 훨씬 더 추웠다. 반시간쯤 지났을 때부터 강풍이 불기 시작했다. 두 사람은 맞바람을 향해 몸을 기울이고 한 발 한 발 힘겹게 내디뎠다. 더 큰 불행은 두 사람이 밟고 가는 지면에서 눈이 흩날리기 시작했다는 점이었다. 그래서……

피터가 말했다.

"흔적이 지워지고 있어."

"나도 알아."

"바람에 날려 사라진다구."

"나도 안다니까."

피터는 가끔 이렇게 어린애처럼 군다. 바람이 부는 걸 나더러 어쩌라는 거야?

그가 물었다.

"이제 어떡하지?"

"나도 몰라, 피터. 남극 대륙에서 길을 잃어본 적이 없단 말이야."

"그래, 나도 없어."

두 사람은 계속 걸음을 옮겼다.

"그렇지만 올라오자고 한 건 너였잖아."

"피터. 웬만하면 좀 참아."

"참으라구? 추워 죽겠단 말이야, 사라. 코에도 감각이 없고, 귀도 그렇고, 손가락도 그렇고, 발가락도 그렇고, 또……"

"피터."

사라는 그의 양쪽 어깨를 움켜쥐고 마구 흔들었다.

"입 좀 닥쳐!"

그는 입을 다물었다. 그러고는 얼굴 마스크의 구멍을 통해 그녀를 물끄러미 바라보았다. 얼음이 얼어붙어 속눈썹이 새하얬다.

"나도 코에 감각이 없어. 우린 정신을 바싹 차려야 해."

사라는 제자리에서 한 바퀴 돌며 주위를 둘러보았다. 자신도 점점 절망에 빠져들고 있다는 사실을 감추기 위해서였다. 이제 바람이 더 많은 눈을 흩날리게 하고 있었다. 앞을 보기가 점점 더 힘들어졌다. 세상은 더욱더 잿빛이었고 더욱더 밋밋해져 원근감을 거의 느낄 수 없었다. 이런 날씨가 계속된다면 머지않아 지면이 잘 보이지 않을 테고, 그렇게 되면 크레바스를 피하기 힘들 터였다.

그때는 그 자리에 멈추는 수밖에 없다.

아무것도 없는 허허벌판에.

"너 말이야, 화났을 때 굉장히 예쁘다는 거 알아?"

"피터, 집어치워."

"아무튼 사실이야."

사라는 지면을 내려다보면서, 설상차의 흔적을 찾으면서 걷기 시작했다.

"가자, 피터."

어쩌면 이 흔적이 곧 도로 위로 이어질지도 모른다. 눈보라 속에서도 도로를 따라가는 편이 훨씬 더 쉬울 것이다. 그리고 걷기에도 훨씬 더 안전할 것이다.

"나 말이야, 사라, 사랑에 빠진 것 같아."

"피터······"

"꼭 말해두고 싶었어. 지금이 마지막 기회일지도 모르니까."

그는 다시 기침을 하기 시작했다.

"말을 많이 하지 마, 피터."

"우라지게도 춥네."

그들은 더 이상 말하지 않고 비틀비틀 걸음을 옮겼다. 바람이 거세게 울부짖었다. 사라의 파카가 몸에 찰싹 달라붙었다. 앞으로 나아가기가 점점 더 힘들었다. 그러나 그녀는 계속 전진했다. 그런 식으로 얼마나 오래 걸었는지 기억조차 할 수 없었다. 이윽고 그녀는 한 손을 들어올리며 걸음을 멈추었다. 피터는 그녀를 볼 수 없는 상황이었는지 곧바로 그녀의 등에 부딪치고 툴툴거리며 멈춰 섰다.

바람 소리 때문에 목소리가 들리지 않아서 머리를 맞대고 고함을 질러야 했다.

사라가 소리쳤다.

"여기서 멈춰야겠어!"

"나도 알아!"

이제 달리 할 일이 생각나지 않았고, 그래서 사라는 지면에 주저앉아 두 다리를 끌어올리고 무릎에 머리를 기댄 채 울지 않으려고 노력했다. 바람이 점점 요란해졌다. 이젠 마치 비명 소리처럼 들렸다. 흩날리는 눈보라가 대기를 가득 채웠다.

피터가 그녀 곁에 앉았다.

"젠장, 꼼짝없이 죽게 생겼군."

사라는 몸을 떨기 시작했다. 처음에는 잠깐씩 떨리다가 나중에는 거의 끊임없이 와들와들 떨렸다. 마치 간질병 발작이라도 일어난 것 같았다. 스키를 많이 타본 그녀는 그것이 무엇을 의미하는지 알고 있었다. 심부체온(深部體溫, 뇌와 내장기관의 체온)이 위험 수위까지 떨어져 버린 것이다. 이 떨림은 신체가 체온을 다시 끌어올리기 위해 일으키는 자율적 생리 현상이었다.

이가 다닥다닥 맞부딪쳤다. 말하기도 힘들었다. 그러나 그녀의 정신은 아직 온전했고 여전히 살길을 찾고 있었다.

"눈집을 만들 수 없을까?"

피터가 뭐라고 대답했다. 그러나 바람 소리 때문에 알아들을 수 없었다. 사라가 다시 물었다.

"어떻게 만드는 건지 알아?"

그는 대꾸하지 않았다.

사라는 이제 어차피 너무 늦었다고 생각했다. 몸을 제대로 가눌 수가 없었다. 떨림이 너무 심해서 두 팔로 무릎을 껴안고 있기도 힘들 정도였다.

그리고 졸음이 밀려오기 시작했다.

피터 쪽을 돌아보았다. 그는 빙판 위에 모로 누워 있었다.

그녀는 어서 일어나라고 팔꿈치로 툭 쳤다. 이번엔 발로 걷어찼다. 그래도 그는 움직이지 않았다. 소리치고 싶었지만 이가 너무 덜덜거려 그것마저 불가능했다.

사라는 정신을 잃지 않으려고 노력했지만 잠들고 싶은 욕구를 참아내기가 점점 더 힘들었다. 그녀는 눈을 감지 않으려고 안간힘을 썼다. 그러자 놀랍게도 자신의 생애가 눈앞을 빠르게 스쳐 지나가는 것이었다. 어린 시절, 어머니, 유치원 수업, 발레 연습, 고등학교 무도회……

그녀의 한평생이 눈앞에 펼쳐졌다. 죽기 직전에 그런 일이 일어난다더니 정말 책에서 읽은 그대로였다. 이윽고 고개를 들었을 때 멀리서 반짝이는 빛을 보았다. 역시 책에서 읽은 그대로였다. 길고 캄캄한 터널의 끝에서 반짝이는 빛……

그녀는 더 이상 버틸 수 없었다. 그래서 누워버렸다. 어차피 지면의 감촉조차 느낄 수 없었다. 그녀는 자기만의 세계, 고통과 피로의 세계 속으로 빠져들었다. 그리고 저 앞에 보이는 그 빛은 점점 더 밝아졌다. 지금은 다른 빛이 두 개 더 있었다. 노란색과 초록색으로 깜박거리는……

'노란색과 초록색?'

그녀는 졸음과 싸웠다. 다시 몸을 일으키려 했지만 불가능했다. 기운이 하나도 없었고 두 팔은 얼음 덩어리가 된 것 같았다. 그녀는 전혀 움직이지 못했다.

노란색과 초록색의 빛들이 점점 커졌다. 그리고 그 중간에 하얀 빛이 있었다. 할로겐 등처럼 새하얀 빛이었다. 소용돌이치는 눈발 속에서 세부적인 것들이 보이기 시작했다. 은색의 반구형 지붕, 바퀴들, 은

은히 빛나는 큼직한 글자들. 그 글자들은……

'NASA.'

그녀는 기침을 했다. 그 물체가 눈보라 속에서 빠져나왔다. 일종의 소형 자동차였다. 높이는 3피트쯤, 크기는 사람들이 올라타고 운전하는 잔디깎이 정도였다. 바퀴는 큼직했고 지붕은 납작한 반구형이었다. 그 물체는 곧장 그녀 쪽으로 다가오면서 삑삑거리고 있었다.

아니, 곧 그녀를 들이받을 터였다. 그것을 깨달았지만 그녀는 아랑곳하지 않았다. 어차피 피할 수도 없었다. 그녀는 그냥 그대로 멍하니 누워 있었다. 바퀴들이 점점 커졌다. 그녀의 마지막 기억은 기계적인 음성을 들은 것이었다.

"안녕하십니까. 안녕하십니까. 비켜주시기 바랍니다. 협조해주셔서 감사합니다. 안녕하십니까. 안녕하십니까. 비켜주시기 바랍니다……"

그리고 의식이 끊어져버렸다.

웨들 기지

10월 6일 수요일
8:22 PM

.

어둠. 고통. 귀를 찌르는 듯한 목소리들.

'고통.'

마찰. 팔, 다리, 몸 전체. 마치 불덩이로 온몸을 문지르는 느낌.

그녀는 신음 소리를 냈다.

누군가 말을 했다. 아득히 멀고 귀에 거슬리는 목소리였다. '커피 찌꺼기'라고 말하는 것 같았다.

마찰은 계속되었다. 빠르고 가혹하고 몹시 괴로웠다. 그리고 사포로 문지르는 듯한 소리, 거칠고 시끄럽고 소름끼치는 소리.

뭔가 그녀의 얼굴과 입을 철썩 때렸다. 그녀는 입술을 핥아보았다. 눈이었다. 얼어붙은 눈이었다.

한 목소리가 말했다.

"으시기 도라 완나?"

"아지 가니아."

외국어였다. 중국어인 듯싶기도 했다. 사라는 이제 몇 사람의 목소리를 들을 수 있었다. 눈을 뜨려고 했지만 그러지 못했다. 뭔가 무거운 것이 얼굴을 짓눌러 눈꺼풀을 움직일 수가 없었다. 이건 마스크이거나

349

아니면……

만져보려고 했지만 그것도 불가능했다. 팔다리가 모두 무엇인가에 붙잡힌 상태였다. 그리고 마찰은 계속되었다. 문지르고 또 문지르고……

그녀는 신음 소리를 냈다. 말을 하려고 했다.

"이그어 치우 까 마르 까?"

"치우 짐마."

"하든 대우로 계소 캐."

'고통.'

누군지 모르겠지만 그들은 계속 그녀의 몸을 문질러댔고, 그녀는 꼼짝도 하지 못하고 어둠 속에 속수무책으로 누워 있었다. 차츰 팔다리와 얼굴에 감각이 돌아오기 시작했다. 그러나 조금도 반갑지 않았다. 고통이 점점 더 심해졌기 때문이다. 마치 온몸에 화상을 입은 것 같았다.

목소리들은 육체가 없는 유령들처럼 그녀의 주위에서 둥둥 떠다녔다. 이제 숫자가 더 늘어난 것 같았다. 넷, 다섯…… 이젠 도대체 몇 명인지 판단할 길이 없었다. 다만 목소리로 미루어 모두 여자들인 듯싶었다.

그리고 그녀는 이제 그들이 뭔가 다른 짓을 하고 있다는 것을 알아차렸다. 그녀를 범하고 있었다. 그녀의 몸속에 무엇인가를 밀어넣고 있었다. 둔탁하고 차가운 것. 아프진 않았다. 차가울 뿐이었다.

목소리들이 둥둥 떠다니며 끊임없이 주위를 맴돌았다. 머리맡에서, 발치에서, 그녀를 거칠게 다루면서.

이것은 꿈이었다. 아니면 죽음이었다. 그녀는 자신이 이미 죽은 거라고 생각했다. 그런데 이상하게 자신과는 무관한 일처럼 느껴졌다. 고통 때문에 정신이 육체를 차단시켰던 것이다. 그때 한 여자의 목소리가 들려왔다. 귓가에 바싹 다가와서 아주 또렷하게 말하고 있었다.

"사라."

사라는 입술을 움직였다.

"사라, 정신이 들었어요?"

그녀는 머리를 조금 끄덕거렸다.

"얼굴에서 얼음주머니를 치워줄게요. 알았죠?"

그녀는 다시 끄덕였다. 무거운 마스크가 사라졌다.

"눈을 떠봐요. 천천히."

시키는 대로 했다. 그녀가 있는 곳은 하얀 벽으로 둘러싸인 어둑어둑한 방이었다. 한쪽에는 모니터, 그리고 뒤엉킨 녹색 전선들. 병원인 듯싶었다. 한 여자가 걱정스러운 눈으로 그녀를 내려다보고 있었다. 여자는 하얀 간호사복에 솜털 조끼를 입고 있었다. 방 안은 추웠다. 사라는 여자의 입김을 볼 수 있었다.

여자가 말했다.

"말하려고 하지 말아요."

사라는 말하지 않았다.

"사라는 탈수 상태예요. 몇 시간 더 걸릴 거예요. 체온을 천천히 끌어올리는 중이에요. 정말 운이 좋았어요, 사라. 아무것도 잘라내지 않을 테니까."

'아무것도 잘라내지 않는다.'

온몸이 오싹했다. 입술을 움직여보았다. 바싹 마른 혀가 거추장스러웠다. 목구멍에서 쌔액쌔액 소리가 났다.

여자가 말했다.

"말하지 말아요. 너무 일러요. 많이 아파요? 그래요? 내가 좀 덜어줄게요."

그녀는 주사기를 들어올렸다.

"친구 분이 사라를 살린 거예요. 간신히 일어나서 NASA 로봇의 무선 전화기를 열었거든요. 그래서 두 분을 찾아낼 수 있었던 거죠."

사라는 입술을 움직였다.

"친구 분은 옆방에 있어요. 그분도 별일 없을 거예요. 이제 그만 쉬도록 해요."

사라는 뭔가 차가운 것이 혈관 속으로 흘러드는 것을 느꼈다.

두 눈이 스르르 감겼다.

웨들 기지

10월 7일 목요일

7:34 PM

간호사들은 피터 에번스가 옷을 입을 수 있도록 자리를 피해주었다. 그는 천천히 옷을 입으며 자신의 상태를 점검했다. 그리고 그럭저럭 괜찮다는 결론을 내렸다. 숨을 쉴 때마다 늑골 부위가 좀 아플 뿐이었다. 왼쪽 가슴에 큼직한 멍이 들었고, 허벅지도 크게 멍들었고, 어깨 위의 검붉은 피멍은 보기만 해도 섬뜩할 정도였다. 머리에는 길게 꿰맨 자국이 있었다. 온몸이 뻣뻣하고 욱신거렸다. 양말과 신발을 신는 것도 무시무시한 고통이었다.

그래도 괜찮았다. 아니, 그 이상이었다. 어쩐지 새로워진 기분, 마치 다시 태어난 듯한 기분이었다. 그 빙원에서 그는 틀림없이 죽게 될 거라고 생각했다. 그랬는데 몸을 일으킬 힘이 어디서 생긴 것인지 도대체 알다가도 모를 일이었다. 사라가 걷어차는 것도 느꼈지만 반응할 수가 없었다. 그러다가 그 삑삑거리는 소리를 들었다. 그리고 고개를 들었을 때 'NASA'라는 단어가 눈에 들어왔다.

그때 그는 그 물체가 일종의 자동차라는 것을 어렴풋이 깨달았다. 그렇다면 운전자가 있을 터였다. 앞 타이어가 그의 몸에서 겨우 몇 인치 앞에 멈춰 서 있었다. 그는 간신히 몸을 일으켜 무릎을 꿇었고 타이어 너머로 팔을 뻗어 자동차의 뼈대를 붙잡았다. 어째서 운전자가 얼른 내려와 도와주지 않는 건지 이해할 수가 없었다. 마침내 그는 울부짖는 바람 속에서 무릎을 꿇은 채 허리를 펼 수 있었다. 그러고는 비로소 그 자동차가 지면에서 4피트도 채 안 될 만큼 둥글납작하다는 사실을 깨달았다. 사람이 타고 운전하기에는 너무 작았다. 일종의 로봇이 틀림없었다. 그는 반구형 뚜껑에 쌓인 눈을 긁어냈다. 이런 말이 적혀 있었다. 'NASA 원격조종 운석 탐색차.'

그런데 이 차는 말을 하고 있었다. 녹음된 목소리를 끊임없이 되풀이하는 것이었다. 그러나 바람 소리 때문에 무슨 말인지 알아들을 수가 없었다. 그는 눈을 쓸어내기 시작했다. 어딘가에 틀림없이 통신 장비가 있을 터였다. 안테나라든지, 아니면……

바로 그때 손가락 구멍이 있는 판 하나가 손끝에 만져졌다. 그는 그 판을 열어젖혔다. 그 속에 전화기가 있었다. 일반적인 전화기 핸드세트였고 선홍색이었다. 그는 그것을 얼어붙은 마스크에 갖다댔다. 전화기에서는 아무 소리도 들리지 않았지만 그는 이렇게 말해보았다.

"여보세요? 여보세요?"

거기까지가 한계였다.

그는 다시 털썩 쓰러졌다.

그러나 간호사들의 말에 의하면 그때 피터가 한 일만으로도 패트리어트힐스의 NASA 기지에 신호가 갔다는 것이었다. NASA는 웨들 기지에 통지했고, 웨들 쪽에서 파견된 수색대가 10분 이내에 두 사람을 발견했다. 둘 다 간신히 숨이 붙어 있는 상태였다.

그때 이후로 벌써 24시간 이상이 흘렀다.

의료진이 두 사람의 체온을 정상으로 되돌려놓기까지 장장 열두 시간이 소요되었다. 간호사들은 원래 그렇게 서서히 해야 한다고 설명했다. 에번스의 목숨엔 지장이 없겠지만 발가락 한두 개는 잃게 될지도 모른다고 했다. 결과는 기다려봐야 안다, 며칠 걸린다고 했다.

그의 두 발에는 붕대가 감겨 있었고 발가락마다 부목(副木) 같은 것이 붙어 있었다. 평소에 신던 신발에는 발이 들어가지 않아 간호사들이 아주 큰 운동화를 갖다주었다. 마치 농구선수의 신발 같았다. 에번스가 그것을 신고 있으니 터무니없이 거대한 신발을 신은 어릿광대처럼 보였다. 그러나 어쨌든 신을 수는 있었고 고통도 그리 심하지 않았다.

그는 조심스럽게 발을 디디고 서보았다. 다리가 후들거렸지만 쓰러질 정도는 아니었다.

간호사가 다시 들어왔다.

"배고파요?"

그는 고개를 저었다.

"아직요."

"통증은요?"

다시 고개를 저었다.

"그냥 뭐, 온몸이 다 아프죠."

그러자 간호사가 말했다.

"점점 더 심해질 거예요."

그녀는 에번스에게 작은 약병 한 개를 주었다.

"필요하면 네 시간마다 한 알씩 드세요. 아마 며칠 동안은 이걸 드셔야 잠을 잘 수 있을 거예요."

"그런데 사라는요?"

"사라는 반시간쯤 더 있어야 될 거예요."

"케너는 어디 있죠?"

"아마 컴퓨터실에 계실 것 같네요."

"그게 어느 쪽인데요?"

"우선 제 어깨에 기대시고……"

"저는 괜찮아요. 어느 쪽인지만 말해주세요."

간호사는 방향을 가리켰고 에번스는 걷기 시작했다. 그러나 생각보다 다리가 불안정했다. 근육이 제대로 움직여주지 않았다. 온몸이 마구 휘청거렸다. 그는 곧 기우뚱 쓰러졌다. 간호사가 재빨리 허리를 굽히고 에번스의 겨드랑이를 어깨로 떠받쳤다.

"이렇게 하죠. 제가 안내해드릴게요."

이번에는 에번스도 반대하지 않았다.

케너는 턱수염을 기른 기지 소장 맥그리거와 산종 타파와 함께 컴퓨터실에 앉아 있었다. 모두 심각한 표정이었다.

케너가 컴퓨터 모니터를 가리키며 말했다.

"자네 친구를 찾아냈어. 알아보겠나?"

에번스는 화면을 보았다.

"맞아요. 바로 그 개자식이에요."

화면에는 에번스가 볼든으로 알고 있던 사내의 사진이 떠 있었다. 그러나 화면에 적힌 신원은 데이비드 R. 케인이었다. 스물여섯 살. 미니애폴리스 태생. 학사, 노트르담 대학. 석사, 미시간 대학. 현재: 앤아버 소재 미시간 대학, 해양학 박사과정. 연구 프로젝트: GPS 센서로 측정한 로스 빙붕의 유동 역학. 논문 지도교수/프로젝트 관리자: 제임스 브루스터, 미시간 대학.

웨들 기지 소장이 말했다.

"이 녀석은 케인이오. 브루스터와 함께 와서 일주일 동안 여기서 지냈지."

에번스가 험악한 얼굴로 물었다.

"지금 어디 있습니까?"

"모르겠소. 오늘도 기지로 돌아오질 않았지. 브루스터도 마찬가지고. 우린 놈들이 아마 맥머도 기지로 갔다가 아침에 떠났을 거라고 생각하고 있소. 맥머도 측에 차량 숫자를 확인해달라고 요청했지만 아직 대답을 듣지 못했고."

"놈이 기지 내에 없는 게 확실한가요?"

"아주 확실하지. 외부 출입문들을 열려면 신원 카드가 필요하고, 그래서 우린 항상 누가 안에 있는지 분명히 파악하고 있소. 지난 열두 시간 사이엔 케인도 브루스터도 문을 연 적이 없었지. 놈들은 여기 없소."

"그럼 놈들이 비행기를 탔을 거라고 생각하시는 겁니까?"

"그건 맥머도 관제탑에서도 잘 모르고 있소. 그쪽은 그날그날의 탑승 인원에 대해 별로 신경을 안 쓰는 편이거든. 누구든지 가고 싶은 사람은 그냥 타고 떠나는 거지. C-130 허큘리스라서 언제나 자리가 남아도니까. 연구 지원금은 연구기간 중 근무지 이탈을 허용하지 않는 경우가 많소. 그렇지만 사람들은 더러 생일이나 집안 행사 따위로 본토에 갈 일이 생기게 마련이지. 그때마다 그냥 다녀오는 거요. 기록에도 안 남고."

그때 케너가 말했다.

"제 기억엔 브루스터가 대학원생 두 명을 데려왔다고 하던데요. 다른 한 명은 어디 있습니까?"

"흥미로운 일이오. 그자는 어제, 그러니까 여러분이 도착하던 날 맥머도에서 떠났소."

"그럼 모두 빠져나갔군요. 칭찬해줘야겠어요. 약삭빠른 놈들이네요."

케너는 손목시계를 보았다.

"자, 혹시 놈들이 두고 간 게 없는지 한번 찾아봅시다."

문에 붙은 이름표에는 '데이브 케인, 미시간대'라고 적혀 있었다. 에번스가 문을 열자 작은 방이 나타났다. 흐트러진 침대 하나, 서류가 뒤죽박죽 쌓여 있는 작은 책상 하나, 다이어트콜라 깡통 네 개. 그리고 구석에는 트렁크 하나가 열린 채 놓여 있었다.

케너가 말했다.

"시작하자구. 난 침대와 트렁크를 맡지. 자넨 책상을 뒤져보게."

에번스는 책상 위의 서류들을 뒤적거리기 시작했다. 모두 연구 논문의 복사본인 듯했다. 그중 일부는 '미시간대 지구과학 도서관'의 직인과 번호가 찍혀 있었다.

그 서류를 보여주자 케너가 말했다.

"눈속임일세. 일부러 가져온 거지. 다른 건 없나? 개인 소지품은?"

에번스는 흥미를 끌 만한 물건을 발견하지 못했다. 서류 중에는 더러 노란 형광펜으로 표시를 해놓은 것도 있었다. 3×5 사이즈 정보카드도 한 무더기 있었는데 일부는 메모가 적혀 있었다. 서류와 관련된 내용인 것으로 미루어 속임수는 아닌 듯싶었다.

"그놈이 가짜 대학원생이라고 생각하시는 거죠?"

"진짜일 수도 있겠지만 아마 아닐 거야. 환경 테러범들은 대개 교육 수준이 별로 높지 않거든."

빙하의 유동 현상에 관련된 사진도 있었고, 여러 종류의 인공위성 사진도 있었다. 에번스는 그것들을 바삐 뒤적거렸다. 그러다가 어떤 사진을 보고 동작을 멈추었다.

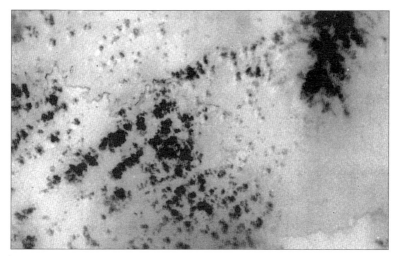

ISS006.ESC1.03003375 SCORPION B

그의 눈길을 끈 것은 사진의 표제였다.

"저기요, 지명을 네 개씩 써놓은 그 목록에 '스콜피온' 이라는 이름도 있지 않았나요?"

"있었는데……"

"그게 여기 남극 대륙이었네요. 이것 좀 보세요."

"설마 그럴 리가……"

케너는 말을 꺼내다가 갑자기 중단했다.

"피터, 이거 아주 흥미롭군. 잘했네. 그 무더기 속에 들어 있었나? 좋아. 다른 건 없어?"

에번스는 모처럼 케너의 칭찬을 듣고 기분이 좋아졌다. 그래서 더 부지런히 뒤져보았다. 잠시 후 에번스가 말했다.

"그래요. 한 장 더 있네요."

에번스는 흥분한 어조로 말했다.

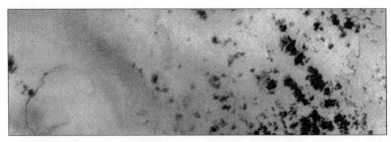

ISS006.ESC1.03003375 SCORPION B

"역시 눈밭에 노출된 바위의 모습이에요. 그런데 이 희미한 선들은 뭔지…… 도로인가요? 아니면 눈에 덮인 바위들?"

"그래, 자네 말이 맞을 거야."

"그리고 이게 항공사진이라면 출처를 추적할 수 있을 거예요. 이 숫자들은 일종의 참조번호가 아닐까요?"

"틀림없이 그렇겠지."

케너는 작은 휴대용 돋보기를 꺼내 사진을 자세히 들여다보았다.

"그래, 피터. 아주 잘했어."

에번스는 환하게 웃었다.

그때 문간에서 맥그리거가 말했다.

"뭐 좀 찾았소? 나도 도와드릴까?"

그러자 케너가 말했다.

"괜찮습니다. 이건 우리가 처리하죠."

에번스가 말문을 열었다.

"그래도 소장님이 보시면 혹시……"

"아냐. 위치는 NASA 이미지 파일에서 확인하면 돼. 계속하자구."

그들은 몇 분 동안 말없이 수색에 몰두했다. 케너가 주머니칼을 꺼내더니 방구석에 펼쳐진 트렁크에서 안감을 뜯어내기 시작했다.

"아하."

케너가 허리를 폈다.

그는 활처럼 휘어진 밝은 빛깔의 고무 조각 두 개를 들고 있었다.

"그게 뭐죠? 실리콘?"

"아니면 그 비슷한 거겠지. 어쨌든 일종의 연성 플라스틱이야."

케너는 매우 기뻐하는 표정이었다.

"용도가 뭔데요?"

"나도 몰라."

그는 다시 트렁크를 살펴보기 시작했다. 에번스는 케너가 무엇 때문에 그렇게 기뻐하는지 궁금했다. 아마 맥그리거 앞에서는 자기가 알아낸 사실을 말하지 않으려는 것 같았다. 그런데 그까짓 고무 조각이 중요하면 얼마나 중요하다고 저럴까? 그것들이 무슨 쓸모가 있을까?

에번스는 다시 책상 위의 문서들을 뒤적거렸지만 더는 아무것도 찾아내지 못했다. 그는 탁상 스탠드를 들어올리고 바닥판 아래를 확인해보았다. 쭈그리고 앉아서 혹시 책상 밑에 붙어 있는 것은 없는지 살펴보기도 했다. 아무것도 없었다.

케너가 트렁크를 닫았다.

"예상대로 더는 없군. 지금까지 찾아낸 것만 해도 운이 좋았던 거야."

그는 맥그리거를 돌아보았다.

"산종은 어디 있습니까?"

"서버실에 있소. 선생이 시킨 일을 하는 중이지. 브루스터 패거리를 컴퓨터 시스템에서 차단하는 거 말이오."

'서버실'은 벽장만한 크기에 불과했다. 바닥에서 천장까지 닿는 한 쌍의 프로세서가 있었고, 천장은 케이블을 연결할 수 있도록 격자 구조로 되어 있었다. 방 안의 작은 철제 책상 위에 주체단말기(主體端末機, master terminal, 네트워크 내의 모든 단말기와 통신을 할 수 있는 단말기)가 있었다. 산종은 웨들 기지의 기술자와 함께 그 비좁은 곳에서 작업 중이었는데 아무래도 낙심한 기색이 역력했다.

케너와 에번스는 문밖의 복도에 서 있었다. 에번스는 그렇게 서 있을 수 있다는 사실이 기뻤다. 그는 빠르게 기운을 되찾고 있었다.

산종이 케너에게 말했다.

"간단하질 않더군요. 웨들 기지에서는 모든 연구자들에게 저장 공간을 제공하고 인터넷과 무선통신도 직통으로 쓸 수 있도록 하고 있어요. 그리고 그 세 놈은 그런 사정을 악용하는 방법을 잘 알고 있었던 거죠. 브루스터와 함께 왔던 다른 놈이 컴퓨터 전문가였던 모양이에요. 그놈은 여기 도착해서 채 하루도 지나기 전에 관리자 계정으로 시스템에 접속해서 곳곳에 백도어(back door, 프로그램 개발이나 유지 보수, 유사시 문제 해결 등을 위해 시스템 관리자나 개발자가 정상적인 절차를 우회하여 시스템에 출입할 수 있도록 임시로 만들어두는 비밀 출입문)를 설치하고 트로이 목마를 심어놨어요. 얼마나 많이 깔아놨는지는 우리도 몰라요. 지금 그것들을 제거하는 중이죠."

그러자 기술자가 말했다.

"가짜 사용자 계정도 몇 개나 만들어놨더군요."

산종이 설명을 덧붙였다.

"스무 개쯤 되죠. 하지만 그건 별로 걱정할 일이 아니에요. 그냥 가짜일 뿐이겠죠. 그놈이 정말 똑똑하다면—물론 똑똑한 놈이죠—기존 사용자 계정을 이용해서 시스템에 침투했을 거예요. 그래야 들키지 않을 테니까. 지금 우린 지난 일주일 동안 2차 패스워드를 추가한 사용자들을 찾고 있어요. 그런데 이 시스템엔 관리 유틸리티가 별로 없거든요. 그래서 시간이 오래 걸리죠."

케너가 물었다.

"트로이 목마 쪽은 어때? 작동 시각이 어떻게 돼 있지?"

컴퓨터 용어로 트로이 목마라고 하면 일견 무해한 것처럼 보이는 일종의 프로그램이다. 그러나 그것을 시스템에 설치해두면 정해진 시각에 깨어나 모종의 기능을 수행한다. 트로이 목마라는 명칭은 트로이 전쟁에서 그리스인들이 승리를 거머쥐었던 계략에서 따온 것이다. 그들은 거대한 목마를 만들어 트로이인들에게 선물했다. 그리고 그 목마가 트로이의 성벽 안으로 옮겨졌을 때, 목마 속에 숨어 있던 그리스 병사들이 뛰쳐나와 도시를 급습했다.

고전적인 트로이 목마는 불만을 품은 어느 직원이 설치했던 것으로, 이 프로그램은 직원이 해고된 후 3개월이 지났을 때 회사 내의 하드드라이브를 모조리 지워버렸다. 그러나 변종도 많다.

산종이 말했다.

"여기서 찾아낸 것들은 모두 대기 시간이 짧았어요. 지금으로부터 하루 아니면 이틀 정도죠. 사흘 뒤에 작동하게 되어 있는 것도 딱 하나 있었어요. 그보다 더 길게 되어 있는 건 없어요."

"그렇군. 역시 우리가 예상했던 대로야."

산종이 고개를 끄덕였다.

"맞아요. 놈들은 금방 일을 벌이려고 했던 거예요."

에번스가 물었다.

"어떤 일 말이죠?"

케너가 대답했다.

"큼직한 빙산을 떼어내는 일이지."

"왜 그렇게 서둘렀을까요? 놈들은 원래 지금 이 시간까지 여기 있을 계획이었을 텐데요."

"꼭 그렇다고 볼 수도 없지. 어쨌든 작동 시각을 그렇게 정한 것은 다른 일 때문이었어."

"그래요? 뭔데요?"

그러자 케너가 에번스를 흘끔 쳐다보았다.

"그 문제는 나중에 얘기하세."

그리고 다시 산종을 돌아보았다.

"무선 통신은 어떻게 됐나?"

"직통 연결은 곧바로 차단시켰어요. 교수님은 현장에 가서 일을 해결하고 오셨겠죠?"

"그랬지."

에번스가 물었다.

"현장에서 뭘 하셨는데요?"

"무작위로 차단시켰네."

"뭘요?"

"나중에 얘기하지."

그러자 산종이 말했다.

"그럼 우린 이제 필요 없겠군요."

"아니야. 또 다른 놈이 숨어 있다가 우리가 한 일을 허사로 만들 가능성도 배제할 수 없으니까."

에번스가 다시 끼어들었다.

"도대체 무슨 얘긴지 저도 좀 알고 싶은데……"

"나중에."

이번에는 케너의 표정이 좀 싸늘했다. 에번스는 입을 다물었다. 조금 섭섭했다.

그때 맥그리거가 말했다.

"미즈 존스가 깨어나서 옷을 입는 중이오."

케너가 대답했다.

"잘됐군요. 우리가 여기서 할 일은 끝난 것 같습니다. 한 시간 내로 이륙하겠습니다."

에번스가 물어보았다.

"어디로 가죠?"

"뻔한 걸 묻는군. 핀란드의 헬싱키."

기내에서

10월 8일 금요일
6:04 AM

비행기는 찬란한 아침 햇빛을 받으며 날고 있었다. 사라는 자고 있었다. 산종은 노트북 컴퓨터로 작업 중이었고, 케너는 창밖을 내다보고 있었다.

에번스가 말문을 열었다.

"자, 교수님이 무작위로 차단하셨다는 게 뭐죠?"

"원뿔형 탄두. 그것들은 정확히 400미터 간격으로 배치돼 있었네. 난 그중에서 50개를 무작위로 해체했지. 주로 동쪽 끝에 있는 것들이 었지만, 그 정도면 정립파가 발생하지 못할 거야."

"그럼 빙산이 떨어져 나가는 일도 없겠네요?"

"바로 그거야."

"그런데 우리가 헬싱키로 가는 이유는 뭐죠?"

"거기 가는 게 아니야. 그 기술자 때문에 그렇게 얘기한 거지. 우린 로스앤젤레스로 가는 중일세."

"그렇군요. 그럼 로스앤젤레스로 가는 이유는 또 뭐죠?"

"기후급변에 대한 NERF 회의가 거기서 열리니까."

"이게 다 그 회의와 관련된 거였나요?"

케너는 고개를 끄덕였다.

"이놈들은 그 회의에 맞춰 빙산을 떼어내려고 했던 거군요?"

"맞았어. 치밀한 홍보 기획의 일부인 셈이지. 회의의 취지에 힘을 실어주기 위해 멋진 시각적 효과를 준비한 거야."

"아주 태연하게 말씀하시네요."

그러자 케너는 어깨를 으쓱했다.

"피터, 세상이 그런 걸 어쩌겠나. 일반인들이 우연히 환경 문제에 관심을 갖게 되는 일은 없단 말일세."

"그게 무슨 뜻이죠?"

"가령 자네가 좋아하는 그 지구 온난화에 대한 두려움도 한 예가 되겠지. 1988년, 저명한 기후학자 제임스 핸슨이 지구 온난화가 시작됐다고 떠들썩하게 발표했어. 그때 박사는 콜로라도 상원의원 워스가 이끄는 상하원 합동 위원회에서 증언했다네. 청문회 날짜는 6월로 잡았는데, 그래야 핸슨이 무시무시한 폭염 속에서 그런 증언을 할 수 있기 때문이었지. 처음부터 계획적이었던 거라구."

"그건 별로 신경 쓰이지 않는데요. 일반 대중에게 경각심을 불러일으키려고 정부 청문회를 이용하는 건 합리적인 방법이고……"

"정말 그럴까? 자네 말은 정부 청문회와 기자 회견이 별로 다를 게 없다는 건가?"

"제 말은 청문회를 그런 식으로 이용한 게 한두 번이 아니었다는 거죠."

"그건 그렇지만 어쨌든 속임수인 건 틀림없는 사실이지. 그리고 지구 온난화를 팔아먹는 판촉 운동을 하면서 언론을 제멋대로 주무른 경우는 핸슨의 증언만이 아니었어. 1995년 IPCC 보고서에서 막판에 바뀐 내용도 잊지 말라구."

"IPCC라뇨? 막판에 뭐가 바뀌었는데요?"

"1980년대 말에 UN은 IPCC를 결성했어. 자네도 알다시피 '정부간 기후변화 위원회(Intergovernmental Panel on Climate Change)'라는 걸세. 관료들, 그리고 그 관료들이 좌지우지하는 과학자들로 구성된 거대 집단이지. 기후 변화는 지구 전체의 문제니까 UN이 나서서 연구 성과를 점검하고 몇 년에 한 번씩 보고서를 발표한다는 계획이었던 거야. 1990년에 발행된 첫 번째 평가 보고서는 인간이 기후 변화에 미치는 영향을 확인하기가 대단히 어렵다는 내용이었어. 다만 인간의 영향이 있긴 있을 거라고 다들 우려하는 정도였지. 그런데 1995년 보고서는 기후 변화에 '인간이 영향을 미치는 것이 분명하다'고 발표한 거야. 그거 생각나지?"

"어렴풋이."

"그런데 문제는, '인간이 영향을 미치는 것이 분명하다'는 그 주장이 1995년 요약 보고서에 들어간 게 과학자들이 이미 집으로 돌아간 뒤였다는 사실이야. 원래 그 문건에 적혀 있던 말은 기후 변화에 미치는 인간의 영향을 뚜렷이 확인할 수 없었다는 거였지. 과학자들은 단도직입적으로 이렇게 말했어. '우리는 알지 못한다.' 그런데 그 문장이 삭제되고 인간의 영향이 분명히 있다는 말로 교체된 거야. 이건 중대한 수정이지."

"그게 사실이에요?"

"그렇다네. 이렇게 문건을 수정한 일로 당시 과학자들 사이에서 한바탕 소동이 일어났고, 수정 찬성파와 반대파로 갈려 논쟁을 벌였어. 그 사람들의 찬반양론을 읽어보면 도대체 어느 쪽이 진실인지 분간할 수가 없지. 어쨌든 지금은 인터넷 시대야. 원래의 문서와 수정된 부분의 목록이 온라인에 있으니까 직접 찾아보고 판단하게. 실제로 원문이 변경된 부분들을 잘 살펴보면 IPCC가 과학 집단이 아니라 정치 집단이라는 걸 금방 알아차릴 수 있을 테니까."

에번스는 얼굴을 찡그렸다. 대꾸할 말이 생각나지 않았다. 물론 IPCC에 대해 들어본 적은 있었지만 구체적으로 아는 건 별로 없고……

"그렇지만 피터, 내 질문은 훨씬 더 간단한 걸세. 어떤 일이 사실이라면, 뭔가 대책이 필요한 진짜 문제점이 정말 존재한다면, 어째서 그렇게 자기들의 주장을 애써 과대포장하려고 할까? 왜 그렇게 치밀하고 계획적인 매스컴 홍보에 몰두할까?"

"그거라면 간단히 대답할 수 있죠. 언론은 도떼기시장이니까요. 사람들은 매분마다 수천 개씩 쏟아져 나오는 온갖 기사들로 융단폭격을 당하고 있어요. 그러니까 주목을 받으려면 남들보다 큰 소리로 떠들어야 하는 거죠. 네, 조금은 과장할 수도 있구요. 그렇게 해서라도 전 세계가 교토 의정서(1997년 지구 온난화의 규제 및 방지를 위한 국제 협약인 기후 변화 협약의 구체적 이행 방안으로 선진국의 온실가스 감축 목표치를 규정한 의정서)에 서명하도록 만들어야죠."

"그래, 그 문제에 대해서도 얘기해보자구. 1988년 여름에 지구 온난화가 시작됐다고 발표하면서 핸슨은 10년 이내에 기온이 섭씨 0.35도나 상승할 거라고 예측했어. 그런데 실제 상승폭이 얼마였는지 알고 있나?"

"아마 그보다 적었다고 하시겠죠 뭐."

"훨씬 적었어, 피터. 핸슨 박사의 추산값은 300퍼센트나 과장된 거였지. 실제 상승폭은 0.11도였으니까."

"좋아요. 어쨌든 상승했잖아요."

"그리고 그 증언을 한 뒤 10년이 지났을 때 핸슨은 기후 변화를 좌우하는 요소들에 대한 지식이 너무 부족해서 장기적인 예측은 불가능하다고 했단 말이야."

"설마 그랬을 리가 있나요."

그러자 케너는 한숨을 푹 쉬었다.

"산종?"

산종이 노트북 컴퓨터의 자판을 두드렸다.

"국립 과학원 회보, 1998년 10월."[*]

"핸슨이 예측은 '불가능하다'고 말했을 리가 없어요."

"제가 읽어드리죠. '장기간의 기후 변화를 지배하는 요소들은 미래의 기후 변화를 미리 파악할 수 있을 만큼 자세히 밝혀지지 않았다.' 그러면서 앞으로는 과학자들이 기후 변화의 다양한 가능성을 감안해서 여러 개의 시나리오를 제시해야 한다고 주장했어요."

"글쎄, 그렇다고 그게 꼭……"

그러자 케너가 말했다.

"말 트집은 그만두게. 핸슨이 한 말은 그거였어. 볼더가 바누투 사건의 증인을 구하는 문제로 걱정하는 이유가 뭐라고 생각하나? 바로 이런 말들이 나돌기 때문이라구. 이리저리 말을 돌려봤자 핸슨의 요지는 결국 자기도 아는 게 별로 없다는 거였어. 이건 핸슨에게만 해당되는 얘기가 아니야. IPCC도 그렇게 발뺌하는 말들을 많이 늘어놨지."[**]

"그렇지만 핸슨은 아직도 지구 온난화를 믿고 있잖아요."

"그건 그래. 그런데 1988년의 예측은 300퍼센트나 빗나갔다구."

"그게 어쨌다는 거죠?"

---

[*] James E. Hansen, Makiko Sato, Andrew Lacis, Reto Ruedy, Ina Tegen, and Elaine Matthews, "Climate Forcings in the Industrial Era," *Proceedings of the National Academy of Sciences* 95 (October 1998): 12753~58.

"자넨 지금 그렇게 큰 오차의 중요성을 무시하고 있는 거야. 다른 분야의 경우와 비교해보라구. 예를 들자면 마스로버(Mars Rover, 화성 탐사 로봇)를 실은 로켓을 발사할 당시 NASA는 그로부터 253일 후, 캘리포니아 시간으로 오후 8시 11분에 로버가 화성 표면에 착륙할 거라고 발표했어. 그런데 실제로는 오후 8시 35분에 착륙했지. 그건 1퍼센트의 천분의 몇밖에 안 되는 오차였어. NASA 사람들은 뭘 모르고 떠들어댄 게 아니었다는 거지."

"그래요, 좋아요. 그렇지만 추산할 수밖에 없는 일도 있잖아요."

"그건 옳은 말일세. 사람들은 늘 이것저것 추산하게 마련이지. 판매량도 추산하고, 이익금도 추산하고, 배달 날짜도 추산하고, 그 밖에 또…… 그건 그렇고, 자네도 정부에 내야 할 세금을 추산하겠지?"

"네. 일 년에 네 번씩 하죠."

"그런데 그 추산값이 얼마나 정확해야 하는 거지?"

"글쎄요, 정해진 규정은 없지만……"

"피터. 얼마나 정확해야 처벌을 안 받지?"

"아마 15퍼센트쯤 될 거예요."

"그럼 300퍼센트나 빗나가면 처벌을 받겠지?"

"그렇죠."

"핸슨은 300퍼센트나 빗나갔어."

"기후 문제는 소득신고가 아니잖아요."

** IPCC. *Climate Change 2001: The Scientific Basis.* Cambridge, UK: Cambridge University Press, 2001, p. 774: "기후 조사 및 모델링을 할 때 우리는 연구 대상이 이중 비선형 카오스 시스템이라는 것, 그러므로 미래의 기후 양상에 대한 장기적 예측은 가능하지 않다는 사실을 염두에 두어야 한다." 다음 자료도 참조하라. IPCC. *Climate Change 1995: The Science of Climate Change*, p. 330. "이산화탄소에 의한 기후 변화의 측정 및 분석 과정에서 장기간에 걸친 자연적 기후 변화가 계속 문제점으로 작용할 것이다."

"인간의 지식에 관련된 현실 세계에서는 말일세, 추산값이 300퍼센트나 틀렸다고 하면 그건 자신의 연구 대상을 제대로 파악하지 못했다는 의미로 해석할 수밖에 없는 걸세. 자네가 어떤 비행기를 탔는데 조종사가 세 시간쯤 걸린다고 했다. 그런데 실제로는 한 시간 만에 도착했다고 치자구. 자넨 그 조종사가 유능하다고 말할 수 있겠나?"

에번스는 한숨을 쉬었다.

"기후는 그것보다 까다로운 문제잖아요."

"맞아, 피터. 기후는 더 까다롭지. 너무 까다롭기 때문에 지금까지 아무도 미래의 기후를 정확히 예측하지 못했던 걸세. 수십억 달러를 쏟아붓고 있는데도, 전 세계에서 몇백 명이 그 일에만 매달려 있는데도 말이야. 자넨 어째서 이 불쾌한 진실을 거부하는 거지?"

"일기 예보는 훨씬 더 정확하죠. 그건 컴퓨터 덕분이구요."

"그래, 일기 예보는 꽤 발전했지. 그래도 열흘 이상 떨어진 미래의 날씨를 예측하겠다고 덤비는 사람은 없어. 그런데 컴퓨터 모델 연구자들은 100년 뒤의 온도를 예측하고 있는 거야. 때로는 천 년 뒤나 3천 년 뒤까지 말이야."

"그 사람들도 점점 나아지고 있잖아요."

"어쩌면 아닐 수도 있지. 지구상의 기후 중에서 가장 큰 사건은 엘니뇨 현상일세. 대략 4년마다 한 번꼴로 발생하지. 그런데 기후 모델들은 이 현상을 예측하지 못하고 있네. 발생시기도, 지속 기간도, 강약의 정도조차도. 그런데 엘니뇨 현상을 예측하지 못하면 다른 분야에 대한 컴퓨터 모델의 예측력도 미심쩍을 수밖에 없단 말이야."

"엘니뇨 현상은 예측할 수 있다고 들었는데요."

케너는 고개를 가로저었다.

"1998년에 그런 주장이 있었지. 그런데 그건 사실이 아니야.* 피터,

기후학은 아직 그 수준에 이르지 못했다구. 언젠가는 가능하겠지만 아직은 아니야."

---

* C. Landsea, et al., 2000, "How Much Skill Was There in Forecasting the Very Strong 1997~98 El Niño?" *Bulletin of the American Meteorological Society* 81 : 2107~19. "엘니뇨 현상을 예측하는 기술이 부족하기 때문에 지구 온난화 현상에서 인류의 영향을 연구할 때는 더욱더 확신을 갖기 어렵다. (……) 엘니뇨 남방진동(ENSO)을 예측하는 데 성공했다는 주장은 지나치게 (때로는 심각할 정도로) 과장된 것이며 그 내용이 다른 분야에까지 잘못 적용되고 있다."

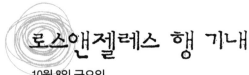

로스앤젤레스 행 기내

10월 8일 금요일
2:22 PM

한 시간이 흘렀다. 산종은 노트북 컴퓨터를 가지고 쉴새없이 일하고 있었다. 케너는 창밖을 내다보며 꼼짝도 하지 않았다. 산종에게는 익숙한 모습이었다. 그는 케너가 몇 시간 동안이나 그렇게 움직이지 않고 말없이 앉아 있기도 한다는 것을 알고 있었다. 이윽고 산종이 욕설을 내뱉자 케너가 비로소 고개를 돌렸다.

"무슨 일이야?"

"위성 인터넷이 끊어졌어요. 아까부터 오락가락하네요."

"영상의 출처는 추적해봤나?"

"네, 그건 별로 어렵지 않았어요. 위치를 확인했죠. 에번스는 이게 정말 남극 대륙에서 찍은 거라고 생각하는 거예요?"

"그래. 눈밭에 노출된 검은 바위라고 생각하더군. 나도 굳이 반대하진 않았지."

"실제 위치는 레절루션 만(灣)이라는 곳이었어요. 가레다 북동부에 있죠."

"로스앤젤레스에서 얼마나 떨어진 곳이지?"

"6천 해리(海里) 정도예요."

"그럼 도달 시간은 열두 시간에서 열세 시간쯤 되겠군."

"맞아요."

"그 문제는 나중에 걱정하자구. 먼저 해결해야 할 문제들이 있으니까."

피터 에번스는 어수선한 잠을 자고 있었다. 잠자리는 푹신한 기내 의자를 길게 편 것이었는데, 하필이면 가운뎃부분, 즉 궁둥이와 맞닿는 바로 그 자리에 이음매가 있었다. 그는 엎치락뒤치락하다가 잠깐씩 깨어났고, 그때마다 기내 뒤쪽에서 케너와 산종이 이야기하는 소리를 단편적으로 들을 수 있었다. 엔진 소음 때문에 대화 전체를 듣지는 못했지만 그 정도로도 충분했다.

'저 친구한테 시킬 일이 있어서 그래.'

'아마 거절할 텐데요.'

'……좋든 싫든…… 에번스가 이 모든 일의 핵심이야.'

피터 에번스는 갑자기 정신이 번쩍 들었다. 이젠 더 자세히 들어보려고 귀를 기울였다. 그것도 모자라서 베개 위에서 고개를 쳐들었다.

'굳이 반대하진 않았지.'

'실제 위치는 레절루션 만…… 가레다……'

'얼마나 떨어진……?'

'……6천 해리……'

'……도달 시간…… 열세 시간……'

에번스는 속으로 생각했다. '도달 시간? 도대체 무슨 얘기지?' 그는 충동적으로 벌떡 일어났고, 그쪽으로 성큼성큼 걸어가 두 사람 앞에 버티고 섰다.

케너는 눈도 깜작거리지 않았다.

"잘 잤나?"

"아뇨, 제대로 못 잤어요. 제게도 설명을 좀 해주셔야겠는데요."
"무슨 설명?"
"우선 그 위성사진에 대해서요."
"어제 그 방에선 다른 사람들 때문에 자네한테 말해주기가 곤란했어. 자네 의욕에 찬물을 뿌리기도 싫었고."
에번스는 커피 한 잔을 따랐다.
"좋아요. 그 사진의 정체가 뭐였죠?"
산종이 노트북 컴퓨터를 휙 돌려 에번스에게 화면을 보여주었다.
"실망할 거 없어요. 형씨로서는 달리 생각할 이유가 없었으니까. 이 사진은 네거티브예요. 콘트라스트를 강조하기 위해 이렇게 사용할 때가 많죠."
"네거티브라……"

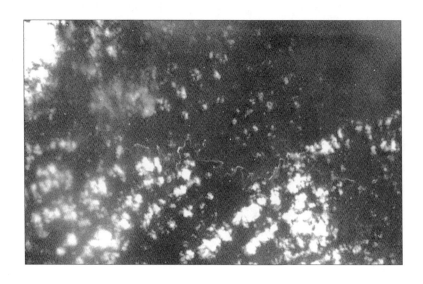

"검은 바위가 사실은 흰색인 거죠. 이건 구름이에요."

에번스는 한숨을 내쉬었다.

"그럼 이 땅덩어리는 뭐죠?"

"이건 가레다라는 섬이에요. 솔로몬 제도 남부에 있죠."

"거긴……"

"뉴기니 부근이죠. 오스트레일리아 북쪽."

"그러니까 이건 남태평양에 떠 있는 섬이라는 거군요. 남극 대륙에 와 있던 놈이 남태평양 어느 섬의 사진을 갖고 있었다?"

"맞아요."

"그럼 사진에 적힌 스콜피온이라는 말은……"

"우리도 몰라요. 실제 위치는 지도상에 레절루션 만이라고 표시된 곳이에요. 그렇지만 그 일대에선 스콜피온 만이라고 부르는지도 모르죠."

"그런데 놈들이 거기서 무슨 짓을 하려는 거죠?"

이번에는 케너가 대답했다.

"그것도 아직 몰라."

"도달 시간에 대해 말씀하시는 소리를 들었어요. 무슨 도달 시간이죠?"

그러자 케너가 느긋하게 대꾸했다.

"그건 자네가 잘못 들은 거야. 내가 한 말은 '닦달할 시간'이었어."

"닦달할 시간이라구요?"

"그래. 우린 남극에 있던 그 세 놈 중에서 한 놈이라도 정체를 알아냈으면 좋겠다는 얘기를 하고 있었지. 세 놈 모두 또렷하게 찍힌 사진들이 있으니까. 그리고 기지 사람들이 놈들을 봤으니 그게 놈들의 사진이라는 것도 확인했고. 그런데도 지금껏 알아내질 못했어."

산종의 설명에 의하면 브루스터와 두 대학원생의 사진을 워싱턴의 몇몇 데이터베이스로 전송했고, 그쪽에서는 패턴인식 컴퓨터를 이용하여 그 사진들을 전과자들의 기록과 대조해보았다. 그러다가 더러 운이 좋으면 컴퓨터가 정확한 신원을 밝혀내기도 한다. 그런데 이번엔 일치하는 인물을 찾았다는 연락이 아직 없었다.

"벌써 몇 시간이 지났으니 틀린 일이라고 봐야겠죠."

그러자 케너가 덧붙였다.

"우리가 예상했던 대로야."

산종도 말했다.

"네. 예상했던 대로죠."

에번스가 물었다.

"그놈들은 전과 기록이 없기 때문인가요?"

"아니지. 아마 기록은 있을 거야."

"그럼 왜 못 찾는 거죠?"

"이건 네트전(netwar: 전력망, 송유망, 교통통신망 등의 민간 정보통신망을 군사적 목표로 삼는 정보전)이니까. 그리고 지금은 우리가 열세니까."

로스앤젤레스 행 기내

10월 8일 금요일
3:27 PM

케너가 설명해주었다. 언론 보도에 의하면 환경해방전선(ELF)은 환경 테러리스트들로 구성된 느슨한 조직인데, 그들은 몇 개의 소집단으로 나뉘어 개별적으로 활동하면서 비교적 유치한 방식으로 말썽을 일으킨다고 한다. 이를테면 도처에 불을 지르거나 주차장의 SUV를 때려 부수는 따위였다.

그러나 사실은 전혀 달랐다. 지금까지 ELF의 일원이 체포된 일은 딱한 번밖에 없었다. 캘리포니아 대학 산타크루스 캠퍼스에 다니는 스물아홉 살의 대학원생이었는데, 캘리포니아의 엘세군도(El Segundo)에서 석유 굴착 장비를 파괴하다가 붙잡혔다. 그는 그 조직과의 관련성을 부인하면서 한사코 독자적인 행동이었다고 주장했다.

그러나 관계 당국이 우려한 것은 범인이 두개골의 모습을 변화시켜 눈썹이 툭 튀어나온 것처럼 보이게 만드는 장치를 이마에 붙이고 있었다는 사실이었다. 그는 또한 가짜 귀도 달고 있었다. 변장으로서는 변변찮은 솜씨였다. 다만 걱정스러운 것은 이 같은 준비물로 미루어 그가 정부 쪽에서 사용하는 패턴인식 프로그램에 대해 잘 알고 있었음을 짐작할 수 있기 때문이었다.

이런 프로그램은 대개 가발이나 턱수염, 콧수염 등 안면 모발의 변화를 무시해버리도록 설정되었다. 가장 흔히 사용되는 변장 수단이 그런 것들이기 때문이다. 그리고 나이에 따른 변화도 감안하도록 설계되었다. 이를테면 얼굴의 살과 눈, 코, 입이 늘어지고 처지는 현상, 머리가 벗겨지는 현상 따위가 그것이었다.

그러나 사람의 귀는 달라지지 않는다. 이마의 형태도 달라지지 않는다. 따라서 이 프로그램들은 주로 귀와 이마의 모양을 비교하는 데 중점을 두고 있었다. 그러므로 얼굴 중에서 이 두 부분을 변화시키면 컴퓨터가 '일치하는 인물이 없음'이라는 결론을 내리게 마련이었다.

산타크루스의 그 대학원생도 이런 사실을 알고 있었다. 그는 자기가 굴착 장비에 접근할 때 보안 카메라가 자신을 촬영할 것을 알았다. 그래서 컴퓨터 신원 확인을 방해하는 방식으로 외모를 바꿔버렸던 것이다.

웨들 기지의 그 과격파 세 명도 엄청난 지원을 받으면서 첨단 기술을 이용한 테러 행위를 자행했다. 몇 달에 걸친 치밀한 계획이 필요한 일이었다. 비용도 많이 들었다. 그리고 학력 증명서, 운반용 상자의 대학 표시, 그것들을 남극 대륙으로 운송한 유령회사, 가짜 웹사이트 등 그 일에 필요한 수십 개의 세부 항목들을 처리하려면 틀림없이 철저한 준비와 전폭적인 지원이 있었을 터였다. 그들의 계획이나 그것을 실행에 옮긴 방식, 그 어디서도 유치한 구석이라고는 찾아볼 수 없었다.

케너가 말했다.

"조지 모턴 회장님이 돌아가시기 직전에 확보한 그 목록이 없었다면 결국 놈들이 성공했을 걸세."

이 모든 상황을 감안할 때 ELF는 설령 한때는 아마추어들의 엉성한 집단이었을지 몰라도 지금은 전혀 그렇지 않은 것이 분명했다. 이제 그것은 고도의 조직력을 가진 네트워크였다. 조직원들은 이메일, 휴대폰, 무전기, 문자 메시지 등 다양한 통신 수단을 활용하여 네트워크 전체가 발각되는 일이 없도록 하고 있었다. 세계 각국의 정부는 오래전부터 이런 네트워크에 대처하는 방법, 그리고 그들과 싸우는 과정에서 일어나게 될 '네트전'에 대처하는 방법을 찾는 데 골몰하고 있었다.

케너가 말했다.

"네트전은 오랫동안 이론적 개념에 불과했어. 랜드 연구소[1946년 미국 공군의 위촉을 받아 민간 과학자와 기술자들이 창설한 비영리적 연구 개발(RAND: Research ANd Development) 기관]에서 몇 가지 연구를 진행하긴 했지만 정작 군부에서는 그쪽에 정말 관심을 갖는 사람이 아무도 없었다네. 적이나 테러리스트, 심지어는 범죄자들까지 네트워크를 형성한다는 건 너무 막연한 생각이라서 신경도 안 쓴 거지."

그러나 네트전에서의 싸움이 까다로운 것은 바로 네트워크의 그 막연함, 즉 유동적이며 빠르게 진화한다는 특징 때문이었다. 네트워크는 침투가 불가능했다. 우연한 경우 이외에는 도청도 불가능했다. 네트워크는 특정한 장소에 있는 것이 아니므로 지리적 위치를 알아낼 수도 없었다. 네트워크는 사실상 완전히 새로운 형태의 적이었고, 따라서 그것과 싸우기 위해서는 완전히 새로운 기술이 필요했다.

"군부는 그걸 이해하지 못했던 거야. 그렇지만 좋든 싫든 간에 우린 지금 네트전에 휘말린 거라구."

"그럼 네트전은 어떻게 싸우는 거죠?"

"네트워크에 대항하는 유일한 방법은 이쪽도 네트워크를 형성하는 걸세. 정보원을 많이 확보하고, 24시간 쉬지 않고 해독 작업을 진행하고, 네트워크를 이용한 기만술이나 함정 수사 같은 수법을 구사하는 거지."

"예를 들자면 어떤 거죠?"

케너의 대답은 막연했다.

"그건 기술적인 내용이야. 그쪽 일은 일본인들한테 선봉을 맡겨놨어. 그런 일엔 세계 최고 수준이니까. 물론 동시에 여러 방향을 찔러보고 있지. 우리가 웨들 기지에서 알아낸 사실들을 가지고 지금 진행 중인 일들이 꽤 많다네."

케너는 몇몇 데이터베이스를 샅샅이 검색해보도록 요구했다. 국가기관도 동원했다. 그 테러리스트들이 학력 증명서, 폭발물, 컴퓨터를 이용한 기폭 타이머 등을 입수한 경로에 대해서도 문의해두었다. 모두 손쉽게 구할 수 없는 물건들이므로 시간만 충분하다면 출처를 알아낼 수 있을 터였다.

"그런데 시간은 충분한 거예요?"

"나도 몰라."

에번스는 케너가 걱정하고 있다는 것을 알 수 있었다.

"그건 그렇고, 저한테 시킬 일이라는 게 뭐죠?"

"아주 간단한 일이야."

"그게 뭔데요?"

케너가 빙그레 웃었다.

"자네한테 전해줄 중요한 물건이 있어. 두 시간 뒤에 자네 아파트로 가져가겠네. 그런데 자넨 들어갔다가 도로 나가줘야겠어. 놈들이 자넬 따라가도록 말이야. 문은 잠그지 말고."
에번스는 장미 줄기를 이리저리 돌리며 자세히 살펴보는 척했다. 그러나 사실은 장미 너머로 벤치 위의 사내를 보고 있었다. 어쩐지 낯익은 얼굴이었다. 틀림없이 전에 어디선가 봤는데…… 그러자 마치 그의 생각을 알아차린 듯이 사내가 말했다.
"그래, 맞아."

앤젤

ANGEL

3

STATE OF FEAR

로스앤젤레스

10월 9일 토요일

7:04 AM

피터 에번스는 걱정스러운 표정으로 물었다.

"꼭 이렇게까지 해야 하는 거예요?"

케너가 대답했다.

"그렇다네."

"이건 불법이잖아요."

그러자 케너가 단호하게 대답했다.

"그렇지 않아."

"교수님이 수사관이라서요?"

"물론이지. 걱정할 거 없어."

그들은 로스앤젤레스 상공에 진입하여 밴너이스 공항의 활주로를 향해 접근하고 있었다. 유리창을 통해 캘리포니아의 햇살이 쏟아져 들어왔다. 산종은 기내 중심부의 식탁 위로 몸을 숙이고 있었다. 그의 앞에는 에번스의 휴대폰이 놓여 있었는데 이미 뒷면이 제거된 상태였다. 산종은 건전지 윗부분에 엄지손톱만한 크기의 얇은 회색판을 붙이는 중이었다.

에번스가 물었다.

"그런데 그게 정확히 뭐죠?"

산종이 대답했다.

"플래시 메모리예요. 네 시간 동안의 대화 내용을 압축 포맷으로 기록하죠."

"그렇군요. 그럼 내가 할 일은 뭐죠?"

"그냥 할 일을 하면서 휴대폰을 들고 다니기만 하면 돼요."

"그러다가 들키면요?"

그러자 케너가 말했다.

"그런 일은 없을 걸세. 어디든 갖고 다녀도 문제없어. 보안 검색대도 거뜬히 통과할 테니까."

"그래도 혹시 도청 감지기라도 있다면……"

"그걸로는 못 찾아내. 이건 아무것도 송신하지 않으니까. 순간 송신기가 달려 있거든. 한 시간마다 2초씩만 송신하는 거지. 나머지 시간엔 아무것도 안 한다구."

그러더니 한숨을 푹 쉬었다.

"이봐, 피터. 이건 그냥 휴대폰일 뿐이야. 누구나 갖고 다닌다구."

"글쎄요, 왠지 좀 꺼림칙해요. 저는 무슨 끄나풀이 아니라구요."

그때 기내 앞쪽에서 사라가 연신 하품을 하고 귀를 후비적거리며 다가왔다.

"누가 끄나풀이라고?"

"내가 그런 기분이라는 얘기였어."

그러자 케너가 말했다.

"중요한 문제는 따로 있네. 산종?"

산종이 인쇄된 목록 하나를 꺼내 에번스에게 건네주었다. 모턴이 갖고 있던 그 목록이었는데, 지금은 거기에 추가된 내용이 있었다.

662262	3982293	24FXE 62262 82293	**테러**	테러 산, 남극 대륙
882320	4898432	12FXE 82232 54393	**스네이크**	스네이크 언덕, 애리조나
774548	9080799	02FXE 67533 43433	**래퍼**	래퍼 암초, 바하마
482320	5898432	22FXE 72232 04393	**스콜피온**	레절루션, 솔로몬 제도

대안 :

662262	3982293	24FXE 62262 82293	**테러**	테러 산, 남극 대륙
382320	4898432	12FXE 82232 54393	**세버**	세버시티, 애리조나
244548	9080799	02FXE 67533 43433	**콘치**	콘치 암초, 바하마
482320	5898432	22FXE 72232 04393	**스콜피온**	레절루션, 솔로몬 제도

대안 :

662262	3982293	24FXE 62262 82293	**테러**	테러 산, 남극 대륙
382320	4898432	12FXE 82232 54393	**버저드**	버저드 협곡, 유타
444548	7080799	02FXE 67533 43433	**올드맨**	올드맨 섬, 터크스앤드카이코스 제도
482320	5898432	22FXE 72232 04393	**스콜피온**	레절루션, 솔로몬 제도

대안 :

662262	3982293	24FXE 62262 82293	**테러**	테러 산, 남극 대륙
382320	4898432	12FXE 82232 54393	**블랙메사**	블랙메사, 뉴멕시코
344548	9080799	02FXE 67533 43433	**스날**	스날 암초, 영국령 서인도 제도
482320	5898432	22FXE 72232 04393	**스콜피온**	레절루션, 솔로몬 제도

케너가 말했다.

"보다시피 산종이 정확한 GPS 좌표를 확인했네. 자네도 이 목록에 일정한 패턴이 있다는 걸 알아차렸을 거야. 첫 번째 사건은 우리가 알고 있는 바로 그거지. 두 번째 사건은 미국의 사막 어딘가에서 일어날 거야. 유타, 애리조나, 아니면 뉴멕시코겠지. 세 번째 사건은 쿠바 동쪽의 카리브해 어딘가일 테고, 네 번째 사건은 솔로몬 제도일 거야."

"그래요? 그래서요?"

"우리가 지금 관심을 가져야 할 것은 바로 두 번째 사건일세. 그런데 문제는 유타와 애리조나와 뉴멕시코 사이에 5만 평방마일이나 되는 사막이 있다는 사실이야. 좀더 구체적인 정보를 알아내지 못하면 절대로 놈들을 못 찾을 거라구."

"그래도 정확한 GPS 좌표를 알고 있으니까……"

"그건 놈들이 틀림없이 변경할 거야. 지금쯤 남극 대륙에서 말썽이 생겼다는 걸 알고 있을 테니까."

"벌써 계획을 변경했을 거라고 생각하시는 거예요?"

"당연하지. 놈들의 네트워크는 우리가 웨들 기지에 도착하자마자 뭔가 잘못됐다는 걸 알아차렸어. 내 생각엔 제일 먼저 빠져나간 놈이 그래서 도망쳤을 거야. 내 생각엔 셋 중에서 바로 그놈이 진짜 우두머리였어. 나머지 두 놈은 그냥 졸병들이고."

"그래서 저더러 드레이크를 만나보라 이거죠?"

"그래. 뭐든지 좀 알아내라구."

"마음에 안 들어요."

"그건 알지만 자네가 꼭 해줘야 해."

에번스는 아직도 잠이 덜 깬 채 눈을 비비고 있는 사라를 바라보았다. 자다가 일어났는데도 흠잡을 데 없이 멀쩡한 모습을 보니 왠지 얄미웠다. 그녀는 얼굴에 구김살 하나 없이 여전히 아름답기만 했다. 그는 그녀에게 말을 걸었다.

"몸은 좀 어때?"

"이 좀 닦아야겠어. 착륙할 때까지 얼마나 남았지?"

"10분."

그녀는 자리에서 일어나 비행기 뒤쪽으로 걸어갔다.

에번스는 창밖을 내다보았다. 햇빛이 눈부시게 빛나고 있었다. 그는 잠이 부족했다. 머리를 꿰맨 자리가 따끔거렸다. 그 망할 놈의 크레바스에 너무 오래 처박혀 있었던 탓에 온몸이 욱신거렸다. 좌석 팔걸이에 팔꿈치를 내려놓고 있는 것조차도 고통스러웠다.

그는 한숨을 내쉬었다.

그러자 케너가 말했다.

"피터, 그놈들은 자네들을 죽이려고 했어. 나 같으면 그런 놈들과 맞서 싸우면서 사소한 것까지 일일이 신경 쓰진 않겠네."

"그야 그렇지만 저는 변호사잖아요."

"죽은 변호사가 될 수도 있었지. 웬만하면 죽지 말라구."

자신의 하이브리드 자동차를 몰고 샌디에이고 고속도로로 접어들면서 피터 에번스는 몹시 비현실적인 느낌을 받았다. 축구장 길이의 절반이나 될 만큼 드넓은 12차선 콘크리트 도로 위에서 수많은 자동차들이 굉음을 내며 질주하고 있었다. 로스앤젤레스는 표면적의 65퍼센트를 자동차들이 차지한 도시였다. 사람들은 얼마 안 되는 나머지 공간에서 서로 부대끼며 살아갔다. 비인간적인 설계였고 환경 면에서도 불합리했다. 모든 것이 너무 멀리 떨어져 있어서 두 발로 걸어서는 어디에도 갈 수 없었고 공해는 이루 말할 수 없을 정도였다.

그런데도 케너 같은 자들은 환경단체들의 훌륭한 사업을 헐뜯기만 한다. 그들의 노력이 없다면 로스앤젤레스 같은 곳의 환경은 훨씬 더 나빠질 텐데도 말이다.

에번스는 생각했다. 인정할 건 인정해야지. 세계는 달라져야 한다. 환경을 생각하는 사고방식이 절실히 필요한 상황이다. 그리고 케너가 제아무리 그럴싸하게 사실을 왜곡해도 진실을 바꿔놓을 수는 없다.

그런 식으로 10분가량 이런저런 생각을 하다가 어느덧 멀홀랜드 고개를 넘어 비벌리힐스 쪽으로 내려가기 시작했다.

그는 문득 조수석 쪽을 돌아보았다. 손질을 마친 휴대폰이 햇빛에 반짝거리고 있었다. 그는 그것을 가지고 당장 드레이크의 사무실로 가야겠다고 결심했다. 이 일을 빨리 끝내버리고 싶었다.

그는 드레이크의 사무실로 연락해서 통화를 원한다고 말했다. 그러나 드레이크가 지금 치과에 갔으며 나중에 다시 들어온다는 답변을 듣게 되었다. 비서도 정확한 시간은 모른다고 했다.

에번스는 아파트로 돌아가 샤워나 하기로 마음먹었다.

그는 주차장에 차를 세워놓고 작은 정원을 거쳐 자신의 아파트 쪽으로 걸어갔다. 건물들 사이로 햇볕이 내리쬐고 있었다. 활짝 핀 장미가 아름다웠다. 그는 다만 공중에 떠돌고 있는 시가 연기의 냄새가 좀 아쉽다고 생각하며 못마땅하게 여겼다. 누군가 시가를 피웠는데 지금은 아무도……

"쉬잇! 에번스!"

그는 걸음을 멈추고 주위를 둘러보았다. 아무것도 눈에 띄지 않았다.

에번스는 뱀처럼 쉭쉭거리며 열심히 속닥거리는 소리를 들었다.

"오른쪽으로 돌아서서 장미 한 송이를 꺾어."

"뭐라구요?"

"말하지 말고, 이 멍청아. 그렇게 두리번거리지 마. 이쪽으로 와서 장미를 꺾으란 말이야."

에번스는 목소리가 들려오는 쪽으로 다가갔다. 시가 냄새가 점점 짙어졌다. 그러다가 뒤엉킨 장미 덤불 너머에 지금껏 한 번도 보지 못했던 낡은 돌 벤치 하나가 있는 것을 발견했다. 이끼가 잔뜩 끼어 있었다. 그리고 그 벤치에는 스포츠코트를 입은 사내가 웅크리고 앉아 있었다. 그는 시가를 피우는 중이었다.

"누구……"

그러자 사내가 속닥거렸다.

"말하지 말라니까. 도대체 몇 번이나 말해야 알아듣지? 장미를 꺾어 냄새를 맡으라구. 그래야 잠시 여기서 머뭇거릴 핑계가 생기니까. 이제 내 말을 잘 듣게. 난 조지 모턴 씨가 고용한 사립탐정이야."

에번스는 장미 향기를 맡아보려고 하다가 시가 연기를 들이마셨다.

"자네한테 전해줄 중요한 물건이 있어. 두 시간 뒤에 자네 아파트로 가져가겠네. 그런데 자넨 들어갔다가 도로 나가줘야겠어. 놈들이 자넬 따라가도록 말이야. 문은 잠그지 말고."

에번스는 장미 줄기를 이리저리 돌리며 자세히 살펴보는 척했다. 그러나 사실은 장미 너머로 벤치 위의 사내를 보고 있었다. 어쩐지 낯익은 얼굴이었다. 틀림없이 전에 어디선가 봤는데……

그러자 마치 그의 생각을 알아차린 듯이 사내가 말했다.

"그래, 맞아."

그는 옷깃을 뒤집어 배지를 보여주었다.

"AV 네트워크 시스템. NERF 건물에서 일하고 있던 그 기술자가 바로 나였네. 이젠 생각나지? 끄덕거리지 마! 나 원 참. 이제 올라가서 옷이나 갈아입고 한동안 다시 나가 있으라구. 헬스클럽에 가든지 마음대로 해. 아무튼 나가 있게. 저 얼간이들이……"

그는 차도 쪽을 향해 고갯짓을 했다.

"아까부터 자넬 기다렸어. 그러니까 실망시키지 말아야지. 어서 가봐."

에번스의 아파트는 아주 말끔하게 정돈되어 있었다. 리자의 솜씨는 훌륭했다. 난도질한 쿠션들은 뒤집어놓았고, 책들은 다시 책장에 꽂아놓았다. 자리는 뒤죽박죽이었지만 그건 나중에 해결해도 되는 문제였다.

에번스는 커다란 거실 유리창을 통해 차도 쪽을 내다보았다. 녹음이 우거진 록스베리 공원 말고는 눈에 띄는 것이 아무것도 없었다. 뛰노는 아이들. 옹기종기 모여앉아 잡담을 나누는 보모들. 감시하는 자들은 보이지 않았다.

모든 것이 평소와 다름없는 것 같았다.

그는 자신의 행동을 의식하면서 셔츠 단추를 풀어내리며 돌아섰다. 그러고는 온몸이 따끔거릴 만큼 뜨거운 물로 샤워를 했다. 발가락을 내려다보니 온통 검붉은 색으로 변해 있었다. 낯설고 걱정스러운 빛깔이었다. 발가락을 꼼지락거려보았다. 감각이 별로 없다는 사실 말고는 별다른 이상이 없는 것 같았다.

그는 물기를 닦고 메시지를 확인했다. 오늘 밤에 시간 좀 낼 수 있느냐고 묻는 재니스의 전화가 와 있었다. 다음 메시지도 그녀였다. 애인이 방금 시내로 돌아오는 바람에 바빠졌다면서 ─ 그 말은 전화하지 말라는 뜻이었다 ─ 안절부절못하는 목소리였다. 허브 로웬스타인의 비서 리자에게서 걸려온 전화도 있었다. 그녀는 에번스에게 지금 어디 있느냐고 물으면서 로웬스타인이 몇 가지 서류를 함께 검토하고 싶어한다는 말을 전해주었다. 중요한 일이라고 했다. 헤더의 메시지도 있었는데, 역시 로웬스타인이 찾더라는 내용이었다. 마고 레인은 자기가 아직 병원에 있다면서, 자기가 전화했는데도 왜 여태 연락이 없느냐고 따졌다. 그리고 에번스의 고객인 BMW 딜러에게서 언제쯤 전시장에 올 거냐고 묻는 전화도 와 있었다.

그리고 그냥 끊어버린 전화가 열 통쯤 되었다. 평소보다 훨씬 더 많은 숫자였다.

그렇게 끊어버린 전화를 확인할 때마다 오싹한 한기가 느껴졌다.

에번스는 서둘러 양복을 걸치고 넥타이를 맸다. 다시 거실로 돌아와 불안한 마음을 억누르며 텔레비전을 켜자 때마침 뉴스가 시작되고 있었다. 그리고 문 쪽으로 걸어갈 때 이런 말이 들려왔다.

"지구 온난화의 위험성을 말해주는 두 가지 새로운 사실이 발표되었습니다. 첫 번째는 영국에서 연구한 내용인데, 지구 온난화가 문자 그대로 지구의 자전 속도를 변화시켜 하루의 길이를 단축시킨다고 합니다."

에번스는 뒤를 돌아보았다. 두 명의 앵커가 보였다. 한 명은 남자, 한 명은 여자였는데, 그중 남자 쪽이 보도하고 있었다. 더욱더 충격적인 것은 그린란드의 만년빙이 완전히 녹아 없어질 것이라는 연구 결과가 나왔다는 사실이라고 했다. 그렇게 되면 해수면이 20피트나 상승한다는 것이었다.

앵커맨은 유쾌한 어조로 이렇게 덧붙였다.

"그럼 말리부 해변도 사라지는 겁니다!"

물론 몇 년 사이에 당장 일어날 일은 아니었다.

"그렇지만 머지않아 닥쳐올 일이죠. 우리 모두가 생활 방식을 바꾸지 않는다면 말입니다."

에번스는 텔레비전을 등지고 돌아서서 다시 문을 향해 걸어갔다. 이 최신 뉴스에 대해 케너가 뭐라고 대꾸할지 궁금했다. 지구의 자전 속도를 변화시킨다? 그는 이 말이 가진 엄청난 의미를 떠올리며 고개를 절레절레 흔들었다. 게다가 그린란드의 얼음이 모조리 녹아버린다? 케너가 당황해서 쩔쩔매는 모습이 눈에 선했다.

그러나 다시 생각해보면 케너는 아마 지금까지 그랬던 것처럼 그 모든 내용을 부정할 터였다.

에번스는 문을 열었다. 그러고는 완전히 잠기지 않도록 조심스럽게 닫아놓고 자신의 사무실로 향했다.

센추리 시티

10월 9일 토요일
9:08 AM

그는 복도에서 회의실 쪽으로 걸어가던 허브 로웬스타인과 마주쳤다.

"맙소사, 피터, 도대체 어디 있었던 거야? 아무도 모르던데."

"의뢰인의 비밀 업무를 처리했습니다."

"그래도 다음부터는 자네 비서한테 연락처 정도는 남겨둬. 그런데 자네 꼬락서니가 형편없군. 무슨 일이야? 싸움질이라도 한 건가? 귓가는 또 왜 그래? 맙소사, 그거 꿰맨 자국인가?"

"넘어졌어요."

"흐음. 그런데 그 비밀 업무는 어느 의뢰인이 시킨 거였나?"

"사실은 닉 드레이크였습니다."

"그거 이상하네. 그 사람은 그런 말 안 하던데."

"그래요?"

"그래. 방금 나갔거든. 아침부터 같이 있었지. 모턴 재단이 기부금 천만 달러를 취소한다는 서류 때문에 몹시 고민하더라구. 특히 그 조항 때문에."

"알고 있습니다."

"그 조항이 어디서 나온 건지 알고 싶어하더군."

"알고 있습니다."

"그래, 어디서 나온 건가?"

"모턴 회장님이 발설하지 말라고 하셨는데요."

"모턴 회장은 죽었잖아."

"공식적인 건 아니죠."

"헛소리하지 마, 피터. 그 조항이 어디서 나온 거야?"

에번스는 고개를 저었다.

"죄송합니다, 허브. 의뢰인으로부터 구체적인 지시를 받아서요."

"우린 같은 회사 소속이잖아. 모턴 회장은 내 의뢰인이기도 해."

"서면으로 지시하신 거예요, 허브."

"'서면'이라구? 웃기는 소리. 모턴 회장은 아무것도 안 썼어."

"손으로 쓴 메모예요."

"닉은 그 서류를 무효로 하고 싶어하더군."

"당연히 그렇겠죠."

"그래서 우리가 그렇게 해주겠다고 말했네."

"방법이 없을 텐데요."

"모턴 회장은 제정신이 아니었잖아."

"그렇지 않았어요, 허브. 이런 짓으로 회장님의 재산에서 천만 달러를 빼냈다가 혹시 누가 따님한테 일러바치기라도 하면……"

"그 여자는 완전히 마약 중독잔데……"

"돈에 대해서는 물샐틈없이 꼼꼼하죠. 혹시 누가 일러바치기라도 한다면 우리 회사는 그 천만 달러에 대한 배상 책임을 지게 되고, 게다가 사기 공모죄로 형사 처벌까지 받게 됩니다. 이런 행동 방침에 대해서 다른 시니어 파트너들과도 의논해보신 겁니까?"

"자넨 지금 일을 방해하고 있어."

"신중하자는 겁니다. 제가 우려하는 내용을 이메일로 보내드리는 게 좋을지도 모르겠네요."

"이런 식으로는 우리 회사에서 승진하기 어려울 걸세."

"저는 회사를 위한 최선의 길을 찾는 거라고 생각하는데요. 저로서는 과연 그 서류를 무효화할 방법이 있을지 의심스럽습니다. 적어도 먼저 회사 외부의 변호사들로부터 서면 소견서라도 받아둔다면 또 모르지만요."

"그렇지만 외부 변호사들이 찬성할 리가……"

로웬스타인은 거기서 말을 끊고 에번스를 노려보았다.

"드레이크가 이번 일에 대해서 자네와 의논하고 싶어할 거야."

"기꺼이 그렇게 하죠."

"자네가 연락할 거라고 말해두지."

"좋습니다."

로웬스타인은 성큼성큼 걸어가다가 문득 뒤를 돌아보았다.

"그런데 경찰이 어쨌다느니 자네 아파트가 어쨌다느니 하는 건 또 무슨 일이야?"

"제 아파트에 도둑이 들었어요."

"뭘 훔치려고? 마약?"

"아니에요, 허브."

"내 비서가 경찰 일로 자네를 도와준다고 사무실을 비웠어."

"사실입니다. 개인적인 부탁이었죠. 그리고 제 기억엔 근무 시간이 끝난 뒤였는데요."

그러자 로웬스타인은 콧방귀를 뀌더니 발을 쿵쿵 구르며 가버렸다.

에번스는 드레이크에게 연락해야 한다는 것을 마음에 새겨두었다. 그래야 이번 일을 깨끗이 마무리할 수 있을 테니까.

로스앤젤레스

10월 9일 토요일
11:04 AM

한낮의 뜨거운 햇볕 아래서 케너는 도심 주차장에 차를 세우고 사라와 함께 거리로 나섰다. 포장도로가 뜨거운 열기로 이글거리고 있었다. 이곳은 모든 간판이 스페인어로 되어 있었고, 영어는 어쩌다가 눈에 띄는 정도가 고작이었다. '수표 환금', '돈 빌려드립니다.' 지글거리는 스피커에서 쏟아져 나오는 마리아치 음악이 소란스러웠다.

케너가 말했다.

"이상 없지?"

사라는 어깨에 멘 스포츠 가방을 점검했다. 가방의 양쪽 끝에는 나일론 망사 주머니가 있었고, 그 속에는 비디오카메라가 들어 있었다.

"네, 준비됐어요."

두 사람은 길모퉁이의 대형 상점을 향해 걸어갔다. '브레이더 육해군 잉여품점.'

사라가 물었다.

"그런데 우리가 여기서 뭘 하는 거죠?"

"ELF가 로켓을 대량으로 사들였어."

사라는 눈살을 찌푸렸다.

"로켓이라구요?"

"가벼운 소형 로켓이지. 길이 2피트 정도. 80년대에 바르샤바 조약 군에서 쓰던 핫파이어(Hotfire)라는 장치의 구 모델이야. 휴대용, 유도 선 방식, 고체 연료, 사거리는 대략 천 야드."

사라는 도대체 무슨 소린지 알아들을 수가 없었다.

"그러니까 일종의 무기라는 거죠?"

"놈들이 그걸 사들인 목적은 그 때문이 아닐 거야."

"몇 개나 샀는데요?"

"500개. 발사 장치도 함께 샀고."

"와아."

"취미삼아 로켓을 수집할 놈들이 아니라는 것만 말해두지."

출입구 위에 걸린 현수막에서 노란색과 녹색의 페인트가 얇게 벗겨 지고 있었다. '캠핑용품, 페인트볼(서바이벌 게임에 사용하는, 형광 도료 가 든 총알), 낙하산병 재킷, 나침반, 슬리핑백, 기타 등등!'

두 사람이 들어서자 문에서 종소리가 났다.

가게 내부는 넓고 어수선했다. 선반마다 군용품이 가득했고 바닥에 도 무질서하게 쌓여 있었다. 마치 오래된 텐트 안에 들어온 것처럼 곰 팡내가 진동했다. 이 시간에는 사람들이 별로 없었다. 케너는 곧바로 금전 등록기 앞에 앉아 있는 청년에게 다가가 지갑을 잠깐 열어 보이 며 브레이더 사장을 만나러 왔다고 말했다.

"안쪽에 계시는데요."

청년이 사라에게 미소를 던졌다. 케너는 가게 안쪽으로 들어갔다. 사라는 입구 쪽에 남아 있었다.

"이젠 나도 좀 도와주세요."

그러자 점원이 빙그레 웃었다.

"최선을 다해 모시겠습니다."

열아홉이나 스무 살쯤 된 상고머리 청년이었다. '더 크로우'[The Crow, 미국 만화가 제임스 오바(James O'Barr)의 공포 만화(1989) 또는 알렉스 프로야스 감독의 동명 영화(1994)]라고 적힌 검정색 티셔츠를 입고 있었다. 팔을 보니 운동을 많이 하는 모양이었다.

사라는 청년 앞에 종이 한 장을 밀어주었다.

"어떤 남자를 찾고 있어요."

"대개는 남자들이 손님을 찾아다닐 것 같은데요."

청년은 종이를 집어들었다. 거기에는 남극 대륙에 캠프를 설치했던 남자, 즉 사라 일행이 브루스터로 알고 있는 사람의 사진이 있었다. 사진을 보자마자 청년이 말했다.

"아, 그래요. 아는 사람이네요. 가끔 여기 와요."

"이름이 뭐죠?"

"그건 모르지만 지금 가게 안에 있어요."

"지금?"

그녀는 두리번거리며 케너를 찾았지만 그는 가게 안쪽에서 주인과 밀담을 나누고 있었다. 당장 케너를 부르거나 해서 남들의 이목을 끄는 것은 곤란한 일이었다.

청년이 발돋움을 하며 가게 안을 둘러보고 있었다.

"네, 여기 있어요. 어쨌든 몇 분 전까지만 해도 분명히 있었어요. 타이머를 사러 왔대요."

"타이머는 어느 쪽에 있어요?"

"안내해드리죠."

그는 계산대를 돌아나와서 산더미 같은 녹색 의류와 7피트 높이로 쌓여 있는 상자들 사이로 그녀를 데려갔다. 상자 때문에 건너편이 보이지 않았다. 이제 케너의 모습도 볼 수 없었다.

청년이 어깨 너머로 돌아보며 물었다.

"혹시 형사님이세요?"

"비슷해요."

"저랑 사귀실래요?"

두 사람이 가게 안쪽으로 점점 더 깊이 들어가고 있을 때 앞문이 딸랑거리는 소리가 들렸다. 사라는 얼른 그쪽을 돌아보았다. 쌓여 있는 공군 방탄복 너머로 갈색 머리와 빨간 목깃이 달린 하얀 셔츠가 얼핏 보였고, 곧이어 문이 닫혔다.

"방금 나간 저 사람인데……"

사라는 이것저것 생각하지 않았다. 다짜고짜 돌아서서 문을 향해 내달았다. 가방이 엉덩이에 탁탁 부딪쳤다. 그녀는 수통 더미를 뛰어넘어 냅다 달렸다.

뒤에서 청년이 소리쳤다.

"이봐요! 다시 올 거예요?"

사라는 문을 박차고 뛰어나갔다.

그녀는 인도 한복판에 서 있었다. 이글거리는 태양, 이리저리 떠밀고 지나가는 사람들. 좌우를 두리번거렸지만 흰색 셔츠도 빨간색 목깃도 눈에 띄지 않았다. 남자가 차도를 건너가기에는 너무 짧은 시간이었다. 그녀가 모퉁이를 돌아서자 그 남자가 어슬렁거리며 5번가 쪽으로 멀어져가고 있었다. 사라도 따라갔다.

그는 서른다섯 살쯤으로 보였는데, 골프웨어 비슷한 싸구려 옷을 입고 있었다. 바지는 구깃구깃했다. 지저분한 등산화를 신고 있었다. 색을 넣은 안경을 끼었고, 콧수염을 길러 짤막하게 다듬었다. 야외에서 많은 시간을 보내는 사람으로 보였지만 건설 인부라기보다 공사 감독을 연상시켰다. 건설업자. 건축 감리사. 아무튼 그 비슷한 직업.

그녀는 그의 세부적인 특징들을 일일이 찾아 기억해두려고 노력했다. 점점 거리를 좁혀가다가 문득 잘못된 판단이라는 생각이 들어 걸음을 늦추었다. '브루스터'가 어느 진열창 앞에서 발을 멈추고 잠시 뚫어지게 들여다보다가 다시 걸음을 옮겼다.

그녀도 그 진열창 앞에 이르렀다. 싸구려 접시를 진열해놓은 도자기 상점이었다. 혹시 남자가 벌써 미행을 눈치챈 것이 아닐까 하는 생각이 떠올랐다.

도심지에서 테러리스트를 미행하고 있자니 마치 영화의 한 장면 같은 느낌이었지만 막상 겪어보니 생각했던 것보다 무시무시한 경험이었다. 잉여품 가게가 까마득히 멀게만 느껴졌다. 케너는 어디쯤에 있을지 모를 일이었다. 사라는 지금 케너가 곁에 있었으면 좋겠다고 생각했다. 그리고 여기서는 그녀의 모습이 너무 눈에 잘 띄는 것도 문제였다. 거리에 돌아다니는 사람들은 주로 중남미계였고, 게다가 그녀의 금발 머리는 대부분의 머리보다 높은 위치에 있었다.

그녀는 인도 위에서 내려와 행인들의 가장자리에서 배수로를 따라 걸었다. 이렇게 하니 그녀의 키가 6인치쯤 작아졌다. 그러나 눈에 띄는 금발만은 여전히 의식할 수밖에 없어 마음이 편치 않았다. 그래도 어쩔 수 없는 일이었다.

그녀는 브루스터와의 거리를 20야드 정도로 유지했다. 자칫하면 놓쳐버릴까봐 더 멀리 떨어질 수도 없었다.

브루스터가 5번가를 건너 계속 나아갔다. 그는 반 블록쯤 더 가다가 왼쪽 골목으로 들어갔다. 사라는 골목 입구에 멈춰 섰다. 쓰레기봉투가 곳곳에 쌓여 있었다. 그녀가 있는 곳까지 썩는 냄새가 진동했다. 골목 반대쪽에는 대형 배달 트럭 한 대가 길을 막고 서 있었다.

그런데 브루스터가 보이지 않았다.

어느새 사라져버린 것이다.

불가능한 일이었다. 혹시 이 골목에 있는 여러 뒷문 중 하나를 통해 건물로 들어갔다면 또 모를까. 골목에는 약 20피트마다 그런 문이 하나씩 있었는데, 그중에는 벽돌벽 안으로 우묵 들어가 있는 문도 많았다.

그녀는 입술을 깨물었다. 그 남자를 볼 수 없다는 사실이 꺼림칙했다. 그래도 트럭 주변에 배달부들이 있으니까……

그녀는 골목 안으로 들어섰다.

문을 지나칠 때마다 하나하나 살펴보았다. 어떤 문은 널빤지로 막아놓았고 어떤 문은 잠겨 있었다. 그리고 그중 몇 개에는 때 묻은 팻말이 붙어 있었는데, 거기에는 상호와 함께 이런 말이 적혀 있었다. '용무가 있는 분은 앞문을 이용하시거나 초인종을 누르세요.'

브루스터는 보이지 않았다.

골목을 반쯤 지났을 때 그녀는 무엇 때문인지 문득 뒤를 돌아보았다. 때마침 어떤 문을 빠져나와 다시 도로 쪽으로 황급히 멀어져가는 브루스터의 뒷모습을 아슬아슬하게 발견할 수 있었다.

사라는 뛰기 시작했다.

그 문 앞을 지나갈 때 그녀는 문간에 서 있는 중년 여자를 보았다. 문에는 팻말이 있었다. '먼로 직물점.'

사라가 소리쳐 물었다.

"저 사람 누구예요?"

중년 여자는 어깨를 으쓱거리며 고개를 저었다.

"잘못 찾아온 사람이에요. 흔한 일이고……"

그녀가 다시 뭐라고 말했지만 사라는 이미 그 말을 들을 수 없었다.

사라는 다시 인도로 빠져나와 계속 달렸다. 4번가 쪽으로 가는 중이었다. 반 블록쯤 앞서가는 브루스터의 뒷모습이 보였다. 그는 조깅에 가까울 만큼 빠른 속도로 걷고 있었다.

브루스터가 4번가를 건너갔다. 몇 야드 앞의 길가에 픽업트럭 한 대가 서 있었다. 낡아빠진 파란색 트럭이었고 애리조나 번호판을 달고 있었다. 브루스터가 조수석에 훌쩍 올라타자 트럭이 요란하게 떠나버렸다.

사라가 차량 번호를 적고 있을 때 케너의 차가 그녀 곁에 끼익 멈춰섰다.

"빨리 타."

케너는 그녀가 타자마자 가속 페달을 밟았다.

"어디 계셨어요?"

"차 가지러. 사라가 나가는 걸 봤어. 놈을 찍었어?"

그녀는 어깨에 메고 있는 가방을 까맣게 잊고 있었다.

"네, 찍은 것 같아요."

"좋았어. 가게 주인한테서 그놈 이름을 알아냈어."

"그래요?"

"그런데 아마 가명일 거야. 데이비드 폴슨. 그리고 배달 주소."

"로켓을 배달할 주소 말예요?"

"아니, 발사대."

"어딘데요?"

"애리조나의 플래그스태프."

두 사람은 앞에 가는 파란색 픽업트럭을 바라보았다.

그들은 픽업트럭을 뒤쫓으며 2번가를 달리다가《로스앤젤레스 타임스》건물을 지나고 형사법원을 지나 고속도로로 올라갔다. 케너는 능숙했다. 꽤 멀리서 따라가면서도 트럭이 항상 시야를 벗어나지 않도록 했다.

"이런 일을 많이 해보셨군요."

"별로 그렇지도 않은데."

"사람들한테 보여주는 그 카드는 뭐죠?"

그러자 케너가 지갑을 꺼내 사라에게 건네주었다. 그 속에는 은색 배지가 있었는데, 경찰 배지를 닮았지만 'NSIA'라는 글자가 찍혀 있었다. 그리고 케너의 사진이 붙은 '국가안전정보국(National Security Intelligence Agency)'의 정식 신분증도 있었다.

"국가안전정보국이라는 건 들어본 적이 없는데요."

케너는 고개를 끄덕이며 지갑을 받아 넣었다.

"어떤 일을 하는 곳이죠?"

"숨어서 하는 일. 에번스한테서는 연락 없었나?"

"말해주기 싫은 거예요?"

"별로 말할 게 없어. 국내에서 벌어지는 테러 행위는 국내 업무를 담당한 기관들을 언짢게 만들지. 그런데 다들 너무 모질거나 너무 물러서 탈이야. NSIA에서는 누구나 특수 훈련을 받고 있어. 자, 이제 산종한테 연락해서 저 트럭 번호를 불러주고 차적을 알아보라고 해."

"그럼 국내 테러를 담당하는 거예요?"

"가끔은."

앞에서는 그 픽업트럭이 주간(州間) 5번 고속도로로 갈아타고 동쪽으로 달리다가 누렇게 변색된 건물들이 다닥다닥 붙어 있는 군립종합병원 앞을 지나고 있었다.

"저것들이 어디로 가는 거죠?"

"나도 몰라. 어쨌든 이건 애리조나 쪽으로 가는 길이야."

사라는 전화기를 집어들고 산종에게 연락했다.

산종이 차량 번호를 받아적은 후 5분도 안 되었을 때 그에게서 전화가 걸려왔다. 산종은 케너에게 이렇게 보고했다.

"레이지바 목장 소유로 돼 있어요. 아마 온천을 겸한 관광목장일 겁니다. 트럭을 도난당했다는 신고는 없었구요."

"알았어. 목장 소유자는 누구야?"

"지주회사예요. 그레이트웨스턴 환경조합. 애리조나와 뉴멕시코 일대에 관광목장 체인을 갖고 있죠."

"그 지주회사의 소유자는?"

"지금 확인 중인데 시간이 좀 걸릴 거예요."

산종이 전화를 끊었다.

앞에서는 픽업트럭이 오른쪽 차선으로 이동하여 점멸등을 켰다.

케너가 말했다.

"고속도로를 빠져나가는군."

그들은 트럭 뒤를 따라서 허름한 공업단지들이 있는 지역을 지나갔다. 이따금 '강판 작업'이나 '기계 세공' 따위의 간판도 있었지만 대부분의 건물들은 벽돌처럼 네모반듯했고 도무지 정체를 짐작할 수 없었다. 엷은 안개가 낀 것처럼 공기가 뿌옜다.

2마일쯤 가서 트럭이 다시 우회전을 했다. 그들이 방금 지나친 표지판에는 'LTSI 주식회사'라는 명칭이 적혀 있었다. 그리고 그 밑에는 공항이 그려진 작은 그림과 화살표가 있었다.

케너가 말했다.

"사설 비행장이겠군."

"LTSI는 뭐죠?"

케너는 고개를 가로저었다.

"나도 몰라."

도로 저쪽에 작은 비행장과 소형 프로펠러기 몇 대가 보였다. 세스나와 파이퍼 따위였는데, 모두 한쪽에 나란히 서 있었다. 트럭은 그중 어느 쌍발기 옆으로 가서 멈춰 섰다.

"트윈오터(Twin Otter)야."

"그게 중요한 건가요?"

"이륙 거리는 짧고 탑재량은 많지. 말하자면 짐말 같은 비행기야. 소방 활동을 비롯해서 온갖 용도로 사용한다구."

브루스터가 트럭에서 내려 비행기 조종실 쪽으로 걸어갔다. 그는 조종사에게 짤막하게 몇 마디 건넸다. 그러고는 돌아오더니 다시 트럭을 타고 도로를 따라 백 야드쯤 더 가서 물결무늬 강판으로 된 거대한 직사각형 창고 앞에 멈춰 섰다. 그 옆에는 다른 트럭 두 대가 더 있었다. 창고 벽에는 'LTSI'라는 커다란 파란색 글자가 적혀 있었다.

브루스터가 트럭에서 내려 뒤쪽으로 돌아나올 때 트럭 운전자도 차에서 내렸다.

사라가 말했다.

"망할 자식."

운전자는 두 사람이 볼든으로 알고 있는 바로 그 남자였다. 지금은 청바지를 입고 야구 모자를 쓰고 선글라스를 끼고 있었지만 틀림없이 그자였다.

케너가 말했다.

"진정하셔."

두 사람이 지켜보고 있을 때 브루스터와 볼든이 비좁은 문을 통해 창고 안으로 들어갔다. 그들이 들어가자마자 철커덩 하는 쇳소리와 함께 문이 닫혔다.

케너가 사라를 돌아보았다.

"자넨 여기 있어."

차에서 내린 그는 재빨리 창고로 다가가서 곧 안으로 들어갔다.

사라는 조수석에 앉아서 눈가에 손그늘을 만들어 햇빛을 가리며 기다렸다. 시간이 느릿느릿 흘러갔다. 그녀는 눈을 가늘게 뜨고 창고 벽의 표시를 자세히 살펴보았다. 'LTSI' 라는 그 커다란 글자 밑에 작은 글자들이 적혀 있는 것을 발견했기 때문이다. 그러나 너무 멀어서 내용은 알아볼 수 없었다.

그녀는 산종에게 연락할 생각을 하다가 그만두었다. 혹시 브루스터와 볼든만 밖으로 나오고 케너는 창고 안에 남아 있다면 어떻게 해야 좋을지 걱정스러웠다. 그렇게 되면 혼자서 그들을 뒤따를 수밖에 없을 터였다. 놈들이 빠져나가는 것을 보고만 있을 수는 없으니까……

그런 생각 때문에 그녀는 운전석으로 옮겨 앉았다. 두 손을 운전대에 올려놓았다. 손목시계를 보았다. 9분이나 10분은 족히 지난 것 같았다. 그녀는 혹시 무슨 움직임은 없는지 창고 쪽을 훑어보았지만 이 건물은 최대한 눈에 덜 띄고 내부 상황도 노출되지 않도록 지어진 것이 분명했다.

그녀는 다시 시계를 보았다.

이렇게 앉아만 있자니 어쩐지 겁쟁이가 된 듯한 기분이 들기 시작했다. 그녀는 지금까지 한평생 자신에게 두려움을 주는 것들과 맞서 싸우며 살아왔다. 그래서 최대 난이도 코스에서 스키를 탔고, 그래서 키가 너무 큰 편인데도 암벽 등반을 했고, 그래서 난파선을 찾아 스쿠버 다이빙을 했다.

그런데 지금은 이 가마솥 같은 차 안에 우두커니 앉아 시간만 보내고 있었다.

에라, 모르겠다. 그녀는 차에서 내렸다.

창고 문에 작은 팻말 두 개가 붙어 있었다. 첫 번째는 'LTSI 낙뢰실험 시스템 인터내셔널(LIGHTNING TEST SYSTEMS INTERNATIONAL)'이었다. 두 번째는 '경고: 방전 진행 중 실험장에 들어가지 마시오' 였다.

이게 무슨 뜻일까.

사라는 조심스럽게 문을 열었다. 접수실이 있었지만 그곳에는 아무도 없었다. 평범한 나무 책상에 손으로 쓴 팻말과 초인종이 놓여 있었다. '도움이 필요하면 초인종을 누르세요.'

그녀는 초인종을 무시해버리고 안쪽으로 들어가는 문을 열었다. 그 문에는 기분 나쁜 팻말이 붙어 있었다.

고압 방전
관계자 외 출입금지

안으로 들어서자 그곳은 널찍하고 어둑어둑한 공장 같은 공간이었다. 천장의 파이프들, 비계식 통로, 고무 타일을 깐 바닥. 사방이 몹시 캄캄했다. 그러나 실내 한복판에는 유리벽으로 둘러싸인 2층 높이의 방이 있었고, 그곳만은 조명이 밝았다. 사라의 거실과 비슷한 넓이의 넉넉한 공간이었다. 방 안에는 비행기 날개의 일부분이 있었고, 거기

411

에는 제트 엔진으로 보이는 물건이 장착되어 있었다. 한쪽 벽면에는 큼직한 금속판이 붙어 있었다. 그리고 바깥벽에는 제어판이 있었다. 그 제어판 앞에 한 남자가 앉아 있었다. 그러나 브루스터와 볼든은 어디에도 보이지 않았다.

방 안의 벽에 설치된 모니터 화면이 깜박거리기 시작했다. '지금 나가주십시오.' 컴퓨터 음성도 들려왔다.

"실험장에서 나가주시기 바랍니다. 곧 실험이 시작됩니다…… 30초 전."

사라는 웅웅거리는 소리가 조금씩 커지는 것도 들었고 칙칙거리는 펌프질 소리도 들었다. 그러나 눈으로 보기에는 아무 일도 일어나지 않는 것 같았다.

그녀는 궁금해서 앞으로 다가갔다.

"쉬잇!"

그녀는 주위를 둘러보았지만 그 소리가 어디서 들렸는지 알 수 없었다.

"쉬잇!"

고개를 들어보니 머리 위의 비계식 통로에 케너가 있었다. 그는 실내 한 구석의 계단을 가리키며 자기 쪽으로 오라는 시늉을 했다.

컴퓨터 음성이 말했다.

"곧 실험이 시작됩니다…… 20초 전."

사라는 계단을 올라가서 케너 곁에 쭈그려 앉았다. 웅웅거리던 소리는 이제 굉음이 되었고, 칙칙거리는 소리도 빨라져 거의 연속음처럼 들렸다. 케너가 제트 엔진을 가리키며 속삭였다.

"비행기 부품을 시험하는 거야."

그는 비행기가 벼락을 맞는 일이 자주 있기 때문에 모든 부분이 낙뢰를 견딜 수 있어야 한다고 빠르게 설명해주었다. 그리고 다른 말도 했지만 점점 커지는 소음 때문에 제대로 알아들을 수가 없었다.

중심부의 방 안에서 불이 꺼졌다. 이제 남은 빛이라고는 제트 엔진과 완만한 곡선의 엔진 덮개를 비추고 있는 희미하고 푸르스름한 불빛이 전부였다. 컴퓨터 음성이 10초부터 거꾸로 세어나가고 있었다.

"실험이 시작됩니다…… 시작."

빠지직!

마치 총성처럼 요란한 소리가 터져 나오더니 벽에서 한 줄기 벼락이 뱀처럼 구불구불 튀어나와 엔진을 후려갈겼다. 그러기가 무섭게 다른 벽에서도 벼락줄기가 튀어나와 사방에서 엔진을 후려갈기는 것이었다. 벼락은 따다닥 소리를 내면서 하얗게 달아오른 구불구불한 손가락들처럼 엔진 덮개를 뒤덮었다가 순식간에 바닥으로 빨려들었다. 사라는 그곳에 지름 1피트 가량의 반구형 금속 물체가 놓여 있는 것을 보았다.

그녀는 벼락줄기들 중에서 일부는 엔진을 건드리지도 못하고 곧장 그 반구 쪽으로 떨어진다는 것을 알아차렸다.

실험이 계속될수록 벼락줄기는 점점 더 굵어지고 점점 더 밝아졌다. 벼락은 허공을 가로지르며 길게 쫘르릉! 하는 소리를 냈고, 금속으로 된 엔진 덮개에 검은 줄무늬를 새겨놓았다. 벼락줄기 하나가 환풍기 날개를 때리자 환풍기가 소리 없이 핑핑 돌았다.

사라가 지켜보는 동안 엔진을 맞히지 못하고 바닥의 작은 반구를 때리는 벼락줄기가 점점 많아지는 듯싶더니 나중에는 사방에서 뻗어나오는 벼락줄기들이 마치 새하얀 거미줄처럼 모조리 그 반구에 집중되는 것이었다.

그러더니 별안간 실험이 끝나버렸다. 웅웅거리는 소리도 멈추었고, 방 안의 조명도 다시 켜졌다. 엔진 덮개에서 안개처럼 어렴풋한 연기가 피어올랐다. 사라가 제어판 쪽을 건너다보니 의자에 앉아 있는 기술자 뒤에 어느새 브루스터와 볼든이 서 있었다. 이윽고 세 남자가 모두 중앙의 방으로 들어가더니 엔진 아래 웅크리고 앉아 그 금속 반구를 살펴보았다.

사라가 속삭였다.

"저게 뭐죠?"

케너는 손가락을 입술에 갖다대고 고개를 저었다. 우울한 표정이었다.

그때 방 안에 있는 남자들이 반구를 뒤집었고, 사라는 복잡한 내부 구조를 얼핏 볼 수 있었다. 녹색의 회로판들, 반짝거리는 금속 부속품들. 그러나 그 주위에 둘러앉아 들뜬 목소리로 이야기하는 남자들 때문에 자세히 보기는 어려웠다. 이윽고 그들은 반구를 다시 바닥에 엎어놓고 방에서 나왔다.

그들은 서로 등을 두드리며 웃어대고 있었다. 실험 결과가 매우 만족스러운 모양이었다. 그녀는 그중 한 명이 맥주를 사겠다고 말하는 소리를 들었고, 그러자 다시 폭소가 터져나왔다. 그들은 곧 앞문으로 나가버렸다. 실험장 안이 조용해졌다.

두 사람은 바깥문이 쾅 닫히는 소리를 들었다.

사라와 케너는 좀더 기다렸다.

사라는 케너를 바라보았다. 그는 귀만 곤두세운 채 움직이지 않고 꼬박 1분 동안 기다렸다. 그때까지 아무 소리도 들려오지 않자 마침내 케너가 말했다.

"저 물건이 뭔지 가보자구."

그들은 통로에서 아래로 내려갔다.

지면 높이로 내려왔지만 여전히 아무도 안 보였고 아무 소리도 안 들렸다. 시설 내부에는 아무도 없는 것이 분명했다. 케너가 중앙의 실험실을 가리켰다. 그들은 문을 열고 안으로 들어갔다.

실험실 내부는 아주 밝았다. 공기 중에 매캐한 냄새가 감돌고 있었다.

"오존이야. 벼락 때문에 생긴 거지."

케너는 곧장 바닥의 그 반구로 다가갔다.

"이게 뭘까요?"

"나도 모르지만 아마 휴대용 전하(電荷, 물체가 띠고 있는 정전기. 같은 부호의 전하 사이에는 미는 힘이, 다른 부호의 전하 사이에는 끄는 힘이 작용함) 발생기일 거야."

그는 웅크리고 앉아 반구를 뒤집으며 말을 이었다.

"이걸로 강력한 음전하를 발생시키면……"

그러다가 말을 뚝 끊었다. 반구가 비어 있었다. 내부의 전자 장치가 제거된 것이다.

그때 두 사람의 등 뒤에서 문이 철커덩 닫혔다.

사라가 홱 돌아보았다. 바깥에서 볼든이 침착하게 문에 맹꽁이자물쇠를 채우고 있었다.

사라가 말했다.

"아, 젠장."

제어판 쪽에서는 브루스터가 다이얼을 돌리고 스위치를 하나둘씩 켜고 있었다. 그가 인터콤을 켰다.

"여러분, 이 시설에 무단침입하면 안 되는 거예요. 분명히 적어놨잖아요. 아마 경고문을 못 보신 모양인데……"

브루스터가 제어판에서 물러섰다. 방 안의 조명이 암청색으로 바뀌었다. 웅웅거리는 소리가 시작되어 점점 커지고 있었다. 모니터 화면에는 지금 나가달라는 말이 깜박거렸다. 그리고 컴퓨터 음성도 들려왔다.

"실험장에서 나가주시기 바랍니다. 곧 실험이 시작됩니다…… 30초 전."

브루스터와 볼든이 뒤도 안 돌아보고 나가버렸다.

볼든이 이렇게 중얼거리고 있었다.

"난 살 타는 냄새가 싫단 말이야."

그들은 밖으로 나가 문을 쾅 닫았다.

컴퓨터 음성이 말했다.

"곧 실험이 시작됩니다…… 15초 전."

사라는 케너를 돌아보았다.

"이제 어떡하죠?"

시설 밖으로 나온 볼든과 브루스터가 차에 올라탔다. 볼든이 시동을 걸었다. 브루스터가 볼든의 어깨에 손을 얹었다.

"잠깐 기다려보자."

그들은 문 쪽을 지켜보았다. 붉은 전등이 반짝거리기 시작했다. 처음에는 천천히, 그러다가 점점 빨라졌다.

브루스터가 말했다.

"실험이 시작됐어."

볼든이 대꾸했다.

"안타까운 일이네요. 얼마 동안 버틸 수 있을까요?"

"벼락 한 번, 잘하면 두 번. 어쨌든 세 번째엔 틀림없이 죽게 돼. 그리고 불이 붙겠지."

그러자 볼든이 다시 말했다.

"안타까운 일이에요."

그는 기어를 넣고, 대기 중인 비행기를 향해 출발했다.

*2권에서 계속